BODO LAMPE

GROSSE KREISE

Roman

Herstellung und Verlag: BoD- Books on Demand, Norderstedt

ISBN 9783833005091

Bibliografische Information der Deutschen Nationalbibliothek:
Die Deutsche Nationalbibliothek verzeichnet diese Publikation in der Deutschen Nationalbibliografie;
detaillierte bibliografische Daten sind im Internet über http://dnb.d-nb.de abrufbar

BODO LAMPE

GROSSE KREISE

Roman

1.

Jetzt muss sie da allein hin. Zurück in die alte Heimat, die Höhle des Löwen, sozusagen, die ihr früher so viel bedeutet hat, dass sie gar nicht weggehen wollte. Mit mir mitkommen, meine ich. War wirklich ein schönes Stück Arbeit, sie aus Lübbecke loszueisen, weil, sie war da total verwurzelt. Trotz ihrer scheinbaren Weltläufigkeit. Ich meine, wer sie damals in ihrem tollen Cabrio herumfahren sah, und der ins Haar geschobenen Sonnenbrille, musste sie für den Gipfel von Weltläufigkeit halten. Aber mitnichten, sie war keineswegs weltläufig, sondern eher provinziell und manchmal richtiggehend beschränkt. Borniert, möchte man sagen. Weltläufigkeit hat sich erst später bei ihr entwickelt, als sie mit mir zusammen war. Sie wollte partout in Lübbecke bleiben. Nach England, hat sie gefragt, was soll ich da? Gerade erst war sie von Robert losgekommen, in den sie so große Hoffnungen gesetzt und der sich als Niete erwiesen hatte, als Windei. So richtig entpuppt. Und jetzt wollte der nächste, dass sie ihre ganze soziale Basis aufgab. Oxford! Für Hellen gab es absolut keinen Grund, nach Oxford zu ziehen, nur weil ihr Macker sich einen Kulturtick einbildete, statt in Heinz' florierender Firma mit anzupacken.

Ich kann mir schon vorstellen, wie es in ihr aussieht. Das reinste Unglück, und keiner, der ihr nur ein bisschen beisteht, keine Freunde weit und breit.

Wo sie in Lübbecke immer so etabliert war. Und jetzt: kein Mensch, nirgends. Auf mich zählt sie schon lange nicht mehr. Hat mich verlassen, die Frau. Ich kann mir vorstellen, wie sie da hereinkommt, in die Halle, die einmal das prächtige Speisezimmer gewesen ist, mit Riesenesstisch, glitzernden Lüstern, ausladenden Anrichten und allem pipapo, und wie sie da steht und sich auf irgendein altes Möbel stützt, das der Gerichtsvollzieher gnädigerweise dagelassen hat, und wie alt und grau sie dabei aussieht. Ich meine, sie sieht jetzt generell alt und grau aus, ganz anders, als ich sie kennengelernt habe, wo sie hübsch und blond war, ich meine wirklich hübsch, und auch blond. Der Fluch des Alterns. Mir geht es, wenn ich mich im Spiegel begucke, nicht besser. Eher schlechter, würde ich sagen. Aber jetzt, ich meine, in dem Moment, wo sie in dem leeren Speisezimmer steht, sieht sie besonders alt und grau aus, und gebeugt. Wie geschlagen von all der Unbill, obwohl sie die 50 noch nicht erreicht hat, und obwohl sich Blondinen normalerweise besser halten. Aus hübschen Blondinen werden bekanntlich schöne, stattliche Blondinen, wenn sie über 40 sind. Wenn. Wenn alles gut läuft, und sich nichts Tragisches ereignet. Wenn ihr Leben nicht aus den Fugen gerät.

Genau das ist nämlich passiert. Ihr Leben ist aus den Fugen geraten, und die Fugen sind ihr um die Ohren geflogen und haben nichts über gelassen, weder von ihrer Ehe noch von sonstigen Verwandten; von Freunden ganz zu schweigen. Nur die Kinder natürlich, die sind ihr einziger Lichtblick. Ansonsten ist sie allein, jämmerlich allein. In dem Haus, das jetzt in ihrem Namen verkauft wird, ist sie nie zuhause gewesen. Aufgewachsen ist sie woanders. Nicht in diesem Bunker, der sich als Schloss geriert und den ihr Vater an die höchste Stelle des Hanges geklotzt hat, damit jeder sehen konnte, wer in der Stadt das Sagen hat, sondern in dem kleinen Bungalow bei uns in der Siedlung, den er noch als Polier gebaut hat, hauptsächlich schwarz und in Eigenregie, und wo sie wenig Platz hatten und sich zu fünft kaum drehen konnten. Mama hat mir die Geschichte haarklein erzählt, und von ihr habe ich es später noch mal gehört. Hatten wir ja Zeit zu in all den Jahren. Ich meine, wer baut einen kleinen Bungalow für eine fünfköpfige Familie, fünf!, außer einem jungen Polier, der sich nicht allzu viel zutraut. Als sie 15 war, sind sie in die Villa umgezogen, in der sie viel Platz hatten; große helle Räume, jeder sein eigenes Zimmer und so. Wenn überhaupt, hat sie die als ihr Heim empfunden. Aber dann ging das Herumgeziehe erst richtig los. Dann wurde nochmals eine größere Villa gebaut, damit auch Schwiegersohn und Schwiegertochter unterkamen. Und zum Schluss der Bunker. Nur weil er jetzt verkauft wird, müsste sie sich nicht alt und deprimiert fühlen. Aber ich kenne sie. Sie meint, er sei vom Geist ihrer Familie durchdrungen. Dabei ist es höchstens der Geist ihres Vaters, der da noch herumspukt, ein ziemlich bedrohlicher Geist, von dem sie sich möglichst fernhalten und auf keinen Fall durchdringen lassen sollte.

Andererseits, wenn ich mir's recht überlege, von allen, die in Frage kommen, ist Heinz' Geist bei ihr am besten aufgehoben, trotz ihrer momentanen Schwäche. Sie ist diejenige, die am meisten von ihm geerbt hat. Mental, meine ich. Sie muss nur vorsichtig damit umgehen. Vielleicht kommt ihr das im Moment auch gerade. Und dabei, stelle ich mir vor, nimmt sie sein riesiges Porträt in Augenschein, das der Makler aus unerfindlichen Gründen in der Halle hängengelassen hat, vielleicht weil er meint, den Wert des Gebäudes auf die Weise zu steigern. Er könnte sich damit einen Bärendienst erweisen. Heinz ist nicht mehr besonders beliebt in der Stadt, um es mit Understatement zu sagen. Einige hassen ihn, viele verwünschen ihn, die meisten jedoch wollen gar nichts mehr von ihm hören, und so verschwindet er langsam aus dem kommunalen Gedächtnis. Aber wahrscheinlich denkt der Makler gar nicht an die Einheimischen, sondern hofft auf einen auswärtigen Investor, der sich nicht auskennt und den das Ambiente beeindruckt. Von den Lübbeckern will den Bunker sowieso keiner haben.

Früher war das natürlich anders. Früher war Heinz unheimlich beliebt, bei allen, die ihn kannten, wegen seiner freundlichen, zuvorkommenden Art, die echt aus dem Herzen zu kommen schien, und bei allen übrigen wegen dem, was er für die Stadt getan hat. Ich meine, in einer bestimmten Phase hat er praktisch alle Lübbecker Bauvorhaben kontrolliert, einschließlich des Umlandes. Er hatte einen immensen Einfluss, den er im Sinne des Gemeinwohls zu nutzen verstand. So haben es die Leute damals gesehen und ihn mit Ehrungen überhäuft. Nachgerade zugeschüttet haben sie ihn, mit Verdienstkreuzen und -nadeln, gravierten Bechern und Zinntellern, und mit Ehrenmitgliedschaften in allerlei Vereinigungen. Er hat alles dankend angenommen und ins Regal gestellt. Er war tatsächlich eine tragende, eine gefeierte Säule von Wirtschaft und Gesellschaft. Er wurde um Rat gefragt und um Hilfe gebeten. Und wenn seine Hilfe auch selten ganz uneigennützig war: sie wurde zuverlässig gewährt, prompt und effektiv, allein schon durch den großen Apparat seiner Firma. Heinz konnte echt was bewegen.

Wenn sie bei diesem Gedanken angekommen ist, setzt sie sich mit einer langsamen resignierten Bewegung auf das wacklige Möbel und studiert seine Züge. Kommt zu dem Schluss, dass er nicht gut getroffen ist. Nichts von seinem lebhaften Wesen wird von diesem passiven, staubigen Gegen-

8

stand eingefangen. Im persönlichen Umgang war er keineswegs klotzig. Mit Machtdemonstrationen hat er sich nach außen meist zurückgehalten, hat nur beim Dekor sein wahres Gesicht gezeigt, das seiner Familie leider allzu gut bekannt war. So gut, dass es Ingo zum Schluss nicht mehr aushalten konnte.

Kennengelernt habe ich sie an einem dieser seltsamen Tage, die uns allen manchmal zustoßen. Ich meine, genauer kennengelernt. Vom Sehen kannte ich sie schon viel länger; denn immerhin war sie die Schwester meines besten Freundes. Insofern hat sie meine frühen Jugendjahre begleitet, und meine frühen Sexualfantasien. War allerdings drei, vier Jahre älter als wir, und hat uns kleine Jungs wenig beachtet. Wir sie dafür umso mehr, wenn sie mit ihren Freundinnen durch die Gegend zog, mit Uschi, Petra, Gabi, und wie sie alle hießen. Irgendwann hat sie geheiratet, und damit waren wir weitgehend weg vom Fenster. Sie war damals noch ziemlich jung, um die 20, aber für die Mädchen in unserer Gegend ist das genau das richtige Alter zum Heiraten, finden die meisten hier. Was sollen sie auch machen, wenn sie keine Lust zum Studieren haben und die Arbeit in Vaters Betrieb sie nicht ausfüllt. Sicher, da gab es immer reichlich zu tun. Sie war den ganzen Tag auf den Beinen: Angebote einholen, Termine festmachen, Akten sortieren, Rechnungen prüfen. Kam kaum noch zum Luftholen. Aber die Abende wären ohne männlichen Beistand doch recht eintönig gewesen. Sie hätte weiter herumprobieren können, was sie mit 17, 18, sehr zu Heinz' Unwillen, auch ausgiebig betrieben hat; aber irgendwann war sie mit den Kandidaten durch. Die große Auswahl gab es in Lübbecke ohnehin nicht. Dieser Teil Westfalens ist eine jener ländlichen Gegenden, wo sich, im wahrsten Sinne, Hase und Igel gute Nacht sagen. Weil sie keine Arbeit finden, zieht es die jungen Männer in die Ferne. Was übrig bleibt, ist zum großen Teil Schrott. Der Eindruck hatte sich bei ihr in den letzten Jahren verfestigt. Ausschuss, der ständig in Kneipen herumhängt und eine Frau nicht begeistern kann. Außer ein paar ganz seltenen Exemplaren, Bulldoggen wie Robert, die sich durchbeißen und von widrigen Umständen nicht unterkriegen lassen. In der ersten Zeit nach der Heirat hat sie sich ausschließlich um ihren Robert gekümmert. Die beiden waren wirklich schwer verliebt und haben den Rest der Welt überhaupt nicht mehr wahrgenommen. Hellen zumindest. Ihr Robert war von anderem Kaliber. Er hat sich weiterhin intensiv um seine Geschäfte gekümmert, und besonders die Beziehungen zu Heinz' Firma fleißig ausgebaut, so dass am Ende nichts mehr ohne ihn lief.

Er war Makler und Finanzberater. Hatte sich früh selbstständig gemacht, mit einem modischen Logo im Briefkopf, einem unternehmenden Motto ('Wir reißen die Mauern ein!') und einem winzigen Büro in der Bergertorstraße, an dem wir immer achtlos vorbeigelaufen sind. So winzig, dass man sich kaum darin bewegen konnte. Für Kundschaft, das heißt für Anleger, stand allerdings ein nobler Sessel bereit, der einen Gutteil des Raumes ausfüllte. Was tut man nicht alles für Anleger! Anleger sind das Objekt der Begierde eines jeden Finanzmaklers, worum alles Denken und Trachten, mehr als um Frauen, sich dreht. Wenn ein Anleger hereinkam, fing Robert an zu rotieren. Denn ein Anleger ist wie ein vielversprechendes Baby: man hegt es, man gibt ihm den Schnuller, gibt ihm die Brust. Und man stellt ihm noble Sessel hin. Die Bergertorstraße ist die Verlängerung der Langen Straße, also der zentralen Einkaufspassage, zum östlichen Stadttor hin. Dies nur zur örtlichen Klärung. Wobei man wissen muss, dass Lübbecke früher ein kleiner, tellerförmiger Marktflecken gewesen ist, am Nordhang der letzten Ausläufer des Teutoburger Waldes, samt Toren und Stadtmauer, in den eine wirklich lange Straße beim besten Willen nicht hineingepasst hätte. Inzwischen hat sich die Stadt wesentlich ausgebreitet, nicht zuletzt dank Heinz' Aktivitäten.

An sich ist Lübbecke kein Eldorado für Makler und Finanzberater. Das verfügbare Vermögen hält sich doch in engen Grenzen. In sehr engen Grenzen. Grenzen, die einen Finanzmann nicht glücklich machen können. Erst, seitdem er sich auf den Verkauf von Heinz' Immobilien konzentrierte, hatte Roberts Geschäft einen wahren Aufschwung genommen. Aus einer Art Teilzeitjob, in dem man nebenbei anderen Interessen nachgehen konnte, war eine tagesfüllende Aufgabe geworden – bei dem Tempo, das sein Schwiegervater vorgab. Aber Robert hat ohne Probleme mithalten können. Es gab sogar Zeiten, später, wo er selber das Tempo bestimmte, mit immer neuen Projektvorschlägen. Stadtparks, Industriebrachen und Vogelschutzgebiete, alles, was sich irgendwie bebauen lässt, hat er, getreu seiner Firmendevise, gnadenlos plattgemacht. War eben Optimist, der Mann, durch und durch Optimist, und ließ auch sonst nichts anbrennen. Eine Zeitlang hat ihm Hellen im Büro geholfen, hat bei Heinz alles liegen lassen und aus Eifersucht Roberts Sekretärin vergrault.

Dass man sie praktisch nur im Doppelpack wahrnahm (wenn sie überhaupt noch auftauchte), hat Holger wahnsinnig genervt. Er konnte ihren Robert nicht leiden, was ich einerseits merkwürdig fand. Ich meine den *Grad* der Abneigung, den er ihm entgegenbrachte. Er war ständig am überlegen, wie man ihn loswerden konnte. Hat sich alle möglichen Tricks und Todesarten für ihn ausgedacht, und den Tag herbeigesehnt, an dem sie den Knacker satt hatte. Nach meiner Einschätzung konnte er da lange warten. Die Beziehung wurde eindeutig von Robert dominiert, während Hellen sich anpasste. Holger hat in ihm wohl eine Konkurrenz gesehen, nicht nur in Bezug auf Heinz' Erbe. Er muss das Gefühl gehabt haben, dass Robert ihm Hellen weggenommen hat, die sich die ganze Kindheit intensiv um ihn gekümmert hatte. Eine Art Ersatzmutter ist sie gewesen, schon lange vor Hertas Verschwinden. Doch seit sie mit Männern zusammen war, und besonders seit ihrer Heirat, hat sie Holger ziemlich links liegen lassen. Was ihn enorm verbitterte. Den Verdacht, dass sie vielleicht mehr als eine Ersatzmutter war, habe ich vorsichtshalber nie ausgesprochen. Wäre auch übel aufgenommen worden. Auf jeden Fall, glaube ich, entsprach sie so vollkommen seinem Ideal von Weiblichkeit, dass er sich zeitlebens nie mit einer Frau eingelassen hat. Längerfristig, meine ich. Kurzfristige Beziehungen hatte er haufenweise. Aber mit der Hellen aus seiner Kindheit konnte keine konkurrieren. Ich hatte später ebenfalls unter seinen Anwandlungen zu leiden. Er hat mir die Freundschaft gekündigt, aus demselben irrationalen Impuls, als er sah, wie glücklich wir waren.

Auch Ingo hat Robert nicht leiden können; doch seine Abneigung ist viel verhaltener gewesen, weil sein Charakter viel verhaltener war. Zu leidenschaftlichen Ausbrüchen war er, auch in Extremsituationen, nicht fähig. Dabei hatte er viel mehr Gründe, Robert zu hassen, und nicht nur, weil er als ältester Sohn Heinz' Nachfolge beanspruchen konnte, die ihm Robert mit seiner Vitalität zunehmend streitig machte.

Wir, ich meine Holgers Freunde, mochten Robert auch nicht besonders, weniger, weil er Hellen gekriegt hatte, sondern er war einfach der Typ Mensch, der wir auf keinen Fall sein wollten. Seine Geschäftstüchtigkeit, seine scheinbare Reife, die überhebliche Art, mit er überall auftrat, irritierten uns. Hellen spielte dabei nur eine untergeordnete Rolle. Sie war für uns uninteressant, ehrlich. Man beschäftigt sich doch nicht mit einer Frau, nicht mal in Gedanken, die so eng gebunden ist. Das führt nur zu Frustrationen, um so größeren Frustrationen, je attraktiver sie ist.

Nachgelassen hat das permanente Geturtel erst ungefähr um die Zeit, von der ich jetzt sprechen will. Ich hatte von dem Umschwung nichts mitbekommen, weil ich in einem Alter war, in dem man sich mehr mit sich selbst als mit den Beziehungskrisen anderer Leute beschäftigt, und habe auch ihr Verhalten an jenem Tag nicht unbedingt in dieser Richtung interpretiert. Wollen Sie uns allen Ernstes erzählen, dass Sie keinen Finger krumm machen würden, um ihrer Freundin zu helfen, hat mich der strenge Major, oder Hauptmann, oder was er war, gefragt. Aber da musste ich passen. Mit einer Freundin konnte ich nicht dienen. Schwester, hat er gefragt, haben Sie eine

Schwester? Aber ich habe Miriam verleugnet, obwohl Schenzmeier die Brauen hochzog. Also sagen wir, der Schwester Ihres Freundes, hat er es noch einmal versucht. Irgendein Freund von Ihnen wird doch eine Schwester haben, zum Donnerwetter. Jaja, schon, sagte ich schüchtern und wollte gerade kategorisch leugnen, dass ich mich dazwischen werfen würde, wenn ihr irgendwer etwas antun wollte, wollte darauf bestehen, keinen Finger krumm zu machen, weil dies mit meiner pazifistischen Grundhaltung nicht verträglich sei. Keine Gewalt, nie, wollte ich rufen, jeden Rest Zweifel aus Blick und Stimme zackig eliminierend. Aber da ist seltsamerweise das Bild von Hellen in mir hochgestiegen, wie sie uns drei zum Kreiswehrersatzamt chauffierte, weil wir noch keinen Führerschein hatten, und ich habe mir vorgestellt, jemand will sie vergewaltigen, so richtig anschaulich vorgestellt, mit ihrem hellweichen Butterblondhaar und ihrer Figur; und da ist mir klargeworden, ich weiß nicht, wie ich mich verhalten, ob ich nicht doch den Knüppel schwingen würde, um sie zu beschützen. Und es gab eine lange Pause.

Ich wollte mich herausreden und habe vorsichtig gesagt, ich würde ganz schnell Hilfe holen. Aber hat er nicht gelten lassen. Es sollte irgendwo im Wald passieren, weit und breit keine Menschenseele. Idiotisch, habe ich gedacht, und mich verpflichtet gefühlt, ganz mannhaft um die Sache herumzureden, wie sie sich meiner Meinung nach darstellt, und am Ende, als mich alle fragend erstaunt ansahen, weil keiner wusste, worauf ich hinauswollte: Ehrlich, ich weiß nicht, wie ich reagieren würde. Und das war genau die richtige Antwort. Nur darum bin ich heute anerkannter Kriegsdienstverweigerer, mit Urkunde, Eichenlaub usw., weil ich mir wegen Hellen unsicher war. Alles andere hätte er für unglaubwürdig befunden. Soldaten träumen anscheinend ihr Lebtag davon, hilflose junge Frauen zu retten, um sie dann in der Kaserne mit Decken, Tee und Keksen zu versorgen. In der schnöden Wirklichkeit hocken Soldaten meist untätig auf ihren Dienstposten und vertun die Zeit mit Manövern, kennt man doch. Wenn sie überhaupt etwas anpacken, geht es meist in die falsche Richtung. Untergang statt Rettung, würde ich sagen. Habe ich ihm natürlich nicht mitgeteilt, sondern höflich den Mund gehalten, während der Ausschuss mir zunickte und sich zur Beratung zurückzog. Wir dürfen uns schon mal verabschieden, Herr Püffkemeier. Das Ergebnis wird Ihnen schriftlich zugestellt. Und der Wendepunkt nur, weil ich mir Hellens wegen unsicher war. Kurios, nicht? Weil diese Schwester nunmal mein Schicksal geworden ist. Und an jenem Tag fing es an. Okay, ich habe instinktsicher und ohne darüber nachzudenken, auch noch die richtigen Worte gefunden, das heißt, von Gewalt meinerseits war gar nicht die

Rede. Ich meine, 'reagieren' ist nicht dasselbe wie 'zuhauen'; und damit war die Sache geritzt. Kommt eben immer darauf an, wie man sich aufführt. Solange man über einen Vorgang nur redet, statt ihn real umzusetzen, hat man immer Spielraum. Der Spielraum entscheidet über die Folgen. Wenn ich mir's genau überlege, also, sind schon komische Szenen, die sich da abgespielt haben, in diesen Sitzungen, in denen wehrunwillige Youngster ausgequetscht wurden, um ihnen Formfehler in ihrer pazifistischen Logik nachzuweisen. Heute sind sie ja abgeschafft, zu recht. Außer dem Offizier, der den Vorsitzenden mimte, waren noch zwei Kommunalpolitiker anwesend, Vertreter der 'Öffentlichkeit', wie es euphemistisch hieß, Schenzmeier und Holzbrink, ordentlich nach Parteienproporz. Wahrscheinlich waren sich außer mir alle der Lächerlichkeit des Verfahrens bewusst. Ich sage 'wahrscheinlich'. Um festzustellen, wer sich wessen bewusst ist, war ich damals zu jung. Diese Fähigkeit entwickelt sich erst mit dem Alter, so wie die meisten Gebrechen.

Als ich hereinkam, studierte Holzbrink intensiv meine Akte und Schenzmeier las 'Tod in Venedig' unter der Bank. Habe ich genau gesehen. Holzbrink unterstützte dann den Hauptmann bei dessen kritischen Fragen. Schenzmeier war's egal, oder er stand tendenziell auf meiner Seite, nicht nur, weil Papa und er in derselben Partei sind. Wenn sich die beiden, soweit ich weiß, auch nicht viel zu sagen haben. Als ich durch die amtlichen Gänge schritt, kam ich mir vor wie bei einem Theaterauftritt, nicht nur der Schale wegen, in die ich mich, als Zugeständnis an den Ausschuss, geschmissen hatte. Man will ja nicht unnötig provozieren. Auch das Ambiente erinnerte stark ans westfälische Staatstheater. Kreis-wehr-ersatz-amt. Genau so verwinkelt waren die Gänge. Endlich die Tür. - Also, die Bühne war eine Enttäuschung. Sie war mickrig, ein Provisorium, Typ leergeräumtes Aktenarchiv. Und überheizt, wie meist bei Behörden. Die drei thronten an einem Pult, etwas erhöht über dem Antragsteller, damit die Rollenverteilung schon mal klar war. Das kleine Treppchen hatte ein Uffz-Anwärter, gelernter Dreher, extra zusammengezimmert. Es sah entschieden windschief aus. Ich hatte die ganze Zeit Angst: Angst vor denen, die über mein Schicksal entschieden, Lampenfieber (des Theaters wegen), und, dass das Treppchen unter der Last von Holzbrinks Körpergewicht zusammenbricht.

Der Hauptmann war eine mäßig interessante Erscheinung. Schnauzer, Faconschnitt. Die Haare fuchsbraun. Man hätte sie für gefärbt halten können. Nach außen ganz höflich, aber im Innern knallhart, das sah man, wenn es um die Kernfragen ging. Erst hat er sich meine schriftliche Einlassung vorgeknöpft. Ich hatte ein kleines Traktat über Kant verfasst, angefangen

beim kategorischen Imperativ über die Kritik der praktischen Vernunft bis
zum ewigen Frieden. Darauf ist er herumgeritten. Er hatte den Königsberger
ebenfalls gelesen und fühlte sich berufen. Ich habe mich leider nur halbwegs
elegant aus der Affäre gezogen. Wie hätte ich auch? Meine Kantkenntnisse
waren damals noch lückenhaft. Erst die Schwesternfrage hat die Entscheidung gebracht, die Stimmung gedreht. Und vielleicht, weil ein Onkel im
Krieg gefallen ist. Sowas wird zumindest formal als Pluspunkt gewertet. Ich
meine, nicht für den Onkel. Für den ist es kein Pluspunkt. Den hat damals
das Schicksal geholt.

Mit so einem Onkel konnten andere nicht dienen. Holger, zum Beispiel, der
hatte zwar einen Onkel, aber keinen zum Vorzeigen. Kein Vorbild für unseren Hauptmann. Holgers Onkel kam aus der DDR. Das heißt, eigentlich
kam er aus Lübbecke, war aber nach dem Mauerbau in die DDR gegangen,
und das will was heißen. Er hatte, zum eigenen Schaden, wie sich herausstellte, die Zone für das gelobte Land gehalten. Das zeigt doch, Unterneh-
mertum ist leider nicht erblich. Sonst wäre er im Westen geblieben, um
gleichfalls eine erfolgreiche Firma zu leiten. Im Osten hat es ihm überhaupt
nicht gefallen, so dass er, das ist das schärfste, später über die Mauer zurück
nach Westen getürmt ist. Das heißt, er wollte. Denn sie haben ihn erwischt
und festgesetzt, und erst nach einigen Jahren gehen lassen. Jetzt hockte er,
als Heinz' privater Sozialfall, in Lübbecke herum, und wurde uns von unseren Altvorderen bei Bedarf als wenig nachahmenswertes Beispiel vor Augen geführt.

Der Hauptmann bombardierte mich mit Fragen, mit denen er mein Gewissen anbohren wollte. Auch Holzbrink hat Fragen gestellt, Schenzmeier
nicht. Die Ölquelle als Metapher des Gewissens: interessant, aber fragwür-
dig. Mein Gewissen ist eher wie ein Strudel, eine Art schwarzes Loch, wo-
rin alle meine Erfahrungen verschwinden. Und man weiß nie, in welcher
Form sie später wieder hervor kommen. Im Grunde kam es nur darauf an,
gut vorbereitet zu sein. Ich hatte mich so lala vorbereitet und wäre in der
Schwesternfrage folgerichtig von ihm fast aufs Glatteis geführt worden.
Dirk hatte sich hervorragend vorbereitet, obwohl sein Vater es lieber gesehen hätte, wenn er durchgefallen wäre. Er hatte seine Argumente auf Kar-
teikarten zusammengefasst und sich dermaßen gut vorbereitet, dass er auf
jede mögliche Frage einen viertelstündigen Monolog herunterrattern konnte.
Wahrscheinlich hat sein Alter versucht, die Kommission zu beeinflussen,
aber keine Chance. Nicht bei Dirks 1a-Vorbereitung. Dirk war in allem 1a,
außer was seine Spontaneität anging. Auf Außenstehende wirkte er ein bisschen steif. Holger war weder 1 noch a und hat tatsächlich spontan sein wol-

len, hat kein Blatt vor den Mund genommen und sein Gewissen vor der Kommission offen ausgebreitet. Womit er natürlich durchgefallen ist. Dirk hätte ihm das gleich sagen können; doch Holger ließ zu der Zeit kaum mit sich reden. War irgendwie abgefahren, der Typ und lebte in seiner eigenen Welt. Dass er durchfiel, hat Heinz durchaus ins Konzept gepasst. Ein bisschen hartes Training nach der ganzen Luschigkeit am Gymnasium wird ihm nicht schaden, hat er zu Holger gesagt.

Manche in Lübbecke betrachteten es als Skandal, dass Dirk verweigert hat. Sohn des OKD, das geht doch nicht. Gut, er war fast volljährig, sein Vater konnte ihm gar nichts. Er hat ihm allerdings reichlich Vorwürfe gemacht, von wegen 'Drückeberger' und 'seit Generationen eine der ersten Familien der Stadt'. Und erst die Mutter. Du verbaust dir dein ganzes Leben. In dem Stil. Kennt man. Ihr Vater war auch OKD gewesen, kurz vor dem Krieg, der Großvater sogar General bei den Preußen, oder mindestens Oberst. Aber verbieten konnten sie nichts. Heute denke ich, dass Dirk unheimlich viel von seinem Vater geerbt hat. Dasselbe Lächeln, dieselbe Sorgfalt, nicht nur in der Kleiderfrage, dieselbe gerade Haltung und vornehme Art. Derselbe Hang zur Qualität. Je älter er wurde, desto ordentlicher wurde er auch. Man kann mit Fug und Recht sagen, Dirk habe sich im Laufe seines Lebens immer mehr dem Qualitätsbewusstsein seines Vaters angenähert. In Deutschland mangelt es bekanntlich in allen Bereichen des Lebens an Qualität. Selbst dem bloßen Versuch eines Qualitätsmanagement, wird, wie Dirks Vater in einer mit Doktor Gutevogel gemeinsam verfassten Erklärung beklagt hat, von weiten Teilen der Öffentlichkeit noch immer mit Misstrauen begegnet. Dabei führt, wie wissenschaftliche Untersuchungen belegen, das Anwenden eines Qualitätsmanagement rasch zu formidablen Erfolgen. Die meisten Politiker fühlen sich für Qualität bisher leider nicht zuständig. Darum diese Erklärung. Wir können nicht anders, sind wir uns doch unserer besonderen Verantwortung bewusst, schrieb der OKD. 'Besondere Verantwortung' war, neben 'formidabel', eine seiner Lieblingsvokabeln. Er hat sie den Leuten bei jeder sich bietenden Gelegenheit aufgetischt. Aber klar, wer Verantwortung, und besonders, wer, wie der OKD, besondere Verantwortung trägt, muss sich dieser auch bewusst sein. Immerhin ging es bei vielen seiner Entscheidungen um das Wohl und Wehe des Kreises Lübbecke. Von daher konnte er es seinen Lübbeckern gar nicht oft genug auftischen. Von der Verantwortung zur Qualität ist es nur ein Katzensprung. Qualitätsbewusstsein sollte heutzutage zum Handwerkszeug jedes modernen Managers gehören. Durch Qualität können Spitzenleistungen erreicht, Kosten reduziert, kann die Kundenzufriedenheit gesteigert werden. Der OKD verstand sich als moderner Manager. Qualität muss Mittelpunkt unseres Denkens und Handelns werden, schrieb er in seiner Denkschrift. All dies, auch sein eigenes, zukünftiges Qualitätsbewusstsein, war in Dirks früher Ordnungsliebe genetisch angelegt. Wie man aus wissenschaftlichen Untersuchungen ebenfalls weiß, kann mit Ordnung sogar fehlende Intelligenz ausgeglichen werden. Zum Beispiel bei Ameisen. Ich war damals viel zu eng mit ihm befreundet, um ihn als Spross seines Vaters wahrzunehmen. Er war einfach mein Kumpel, mit dem ich mich fast jeden Tag getroffen habe. Wir sind auch zusammen verreist und so weiter. Er war ein feiner Kerl – jedenfalls bis zum zweiten Staatsexamen.

Holzbrink und Schenzmeier waren ein interessantes Gespann. Nach außen farblos und beide mit Hamsterbacken im gemütlichen ostwestfälischen Pfeffergesicht. Ansonsten ganz schön gewitzt. In allen großen Fragen der Politik uneins; doch charakterlich ticken sie ähnlich, und gegenseitig können sie sich, auch heute noch, recht gut leiden. Sicher, Holzbrink ist um einiges älter; er war damals Lübbecker Bürgermeister und später Landrat, sehr einflussreich, so eine seltene Mischung aus Schlaubauer, Geschäftemacher und öffentlichem Dienst, der überall seine Wasser am Kochen hatte, während Schenzmeier gerade erst in den Kreistag gekommen war. Sie unterschieden sich auch im Background, der bekanntlich die Persönlichkeit mit bestimmt. Holzbrink hat großbäuerliche, Schenzmeier kleinbürgerliche Vorfahren. Im innersten Wesen aber sind sie sich ähnlich. Beide ursprünglich Beamte, westfälisch schwerblütig und auf den ersten Blick ein bisschen langsam. Es dauert, bis sie in Fahrt kommen. Wenn's darauf ankommt, höchst diplomatisch und mehr an Deals als an Konfrontationen interessiert. Beide haben es ziemlich weit gebracht, und wenn sich auch Holzbrink inzwischen, notgedrungen, aufs Altenteil zurückgezogen hat, und nur noch im Hintergrund wirkt, und, nota bene, mit der gebotenen Vorsicht, ich meine, nach allem, was passiert ist, haben sie doch jahrelang hervorragend zusammengearbeitet in der Führung des Kreises. Eine gute Zusammenarbeit zwischen den großen Parteien, die in unserem Land Seltenheitswert hat. Geradezu sprichwörtlich ist sie geworden, die Achse Schenzmeier-Holzbrink und ihre vielgerühmte vertrauensvolle Zusammenarbeit. Wo heutzutage alles zerredet wird, wenn es zwischen die Mühlenblätter der Parteipolitik gerät. Nein, mit diesem Duo verhielt es sich anders. Der eine akzeptierte, jedenfalls auf kommunalpolitischer Ebene, immer unbesehen, was der andere wollte, weil sie wussten, dass eine Hand die andere wäscht. Und dieser Umstand hat sich in der KDV-Verhandlung für mich durchaus positiv ausgewirkt.

Im ganzen ist Schenzmeier harmloser als Holzbrink. Ihm fehlen die Energie und die Macherqualitäten, was ihn vor gewissen Versuchungen schützt. Wir kannten ihn von den Jusos, wo er nicht nur den Vorsitz geführt, sondern den ganzen wackeligen Laden zusammengehalten hat. Organisieren war seine Leidenschaft. Ich meine, die meisten Jugendlichen haben es nicht so mit der Organisation. Einladungen verschicken, Protokolle schreiben und dergleichen, das hat er ganz allein erledigt. Dafür hatte er eine Vorliebe. Und alles nebenbei, neben dem Referendariat, meine ich. Ja, das ist Selbstdisziplin. Das ist die von Bundespräsidenten und Schützenvereinsvorsitzenden oft beschworene Aufopferung im Ehrenamt. Ich kannte das von zu Hause. Für weinselige Kneipenausflüge bleibt da keine Zeit. Auch mit Frauen gab sich Schenzmeier nicht ab. Trotz seiner Harmlosigkeit hat er es immerhin in den Landtag geschafft, ein ganzes Stück weiter als ich. Als Heinz' Laufbursche zu enden, ist nicht unbedingt ein Traumjob, und meiner schon gar nicht. Ich will aber jetzt nicht von Ende und Untergang reden, zu denen ich übrigens nur das kleinere Teil beigetragen habe. Ich bin hier am Anfang. Am Anfang war alles wunderschön. Oder doch nicht. Durchwachsen, würde ich sagen. Denn klar, sie war verheiratet. Ich hatte die Unzertrennlichen ein paarmal zu oft händchenhaltend durch die Stadt schlendern sehen, von Holger ein paarmal zu oft pikante Details aus ihrem Liebesleben vernommen. Damit war für mich das Thema erledigt. Ehrlich gesagt, sie hat mich sowieso nie vieler Blicke gewürdigt. Bis zu jenem KDV-Termin. An dem Tag war sie irgendwie anders. Ich meine, nicht auf der Hinfahrt. Da saßen wir alle ganz steif im Auto, ich hinten, in Gedanken an die Verhandlung, die mir natürlich im Nacken saß. Ich wollte ja durchkommen. Das hätte was gegeben, ich und Bund und so. Nein danke. Wo wir uns gerade verabredet hatten, Dirk, Holger und ich, im Sommer zum Grab des bewunderten Studentenführers zu pilgern und ihm Blumen hinzulegen. Wenn wir ihn schon lebendig nicht zu sehen bekamen, wollten ihr ihm wenigstens auf die Art unsere Referenz erweisen. Was heißt aber bewundern? Was ist denn aus uns geworden? Was nützen denn Vorbilder? Man kann viele Vorbilder haben, und am Ende steht man doch nackt da.

Wir hatten ja Zeit: gerade Abitur gemacht, und die ganzen großen Ferien vor uns. Ich glaube, soviel Zeit habe ich mein Lebtag nicht mehr gehabt. Als Lohnarbeiter ist man doch immer irgendwie eingespannt, selbst im Urlaub. Mama hatte mich weichgekriegt, mich solange bearbeitet und vor einer kohlschwarzen Zukunft gewarnt, bis ich nachgab. Wenn du unbedingt Philosoph werden willst, hat sie gesagt, lerne vorher wenigstens etwas Anständiges. Denk an den Scheding. Der Scheding: armer Wurm, Magister oder gar Doktor, ich weiß nicht genau, der Soziologie, der nach dem Studium keine Stelle gefunden hatte und immer mit hängendem Kopf durch Lübbecke schlich, weil sie ihn auch als Lehrer nicht haben wollten. Dem wir Kinder 'Schädling, Schädling' hinterher riefen. Nur mit Holgers Onkel verstand er sich, begreiflicherweise, prächtig.

Mama hat immer wieder damit angefangen. Ich weiß nicht, was das sollte. Schon mindestens zwei Jahre vor dem Abitur hat sie damit angefangen und mich mit ihren Befürchtungen angesteckt. Schließlich hatte sie mich soweit, dass ich mich bei der Kreisverwaltung beworben habe, schön brav mit Foto und allen Unterlagen – wie uns der Drogenkontaktlehrer, der auch Bewerbungstips gab, geraten hatte. Drogenkontaktlehrer, genauso nannte er sich. Mama hoffte natürlich, dass mir die Flausen während der Lehre vergehen und ich feststellen würde, wie schön das geregelte Geldverdienen ist, wie unabhängig machend und wie bequem, in Lübbecke bleiben zu können. Und erst die Karrieremöglichkeiten! Im Bauamt hast du einen absolut krisenfesten Job, und wenn du dich reinkniest, brauchst du nicht mal studieren, um vorwärts zu kommen, im Gegenteil. Studierte Ingenieure haben es dort wesentlich schwerer als Verwaltungsleute, glaub mir, ich weiß das, hat Papa gesagt. Er hielt sich für informiert. Ein Insider. Er hat sich schon immer für informiert gehalten, nicht zuletzt dank des pausenlosen regen Gedankenaustausches, den er mit seinen Mitbürgern pflegt. Seit man ihn das erste Mal gegen Holzbrink aufgestellt hatte, hielt er sich für besonders informiert. Dass er nur 30 Prozent holte, war gewiss keine Schande, bei den Verhältnissen, die damals in Lübbecke herrschten. Ich hielt mich weder für informiert noch wollte ich Ingenieur werden. Also ließ ich ihn machen. Er redete mit dem OKD, der sich wohlwollend zeigte, dann mit Wilfried Windmüller, dem Leiter des Bauamtes. Der meinte zuerst, er wisse noch nicht, wieviele Lehrstellen ihm dieses Jahr zur Verfügung stehen. In Wahrheit hatten sie im Bauamt die meisten freien Stellen, und er fürchtete nur um die Unschuld seiner Beamten, weil unsere Familie in der falschen Partei war. Da hat ihn der OKD aber zur Ordnung gerufen. Der OKD kannte keine Parteien. Nur Ordnung kannte er, Verwaltungsordnung. Er und Windmüller waren ungefähr gleich beweglich, aber der OKD setzte außerdem noch auf Ordnung. Und Vorbereitung. Also bekam ich die Stelle. Mein Jubel hielt sich in Grenzen. Die Aussicht auf die großen Ferien freute mich wesentlich mehr als das Bewusstsein meiner sorgenfreien Zukunft.

Auf der Rückfahrt war alles ganz anders. Ich total relaxed, weil ich wusste, dass ich durchgekommen war. Der Ausschuss hatte gar keine Wahl, bei den Antworten. Entsprechend gelöst war meine Stimmung. Euphorisch. Als ich die Stufen des Kreiswehrersatzamtes herunter federte, wurde mir mit jedem Schritt leichter. Und dann Cabrio. Ich machte Witze und lachte selber am meisten darüber. Holger saß hinten. Bedrückt. Ich vorn, neben Hellen. Fixierte ihr Knie, wie sie schaltete. Schließlich musste ich Schalten noch lernen. Unser Haus lag auf der anderen Seite der Stadt, weit weg von den Villen der Hochbergs und Husemöllers, also würde sie mich zuletzt absetzen. Sie wollte dann nach Bielefeld weiterfahren, zum Einkaufen. Nachdem wir die anderen herausgelassen hatten und endlich allein im Auto saßen, war sie von mir noch immer nicht beeindruckt, trotz meiner Possen. Sie war eben vier Jahre älter, Beziehungskrise hin oder her. Pubertierende Teenager fand sie allgemein langweilig, und mit meiner Art von Humor konnte sie im speziellen nichts anfangen.

Als wir uns durch den Lübbecker Stadtverkehr quälten, hat ihr schönes gelbes Cabrio eine Panne gehabt, hat geruckt und gestottert und ist dann stehen geblieben. Einfach so. Ist trotz heftiger Aktivitäten ihrerseits nicht wieder angesprungen. Hat keinen Mucks mehr gemacht, die Karre. Hellen fand das nicht komisch. Unerhört fand sie das. Wo Heinz reichlich Bares dafür hingelegt hatte. Zuerst wollte sie eine Telefonzelle suchen, um die Werkstatt anzurufen. Moment mal, habe ich gesagt, mach mal auf die Kiste, das hört sich nach Zündkerze an. Sie war skeptisch, hat aber doch den Motorraum geöffnet und mir über die Schulter geguckt, wie ich mich an der Zündung zu schaffen machte. Ich habe die Kerzen herausgeschraubt und abgeputzt und noch ein paar Kontakte gereinigt, ein paar professionelle Sprüche und Handbewegungen eingestreut, und dann fuhr er wieder. Ja, sowas können angehende Bauphilosophen, wenn sie bei Helmut Dekemeier aufgepasst haben. Hellen war mächtig beeindruckt. Regelrecht ergriffen war sie. Putz dir erstmal die Finger ab, hat sie gesagt und mir ein Feuchttuch gereicht. Also, ihre Finger waren lackiert. Ich sag's ja, der Oberst hat recht, Frauen wollen gerettet werden. Und dann hat sie mich gefragt, ob ich nicht mitkommen möchte. Als Belohnung. Erst Einkaufen, dann irgendwo reinsetzen in ein Café, sie lädt mich ein. Und das, ich meine diese Einladung als solche, hat mich so von den Puschen gehauen, dass ich noch heute jedesmal einen Schluck darauf trinken muss, wenn ich daran denke. Ich hole mir eben noch einen, mein Mund ist sowieso schon ganz trocken von dem vielen Geschreibe.

Natürlich bin ich mitgekommen. Wie ich schon sagte, ich hatte damals viel Zeit. Und über das Schalten konnte ich auch noch was lernen. Übrigens ist sie eindeutig zu schnell gefahren. Auf der ganzen Strecke sind nur 70 erlaubt; sie fuhr aber 100, auch in den Kurven. Meine Euphorie legte sich etwas. Ich meine, Geschwindigkeitsrausch, das ist eindeutig nichts für Beifahrer. Beifahrer übernehmen gewöhnlich den ängstlichen Part. Allerdings hatte ich auch so mit Nervositäten zu kämpfen, bezüglich, was heute noch alles passieren würde. Und mir war kalt. Ich meine, im März mit offenem Verdeck herumfahren, da wird einem kalt. Aber sie lachte bloß. Sie war abgehärtet. Abgehärteter als die Wehrmacht, die immer noch heizte.

Zuerst hat sie nach Pullovern gesucht, dann wollte sie einen Rock kaufen. Wir sind bei Karstadt rein, Rolltreppen rauf, aber da gab es nur Dutzendware, nichts, was sie vom Hocker gerissen hätte. Denn Hellen ist anspruchsvoll und, wie ich später noch oft genug zu spüren gekriegt habe, keineswegs genügsam. Ich hätte es damals gleich merken müssen, dass sie nicht genügsam ist, sondern, im Gegenteil, ziemlich hochgestochen. Beim Bahnhof kannte sie eine Boutique. Mondän, sage ich nur. Mit einer mondänen, schrillen Türglocke. Mann, war die Türglocke schrill. Sie probierte einen Rock nach dem anderen und konnte sich nicht entscheiden. Die Verkäufer guckten ein bisschen. Ich meine, wenn sie nichts kauft, kann eine Kundin noch so hochgestochen aussehen. Außerdem war ICH mit dabei. Ich stand unbeholfen herum und störte, nicht nur meines merkwürdigen Aufzuges wegen, das mondäne Milieu. Auch in meinem gewöhnlichen Aufzug hätte ich das mondäne Milieu der Boutique gestört. Ich war ein Fremdkörper, auf den der geistig gesunde Verkäufer normalerweise mit Abwehrmaßnahmen reagiert. Von alldem ließ Hellen sich wenig beeindrucken. Sich nicht entscheiden können und trotzdem souverän bleiben, das ist eine Kunst, die man erst mal draufhaben muss. Gut, ich bin auch souverän, wenn ich tausend Mark in der Tasche habe. Hatte ich nicht, sondern nur zwanzig. Mein Taschengeld, das ich mit Zeitungsaustragen aufbesserte. Jeden zweiten Tag, und meist auch am Wochenende, mit dem Fahrrad durch den Immengarten und die angrenzenden Viertel, um Werbepostillen in die Briefkästen zu stopfen. Ein elender Job, für unreife Jünglinge, nichts, womit man neben Husemöller & Decker bestehen konnte. Ihr Robert rechnete in anderen Dimensionen. Wie findest du den? hat sie gefragt. Und den? Ich wurde noch bisschen nervöser, nicht nur der Türglocke wegen. Was sollte ich sagen? Jaja, sagte ich. Oder: sehr schön. – In Wirklichkeit finde ich Einkaufen langweilig. Zermürbend. Besonders mit Frauen. Die meisten Röcke standen ihr bestens. Wenn man jung ist, steht einem alles. Ein paar waren definitiv zu überkandidelt, ich meine für meinen Manchesterhosengeschmack. Trotzdem stimmte ich allem zu. Man brauchte sich nur ihre Fingernägel anzugucken, dann wusste man, sie stand auf das überkandidelte Zeug. Um weniger aufzufallen, versuchte ich, mich halb zwischen die Kleiderständer zu verdrücken. Die Verkäufer langweilten sich.

Dann hat sie Strümpfe gekauft. Schwarze Nylonstrümpfe, also ich sage jetzt nichts mehr. Sprechen wir lieber über Cocktailschürzen. Das war das nächste. Wer weiß schon, was Cocktailschürzen sind. Ich hatte an dem Tag mindestens eine Stunde Zeit, es zu lernen. So lange hat es gedauert, bis sie eine gefunden hat. Das Einkaufen schien sie zu befriedigen, es machte sie ruhiger. Sie war eindeutig zu schnell gefahren. Ich weiß, 'Einkaufen in Bielefeld' klingt nicht sehr aufregend und nicht gerade weltstädtisch. Klingt provinziell. Nach Doktor Oetker und Bundesliga Abstiegsplatz. Aber für uns damals, ich meine, wir waren nichts gewohnt. Wenn's hoch kam, waren wir ein, zwei Tage mit dem Bus in Berlin gewesen, oder als Touris in Holland. Für uns war Bielefeld das Nonplusultra des Einkaufens. Riesige Kaufpaläste, Brenningmeyer, Karstadt, Quelle, das hat Namen, hat Melodie. Jedenfalls für Leute, die diese Musik leiden können. Für Philosophen und andere Schwärmer gab es die Buchhandlung 'Phönix'. 3-stöckig mit Fahrstuhl. Was hatte Lübbecke denn zu bieten? Kioske, Kramläden, Kalck, das Gewandhaus, die Kaufhalle Kütenbrink und die Buchhandlung Redeker. Man genierte sich doch, wenn man bei Kalck oder Kütenbrink einen Rock oder bei Redeker seinen Hegel erstand und dann noch warten musste, weil der Lateinlehrer, der einen Bildband über Amerika gekauft hatte, mit dem Buchhändler über Campingmobile fachsimpelte. Der Lateinlehrer grüßte, ich grüßte höflich zurück. Die Lektüre war mir verdorben. Wie sollte ich wissen, dass Hegel, falls er noch lebte, Lateinlehrer Kriegsdienstverweigerern vorziehen würde – ganz gleich, was jene mit Buchhändlern fachsimpeln. Ob er sich mit den Kütenbrinks verstanden hätte, weiß ich nicht. Der junge Kütenbrink begann damals, in Lübbecke den Ton anzugeben. Darauf komme ich noch.

Bei Phönix haben wir auf meinen Wunsch ein bisschen herum geschnüffelt. Hellen hat nie viel gelesen. Bücher, meine ich. Rechnungen schon. Ich weiß nicht mal, ob sie seit der Schule ein Buch in der Hand gehabt hat. Auch bei 'Phönix' hat sie die Bücher nicht angeschaut, geschweige denn gekauft. Nur geschnüffelt. Ich habe auch nichts gekauft. Abgesehen davon, dass ich nicht viel Geld dabei hatte, wollte ich mir keine Blöße geben. Jedes Buch, fürchtete ich, könnte gegen mich verwendet werden. Hätte ich Kant oder Kafka erworben, hätte sie mich wahrscheinlich für einen eingebildeten Langweiler gehalten, depressiv obendrein. Künftigen Lateinlehrer. Hellen stand mehr auf Stimmungskanonen. Jedoch, einen Comic zu kaufen, was ich zwischenzeitlich erwog, nein, so spaßig war die Stimmung zwischen uns nicht. Ernst eher.

Schließlich machte sie wenigstens ihr Versprechen wahr. Mein Magen knurrte schon gewaltig. Ich wollte sie erst zu einem bekannten amerikanischen Restaurant abdrängen, auf vertrautes Terrain. Doch darauf ließ sie sich nicht ein. Französisch musste es sein, daran ließ sie nicht rütteln. Wenn schon, denn schon, hat sie gesagt.

Heute stelle ich mir vor, wie schlaksig und unbedarft ich damals am Tisch saß, Typ magersüchtiges Greenhorn. Sie rechts und links mit großen Ohrringen und noch größeren Plastiktüten. Hinten spielten sie leichte Musik. Der Ober lächelte traurig. Trotzdem haben wir uns, während ich futterte, gut unterhalten. Gewiss, unser Gespräch hatte Längen, rein thematisch gesehen. Und Fallstricke. Aber wir fanden uns so sympathisch, dass wir darüber hinwegsahen. Ab einer bestimmten Stufe von Sympathie ist es einem egal, was der andere redet. Er kann den größten Quatsch erzählen, trotzdem hört man ihm andächtig zu. Ich glaube, ihr ging es ähnlich. Das heißt, ich vermute es nur. Hundertprozentig sicher bin ich mir nicht. Wer weiß schon, was in Frauen vorgeht. Vielleicht überlegte sie auch die ganze Zeit, wie sie sich mit ihrem Robert versöhnen könnte oder ob die Cocktailschürze die richtige Größe hatte. Jedenfalls schien sie mir ausdauernd zuzuhören. Ich bestellte ein Bier. Was bedrückte den Ober bloß? Ich weiß nicht, was ich ihr alles erzählt habe. Egal. Kohl wäre in dem Jahr so oder so Kanzler geworden. Während wir uns unterhielten, hatte ich stark das Gefühl, dass sie sich in meinen Blick verliebte. Ich kannte das von anderen Mädchen. Sie verliebten sich alle in meinen Blick, ohne dass ich allerdings daraus jemals irgendeinen Nutzen zu ziehen in der Lage gewesen wäre. Mann, hatte ich zu der Zeit einen Blick! Diesen gläsernen Blick der Jugend, den wir später nie wieder haben werden. Sie war ganz betört von dem Blick; berauscht, könnte man sagen. Mein derzeitiger Blick kann damit beim besten Willen nicht mithalten.

Irgendwann kamen wir ganz automatisch auf mich. Es ließ sich nicht vermeiden. Die Bundestagswahlen standen vor der Tür und die Kanzlerfrage war wichtig, aber kein allzu ergiebiges Thema. Auch über den neuesten Bestechungsskandal in der Bundesliga konnte man nicht ewig spekulieren. Von ihrer Ehe mochte sie wohl nicht anfangen. Also sprachen wir über die Verhandlung, und ich konnte ein bisschen aufschneiden. Wie ich agiert, es dem Ausschuss gezeigt hatte! Sie fragte nach meinen Zukunftsplänen. Nicht eben geschickt, diese Frage. Ich versuchte, auszuweichen, erzählte vom Abi und vom OStD, den ich wunderbar imitieren konnte. Wir lachten ein bisschen; wenngleich ihr meine Grimassen erstens wiederum klar machten, um wieviel jünger ich war, und unreifer. Wie ich schon sagte, mit meiner Art von Humor konnte sie letztlich nichts anfangen. Schließlich erbarmte sie sich und erzählte von ihren Bauprojekten. Der Kellner schien ganz bekümmert. Und zweitens, als angehender Lehrling im Bauamt beeindruckt man keine Frau, schon gar keine wie Hellen. Ich meine, Bauamtsverwaltung, was ist das schon? – Wenn man sie nicht gerade leitet. Denn mit den Windmüllers verkehrten die Deckers und Husemöllers, das wusste ich. Heinz hatte öfter im Bauamt zu tun, und Wilfrieds Frau war mit Hellen im Tennisclub. Ich habe Tennis immer verachtet, fast schon verabscheut. Ich meine, ich war ja nicht unsportlich, Fußball, Handball, Volleyball, das war mein Ding. Besonders Fußball. Ich trieb mich zwar nicht ständig bei allen Spielen des FC Lübbecke herum, wie Papa, der, von jedem wohl gelitten, dort seinen regen Gesellschaftsverkehr pflegte. Unentwegt wie ein Schmetterling flatterte er zwischen den Zuschauern hin und her. Die meisten Lübbecker mochten ihn und störten sich nicht daran, dass er in der falschen Partei war. Immerhin spielte ich in der A-Jugend den Libero. Aber Tennis? Nein danke. Die feinen Pinkel, die sich auf dem Lübbecker Tennisplatz herumtrieben, habe ich von frühester Jugend verabscheut.

Ob ich nicht studieren wolle? – Ich druckste herum. Mit Philosophie wollte ich ihr nicht kommen. Ich wusste von Holger, dass sie für derartiges kein Faible hatte. Sie wusste, aus derselben Quelle, über meine Interessen Bescheid, sagte aber keinen Ton. Warum soll sich frau kritisch über Eierköpfe äußern, wenn diese so betörende Augen haben? Bei euch da unten ist ja einiges im Gange, sagte sie plötzlich. Sie meinte den Immengarten und die Projekte, die Husemöller&Decker dort in petto hatten. Klärte mich über Verschiedenes auf. Vielleicht dachte sie, mit Hintergrundwissen würde mir der Anfang im Bauamt leichter fallen, oder sie hatte erkannt, gerade wegen meiner betörenden Augen, wie unpassend im Grunde unsere Spritztour war, und wollte das Gespräch auf neutrales Territorium lenken. Sie sprach über das neue Baugebiet im Lübbecker Feld und von der für Lübbecke angeblich lebenswichtigen Umgehungsstraße. Nur eine neue, möglichst vierspurige Umgehungsstraße könne den drohenden Verkehrsinfarkt verhindern, das merke jeder, der durch die Stadt fahre. Die Beruhigung, die dadurch eintreten werde! sagte sie leidenschaftlich. Wohltuend, besonders für ältere Menschen. Mein Interesse hielt sich in Grenzen. Ich hatte zu der Zeit mit älteren Menschen wenig am Hut und fand, Hellen sollte ihre Leidenschaften lieber auf mich konzentrieren. Trotzdem ließ ich sie reden. Zwischen den Falten der Tischdecke hatte ich ihr Knie wiederentdeckt. Ich hielt ihr zugute, dass sie nur nachplapperte, was sie zuhause aufschnappte.

Auf unserem Verdauungsspaziergang kamen wir an den Leineweber-Lichtspielen vorbei. Ich will jetzt ins Kino, rief sie, alle Bedenken beiseite schiebend. Auch ich fand, dass wir etwas Spaß gebrauchen konnten. Ich war ein bisschen betrunken. Damals vertrug ich noch nichts; aber ich mochte den Zustand. In guten wie in schlechten Tagen: dieser Satz trifft den Weingeist am besten. Wir hatten die Wahl zwischen einem Science Fiction Film über Außerirdische, die die Menschheit ausrotten wollen, um die Erde für sich allein zu haben, und einem Pulp Fiction Film über eine brutale Jugendgang, die in U-Bahn-Schächten hilflose Omis anrempeln und Supermärkte ausrauben, in denen sie als Lehrlinge tätig sind. Wir wählten die Gang. War ganz erbaulich, der Film. Wie ich feststellen konnte, gehört Hellen zu den Frauen, die sich im Kino, auch bei noch so brutalen Szenen, nicht ängstigen. Klar, als Heinz' Tochter. Die Gang wurde am Ende gefasst, es ging ihnen dreckig. Ich sag's ja, ich wusste's schon immer, Berufsschüler im Einzelhandel, das hat keine Perspektive.

Normalerweise werde ich, wenn ich betrunken bin, ziemlich kontaktfreudig. Richtig anhänglich werde ich dann. Verschmust. Im Alltag bin ich eher scheu und, scheubedingt, nicht so gut informiert wie Papa. Auch Hellen gegenüber wäre ich gern anhänglich geworden. Leider musste ich die ganze Zeit an ihren Robert denken. Ich meine, ich hätte schon *sehr* betrunken sein müssen, um nicht die ganze Zeit an ihn zu denken. Wie oft man die beiden händchenhaltend in der Langen Straße sah. Was sie, Holgers Tiraden zufolge, in den vielen Hinterzimmern der Villa trieben. Und was sie trieben, wenn Holger nichts mitbekam. Das hat mir die Lust, und überhaupt den Spaß an der Spritztour, ein wenig verleidet. Ich wusste doch, dass sie ihrem Robert schon mehrere lauschige Nester gebaut hatte. Früher in der hellen Dachgeschosswohnung in der Langen Straße, die Heinz als Geldanlage angeschafft hatte, und dann, da er nicht locker ließ, in der Villa, der zweiten. Mit welchem Enthusiasmus sie alles eingerichtet hatte, mit welcher Finesse. Holger hat mir die kuschelige Einliegerwohnung gezeigt, als die beiden mal urlaubten. Irgendwie war er, bei seinen Mordplänen, über die Schlüssel gestolpert. An alldies musste ich denken und vermied es entsprechend, meine Hand auf ihr Knie zu legen. Ich habe mich ganz auf den Film konzentriert.

Es war durchaus zweifelhaft, ob sich dieser Tag als Erfolg verbuchen ließ. Die Verhandlung vielleicht; der Ausflug mit Hellen jedoch verlief im Ergebnis ein bisschen enttäuschend, wenn man mal ehrlich ist und ihn knallhart analysiert, das heißt, ohne verliebte Glubschaugen oder andere Rücksichtnahmen. Wir hatten uns offensichtlich wenig zu sagen, das war das ganze Geheimnis. Auf der Schule gab es haufenweise Mädchen, die fortschrittlicher waren als sie, wenn auch nicht unbedingt blond. Zwischen uns gab es keine Gemeinsamkeit oder gar Seelenverwandtschaft, außer so eine kruden Sexualattraktion, die im Grunde der Rede nicht wert ist. Ich meine, ich finde viele Frauen sexuell attraktiv, ohne das kleinste Fitzelchen Zuneigung. Wenn ich eines in meinem Leben gelernt habe, dann, dass Sex nichts einbringt. Holger hat das schon immer gesagt, ohne es allerdings zu beherzigen. Genaugenommen war ich ziemlich verunsichert. Ich wusste nicht, was ich von ihr halten sollte. Ich schwamm sozusagen im Trüben, wo andere, weniger skrupolös Veranlagte, gefischt hätten. Auf jeden Fall schien mir die Beziehung zu ihr nicht zukunftsfähig. Am nächsten Morgen habe ich sie aus meinem Bewusstsein verbannt. Eine weise Entscheidung; denn mit ihrem Robert lief es danach wieder besser. Die beiden söhnten sich aus. Und ich habe einen großen Bogen gemacht, wenn sie mir in der Stadt über den Weg liefen.

2.

Wenn ich Sie recht verstehe, Herr Doktor Hochberg, würde es Ihnen nichts ausmachen, mitten in der Amtszeit zurückzutreten, sagte der Redakteur und trat mutig einen Schritt nach vorne. Der Mann war wirklich eine penetrante Geburt, anders kann man das nicht nennen. Er war eine Katastrophe. Ihm fehlte jegliches Fingerspitzengefühl. Man fragte sich unwillkürlich, wie es seine Vorgesetzten mit ihm aushielten. Wenn er sich in dieser Weise am OKD, der in Lübbecke eine unbestrittene Autorität war, man konnte fast sagen, verging. Oder behandelte er jene vorsichtiger? Man fragte sich, wie er seine Position, die durchaus eine hervorgehobene war, überhaupt erreicht hatte. Es ist doch bekannt, dass heutzutage bei der Auswahl von Journalisten strenge Maßstäbe angewandt werden, auch in Kleinstädten, damit hochrangige Persönlichkeiten, die durch ihre Rolle im öffentlichen Leben schon genug belastet sind, sich solche nervigen Fragen nicht gefallen lassen müssen. Ihm musste doch klar sein, dass der OKD, in einem höheren Sinne, auch eine Art Vorgesetzter von ihm war. Der OKD hatte enormen Einfluss. Er war in gewisser Weise der Vorgesetzte aller Einheimischen, an dem sich alle ein Beispiel nahmen, dessen vornehmen Umgangsformen alle, die auf sich hielten, unentwegt nacheiferten (wenn sie auch, wie ihnen wohl bewusst war, den Grad seiner Vornehmheit niemals erreichen würden), und dessen Anordnungen jedermann gern Folge leistete. Um so mehr, als Landrat Sandmeier seine Leitungs- und Vorbild-Funktion nur unzulänglich ausfüllte. Der OKD füllte sie um so bereitwilliger aus, er füllte sie gewissermaßen doppelt aus. Und dies mit recht. Bis in die Stube der Lokalredaktion füllte er sie allemal aus. So dass sich ein Redakteur, der nicht spurte, ruckzuck im Archiv wiederfand. So weit ging die Liberalität in Lübbecke nicht, dass man, wie in manchen Großstädten, vor lauter Liberalität nicht geradeaus gehen konnte. Lübbecke war ein konservatives Pflaster, und ein Lokalredakteur hatte, möglichst neutral und objektiv, über lokale Ereignisse zu berichten, und keine schweißtreibenden Fragen zu stellen. Mit diesem frechen, uneinsichtigen Benehmen würde er sich in Lübbecke nicht lange halten können. Denn er benahm sich keineswegs wie ein Einheimischer. Er benahm sich absolut unabhängig. Wahrscheinlich schielte er auf die Zentrale in Bielefeld. Die liebten konfliktträchtige Stories und waren, wenn überhaupt irgendwohin, mehr nach der SPD–Landesregierung gepolt.

Es war das erste Mal, dass mir der OKD hilflos vorgekommen ist, oder mindestens nicht ganz auf der Höhe. Man muss ja auch zugeben, es war eine schwere Zeit für ihn, eine sehr schwere Zeit. Er hat nicht gewusst, was aus ihm werden würde. Jahrelang hatte er sich, unter pflichtschuldigem Einsatz seiner Person, in dieser hervorgehobenen Position wohl und behaglich gefühlt, für Volk und Verwaltung sein bestes gegeben. Und nun dieses. Ein neuer Kreis, ein Großkreis, sollte aus den Landkreisen Minden und Lübbecke gebildet werden. Dadurch stand sein Posten, seine ganze Zukunft, zur Disposition. Denn ein Kreis und zwei Direktoren – das geht leider nicht zusammen. Einer würde abtreten müssen. Er rechnete ernstlich damit, dass sein Mindener Kollege zum Verwaltungschef des neuen Großkreises ernannt und er selber in den Aufsichtsrat des landeseigenen Energieversorgers abgeschoben wurde. Ja, Stegkemper würde das Rennen machen, da war er sich sicher. Allein von den Mehrheiten her. Trotzdem ihm das Vornehme fehlte.

Finanziell gesehen, war ein Aufsichtsrat nicht schlecht gestellt. Ein Aufsichtsrat verdient ebenso viel wie ein Oberkreisdirektor. Allerdings ist er keine Führungsperson in dem Sinne. Ich meine, Verhandlungen leiten, wichtige Entscheidungen treffen, Mitarbeiter dirigieren und so weiter, damit hat ein Aufsichtsrat wenig zu tun. Ein Aufsichtsrat muss alle vier Wochen ins RWE–Hochhaus, wo er im obersten Stockwerk mit Kaffee und Würstchen versorgt wird, um Pläne abzunicken, die sich andere ausgedacht haben. Wahrlich keine hervorgehobene Position. Nicht wirklich tonangebend, und, im Endeffekt, äußerst frustrierend. – Wer hätte ihm aber helfen können? Die Regierung war weit, und nicht unbedingt auf seiner Seite. Die Mindener hatten wesentlich mehr Einfluss als er, sowohl in Düsseldorf als auch durch das schiere Gewicht ihrer Verwaltung. Verglichen mit Minden war die Lübbecker Kreisverwaltung ein kleiner Kleckerladen. Sie würden die Lübbecker erst mal zu Breimus verarbeiten, bevor sie sie wieder aufstehen ließen, das war allen klar, ob sie nun Hochberg, Windmüller, Holzbrink oder Husemöller hießen. Sogar mir als Stift war das klar. Und keiner wusste etwas dagegen zu unternehmen. Holzbrink hatte ein paar unausgegorene, um nicht zu sagen, riskante Pläne in der Schublade, auf die sich der OKD niemals einlassen würde. - Der OKD verließ sich grundsätzlich nur auf eigene Pläne; doch in dieser Frage hat er sich definitiv keinen Rat gewusst. Auch seine Frau nicht. Ihr Vater war schon lange hinüber. Er musste ernsthaft damit rechnen, als Frühstücksdirektor auf dem Abstellgleich zu landen, und das mit gerade mal fünfzig. Ihm blieb nur seine vornehme Art. Auf die hat er immer wieder erfolgreich gesetzt und, selbst in ausweglosen Situationen, manchen Sieg davongetragen. Der OKD war groß und glatzköpfig. Die Stirn auffallend hoch. Er hielt sich sehr gerade und vermittelte einen äußerst distinguierten und untadeligen Eindruck. Was ich sagen will, er hat wirklich unheimlich viel Eindruck geschunden. Bei allen. Er verkörperte die Verwaltungshoheit in Reinkultur. Er war schon viele Jahre OKD, seit den Tagen, als sich sein Vorgänger plötzlich und vorzeitig in den Ruhestand verabschiedet hatte, und sich die Lübbecker Politik ohne viel Federlesens auf den jugendlichen Doktor jur verständigte. Veni, vidi, vici, war wohl sein Wahlspruch, mit dem er schon in jungen Jahren Eindruck geschunden hat. Ich meine, 'vornehm' ist das eine, 'vornehm' ist schön und gut, aber jung und vornehm, das ist das höchste. Sein Bewerbungsauftritt soll ein Kabinettstückchen, und eines Staatssekretärs würdig, gewesen sein, so dass es der wärmsten Empfehlung seines Schwiegervaters gar nicht bedurft hätte. Er übte seine Führungsfunktion jetzt schon so lange aus, dass er sich gar nichts anderes vorstellen konnte und es ihm auch im privaten Bereich schwerfiel, sein distinguiertes, aristokratisches Benehmen abzulegen. Das Amt war ihm derart in Fleisch und Blut übergegangen, dass er selbst nachts, im Schlafpolter, den perfekten OKD abgab. Es war ihm zum Charakter, zur zweiten Natur geworden. Nur ganz selten, in Momenten wie diesen, wünschte er, die Hemdsärmeligkeit eines Husemöller oder Holzbrink zu besitzen. Die wären mit solchen Belästigungen garantiert schneller fertig geworden! Er hat sich aber auch so wieder gefangen und auf seine vornehme Art und Amtsinhaberschaft gesetzt. Hat dem jungen Tölpel ein 'Selbstverständlich!' entgegen geschleudert. Er wisse, was seine Pfelicht sei. Pfelicht, wenn Sie verstehen, hat er gesagt. Im Moment sei noch gar nicht ausgemacht, dass man mit Minden zusammengehen werde. Andere Möglichkeiten stünden ebenfalls zur Debatte. Er, das heißt, mit dem Landrat zusammen, habe ein Gutachten in Aufterag gegeben, welches der Landesregierung beweisen solle, wie gut Lübbecke dastehe, also wirtschaftlich und wachstumsmäßig, und welche Folgen man zu gewärtigen habe, wenn ein gerößerer Kereis diese aufsterebende Gegend sich einverleibe. Selbst die Roten, die, wie bekannt, im Moment, er betonte dies 'im Moment', den Ministerperäsidenten stellten, versuche er, auf lokaler Ebene, einzubinden. Denn Konsens sei immer seine Maxime gewesen. Ohne Konsens komme man gewöhnlich nur halb soweit. Ohne Konsens könne man einpacken.

Nach seinen Informationen sei der Zusammenschluss mit Minden so gut wie beschlossen, insistierte der Redakteur, diese Plage, und alle anwesenden Honoratioren fröstelte, nicht nur des vorlauten und völlig enthemmten Pressemannes wegen, sondern auch bei dem Gedanken, was die Mindener mit ihnen machen würden, wenn sie erst mal das Sagen hatten. Ehrenämter weg, Einfluss weg, und manch unerlaubter Vorgang konnte ans Licht kommen. Die Mindener würden alles schonungslos aufdecken, schon um von eigenen Verfehlungen abzulenken. Bei denen war auch nicht alles gediegen. Aber da sie überall die Mehrheit haben würden, im Kreistag, in den Ausschüssen, und in der Verwaltung bei den Abteilungsleitern, würde ihnen keiner dazwischen funken. Wie die aufräumen würden! Die englische Besatzung war nichts dagegen. Der englische Stab damals, der war einmarschiert, hatte paar Häuser requiriert, Fahnen gehisst, paar Nazis verhaften, paar Schilder auswechseln lassen, und das war's dann. Danach konnte weitergemacht werden. 'Wiederaufbau' nannte sich das, weil durch die Bombenangriffe alles kaputt war. Nur die Beziehungen, die waren nicht kaputt. Die existierten weiter. Auf die konnte man bauen, und zügig loslegen. Und das Ausland staunte. Sich nicht unterkriegen lassen, darauf kommt es an. Einmal mehr aufstehen als man umgeschmissen wird. Denn das Leben geht weiter. Schnell die SPD mit ins Boot geholt und, kommunalpolitisch gesehen, soviel wie möglich bei den Alliierten abgekupfert. Konsens eben. Konsens und Gründerzeit.

Aber heute. Es ist doch bekannt, dass sich Minden immer noch ärgert, weil es den Sitz der Bezirksregierung verloren hat. Nach Detmold verlegt, Drake sei Undank. Sie gierten nach Geltung in der Region und würden sich so eine Gelegenheit auf keinen Fall entgehen lassen. Sie stellten sich jetzt schon vor, wie schön alles werden würde, und hatten die Lübbecker zu

'Schnuppergeprächen' eingeladen. Schnuppergespräche! Wo jeder sich denken konnte, was bei denen im Kopf ablief. Ich meine, sie hätten ja auch sagen können, ihr seid uns zu popelig, wir wollen lieber unter uns bleiben. Aber nichtsda, damit war nicht zu rechnen. Mehr Einwohner, mehr Einfluss, so das simple Mindener Kalkül. Dass Lübbecke sich nicht vereinnahmen lassen wollte, störte sie überhaupt nicht. Und dann, wie gesagt, das Regiment, das sie führen würden. Die Mindener waren alte Preußen, seit sie ein Bischof im Mittelalter an die Hohenzollern verschachert hatte, und Preußen gingen bekanntlich mit ihren Untertanen nicht zimperlich um. Ich meine, Wilhelm der zweite und so. Preußen waren für ihre Gefühlskalte bekannt. Preußen gingen gnadenlos vor, und keineswegs behutsam. Wilhelm hat damals, als die Deutschen ihn leid waren, in Holland ganze Wälder gnadenlos zu Kleinholz zerhackt. Lübbecke konnte froh sein, wenn es ein, zwei kleine Klitschenbehörden behielt, die Heimatpflege vielleicht, das Ausländeramt, oder die Volkshochschule. Und jeder Antrag, jede Bitte, alles, was darüber hinaus ging, würde mit absoluter, parteiübergreifender Mehrheit abgeschmettert. Mehr Krankenhauszuschüsse? Ich glaube! Neue Umgehungsstraße? Kein Geld für da. Was denkt ihr euch überhaupt! Wofür braucht Lübbecke eine Umgehungsstraße! Bei euch wird der Verkehr in den nächsten Jahren doch eher abnehmen. – Womit sie übrigens recht hatten. Wer fuhr noch nach Lübbecke, wenn es keine Kreisstadt mehr war? Welcher Unternehmer ließ sich dort noch nieder?

Dann würde Minden ein neues, größeres Kreishaus brauchen. Ein Komfortkreishaus, sozusagen. Überall Glas, und mit Flussblick, möglichst direkt an den Ufern der Weser, samt entsprechender Infrastruktur. Genau so würde es kommen. Das konnte sich jeder an drei Fingern überlegen. Und der tolle Überschuss, den die Lübbecker Wirtschaft jetzt noch einfuhr, würde sich in ein dickes Minus verwandeln. Das machte die Honoratioren ganz kribbelig. Nur der OKD behielt den Überblick. Er hatte die Ruhe weg. Jetzt warten sie doch erst einmal ab, lieber Herr, sagte er vornehm. Er verstehe ja, die Peresse wolle immer gleich Eregebnisse sehen. Aber damit könne er nicht dienen. Der Innenminister persönlich habe ihm versichert, es sei noch gar nichts entschieden. – So beruhigte er seine Zuhörer, er stereichelte ihre aufgewühlten Seelen, und die Honoratioren drängten sich um ihn, teils lebendes Schild, teils ängstliche Schafe. Einige standen kurz davor, sich wutschnaubend auf den Redakteur zu stürzen, oder ihn wenigstens, wegen schwerer Regelverstöße, vom Platz zu weisen. Schwarzes Schaf, das sich gegenüber dem Spielführer eindeutig zuviel herausnahm. Der OKD gab sich ganz cool. Er drehte sich ostentativ weg, so dass selbst der schwerfälligste Zeitgenosse kapiert hätte, was gemeint war.

Ich stand direkt daneben und habe alles hautnah mitbekommen. Ich habe an dem Tag einiges mitbekommen. Es war eine rauschende Ballnacht. Es ging hoch her. Es war das Ereignis des Jahres. Reden wurden geschwungen, und Schnapsflaschen geleert. Das ganze Gebäude war bis zum Dachstuhl, das ganze Areal bis zu den Tannen hell erleuchtet. Überall Tische, reichlich beladen mit Häppchen und Sekt. Auch Bier und Orangensaft, Schinkenbrote und Käsesemmeln, alles von weißen Schirmen beschützt. Ich meine, falls es regnete. Im Moment sah es zwar nicht danach aus; aber man wusste ja nie. Nachmittags hatte es ziemlich geschauert. Die Schuhe, zugegeben, die wurden dreckig, weil noch nicht überall Platten lagen. Ich schätze, mindestens zweihundert Leute waren gekommen, wenn nicht mehr. Natürlich wollte sich niemand die Party entgehen lassen, für die Heinz schon seit Monaten trommelte. Die Einweihung seiner neuen, reetbedachten Riesenvilla. Sie war so riesig, dass man sich unwillkürlich fragte, was machen die Husemöllers mit all den Zimmern? Besonders, wo seine Frau nicht mehr da war. Selbst wenn Hellen und Robert mit einzogen, war sie zu groß. Aber so ist das wohl mit dem menschlichen Wohlstand. Wenn er kommt, kommt er ganz dicke, und kennt keine Schmerzgrenze. - Vielleicht waren es sogar drei- oder vierhundert. Einmal die Geschäftsleute, die mit Heinz nicht nur geschäftliche Kontakte pflegten, die meisten hochkarätige Persönlichkeiten, Mittelstand in seiner kultiviertesten Form, dem man gern Steuererleichterungen gönnt. Wie kultiviert sie waren, sah man an ihren Siegelringen und Seidenkrawatten. Bierbrauer Briegel, die Kaufhauskönige Kütenbrink, junior und senior samt Ehefrauen, Großhändler wie auch kleinere Ladenbesitzer, Apotheker, und Heinz' Ärzte waren gleichfalls vollständig vertreten. Man sprach über Privates, über Geschäfte, über die zu hohe Staatsquote und über gemeinsame Aktivitäten im Ruder- und Nobilityclub - was den kultivierten Mittelstand so interessiert eben. Übers Finanzamt konnten die meisten aus dem Stegreif Anekdoten beisteuern. Ich hörte Robert mit Briegel und dem jungen Kütenbrink schwatzen. Hellen habe ich nicht erspäht.
"Doller Schlitten, muss ich schon sagen."
"Wir brauchen auch dringend neues Auto. Aber Osterfeld ist mir zu teuer. Der verlangt Preise."
"Auf der Autobahn ausprobiert. Zieht echt ab, der Wagen. Verbraucht dann aber auch."
"Musst mit ihm handeln."
"Der doch nicht. Der hat's doch nicht nötig."

"Ich hole mir erst noch ein Glas."

"Bring einfach die Flasche mit."

"Wird gemacht."

"Benze verkaufen sich immer."

"Letztes Mal habbich geschworen, bei dem kaufe ich nicht mehr."

"Also hier. Wer will noch mal."

"Der Wagen ist nicht von Osterfeld."

"Woher denn?"

"Re-Import."

"Na dann Prost."

"Von Heitmeier im neuen Gewerbegebiet."

"Da siehst du. Wenn wir das neue Gewerbegebiet nicht hätten."

"Ganz kleiner Laden. Habe ich über 5000 gespart."

"Und wenn wir den Holzbrink nicht hätten, gäbe es das neue Gewerbegebiet nicht. Der Püffkemeier hat damals so gegen gewettert. Was der sich alles herkriegte."

"Alles Quatsch."

"Was erwartest du. Als Roter und Wirtschaft. Null Ahnung."

"Ich wähle diesmal die Freien."

"Du meinst Gebhart."

"Runter mit die kommunalen Steuern, da kann ich nur zustimmen."

"Da trinken wir auf."

"Der hat Verwaltungserfahrung, weil er Beamter in Minden ist."

"Was heißt das schon? Was wir brauchen, ist nicht Verwaltung, sondern frische Ideen. Er soll ein bisschen unflexibel sein."

"Naja, Beamter."

"Leiser. Die stehn dahinten."

"Wohin du guckst in der Kommunalpolitik, Schwarze, Rote, Grüne, alles Beamte. Bundeswehroffiziere, Lehrer oder Verwaltungsmenschen."

"Die wissen eben, wo die Trauben hängen. Und haben die Zeit, sie zu pflücken."

"Also, ich hätte da keine Lust zu."

"Husemöller macht es richtig. Der IST kein Beamter. Der hält sich Beamte."

"Und Politiker."

"Der Club hat jetzt das Geld für das Bootshaus zusammen."

"Ihr habt wohl auch gegeben."

"Wir haben uns nicht lumpen lassen, soviel darf ich zugeben."

"Man lebt nur einmal."

"War wirklich nötig. Die siffige Bude."

"Ich habe gehört, da soll dann ein Wirt rein."

"Warum nicht? Ist doch 'ne gute Idee."

"Nicht nur zum Biersaufen. Richtiges, feines Lokal."

"Also wir gehen da hin. Meine Frau garantiert."

"Für unsere Treffen ist es zu klein."

"Was für Treffen?"

"Vom Nobility-Club."

"Komm. Soviele sind wir meist gar nicht."

"Hängt vom Thema ab. Wenn Robert Anlagetips gibt ..."

"Dann kann man immer noch ausweichen."

"Wer letztlich da einzieht, weißt du noch lange nicht."

"Ich kann es mir ungefähr denken."

"Der Heuschneider möchte bestimmt."

"Ja, wenn er Ruderer wäre."

Die Politiker waren ebenfalls vollzählig anwesend. Noch vollzähliger als die Geschäftsleute, und bildeten noch größere Pulks. Wie Bienen bildeten sie Pulks. Außer wenn es vertraulich wurde; dann stellten sie sich paarweise irgendwo in den Schatten. Später, im Laufe des Abends, tauten sie auf, jedenfalls die, die getankt hatten. Sie schwärmten aus und mischten sich mit den Geschäftsleuten. Manche hatten ihre Ehefrauen mitgebracht, die in eigenen Gruppen zusammenstanden und die Stadt- und Weltereignissse aus ihrer eigenen, ehefraulichen Sicht analysierten. Auch bei denen war von Hellen nichts zu sehen.

Es ist doch so: abgesehen von der bedeutenden Rolle solcher Veranstaltungen, die dem Gemeinwohl außerordentlich zuträglich sind, können dort alle Arten von Konflikten entschärft, Krisen gemeistert und Nöte gelindert werden. Solche Veranstaltungen wirken wie Heilwasser. Sie sind richtungweisend, eis- sowie auch bahnbrechend. Förderungswürdig sind sie auf jeden Fall. Mindestens so förderungswürdig wie Sportanlagen und Kulturereignisse, möchte man sagen. Genaugenommen *sind* es Kulturereignisse. Kulturereignisse ersten Ranges. Was man schon daran erkennt, dass die Presse ausführlich über sie berichtet, ausführlicher als über jede Kunstausstellung. Und die Staatskasse hat keinen Pfennig dazubezahlt, nicht direkt jedenfalls.

Warum die Politiker am liebsten in Pulks auftreten? Ganz einfach: einer zieht den anderen mit. Wo einer ist, will der andere nicht fehlen. Nicht mitzumischen kann sich, gerade in der heutigen Zeit, in welcher die soziale Kommunikation immer wichtiger wird, kein Politiker leisten. Soziale Kommunikation ist das A und O des gesellschaftlichen und auch sonstigen

Zusammenhalts. Ohne soziale Kommunikation würde unsere komplizierte, hoch technisierte Gesellschaft im Chaos versinken. Die beste Wissenschaft und Technik würde keinem was nützen, wenn wir unsere soziale Kommunikation nicht hätten. Leute wie Scheding vergessen das leider. Und Holger und ich, wir haben das damals auch nicht gewusst. Ob Hellen es wusste, weiß ich nicht. Gutaussehende Frauen unter 40 sind die einzigen, die problemlos ohne soziale Kommunikation ans Ziel kommen.

Alle waren da: Holzbrink, der Bürgermeister, als erster. Als einer von Heinz' intimsten Freunden, dem er manchen Auftrag zu verdanken hatte. Und nicht nur Auftrag. Holzbrink kam auch mit kreativen Ideen, wenn es bei einem Bauprojekt irgendwo hakte. Heinz und er verzogen sich dann für paar Stunden in sein Arrestlokal, wie Heinz es nannte, ein eigens für solche Zwecke hergerichtetes abhörsicheres Refugium mit Theke und Bar, Weihestätte echter sozialer Kommunikation, und durften um keinen Preis gestört werden. Dort meditierten sie sich gegenseitig in die richtige Stimmung, und meist gab es danach keine offenen Fragen mehr. Allein schon, wie die sich begrüßten. Da merkte man gleich, da ist Musik drin. Wie zwei Orangs haben die sich begrüßt. Sie torkelten aufeinander zu, als ob sie schon einen sitzen hätten, wobei sie ein seltsames, urweltliches Gejohle ausstießen, schüttelten sich die Pranken und umarmten sich schwerfällig. Da wusste man, oder konnte ahnen, was die Stunde geschlagen hat. Ich meine, dass wichtige Entscheidungen in der Luft lagen. Dann erstmal ausführlich geschäkert, nach dem Motto: man unterhält sich nicht, um sich zu verstehen, sondern *weil* man sich versteht; und die Bierflaschen aufgemacht. Dazwischen, nebenbei, die wichtigen Punkte abgehakt. Für Lübbecke hat ihre Zusammenarbeit einiges bewirkt, kann man sagen. Holzbrink setzte sein großes rundes Mondgesicht auf. Er schrumpfte regelrecht zusammen, um mit Heinz auf Augenhöhe zu kommen. Denn Heinz war klein und von vierschrötigem Wuchs. Er war kräftig, doch ohne das Bedrohliche, das von kräftigen Menschen manchmal ausgeht. Weil er immerzu freundlich lächelte. Bei Holzbrink fiel einem zuerst der riesige Kopf auf. Im Vergleich zu Heinz' Kopf war der von Holzbrink mindestens doppelt so groß. Heinz, damals noch sein Mentor, hat ihm dann erklärt, wo der Hund begraben liegt. Der Stadtrat musste anschließend nur noch zustimmen.

Die meisten Kreis- und Stadtvertreter waren auch anwesend. Feierten anstandslos mit. Eilert, Dittmeyer, Döding, Burkamp und wie sie alle hießen. Für einen leibhaftigen Bundestagsabgeordneten war Lübbecke zwar zu klein; aber Övermann, der Landtagsabgeordnete, hatte es sich nicht nehmen lassen und war extra aus Düsseldorf angereist. Sie alle gehörten zu Heinz' zahllosen Freunden. Abgesehen vom OKD. Der OKD war ein Sonderfall. Er war jedermanns Partner, aber niemandes Freund. Dazu war er zu vornehm. Der OKD stand normalerweise über den Parteien und den Konflikten des Alltags, das heißt, den kleinen Schmutzigkeiten, über die keiner gerne redet, die aber, wie jeder, auch der sozial Minderbemittelte, weiß, oder mindestens ahnt, manchmal nötig sind, wenn man das große Ganze, das Gemeinwesen voranbringen will. Der OKD mischte sich nur in kritischen Situationen in die Probleme seiner Schäfchen ein. Dann sprach er ein Machtwort, und alle hielten die Klappe. Bei Heinz musste er sich nur selten einmischen. Bei Heinz lief meist alles am Schnürchen. Dafür sorgte erstens Windmüller, dass alles am Schnürchen lief. Und zweitens, weil Heinz in Lübbecke praktisch keine Konkurrenz oder Feinde hatte, allein durch seine allzeit freundliche Art. Freundlichkeit war ein Grundwesen seines Charakters, welches das andere Grundwesen, seine enorme Tatkraft, meist völlig verdeckte. Er hatte so viel Charme, dass noch der graueste Miesepeter auflebte, sobald er mit Heinz ein paar Worte gewechselt hatte. Hellen sagt, es sei immer schwer gewesen, festzustellen, was hinter der Sonnenscheinfassade ihres Vaters vor sich ging. Jedenfalls hätte kein Außenstehender auf Anhieb erraten, dass ein solcher Erfolgsmensch seine Freizeit mit den Bienen verbringt. Wobei er den Honig mit großem Gewinn an das örtliche Reformhaus verkaufte. Bei Heinz verwandelte sich eben irgendwie alles zu Geld. Er hätte auch hier wiederum Leute anstellen und ein Gewerbe daraus machen können, bestand aber darauf, dass das Imkern sein Hobby sei.

Heinz war wirklich der Inbegriff von Freundlichkeit. Die Liebenswürdigkeit in Person. - Außer, wenn im Betrieb nicht alles nach Plan lief, wenn einer der Bautrupps, die er mit seinem guten Geld bezahlte, schlecht arbeitete oder nicht mithalten konnte. Dann straffte sich Heinz. Dann trat seine Tatkraft hervor. Dann wurde er nickelig. Konventionalstrafe. Das Wort hörten seine Vorarbeiter gar nicht gern. Ihr wisst wohl nicht, was eine Konventionalstrafe ist. So fing es an, entwickelte sich zu einem meisterhaften Vortrag über das Vertragswesen und endete oft mit einem Hinauswurf. Und wehe, ihm widersprach einer. Dann war der Ofen aus. Dann wurde Heinz fuchsig. Renitent wurde er dann. Dem riss er den Kopf ab. Widerspruch konnte er gar nicht vertragen.

Man merkte ihm eben den Polier immer noch an, der er früher gewesen war. Poliere sind Vorarbeiter, die den Maurern auf die Finger klopfen, und auch den Handlangern. Denen besonders. Dass die nicht zuviel Zement verplempern. Dabei ist die Qualifikation des Vorarbeiters egal. Es ist ganz egal, welche Qualifikation dein Vorgesetzter hat; es reicht, wenn er mit dem Chef gelegentlich ein Bierchen zwitschert, dabei seine sozialen Kommunikationsmuskeln spielen lässt, und ansonsten in der Lage ist, dir jederzeit gehörig auf die Finger zu hauen.

Heinz ist nur ein paar Jahre Polier geblieben, dann hat er gedacht: Bauunternehmer, das kann er auch, und vielleicht besser. Wenn er sich anguckte, wie der Chef in seinem Laden herum murkte. Mann, hatte der herum gemurkt, und trotzdem Profite gemacht. Bei dem ging alles durcheinander, Rechnungen wurden nicht bezahlt, die Arbeiter bekamen nicht regelmäßig ihr Geld; aber die Firma florierte, ein paar Jahre jedenfalls. Ich meine, bei den Steuergesetzen. Je murkiger ein Unternehmer, um so weniger Steuern muss er bekanntlich zahlen. Danach setzte sich der Murker zur Ruhe. Die Leute wurden entlassen. Die jüngeren hat Heinz übernommen. Im Kontakte knüpfen war er seinem alten Chef eindeutig überlegen. Entsprechend viel mehr Aufträge hat er eingeheimst, und mit der Zeit alle Bauunternehmer in unserer Gegend deklassiert, dass die richtiggehend den Mut verloren haben. Das richtige Gespür, wo besonders was zu holen ist und wo nicht, besaß er ebenfalls. Und für die Buchhaltung hatte er Herta. Heinz war extrem leistungsfähig und belastbar, wie man heute sagen würde, ein Energiebündel, ohne jedoch nach außen nervös oder gar hektisch zu wirken. Ansonsten war er die Freundlichkeit in Person. Er lief über vor Freundlichkeit. Er hat Lübbecke mit seiner Freundlichkeit derart durchdrungen, dass die Stadt fast daran erstickt wäre. Letztlich konnte keiner seinem Charme widerstehen. Die geizigsten Bauherren und hartleibigsten Kämmerer sind bei ihm dotterweich geworden. Dahingeschmolzen. Sie haben keinen Mucks mehr gemacht.

Nicht so die Mindener. Die würden ihm widerstehen. Die mucksten jetzt schon, weil sie ihre eigenen, allezeit freundlichen Bauunternehmer hatten, und es würde ganz, ganz schwer werden, da eine Bresche hinein zu schlagen. Einen Riesenaufwand würde es bedeuten, mit höchst ungewissem Ausgang. Wie lange hatte Heinz gebraucht, um in Lübbecke das Feld zu bestellen? Welche Kämpfe durchfechten müssen? Freundlichkeit, wenn sie zum Erfolg führen soll, ist ja kein singuläres Ereignis. Sie ist ein steter warmer, fruchtbarer Regen – ein Gülleregen, würde ich fast sagen – der den ganzen Boden gleichmäßig durchfeuchten muss. Insofern war auch Heinz ein absoluter Gegner der Kreisreform. Gut, wenn er jünger gewesen wäre, hätte er sich der Herausforderung gestellt. Ein größerer Markt bringt auch größere Chancen, sagen die Ökonomen. Die haben leicht reden. Wer keine Firma führen muss, hat immer leicht reden. Heinz war bereits in dem Alter, wo man mehr an Besitzstandswahrung als an Expansion denkt. Er hatte sich in

Lübbecke ein System von Beziehungen aufgebaut, ein durchaus fragiles, empfindliches System, das durch die Kreisreform vermutlich schwer beschädigt werden würde.

Auch die Beamtenschaft, wenigstens soweit sie, wie ich, nur im entferntesten mit dem Bauwesen zu tun hatte, war auf dem Richtfest angemessen vertreten. Knoost, Hageböke, Windmüller, Wenzel und so weiter, alle hatten das Gefühl gehabt, unbedingt kommen zu müssen. Weil sie sonst etwas Wichtiges verpassen würden. Etwas außerordentlich Wichtiges. Wichtiger als jeder Freizeitausgleich und auch als alle Erlasse der Kreisdirektion. Die Beamten waren im allgemeinen etwas steifer als die Politiker und Geschäftsleute, weniger flexibel, und blieben gern unter sich. Genauer gesagt, die meisten blieben den ganzen Abend praktisch an derselben Stelle stehen. Keiner rührte sich vom Fleck, wahrscheinlich aus Furcht, etwas falsch zu machen. Sie fühlten sich unwohl, spürten die Sensibilität und die Weltläufigkeit des Festes, ohne doch in diese für sie fremde, exotische Welt Eingang zu finden. Sie waren zu ungelenk und schwerfällig, ihnen fehlte die Bildung. Bis auf Ausnahmen wie Windmüller, und vielleicht noch Wenzel, waren sie nicht gesellschaftsfähig. Der OKD hat sich oft darüber beschwert, dass den meisten seiner Mitarbeiter die Bildung fehle, so dass sie zu sozialer Kommunikation nicht, oder nur unzureichend, in der Lage seien. Als Chef, aber auch als Mensch, hat der OKD voll auf die soziale Kommunikation gesetzt. In der Hinsicht war er mit der Politik völlig einer Meinung. Kommunikation und Sprache sind das, was uns nach Ansicht des OKD, und vieler anderer Fachleute, von den Tieren unterscheidet. So nach dem Motto: Toll, was wir alles können. Wir sind euch ja sooo überlegen. Ich meine, irgendwas müssen sie ja haben, woran sie sich hochziehen können, nachdem die höher fliegenden Pläne der Menschen sich mit dem Älterwerden doch oft verflüchtigen. Ich meine, am Ende hat man, trotz enormer Anstrengungen, meist wenig vorzuweisen. Unsere Sprache, die genetisch mehr oder weniger vorgegeben ist, beruht bekanntlich auf einer ziemlich beschränkten Universalgrammatik. Man darf sich getrost fragen, ob wir, mit unserer beschränkten Universalgrammatik, überhaupt zu wirklichem Verstehen in der Lage sind, oder ob nicht unser 'Verstehen' ein billiger Pawlowscher Reflex des Gehirns ist, eine Reaktion auf den emotionsbelasteten Müll, den unsere Umwelt tagtäglich auf uns abläd. Ich rede hier auch über die Bildzeitung. Wir verlieren, vor lauter Müll, die wichtigsten Anlegen aus den Augen, wie beispielsweise die Verwaltungsreform oder die Strukturförderung. Ja, wenn wir den OKD nicht hätten. Heinz und der OKD sind wirklich die einzigen, die selbst in extremen Situationen immer den Überblick behalten. Wie beschränkt Otto Normalmensch ist, sieht man doch an den vielen Nullen, die überall herumlaufen und einem das Leben schwer machen. Ich denke, das Denken, von dem hier die Rede ist, ist gar kein Denken. Für mich ist das Denken des Durchschnittsbürgers nur eine Wohlfühltäuschung. Der Durchschnittsbürger sitzt auf der Bombe seines Lebens und erliegt seinen Wohlfühltäuschungen. Wenn er sich überhaupt Bücher kauft. Und wenn er sie kauft, ob er sie liest, und nicht nur die Bilder anguckt. Ich meine, wen kümmert denn die Verwaltungsreform? Oder, ob Heinz noch Strukturförderung braucht? Ich gebe zu, mein Vertrauen in die menschliche Rasse ist nicht eben ausgeprägt. Als Alkoholiker bin ich, nach vielen Erfahrungen, sehr skeptisch. Zu nüchtern, könnte der Böswillige versucht sein, zu sagen. Ich sehe die menschliche Intelligenz als kurzfristigen, fiebrigen Anfall der Biosphäre, der schnell vorübergehen, an dem das Leben auf der Erde aber ebenso leicht zugrunde gehen könnte. Ich meine, zichmillionen Jahre lebte das Leben auf der Erde mehr oder weniger friedlich vor sich hin, und dann kommt der Mensch, und in einem kurzen Augenblick, zack, beweihräuchert er sich und seine Errungenschaften, und seine außergewöhnlichen Fähigkeiten, und puff, bum, sprengt er das Leben in die Luft. So wird es garantiert kommen. Bin ich felsenfest von überzeugt.

Der OKD hätte mir das selbstredend nicht abgenommen. Er setzte voll auf soziale Kommunikation. An seinen Mitarbeitern konnte er jeden Tag sehen, wie recht er hatte, und zu was es führt, wenn die soziale Kommunikation vernachlässigt wird. Entweder sie redeten gar nicht, oder ungebildetes Zeug, oder sie redeten über die Arbeit. Auch heute redeten sie meist über die Arbeit. Sobald das Gespräch auf privates kam, geriet es ins Stocken. Also redeten sie schnell wieder über die Arbeit. Windmüller, der als einziger die soziale Kommunikation beherrschte, verabschiedete sich hastig, sobald er alle ausreichend begrüßt hatte. Irgendwo hörte man Birgit kichern.
"Was war eigentlich los heute Morgen?"
"Das war vielleicht einer. Manche Leute sind wirklich unmöglich. Unmöglich, sage ich euch."
"Was war denn?"
"Der ließ sich nicht abwimmeln. Obwohl sein Fall Monate zurückliegt, und schon längst erledigt ist. War anscheinend auf Reisen gewesen, der Mann. Fing an und wollte handeln mit mir."
"Hat er Widerspruch eingelegt?"
"Du meinst, schriftlich?"
"Die sind am schlimmsten. Wenn sie dir dann noch direkt auf die Pelle rücken."

38

"Ich kann dir sagen."
"Womöglich handgreiflich werden."
"Hoffentlich nicht."
"Komm, Junge, stell dich zu uns."
"Ich hatte total vergessen, worum es geht. Mensch, wenn ein Antrag so lange zurückliegt. Was willstu da machen?"
"Also, diskutieren tu ich mit denen nicht. Damit fang ich nicht an."
"Das habe ich früher gemacht. Aber nicht lange. Ist mir nicht gut bekommen, sage ich euch."
"Wie fühlst du dich im Bauamt? Fast schon einer von uns, nicht wahr."
"Diskutiert habe ich eigentlich nicht. Ich war einfach sprachlos. Dann habe ich die Akte geholt und versucht, zu verstehen, worum es überhaupt geht. Und er. Wollte mich einwickeln. Zuerst mit Charme."
"Ihr Lehrlinge steht euch ja immer schlechter."
"Wenn sich herumspricht, dass du diskutierst, kommen gleich alle an."
"Genau. Publikumsverkehr ist sowieso Humbug. Alles, was du mit den Leuten mündlich beredest, ist vergebliche Mühe und wird am Ende gegen dich verwendet. Ich lasse mich da auf nichts mehr ein. Ich sichere mich jetzt immer schriftlich ab."
"Der ganze Ärger. Und bei dem Gehalt."
"Keine mündlichen Auskünfte mehr."
"Und am Ende will meist der Chef die Akte sehen. Du, wenn die Kunden erstmal Oberwasser haben."
"Die haben ganz schön gekürzt in den letzten Jahren."
"Da musst du aufpassen. Windmüller ist das enorm wichtig. Der hat eine Heidenangst vor Klagen."
"Vielleicht will er selbst in die Politik."
"Wozu denn? Dem geht es auch so prächtig. Guck dir doch an."
"Markus hat mir erzählt, er hatte damals mehr."
"Mit euch Jungen können sie es ja machen."
"Schriftlich absichern, das ist es. Ich kann es nur jedem raten."
"Ich habe ihm eingeschärft, er soll es vertraulich behandeln."
"Ich dachte, der Kreis will sich mehr um den Nachwuchs kümmern."
"Ob du dich darauf verlassen kannst? Die sind doch alle gleich. Wenn ihr Antrag genehmigt ist, und sie nichts mehr von dir wollen, spucken Sie aus vor dir."
"Und wenn du ablehnst, spucken Sie erst recht aus. Sie spucken immer aus. Was glaubst du, was ich alles zu hören kriege."

"Ich mach das jetzt immer so: Bei jeder Ablehnung schreibe ich einen Vermerk. Dann bin ich hinterher auf der sicheren Seite."

"Und zwar ganz schön. Bis vor drei Jahren hatten die Anwärter noch hundert Mark mehr."

"Ehrlich?"

"Markus hat mir seine alten Auszüge gezeigt."

"Zum Sterben zuviel."

So redeten sie. – Ich war nicht ganz bei der Sache; denn Hellen tauchte mit ihrem Damentennis auf. Sie war der Blickfang des Abends. Ich kramte in meiner Jackentasche, während Knoost mit den Schuhen scharrte, als wolle er gleich etwas Schwerwiegendes von sich geben. Wilfried hatte sich dem OKD zugesellt, den seine Schützlinge nach der erfolgreichen Abwehr des Redakteursangriffes verlassen hatten. Wer oben steht, ist einsam. Wer ganz oben steht, wie der OKD, ist besonders einsam. Den meisten seiner Untergebenen hatte er, naturgemäß, nicht viel zu sagen. Was hätte er mit einem wie Knoost auch reden sollen? Der immerzu nach Kartoffelsuppe oder nach Ölofen roch. Der OKD stand weit über dem Kleinkram, den Knoost täglich verarbeitete, den Anträgen, Vorlagen, den Listen, Quittungen, Veranlagungen, Bescheiden, Vorgängen und Berechnungen. Mit all dem hätte er dem OKD nicht kommen dürfen. Außerdem waren sich Knoost und die meisten seiner Kollegen ihrer Untertänigkeit ständig bewusst. 'Untertänigkeit' nicht im negativen Sinne eines Feudalsystems, sondern vermöge der natürlichen Autorität, die oberste Vorgesetzte im Bewusstsein ihrer Leute verkörpern. Und dies Bewusstsein, und die damit verbundenen Hemmungen, traten besonders intensiv zutage, wenn sie des OKD auf einer solchen Feier ansichtig wurden. Der einzige, der sich dem OKD immer wieder ohne Scheu näherte, war Wilfried. Auch jetzt hatte er sich ihm genähert und dabei sein berühmtes Lächeln aufgesetzt. Wilfried lächelte immer, wenn er sich dem OKD näherte, ein Dauerlächeln, das seinen OKD-geneigten Charakter zu spiegeln schien. Der Mann verstand es zu lächeln, ohne seine Zähne zu zeigen. Es machte überhaupt nichts, dass er schon wieder sein speckbraunes Cordsakko trug. Vielleicht war dies, seine äußerliche Unscheinbarkeit, plus dauerndes Lächeln, sogar das Geheimnis seines OKD-Erfolges. Wilfried machte so wenig her wie ein Filmstatist. Er war klein und dünn und seine Haut hatte zu jeder Jahreszeit eine fahlgelbe, ungesunde Färbung. Kleidungs- und körpermäßig gab er zum OKD, gewissermaßen, das Kontrastprogramm. In seinem Innern aber war er ein Naturtalent. Der Mann konnte sehr unterhaltsam sein. Er verstand es, auch unpersönliche und komplizierte Verwaltungsdiskussionen mit einer humorvollen Note anzureichern. Er war eben fachlich voll auf der Höhe. Nur wer fachlich voll auf der Höhe ist, kann sich einen derart souveränen Verwaltungshumor leisten und im selben Atemzug seine uneingeschränkte Bewunderung für den OKD aufblitzen lassen. Ohne aufdringlich zu wirken, natürlich. Nicht plump hervorkehren, sondern nur behände aufblitzen. Also, wenn das kein Naturtalent ist. Jedesmal, während er seine uneingeschränkte Bewunderung aufblitzen ließ, strich er sich liebevoll mit der Hand über die Halbglatze. Wilfried ist fachlich wirklich voll kompetent, musste der OKD dann unwillkürlich denken. Bei Wilfried bekam er das Gefühl, nicht alleine zu sein. Bei Wilfried wurde er zutraulich. Fast freundschaftlich wurde er da. Vielleicht sollten wir alle Mitarbeiter zu Doktor Gutevogel schicken, sagte er sehnlich, während seine Frau, die nicht mitgekommen war, weil sie sich auf derartigen Festen noch einsamer fühlte als ihr Mann, sich gerade mit ihrer besten und einzigen Freundin besprach. Vielleicht sollten wir Dirk zu Doktor Gutevogel schicken, sagte sie im selben Moment sehnlich und ließ die langen Ohrringe klappern. Warum nicht, meinte die Freundin. Doktor Gutevogel sei sehr zu empfehlen. Auch sie habe mit Doktor Gutevogel die besten Erfahrungen gemacht. Aber nur die Führungskräfte, sagte Wilfried und lächelte wissend, sonst wird es zu teuer. Außer Schenzmeier war er der einzige, der sich von Hellen nicht blenden ließ. Ja, nicht wahr, sagte Frau Hochberg. Denn die Wehrdienstverweigerung sei nur eines aus einer langen Kette bedenklicher Symptome. Dirk habe angeblich die Grünen gewählt, zumindest behaupte er das. Vielleicht habe er seine Mutter aber nur provozieren wollen. Was ihm durchaus gelungen sei. Solche Neigungen seien in ihrer Familie bisher nicht aufgetreten. Dann die seltsame Reise nach Dahlem. In Lübbecke gehe er nie auf den Friedhof. Dass er jetzt in Göttingen Jura studiere, sei immerhin ein gutes Zeichen, bemerkte die Freundin. Nicht nach seinen Reden, sagte Frau Hochberg, wobei sie die Füße vorsichtig auf den grünen Marmortisch legte und den Kopf zurücksinken ließ.

Die größte und, fast möchte ich sagen, interessanteste Gruppe stellten Heinz' ehemalige Nachbarn, mit denen er nach wie vor ein freundschaftliches Verhältnis pflegte. Sie benahmen sich keineswegs steif, sondern waren total locker drauf. Ihre Lockerheit war nicht zu übersehen. Sie waren so locker, dass die anderen Gäste öfters herüberguckten. Ob irritiert oder neidig, lässt sich nicht sagen. Die Ex-Nachbarn fühlten sich bei Heinz wie zu Hause, weil sie die Husemöller-Familie noch immer als eine der ihren betrachteten. Und auch Heinz hatte seine Wurzeln nicht vergessen. Allein schon als potenzielle Kunden. Die Kundenzufriedenheit stand für ihn immer an erster Stelle. Mit dieser Feier hat er auch ein Stück Kundenzufriedenheit sichergestellt, jawohl, wobei sich die Förderungswürdigkeit und die Zufriedenheit gegenseitig teilweise konterkarierten. So ist es nun einmal in der praktischen Welt. Nicht jeder verhält sich, wenn er in eine soziale, kommunikative Stimmung gebracht wird, kulturell hochstehend. Einige wissen sich dann nicht mehr zu benehmen, und stören dadurch die Förderungswürdigkeit in erheblichem Umfang. Ich will hier keine Namen nennen. Denn solange sie nicht übertreiben, tragen sie durchaus zur Kommunikation, und auch zur Erheiterung, bei. Und wenn sie zudringlich werden, kann man sie immer noch abblitzen lassen. Im weiteren Verlauf des Abends wurden auch die Nachbarn ruhiger. Es schien fast, als passten sie sich unwillkürlich dem gedämpften, gesitteten Stil der anderen an. Ich konnte es von meinem Standort genau verfolgen, wie sie ruhiger wurden und sich anpassten.

"Vielleicht solltest du auch in Politik machen", sagte der eine.

"Jetzt willst du mich veralbern. Ich bin im Vorstand vom Fußballverein, das reicht mir. Habbich genuch Politik."

"Püffkemeier und Henke tun's."

"Ich sage ja, wir haben genug Politiker in der Nachbarschaft."

"Die kleine Detering hat geheiratet."

"Püffkemeier wird es nie schaffen, dazu ist er nicht pfiffig genug."

"Weiß ich doch."

"Och, der ist schon pfiffig."

"Der Schwiegersohn ist ganz ordentlich. Obwohl er aus Offelten kommt."

"Detering hat ihn vorher auf Herz und Nieren geprüft, kann ich dir sagen. Der musste ganz schön ran bei der Ernte."

"Sein Hauptproblem ist, dass er in der falschen Partei ist."

"Und die Fleidel-Fabbenstedts lassen sich scheiden."

"Du ehrlich? Das ist mir neu."

"Täuscht euch man nicht, der wird noch groß herauskommen, sage ich euch."

"Ich war gestern bei Detering. Mich hat nur gewundert, die ist doch noch ziemlich jung, 16 oder 17, älter kann die nicht sein."

"Ehrlich, wundern tut mich das nicht. Die Fabbenstedt hat einfach zuviel Pfeffer unterm Hintern. Das habe ich schon immer gedacht. Die kann einer allein nicht bändigen. Und der Mann, das ist doch so'n typischer kleiner Bankangestellter."

"Der in der Bank nicht vorankommt."

"Genau. Sie hat die Karriere gemacht, und das konnte er wahrscheinlich nicht aushalten."

"Sie hat auch schon einen neuen. Soll in der Zentrale arbeiten."

"Ehrlich? Was du alles weißt. Unsereins sitzt direkt an der Quelle und kriegt von alldem nichts mit."

"Und? Was sagt der Vorstand dazu?"

"Der lässt die Leute gewähren. Das läuft heutzutage anders als früher."

"Ein scharfes Weib, muss ich schon sagen."

"Ich habe manchmal mit ihr zu tun. Immer höflich, immer tiptop gekleidet. Da schämt man sich fast, wenn man im Freizeithemd hingeht."

"Anscheinend wohnen sie aber noch zusammen ..."

Vor ihnen entsteht im Geiste das Bild der gut bestückten Verwaltungsreferentin. Eine Sekunde halten sie inne. Sie ahnen, unter der Oberfläche ihrer Alltagsexistenz liegt ein Abgrund, mit dem sie nicht umgehen können. Es brodelt dort, und eine seltsame Musik wird gespielt.

Am Ende blieb nur Henke, als einziger, locker. Leute wie Henke sind immer total locker. Dafür sorgt schon ihr Cognacverbrauch. Heute war er besonders locker, weil Heinz' Cognac besonders gut war. Bei den hochkarätigen Gästen konnte es Heinz sich nicht leisten, billigen Fusel aufzufahren. Das wäre der Kundenzufriedenheit abträglich gewesen. Henke war einer von denen, die, auch ohne Einladung, überall hingehen. Es gab keine Feier in Lübbecke und Umgebung, die er ausließ, und an Tagen, an denen keine Feier stattfand, brachte er es fertig, zu beliebigen Tages- und Nachtzeitungen bei entfernten Bekannten aufzukreuzen. Einfach so. Ein Vorwand lässt sich, in einer Kleinstadt wie Lübbecke, leicht finden. Und wenn's die neuen Goldfische sind. Meist wurde er für seine Aufdringlichkeit mit einem Gläschen belohnt. Denn er war keineswegs unbeliebt. Henke war ein Zeitvertreib, den sich die Leute gern leisteten, weil er wenig kostete. Man muss ja nicht gleich den teuren Edelcognac vorholen. Bisschen billiger Branntwein ist immer im Haus. Wie ihm der Treibstoff die Kehle herunterlief und ihn noch gesprächiger machte! Manche, wie ich, hätten einen weniger gesprächigen Henke vorgezogen. Wenn er bei uns zu Hause aufschlug, ging er mir ganz schön auf die Nerven, und ich verzog mich dann schnell in mein Zimmer. Die meisten jedoch ließen sich immer wieder gern von ihm vollquatschen. Heute war er eingeladen. Sogar in Doppelfunktion war er da. Als Ex-Nachbar und als Lokalpolitiker. Wenn auch letzteres nur in bescheidenem Maßstab. Auch Knoost war in Doppelfunktion da, als Ex-Nachbar und als Beamter. Im Gegensatz zu Henke verstand es Knoost nicht, aus seiner Doppelfunktion Kapital zu schlagen. Da er sich seiner wichtigen Aufgabe bewusst war, als Mittler zwischen den Welten, wuselte Henke den ganzen Abend von einer Gruppe zur anderen. Wie ein Wiesel wuselte er. Er hatte so einen sitzen, dass er alles ausposaunte, was ihm in den Sinn kam. Am liebsten hätte er alle auf den Arm genommen. Er ließ es bleiben. Einige Gäste hätten sich das dankend verbeten. Andere, wie Frau Briegel, waren definitiv zu gewaltig dafür. Henkes Augen liefen immer wieder unruhig zum OKD hinüber. Er hätte sich gern zu ihm gesellt, doch der OKD kannte ihn zu genüge und hielt ihn wohlweislich auf Abstand. Was Henke an sozialer Kommunikation vorzuweisen hatte, war nicht nach seinem Geschmack. Kurzentschlossen suchte sich Henke ein anderes Opfer. Mensch, Detlev. Dass man dich auch mal sieht, rief er laut, und alle drehten sich nach mir um. Ich lief rot an, was man bei den schlechten Lichtverhältnissen glücklicherweise nicht sehen konnte. Dann fiel er regelrecht über mich her. Ob ich im Bauamt schon die richtigen Kontakte geknüpft hätte. Für mich, als altem Freund der Husemöllers, sei das Bauamt doch ideal. Er blinzelte spitzbübisch. Einen Besoffenen, der spitzbübisch blinzelt, kann ich nur schwer ertragen. Trotzdem ließ ich ihn reden. Warum ich nicht ordentlich zugreife? Biermäßig, meine er. Warum ich noch keine Freundin habe. Werde doch langsam Zeit. Anneliese wundere sich auch schon. In Henkes Gesicht erschienen 3 Fragezeichen. Unvermittelt kam er auf die Wirtschafts- und Geldpolitik, in der er sich auch sehr zu Hause fühlte. Schließlich saß er im Stadtrat. Ich weiß zwar nicht, wie er dahin gekommen ist, keiner wusste es, aber irgendjemand musste ihn ja vorgeschlagen und auf einen Listenplatz gesetzt haben, mangels eloquenterer Kandidaten. Denn eloquent war er, das musste man zugeben. Und trinkfest. Bei ihm waren Eloquenz und Promille linear gekoppelt. Es gab in ganz Lübbecke keinen, der es an eloquenzgekoppelter Trinkfestigkeit mit ihm aufnehmen konnte. Er verbreitete seine Weisheiten und Meinungen wie andere ihren Körpergeruch. Bei mir ist das übrigens anders. Wenn ich saufe, werde ich gewöhnlich still und schweigsam. Je mehr ich saufe, um so stiller werde ich, bis ich am Ende gar nichts mehr sage. Meine Gedanken, besonders die unerfreulichen, verschwinden dann im Nirwana. Und meine Gefühle, die werden auf einmal ganz klar. Im Suff weiß ich meist genau, was ich will und was gut für mich ist. Im Suff kann ich ich selber sein, weil niemand hinter mir steht, der mir in alles hineinredet. Ich meine Leute, die sich aufspielen. Je älter ich werde, um so weniger kann ich Leute ertragen, die mir in alles hineinreden. Damals, als junger Mensch, hatte ich in der Hinsicht noch keine Probleme. Damals hatte ich nichts dagegen, dass mir Knoost, als Ausbilder, hineingeredet hat, und wäre sogar froh gewesen, wenn mir Hellen ein bisschen hineingeredet hätte. Damals habe ich mich noch nicht so oft volllaufen lassen. Höchstens manchmal mit Holger. Paar Flaschen Cuba Libre. Danach lagen wir natürlich flach. Betäubt wie die Rebhühner. Von Eloquenz keine Rede. Und am nächsten Tag, bei der Arbeit ... na da reden wir lieber nicht rüber. Als Henke so neben mir stand und mich voll quasselte, wäre ich auch gern betäubt gewesen. Denn jetzt legte er richtig los. Was die Regierung im Moment mache, dieses ständige Gerede über Steuererhöhungen, sei Gift für die Wirtschaft, sagte er. Die Steuern müssten runter, nicht rauf, das wisse doch jeder. Professor Hans Werner predige das fast jeden Abend im Fernsehen. Zur Entlastung des Mittelstandes. Der Mittelstand schaffe schließlich die Arbeitsplätze. Ohne den Mittelstand würde unsere Gesellschaft nicht funktionieren. Alles breche zusammen, wenn der Mittelstand Not leide.

Ich muss sagen, ich kann das Gerede über den Not leidenden Mittelstand nicht mehr hören. Besonders wenn es mit laut lallender Stimme vorgetragen wird. Dem Mittelstand wird doch ständig Pulver in den Hintern geschoben. Das sah man bei den Husemöllers, dass sich der Mittelstand nicht beklagen kann. Dicke Villa, teure Autos. Heinz fuhr einen schwarz glänzenden Jeep, Hellen ihr Cabrio, Ingo und Gerlo Mercedes. Je einen, wohlgemerkt. Herta, wenn sie noch da gewesen wäre, hätte bestimmt auch einen gehabt. Und Robert Decker hatte sogar zwei Autos. Holger hatte, nachdem er zweimal durch die Führerscheinprüfung gefallen war, die Segel gestrichen. Ihm reiche sein Moped. - Und erst der Fuhrpark, der vor Heinz' Laden stand. Fahrzeuge aller Art, von der Raupe bis zum Kastenwagen, bis oben vollgepackt mit Bauutensilien. Im Gegensatz zum schwarz glänzenden Jeep. In Heinz' schwarz glänzendem Jeep lag nichts herum. Kein Staubkörnchen lag da herum.

Heinz hätte ich mit meinen Vorurteilen natürlich nicht kommen dürfen. Der hätte mir schön was erzählt. Dass er das Gerede über den Mittelstand auch nicht mehr ertragen kann, zum Beispiel. Wenn auch aus anderen Gründen. Alles nur Sonntagsreden. In der Praxis werfen sie uns Unternehmern doch nur Knüppel zwischen die Beine. Und der Datenschutz wird auch unterhöhlt. Heinz hätte sich furchtbar in Rage geredet; und die Tatsache, dass er zu den Behörden die besten Beziehungen unterhielt, hätte mir absolut nichts genützt.

Ich habe Henke also meine wahre Meinung vorenthalten und ihn nur verständnislos angeglotzt. Der kleine Mann müsse sich doch von den ständigen Steuererhöhungen betrogen fühlen, quakte er weiter, und es war ihm ganz gleich, ob er mich damit nervte. Papa war da geschickter. Mit dem politischen Gegner redete er meist über Fußball. Ich redete überhaupt nicht mit politischen Gegnern. Vielleicht wusste Henke nicht, dass ich sein politischer Gegner bin, oder es war ihm, in seinem Dusel, entfallen. Wahrscheinlich war's ihm egal. Wer nicht will, der hat schon, dachte er. Und dass ich ein komischer Heini bin.

Es wurde immer voller. Überall Menschen. Die einen standen, andere wuselten. Die Gerüchteküche brodelte. Veränderungen lagen in der Luft, tiefgreifende Veränderungen, mit höchst ungewissen Auswirkungen. Ich habe an diesem Abend einiges mitgekriegt. Wie es bei Heinz und Robert so läuft, zum Beispiel. Oder bei Heinz und Henke. Ich habe dein Geld im Auto liegen, krähte er plötzlich Heinz an. Er brüllte es geradezu. Als ob er gleich durchdrehte. Je mehr er getankt hatte, desto lauter wurde er. Das hatte auch Anneliese schon festgestellt, und ihm ein P davor zu setzen versucht. Je mehr du getankt hast, desto unverschämter wirst du, sagte sie, wenn sie von solchen Feiern nach Hause kamen. Ich halte es nicht mehr aus. Man muss sich ja schämen mit dir. Du machst uns vor allen Leuten lächerlich. Dann wurde Henke ganz klein. Henke wurde immer ganz klein, sobald er mit ihr allein war. Sie sei nicht gewillt, seinen unmäßigen Alkoholkonsum und das damit einhergehende ungebührliche Verhalten weiterhin zu tolerieren. Das sei unwiderruflich ihr letztes Wort. Und Henke kuschte. Er kuschte tatsächlich. Hütete sich, zuviel zu picheln, wenn sie dabei war, auch wenn es schwer fiel. Sie war echt eine Plage. Aber was sollte er machen? Seit dem Tod seiner Mutter im vorletzten Jahr war sie das erste und einzige weibliche Wesen, das sich um ihn kümmerte. Also ließ er sich notgedrungen von ihr erziehen. Sie setzte auch noch vor einiges andere ein P, so dass ihm das Leben, seit er sie kannte, wenn nicht vergällt, so doch viel weniger lustvoll erschien. Um so ausgelassener gebärdete er sich, wenn sie, wie heute, nicht dabei war, und das führte dann zu diesen Auftritten, die sich nur schwer kontrollieren ließen. Außer von Heinz. Heinz brachte Henkes Auftritte leicht wieder unter Kontrolle. Auch Heinz setzte ihm, letztlich, ein P davor. Heinz hatte vor Anneliese keine Angst. Er kam ja auch gut ohne Herta aus. Zuerst blinzelte er allerdings vor Überraschung, dass ihn einer hier vor versammelter Mannschaft so anquatschte. Von Henke war er ja einiges gewohnt. Und Henke war auch, trotz seiner Schrullen, ein durchaus gern gesehener Gast. In Gelddingen, allerdings, verstand Heinz grundsätzlich keinen Spaß. In Gelddingen war er eigen. Gelddinge verhandelte er lieber privat. In dieser Hinsicht unterstützte er voll und ganz die liberale Partei, die den Datenschatz auf ihre Fahne geschrieben hatte. Gelddinge mussten immer nur jene erfahren, die sie angingen, war sein Standpunkt. In Gelddinge durften Andere, Unbefugte, sich nicht einmischen, schon gar nicht der Staat. Das lief auf Freiheitsbeschneidung hinaus, wenn der Staat sich in Gelddinge einmischte. In diesem konkreten Moment war der Datenschutz leider keineswegs gewährleistet, sondern Heinz' Gelddinge standen im Mittelpunkt des allgemeinen Interesses. Wofür er von Henke wohl Geld kriegt, rätselten seine Gäste. Aber dann beruhigten sie sich wieder. Heinz muss ja irgendwie an Geld kommen, dachten sie. Irgendwie muss er das Viele, was er ausgibt, ja wieder hereinholen. Komm mal mit, sagte Heinz und griff Henke energisch ans Revers, als der nicht gleich spurte. Er zog ihn ins Haus. Dort ließ sich Henke leichter verarzten. Heinz hatte für ihn eine Überraschung parat. Mit den Sechstausend bin ich nicht hingekommen, sagte er rundheraus. Er müsse zehn verlangen. Jetzt war Henke seinerseits baff, so baff, dass er mit einem Schlag fast nüchtern wurde. Traute sich aber nichts zu sagen. Er war baff, weil Heinz sein Freund und mit 6000 eindeutig der billigste Anbieter gewesen war. Die anderen hatten alle weit über 7 gelegen. Dass er nun 10 haben wollte, einfach so, ohne mit der Wimper zu zucken, ohne das kleinste schamhafte Zittern in der Stimme, diese Dreistigkeit verschlug Henke dermaßen die Sprache. Ihm blieb die Spucke weg. Er schnaufte. In Heinz' Arbeitszimmer roch es unerträglich nach Putz. Es war noch nicht vollständig eingerichtet. Alles stand kreuz und quer. Die Maurer hatten sich ordentlich Mühe gegeben, das musste man sagen. Toller Stuck an der Decke und so weiter. Das war doch heute gar nicht mehr üblich. Henke verdrehte die Augen. Wie ist das möglich, hätte er gern gefragt, wie kannst du so mit mir umgehen? 4000 Mark extra. Mensch, dass iss ja der Hammer. Aber er traute sich nichts zu sagen. Weil er, erstens, eben doch nicht ganz nüchtern war, und dementsprechend meinte, die Lage nicht vollkommen objektiv einschätzen zu können. Nicht so objektiv wie Heinz jedenfalls. Und weil er, zweitens, es sich mit Heinz nicht verderben wollte. Auf Heinz' Hilfe war man immer mal angewiesen.

Dass Henke nichts sagte, kam verhältnismäßig selten vor. Normalerweise war er ziemlich schlagfertig. Eloquent eben. Heinz wurde schon ganz nervös. Richtig besorgt, weil Henke nichts sagte. Nun sag doch etwas, du Rindvieh, wollte er ihm schon zureden, ließ es dann aber. Er kannte seine Pappenheimer. Immer große Klappe, aber in Gelddingen – Sparkasse. Besonders ihm gegenüber, der in Gelddingen einfach gewiefter war. Mehr drauf hatte. Der Haken schlug, dass alle sich umguckten. Also 10000, das scheint mir doch etwas viel, traute Henke sich endlich zu sagen. Wenn es nun 7 wären, oder notfalls auch 8. Aber 10, damit habe er nicht gerechnet. Die Lage sei furchtbar schwierig, erwiderte Heinz. Die Lieferanten erhöhen dauernd die Preise. Einfach aufschlagen tun sie. Platsch. Einfach so. Und lachte. Ja, so war Heinz. Er lachte auch in schwierigen Situationen, und steckte andere mit seiner Heiterkeit an. Dabei war das nun wirklich kein

Spaß. Und trotzdem. Das Leben geht weiter. Also nahm es auch Henke gelassen und wurde wieder ganz fröhlich. Egal, was Anneliese sagen würde, den Abend ließ er sich nicht verderben. Aber Husemöller nachgeben mochte er auch nicht ohne weiteres. 10000? Musste er die überhaupt zahlen? Das sah er nicht ein, dass er allein das ganze Risiko trug. Und das sagte er Heinz auch. Platsch. Einfach so. Forsch ins Gesicht. Und lachte. Ja, Junge, da staunst du. Ich bin ganz schön auf Draht. Nimm's mir nicht krumm, alles bei dir gelernt. Und palaverten weiter. Aber machen wir so, sagte Heinz schließlich. Du hast ja recht. Teilen wir uns das Risiko. Ich lege 2000 von meinem eigenen, guten Geld dazu. Du zahlst mir 8, und damit schluss, aus, vorbei, alles erledigt.

Das Reetdach der Villa erhob sich wie ein Gebirgsmassiv gegen den Abendhimmel. Lampions gondelten im lauen Sommerwind. Musik rauschte aus gigantischen Lautsprechern. Bisschen mehr Licht könnte man brauchen, bemerkte Knoost. Einige Paare tanzten, obwohl gar keine Tanzflache vorgesehen war. Gerlinde und Robert, zum Beispiel. Ziemlich eng tanzten sie. Die braune Mansche an ihren Schuhen störte sie nicht. Da hätte ich eigentlich auch Hellen auffordern können, die sich die ganze Zeit bei ihren Tennisclubtanten versteckte. Was die wohl gesagt hätte? Aber ich konnte nicht tanzen, also ließ ich es lieber. Das Fest schien ein Erfolg zu werden. Die meisten Leute unterhielten sich prächtig. Das Bier floss in Strömen, so dass Heinz nachbestellen musste. Kein Problem. Briegel rief höchstselbst in seiner Brauerei an. Nach 5 Minuten war der Gerstensaft da. Ich staune, rief Henke begeistert. Mensch, Junge, dass die so pünktlich sind. Ich stand mal hier, mal da herum und fühlte mich als Fremdkörper. Ich habe mich auf solchen Festen häufig als Fremdkörper gefühlt. Ich weiß auch nicht, warum. An dem Tag hing es mit Hellen zusammen. Eine Zeit lang stand ich bei Holger, der sich auch ziemlich fremd vorkam. Im Gegensatz zu den anderen wussten wir nicht, worüber wir reden sollten. Ich meine, wenn wir allein waren, hatten wir mehr als genug Gesprächsstoff. Aber hier. Es war, als hätten die ganzen Spießer uns mit ihrem Getue die Sprache verschlagen. Oder es lag an der Stimmung. Die öde Musik, der schwarze, nichtssagende Himmel über den schwingenden Lampions, und ewig dasselbe langweilige Gequatsche.

Von weitem wehte das Geschnatter der Nachbarinnen herüber, die sich, entsprechend ihren körperlichen und finanziellen Möglichkeiten, in Schale geschmissen hatten. Aufgedonnert bis zum geht nicht mehr, dass ich sie kaum erkannte. Nur Frau Knickmeier erkannte ich. Sie trug einen der graumelierten Wollröcke, die ich an ihr gewohnt war und die ihre wie Patronentaschen um den Bauch hängenden Fettwülste voll zur Geltung brachten. Frau Knickmeier wäre nie auf die Idee gekommen, sich für die Einweihung etwas neues zu kaufen. Hätte ihr Mann eh nicht erlaubt. Frau Knoost trug ein weites, schwarzes, mit weinroten Rosen bedrucktes Samtkleid, und am Hals eine schwere Bernsteinkette. Frau Knoost liebte Bernstein. Sie führte das Gespräch an. Anders als ihr Mann war sie sehr wohl zu sozialer Kommunikation fähig. Ich schnappte den Namen Stratmeier auf und wurde hellhörig. Die Stratmeiers waren auch ehemalige Nachbarn, hier aber garantiert nicht eingeladen. Und wenn sie eingeladen gewesen wären, wären sie garantiert nicht gekommen. Herr Gräzich hocke ständig bei Frau Stratmeier herum, sagte sie. Man glaubt fast, er wohnt da! Sobald er eine halbe Stunde frei hat, schleicht er zu ihr. Sogar auch direkt nach der Arbeit. Was denn ihr Alter dazu sage, wollte Frau Meyer-Heinrich wissen. Ach der, sagte Frau Knoost, wobei sie sich an einer weinroten Rose kratzte. Der sei viel zu harmlos. Um nicht 'blöd' zu sagen. Der kriege von alldem nichts mit. Und wenn er etwas mitkriege? Na und? Der habe zu Hause sowieso nichts zu melden. Aber, dass Gräzich ihm aus dem Weg gehe, habe sie schon mehrfach festgestellt, warf Frau Knickmeier dazwischen. Dann wechselten sie das Thema; Frau Gräzich war im Anmarsch. Wie es dem Kind gehe, wollte Frau Meyer-Heinrich wissen. Darauf wusste keine zu antworten. Seit Susi zu ihrem neuen Freund gezogen war, hatte sie sich im Immengarten kaum mehr blicken lassen. Dass der sie mit Kind einfach so aufnimmt! wunderte sich Frau Knickmeier, die von ihrem Mann zu äußerster Sparsamkeit angehalten wurde und nie zugelassen hätte, dass ihr Sohn ein fremdes Kind mit durchfütterte. Das seien Zustände, warf Frau Knoost verächtlich dazwischen. Aber ist dem Heinz seine Schuld, sage ich euch. Was heiße hier Schuld, fragte Frau Knickmeier. Wer würde schon so jemand in seine Familie ... Das Kind könne doch nichts dafür, ereiferte sich Frau Meyer-Heinrich, die intern nur die Bindestrich-Emanze genannt wurde. Es sei nun einmal da. Das eigentliche Problem sei der Ingo. Diese Flasche. Wenn der sich gegen Heinz durchsetzen und zu seinem Kind bekennen würde. Ob sie jemanden kenne, der sich gegen Heinz durchsetzen könne, wurde sie von Frau Knoost gefragt. Dem Holger würde ich es zutrauen, erwiderte sie. Und Hellen dürfe sowieso machen, was sie wolle. Nur den Ingo, den habe er immer an der Kandare gehabt. Umgekehrt wird ein Schuh daraus, sagte Frau Knoost und reckte sich, wobei die Rosen sich aufrichteten. Der Ingo habe sich immer bereitwillig an die Kandare nehmen lassen.

Holzbrink und der OKD hatten sich in eine Ecke verdrückt. Sie flüsterten. Flüsterten ein ganzes Weilchen. Verwaltungsreform und kein Ende. Eigentlich konnte Holzbrink dieses Flüstern als Auszeichnung betrachten, die er aber keineswegs gebührend achtete. Ich meine, Holzbrink war eben Holzbrink. Von außen der bäuerlich schlichte Typus; aber im Kern genauso von sich überzeugt wie der OKD. Holzbrink war einer, der die quasi naturgesetzliche Überlegenheit Doktor Hochbergs nicht automatisch anerkannt hat. Nichtsdestoweniger wäre der OKD zu ihm nie abweisend oder gar schroff gewesen. Gerade in diesen schwierigen Zeiten, wo jede Unterstützung, jede hilfreiche Hand dringend gebraucht wurde, wies er niemandem ab. Selbst zu Untergebenen verhielt er sich vornehm. Heute untergeben, morgen in Minden auf hohen Rössern, pflegte er zu denken, auch wenn diese Art von Vorsicht wohl übertrieben war. Allerdings hätte er sich auch nicht mir-nichts-dir-nichts mit jedem in die Ecke gestellt. Holzbrink war ein Mann, den der OKD als ebenbürtig erkannte. In der nordostwestfälischen CDU eine der Schlüsselfiguren. Holzbrink ließ sich nichts vormachen. Sind wir, rein rechtlich, wirklich chancenlos? wollte er wissen. Wir sollten das Gutachten abwarten, sagte der OKD. Er will sich nicht in die Karten blicken lassen, auch von uns nicht, dachte Holzbrink. So leicht gab er sich jedoch nicht geschlagen. Der OKD tat immer so vornehm. Wollen mal sehen, was von seiner Vornehmheit übrigbleibt, wenn sie ihn nächstes Jahr absetzen. Im Innern geht sein Arsch wahrscheinlich auf Grundeis. So etwas könne er, der OKD, den Zeitungsreportern aufbinden, sagte Holzbrink. Aber nicht ihm. Wo sich genau abzeichne, in welche Richtung das Schiff steuere. Was nütze das schönste Gutachten, wenn die Landesregierung zu allem entschlossen sei. Der OKD fragte sich flüchtig, welches Interesse Holzbrink am Fortbestehen des Altkreises hatte. Dann gab er sich einen Ruck. Gerade auf Holzbrink würde er noch angewiesen sein. Holzbrink war, schon seit Jahren, der kommende Mann in der Lübbecker Politik; und wenn die Mehrheitsverhältnisse umschlugen, was zwar im Moment nicht zu erwarten stand, konnte er es leicht auch in Minden werden. Der OKD entschloss sich spontan, ihm zu vertrauen. Von Steuerung könne eigentlich nicht die Rede sein, bei dem Chaos, das die Landesregierung verbereite. Da werden Sie, Herr Holzberink, mir sicher zustimmen. Das aber nur unter uns. Ansonsten haben Sie natürlich recht. Auch wenn das Gutachten zu Gunsten Lübbeckes ausfalle, könne und, wie er sie kenne, werde die Landesregierung sich darüber hinwegsetzen. Damit sei feraglos zu rechnen. Rein rechtlich sitze sie am längeren Hebel. Wie denn genau die Rechtslage sei, wiederholte Holzbrink. Er sei ja, leider, kein Jurist. Mit seinen Ansichten und Empfehlungen, um die er häufiger gebeten werde, durchaus gebeten werde, von Laien, die noch weniger von der Materie verstünden, schramme er allzu oft nur auf der

Oberfläche der Jurisprudenz einher. Der OKD könne ihm glauben, wie oft er bereue, keine tieferen juristischen Fachkenntnisse zu besitzen. Wer in jungen Jahren versäume, sich tiefere juristische Fachkenntnisse anzueignen, dem gehe hinterher jedes genuine Verständnis der öffentlichen Verwaltung ab. Ja leider, sagte der OKD. Er freute sich über Holzbrinks Tonfall. Er wusste, nun würden sie einig werden. Wie es denn um die Rechte der Gebietskörperschaften stehe, kam Holzbrink auf seine Frage zurück. Eigentlich müsse der Kreis doch ein Einspruchs- oder mindestens Mitspracherecht haben. Kommunale Selbstverwaltung, als ein wichtiges Prinzip unserer Demokratie, werde doch staatlicherseits immer hervorgehoben. Mitsperacherecht, ja, sagte der OKD. Aber Mitsperacherecht heißt, dass Sie im Endeffekt nichts zu sagen haben, um es ganz berutal auszuderücken. Kommunale Selbstverwaletung sei natürlich einer der Dereh- und Angelpunkte des kommunalen Verwaletungsrechtes. Das Bundesverefassungsgericht habe die kommunale Selbstverwaletung erst kürezlich in mehreren Ureteilen gestärkt. Doch scheließe sie, leider, nicht ein, dass ein Kereis sein Gebiet selbst definieren könne. Sehen Sie, das ist logisch ganz kelar. Kelar wie ein Edelstein. Kelar wie das ganze bundesdeutsche Rechtssystem. Seine Lehrer damals, die hätten es nicht geglaubt, dass aus dem bundesdeutschen Rechtssystem einmal etwas ordentliches wereden würde. Aber mit dem Staat sei auch sein Rechtssystem gewachsen. Ein Gebiet zu definieren, kann, daref nicht Aufgabe jener Instanz sein, der das Gebiet als physische Basis dient. Zum Beispiel, Sie als Stadt Lübbecke dürefen die Stadtgerenzen nicht selber festlegen, sagte er und lächelte dünn. Das obeliege der nächsthöheren Instanz. Also uns. Wieder lächelte er dünn. Bei der Kereisreform verhält es sich ähnlich. Um Ihre Ferage vorwegzunehmen: Die Bezireke dürefen sich in diesem Fall ebenfalls nicht einmischen, weil auch sie augenblicklich zur Disposition stehen. Auch sie sollen umsterukturiert werden. Ich meine, sagte er, bei den Bezireken mit ihren starken Verwaletungen hätten wir Einfeluss gehabt. Aber so. Durch das Voregehen der Landesregierung seien die Bezireke außen vor. Er habe sich das von mehreren Stellen juristisch bestätigen lassen. Allen Gesetzen zum Trotz, das sei doch letztlich Politik, was die Landesregierung mache, entfuhr es Holzberink, und der OKD lächelte wieder, diesmal schon zutraulicher, über die Spontaneität des gar nicht mehr so jungen Bürgermeisters. ... und in der Politik könne man bekanntlich Einfluss nehmen, schob Holzbrink nach. Vielleicht, sagte der OKD. Es tropfte. Irgendetwas tropfte. Ein dicker Tropfen fiel Holzbrink direkt ins Haar. Hoffentlich nichts von dem Schlamm, in dem wir hier waten, dachte er und bewegte sich rasch einen Schritt seitwärts. Der OKD blinzelte irritiert. Die Roten in Düsseldorf werden sich über alles hinwegsetzen, Gutachten, Bürgermeinung ... ist denen scheiß egal, sagte Holzbrink. Er schien sich für sein Vokabular nicht zu schämen. Der OKD verzog keine Miene. Solche Schoten war er von Holzbrink gewohnt. Püffkemeier hat angedeutet ..., versuchte er einzuwenden. – Aber mit Papa brauchte er Holzbrink nicht zu kommen. Sobald der Name Püffkemeier fiel, sah Holzbrink rot. Püffkemeier! Püffkemeier sei ein kleiner Fisch, der noch keine einzige Wahl gewonnen habe. Der hat auf Landesebene doch nichts zu melden. Die SPD will mehr Einfluss in Nordostwestfalen, das ist der Punkt, koste es, was es wolle. Und wenn sie dabei alle gewachsenen Strukturen und Beziehungen platt machen. Sie hoffen, im neuen Großkreis den Landrat zu stellen, weil wir in Minden zu schwach sind. Damit werden sie das ganze Gebiet kontrollieren, einschließlich Verwaltung und Kreisdirektion. Die letzte Bemerkung war eindeutig auf den OKD gemünzt. Wahrscheinlich hoffte Holzbrink, ihn mit solchen Sprüchen zu verunsichern und stärker an die CDU zu binden. Die Anstrengung hätte er sich schenken können. Der OKD hielt sich, seit jeher, strikt von jeder Parteipolitik fern. Er versuchte, überparteilich zu wirken. Ich meine, wie seine persönlichen Sympathien aussahen, das wussten Holzbrink und Sandmeier schon lange, und dass sie ihn privat für einen der ihren nahmen, störte ihn nicht, im Gegenteil. Sonst wäre er nie gewählt worden, wenn er seine Sympathien vormals nicht deutlich gemacht hätte. Er war anfangs nicht unumstritten gewesen. Seine Nichtmitgliedschaft galt Manchem als Manko. Sandmeier hatte ihm seinerzeit, als seine Wiederwahl zum ersten Mal anstand, ganz schön zugesetzt. Doch er war fest geblieben. Man kann seine Sympathien haben, und trotzdem überparteilich wirken. Auf keinen Fall wollte er CDU-Mitglied werden. Das hätte, in seinen Augen, dem Rufe des Amtes geschadet. Verwaltung muss erstens ordnungsgemäß sein und zweitens überparteilich. Das ist sie ihren Bürgern schuldig. Der OKD war auf Ausgleich bedacht. Er hasste Auseinandersetzungen. Er fürchtete sie sogar, und unternahm einiges, um sie zu unterbinden. Auf Ausgleich bedacht zu sein, brachte den unschätzbaren Vorteil, nicht ständig mit der Opposition im Clinch zu liegen. Es ermöglichte, gute, vertrauensvolle Beziehungen zu ihr zu unterhalten, die sich eines Tages sogar auszahlen konnten, wer weiß. Der OKD liebte Harmonie und Eintracht. Wenn im Bundestag ein wichtiges Gesetz mit großer Mehrheit angenommen wurde, zum Beispiel zur Ausländerfrage, oder zur Verwaltungsreform, oder die Tarifverhandlungen im öffentlichen Dienst abgeschlossen wurden, ohne Streik, allein durch die Vermittlung einer hochgestellten Persönlichkeit, rührte ihn das zu Tränen. Er saß vor dem Fernseher und flennte. Tu aussi. Männer wie er, das Rückgerat unseres Verwaltungssystems.

Im Gegensatz zum OKD war Holzbrink früher ein ziemlicher Heißsporn gewesen. Der 'Terrier' war er genannt worden, als er bei Sandmeier, ehrenamtlich wohlgemerkt, den Pressereferenten gemacht hatte. Seine Kommunikation war nicht immer sozial, geschweige denn vornehm. Damit musste man leben. Holzbrink würde immer parteilich bleiben, das war mal klar. Von einem schwarzen Bürgermeister und Kreisgeschäftsführer erwartete niemand Neutralität. Er musste polarisieren. Die Kereisreform sei eine enorm wichtige Ferage, sagte der OKD. Ein wahres Ungelück, dass wir im Moment einen so schwachen Landrat haben, sagte Holzbrink offen. Für den OKD war es eigentlich kein Unglück. Er fühlte sich wohl dabei, die meisten Entscheidungen allein zu treffen. Der Kreistag ließ sich leicht einwickeln; man musste nur genügend pfleglich und fürsorglich mit ihm umgehen. Der OKD behandelte seinen Kreistag wie ein zartes Pflänzchen. Er goss es. Er düngte es. Und hing an ihm, wie an allen zarten Pflanzen seines großen Gartens. Die meisten Abgeordneten waren froh, wenn ein OKD sie zart behandelte und ihnen auf vornehme Art ihre Meinung erklärte. Fürsorglich und aristokratisch, das war die richtige Methode. Ein starker CDU-Landrat, wozu? Auch und gerade ein starker CDU-Landrat konnte bei einer roten Landesregierung wenig ausrichten. Der OKD bevorzugte seine eigenen Methoden. Ja, Sandmeier sei alt, sagte er. Wahrscheinlich werde er bei der nächsten Wahl nicht mehr antereten. Oh, er wird antreten, sagte Holzbrink bitter. Solange er noch eins seiner Glieder rühren kann, wird er antreten. Herr Holzbrink hat nicht mehr viel Zeit, dachte der OKD mitfühlend. Schließlich ist er auch nicht mehr der Jüngste. Es tropfte wieder. Diesmal erwischte es den OKD. Er fuhr sich über die Glatze und befühlte die Nässe. Anscheinend nur Wasser. Trotzdem unangenehm. Sie traten aus dem Schatten des Neubaus ins schwankende Licht der Papierlaternen. Dann müssen Sie ihn eben vom Sockel stürezen, hätte der OKD jetzt sagen können. Wozu aber Öl ins Feuer gießen. Der OKD war ein Mann leiser Töne. Auch damals, bei seiner ersten Wiederwahl, hatte er sich mit leisen Tönen durchgesetzt, mit Stimmen aus allen Fraktionen, und war seitdem immer einstimmig wiedergewählt worden. Einstimmigkeit bezüglich des OKD gehörte in Lübbecke zum guten Ton. Ein Kreistagsabgeordneter, der sich gegen den OKD gestellt hätte – undenkbar. Holzbrink wusste, wie illusorisch ein Putsch war. Wo die meisten Kreistagsabgeordneten fast so alt wie Sandmeier waren. Müde abstrafen würde man jeden, der sowas versuchte. Dieses Wissen machte Holzbrink resigniert und verzweifelt. Richtig schwermütig machte es ihn.

Antriebslos. Glücklicherweise währten solche Momente nicht lange. Meist gelang es ihm schnell, seine Zweifel zu überspielen. Er war dann sofort wieder auf der Höhe. Eine Resolution, das scheint mir eine gute Idee, sagte der OKD. Wenngleich 'Resolution' ihm zu scharef klinge. 'Resolution' klinge nach Angeriff, nach Aufstand; nach Insuboredination klinge das. Und Insuboredination habe er auf keinen Fall im Sinn. Um einen Korrekturvorschlag zu den Wünschen der Landesregierung handele es sich, um nichts anderes. So müsse man es auch nennen. Und es mache gar keinen Sinn, die Resolution einer einzelnen Partei zu überlassen. Er schelage vor, eine parteiübergreifende Kommission zu bilden. Der OKD liebte Kommissionen, besonders, wenn sie parteiübergreifend waren und der Verwaltung Spielraum gaben. In parteiübergreifenden Kommissionen lassen sich in größter Ruhe und Verwaltungsgelassenheit die schwierigsten Fragen klären, weil dort die soziale Kommunikation voll zum Tragen kommt. Die Eigenart mancher Vorgesetzter, wichtige Entscheidungen im Laufschritt auf Fluren und Gängen zu fällen, war ihm ein Greuel. Er lehnte sie vehement ab. Dabei ging jeder vernünftige Ablauf flöten, und am Ende hatte man sich mit den missratenen Folgen solch unsystematischen Vorgehens zu befassen. Aber bitte nicht zu groß, die Kommission, sagte Holzbrink. Obwohl er, als beurlaubter Steuerinspektor, den Wert von Kommissionen keineswegs leugnete, stellte er Effizienz über soziale Kommunikation. Wie Sie wollen, sagte der OKD. Nur die Fraktionsvorsitzenden und ihre Stellvertreter, sagte Holzbrink. Und von der Verwaletung nur Herr Windmüller und ich, sagte der OKD. Solche Fragen müssen vom Kopf her entschieden werden, sagte Holzbrink. Die Federführung müsse bei der Verwaletung, als eines neuteralen, parteiübergreifenden Oregans, liegen, sagte der OKD. Das sehe ich auch so, stimmte Holzbrink nach kurzem Zögern zu. Inhaltlich werden wir Zugeständnisse machen müssen. Vielleicht mehr, als uns lieb ist, sagte er. Wenn wir die Mehrheit aller Büreger auf unsere Seite ziehen wollen, sagte der OKD feierlich, und nicht nur die, die ohnehin mit uns übereinstimmen, müssen wir Komperomisse einzugehen bereit sein. Wenn der Püffkemeier man mitmacht, sagte Holzbrink zweifelnd. Wenn er hört, dass ich dabei bin. Genau deshalb solle er, Holzberink, im Hintergerund beleiben, meinte der OKD. Er werde, gemeinsam mit Wilferied, einen Textvorschelag entwerfen, den er allen Parteien mit der Bitte um Änderungswünesche vorlegen werde. Es könne schon sein, dass man Püffkemeier bearbeiten müsse. Püffkemeier sei nicht dumm. Er werde sich mit seiner Landespartei nicht anlegen. Andererseits sei er keineswegs so abhängig wie andere. Das habe er als OKD schon häufiger festgestellt. Von der Kereisreform ist Püffkemeier gar nicht begeistert. Er sieht das Arbeitspelatzargument. Dass die Firmen nach Minden abwandern werden. Püffkemeier liebt seine Heimat. Eine Art Kereisheimatgefühl. Vielleicht hat er sogar Angst, wenn er jetzt nicht dazwischen funkt, bei den Lübbeckern hinterher als heimatloser Geselle dazustehen. Damit könnten wir ihn kriegen, gab Holzbrink zu, obwohl er sonst leugnete, dass es in unserer Gegend Heimatgefühle aufkommen können. Sich sogar darüber lustig machte. Nordostwestfälisches Heimatgefühl, ich meine, das muss man sich mal auf der Zunge zergehen lassen. Den Drehwurm kann man da kriegen. Den Brummkreisel. Wenn eine Gegend so heißt, kann ja nichts aus ihr werden. Herr Püffkemeier hat im Moment zu Wilferied gute Kontakte, sagte der OKD. Wir sollten es den beiden überlassen, sich über die Vorstellungen der Lübbecker SPD zu verständigen. Im Notfall können wir immer noch eingereifen. Von der Bürgerinitiative, die sie eventüll planten, wollte Holzbrink nichts erzählen. Solche Konferontationen waren nichts für den OKD. An sich war die Bürgerinitiative keine schlechte Idee. Wo sonst immer die Linken Bürgerinitiativen gründen. Bürgerinitiative gegen den Ausverkauf unseres Kreises. Da würden einige aktiv mitmachen. Bei den Lateinlehrern angefangen. Die Lateinlehrer warteten geradezu darauf, dass endlich mal eine Initiative nach ihrem Geschmack gegründet wurde, damit sie es den Sozialkundelehrern zeigen konnten. Und viele würden unterschreiben, hunderte. Ganze Lehrerkollegien. Ich meine, wenn es um die Heimat geht. Leider waren die Wahlen noch weit, sonst hätte man mit so einer Aktion viel ausrichten können. Das war das ganze Problem, dass die Wahlen noch weit waren. Das wussten die Roten natürlich.

Ich stand bei Papa, und wir beobachteten verstohlen Holzbrink und Hochberg, die sich im Schatten anscheinend bekleckert hatten, da kam auf einmal Knickmeier auf uns zu. Ich sah ihn schon von weitem, wie er sich durch die Gästepulks arbeitete, ein kleines rundes Männchen, das ich von frühester Kindheit kannte, weil er bei uns zu Hause immer die Elektroarbeiten erledigte. Sobald irgendwas mit den Lampen oder in der Küche oder im Waschkeller nicht stimmte, wurde Knickmeier gerufen. Ruf doch mal Knickmeier an, hieß es dann, und meist erfüllte der Gerufene, wenn auch mit einigen Tagen Verspätung, die Wünsche meiner Eltern. Papa hat in seinem ganzen Leben kein Werkzeug in der Hand gehabt. Für Reparaturen hatte er seine Bekannten. Für die Heizung den einen, für den Dachstuhl den anderen, und den Knickmeier für Sanitär- und Elektroarbeiten. Das ist eben der Vorteil der sozialen Kommunikation und des regen Verkehrs, und wenn man beliebt ist und kein Spiel des FC Lübbecke auslässt. Knickmeier begrüßte uns ziemlich förmlich, mit Handschlag, und fing dann an zu plaudern. Offenbar war es etwas Ernstes. Papa, das sollte man anmerken, hat sich nie vor etwas Ernstem gedrückt. Es war ihm ein dringendes Anliegen, immer für alle der Kummerkasten zu sein. Besonders für Leute mit sozialen Problemen war ihm kein Weg zu steinig. Für alle, die mit ihm sprachen, ernst oder nicht, setzte er sich hinterher meistens auch ein. Legte sich richtig ins Zeug. Sie mussten ihn nur von ihrer Bedürftigkeit überzeugen, von ihrer sozialen Notlage. Knickmeier war auf jeden Fall bedürftig und notleidend. Er war zeitlebens ununterbrochen besonders bedürftig, weil er immerzu an Geld dachte. An das Geld, das er bereits aufgehäuft hatte, das, was aufzuhäufen ihm nicht möglich gewesen war und das, was er noch aufhäufen würde. Knickmeiers ganze Existenz drehte sich, insgeheim, um Geld. Schon beim Frühstück dachte er an Geld. Wenn er tagsüber für seine Firma Elektroleitungen verlegte, dachte er derartig an Geld, dass er sich durch Unaufmerksamkeit schon manchen Stromschlag geholt hatte; und wenn er spätabends schwarz Elektroleitungen verlegte, dachte er ebenfalls daran. Wenn er sein altes Auto ansah, dachte er an das Geld, das er sparte, indem er sich kein neues anschaffte; und wenn er die preisgünstige Kleidung seiner Frau mit der von den aufgetakelten Weibern verglich, die hier herumliefen, dachte er natürlich auch daran. Knickmeiers Geldgedanken waren ein eigenes, inneres, sehr feinsinniges Universum, in dem er sich mehr zuhause fühlte als in der wirklichen Welt. Nur selten kam es vor, dass er, in einer Anwandlung von Panik, glaubte, verrückt zu werden, weil er dieses Universum mit niemandem teilen konnte. Er, nicht Heinz, war der wahre Onkel Dagobert Lübbeckes. Wenn nicht auf Schweizer Konten, so doch wenigstens im Geiste und in der Leidenschaft. An Geld zu denken machte ihn glücklich. Die Knickmeiers waren an sich kleine Leute, hatten es aber durch Geldgedanken und eiserne Nachkriegssparsamkeit zu einigem Wohlstand gebracht. Jetzt standen sie an der Schwelle zum Altwerden, und würden den Stab bald an die jüngere Generation abgeben. Was in vielen Familien zu Umbrüchen führt. Ich meine, wenn die jüngere Generation alles auf den Kopf haut, was die ältere sich vom Munde abgespart hat. Nicht so bei Knickmeier. Er hatte seinen Sohn vorsorglich in der Kreissparkasse untergebracht, und die Vorstellung, dass dieser nun täglich mit Massen von Geld hantierte, machte ihn euphorisch. Er stand deswegen ständig sozusagen unter Strom. Also, ich denke, auf die Dauer kann es nicht gesund sein, wenn man ständig unter Strom steht. Es schadet dem Organismus. Der Sohn, der ganz nach seinem Vater ging, gab zu den schönsten Hoffnungen Anlass. Er fühlte sich in der Sparkasse pudelwohl. Nicht nur, dass er dauernd mit, wenn auch fremdem,

Geld und Aktien hantierte, er lernte auch alle Methoden der Geldvermehrung von der Pieke auf kennen, und würde es, da konnte man sicher sein, in dieser Hinsicht zu einiger Meisterschaft bringen.

Ich hätte dich längst mal zu Hause besucht. Aber du bist ja nie da, sagte Knickmeier. Momentan sei es besonders schlimm mit der Kommunalpolitik, erwiderte Papa. – Da hatte er recht. Selbst ich kriegte ihn kaum noch zu sehen. Er war fast schon ein Vollzeitpolitiker, ohne je eine Wahl gewonnen zu haben. Ein richtiger, umtriebiger Multifunktionär. Neuerdings hatte er noch das Amt des Kreisaltensportwartes übernommen, oder wie das heißt, und musste dauernd auf irgendwelche Seniorenturnveranstaltungen tingeln. Aber es machte ihm Spaß. So ein Leben im Ehrenamt macht einem Umtriebigen Spaß. Ich meine, nachdem er sich im Beruf derart vergriffen hatte.

-Das sei ihm schon aufgefallen, als er die neuen Leitungen im Keller verlegte, dass du nie da bist, sagte Knickmeier. Aber iss klar, Parteiversammlungen und so.

-Du kannst jederzeit anrufen, wenn du ein Problem hast, sagte Papa. Lina wird es mir ausrichten.

-Weiß schon, sagte Knickmeier. In diesem Fall aber ...

-Um was geht's denn?

-Ja also, sagte Knickmeier vorsichtig, wobei sein kleiner Körper wie ein Gummiball nervös von einem Fuß zum anderen hüpfte. Worum ich dich bitten wollte, ist relativ eilig, weil die Anträge bis Ende Monat vorliegen müssen.

Papa sah ihn fragend an.

-Unser Sohn hat doch jetzt eine Freundin. Es wird nicht lange dauern, dann möchte er heiraten und mit ihr zusammenziehen. Und Enkel soll es dann auch bald geben. Unser Haus ist für zwei Familien aber zu klein.

-Ihr wollt den Dachboden ausbauen?

-Das haben wir zuerst erwogen. Aber dann ist uns klar geworden, das ist keine Lösung. Unser Sohn wäre damit nicht zufrieden.

Seine Füße waren jetzt vom Hüpfen ins Springen verfallen, und wir bekamen Angst, mit Matsch bespritzt zu werden. Wir wichen zurück. Da bekam auch Knickmeier Angst. Er fragte sich, ob Papa seinem Sohn, der kürzlich standesgemäß in die CDU eingetreten war, überhaupt helfen würde. Lübbecker Kreissparkassenangestellte sind ausnahmslos schwarz. Wie die Nacht, so schwarz sind sie; und er wusste nicht, ob Papa davon Wind gekriegt hatte. Ist das der Grund für den Hauch von Gereiztheit in Püffkes Stimme, dachte Knickmeier. Aber egal. Er ließ es darauf ankommen.

-Wir wollen die große Lösung, sagte er. Wir wollen neu bauen.

-Das ist doch sehr schön, sagte Papa und ließ offen, ob er sich über das schwarze Biotop in der Sparkasse ärgerte.

-Es geht um ein billiges Darlehen, sagte Knickmeier. Der Kreis vergibt doch billige Familiendarlehen. So eines will ich beantragen. Und als Papa schwieg: Könntest du, ich meine, könntest du den Antrag unterstützen?

-Da muss ich mich erst mal erkundigen. Ich bin ja nicht im Bauausschuss, wie du weißt, kann aber Schenzmeier bitten, deinen Fall zur Sprache zu bringen.

-Ich wäre dir dankbar. Aber da ist noch etwas.

-Ihr braucht ein Grundstück.

-Wir haben ein Grundstück. Im Lübbecker Feld. Bei den alten Platanen.

-Kein Baugebiet, sagte Papa.

-Vom Immengarten gar nicht weit weg.

-Sogar Naturschutzgebiet, soweit ich weiß.

Knickmeier wusste das auch. Er kannte auch die Lage bei den billigen Darlehen. Hatte sich bei Knoost kundig gemacht, und wusste, dass weder Baugenehmigung noch billiges Darlehen in seiner Situation leicht zu bekommen waren. Um ein solches Darlehen zu ergattern, mit dem du gutes Geld sparen kannst, musst du zunächst einmal förderungswürdig sein, hatte Nachbar Knoost ihm in einem seltenen Anfall von Gesprächigkeit mitgeteilt, und bei dem Wörtchen 'Geld' hatte sich Knickmeiers trauriges Faltengesicht merkwürdig aufgehellt. Das heißt, dein Bauen muss, gewissermaßen, im höheren Interesse liegen. Mit den Zielen der Allgemeinheit übereinstimmen. Wenn du eine große Familie hättest ... das ist das Paradebeispiel, aber in deinem Fall leider nicht gewährleistet, oder nur insofern, als dein Sohn erst noch vorhat, eine große Familie zu gründen. Da kann ja auch was dazwischen kommen. Oder wenn du einen denkmalgeschützten Altbau renovieren wolltest ... Letztlich erfolgt aber selbst bei großen Familien oder Altbausanierungen die Förderung keineswegs automatisch. Denn bei der Förderungswürdigkeit gibt es Ermessensspielraum. Je nach persönlicher Beurteilung und Kassenlage kann der Bauamtsleiter sagen, förderungswürdig ja, aber Geld kriegst du trotzdem nicht. Aber, sagte Knickmeier. Früher war das anders, unterbrach ihn Knoost. Früher reichte es, förderungswürdig zu sein, und das Geld floss in Strömen. Heute, wo die öffentlichen Kassen leer sind, so leer, dass sie unsere Gehälter und selbst die Beamtengesundheitsversorgung andauernd kürzen, so dass ich nicht mal mehr zur Kur fahren kann, musst du einen echten, gesetzlich verankerten Anspruch auf Förderung entwickeln. Das heißt, du musst förderungsberechtigt, B-E-R-E-C-H-T-I-G-T, im engeren Sinne sein. Wenn du verstehst. Um aber im engeren Sinne förderungsberechtigt zu sein, musst du bestimmte gesetzlich fixierte Kriterien präzise erfüllen. Heinz zum Beispiel, der in den letzten Jahren viel gebaut hat, ist immer sowohl förderungswürdig wie förderungsberechtigt gewesen. Ich habe noch nie erlebt, dass er nicht förderungsberechtigt war, und zwar sowohl privat wie geschäftlich, weil er, in Absprache mit Windmüller, peinlich darauf achtet, die gesetzlichen Bestimmungen einzuhalten. Einer von beiden, Heinz oder Decker, ist praktisch ständig bei uns im Amt, weil ihnen so sehr an den gesetzlichen Bestimmungen liegt. Sie gehören fast schon zur Belegschaft, könnte man sagen. Bei dir sehe ich, ehrlich gesagt, nicht so viel Chancen.

Knoost hatte ihm dann geduldig erklärt, warum das Bauen im Naturschutzgebiet nicht unbedingt im höheren Interesse liegt. Was Knickmeier im Stillen nicht einsah. Darum hat er Papa angesprochen. Knoost war, als Beamter, einfach zu unflexibel und hatte im Bauamt sowieso nichts zu melden. Ich wunderte mich allerdings, dass auch Papa mit dem Naturschutzgebiet anfing. Papa war ziemlich flexibel und kümmerte sich sonst nicht um Naturschutzgebiete. Das Thema Naturschutz überließ er gewöhnlich den Grünen. Ihn interessierten Arbeitsplätze. Er war auf neue Arbeitsplätze fixiert wie andere auf ihren Sexualtrieb. Neue Straßen und Häuser brachten Arbeitsplätze, da war er sich mit Heinz und dem OKD einig. – Eine gute Voraussetzung für eine gedeihliche Zusammenarbeit im Kreistag. Er saß zwar nicht im Bau-, aber im Verkehrsausschuss, wenn er auch dort, wegen der drückenden schwarzen Überlegenheit, nicht viel zu sagen hatte. Holzbrink pflegte alles, was Papa vorschlug, bedenkenlos abzuschmettern, so verfeindet waren die beiden seit jenem Showdown, als Papa ihn vor versammelter Mannschaft den schlechtesten Bürgermeister im Landkreis genannt hatte. Während Schenzmeier im Bauausschuss, den die CDU ebenfalls dominierte, viel besser zurecht kam.

-Unser Sohn wäre nicht glücklich, wenn er da nicht bauen könnte, sagte Knickmeier. Je älter man wird, um so dankbarer ist man, wenn die Kinder in der Nähe leben und im Notfall schnell erreichbar sind.

-Es wäre das einzige Haus weit und breit, sagte Papa.

-Ja schon. Aber für uns leicht erreichbar. Du als Politiker hast doch Einfluss.

-Ich werde sehen, was sich machen lässt, sagte Papa. Versprechen kann ich dir nichts. Aber man spürte, wie er sich spannte. Er hatte Blut geleckt. Ich wusste, er würde sich einsetzen.

-Wenn Sie die Umgehungstraße bauen, wird das Naturschutzgebiet sowieso keinen Bestand haben, sagte Knickmeier. Das kommt mir eben. Er stand jetzt ganz still. Die Nervosität war komplett von ihm abgefallen.

-Da könntest du recht haben. Oder auch nicht, sagte Papa, der nichts Vertrauliches ausplaudern wollte.

Die Straße, dachte Knickmeier, wird auf jeden Fall gebaut. Ohne die Straße kann Heinz gar nicht überleben, bei der flauen Baukonjunktur. Womöglich doppelspurig. Wenn Sie mir die doppelspurige Straße vor's neue Haus legen, dann gute Nacht.

Auf jeden Fall musst du mir helfen, sagte er nach einer Pause, und das versprach Papa denn auch. Und zwar in vollem Ernst. Papa hatte eine überaus soziale Ader. Seine Sozialader hat ihn berühmt gemacht. Wenn Papa Blut geleckt hatte, war er nicht mehr zu bremsen. Er war dafür bekannt, die Wünsche von Bittstellern, wenn nötig, bis nach Detmold oder Düsseldorf zu tragen.

Holger hat sich an dem Abend noch ordentlich mit Robert und seinem Vater gestritten. Die Party fing langsam an, sich zu verlaufen – außer Henke, der kurz noch mal an die Tannen pinkelte, und ein paar andere Unentwegte – und Heinz und Robert setzten sich ins Arbeitszimmer, um den Abend ruhig ausklingen zu lassen. Was bei Geschäftsleuten meistens bedeutet, dass sie sich kritische Punkte gemeinsam durch den Kopf gehen lassen.

Ich stand unter dem offenen Fenster und hörte alles mit.

-Wir werden uns ganz schön umstellen müssen, sagte Robert.

-Wenn es so weiter geht, sagte Heinz, müssen wir den Laden verkleinern.

-Wie soll das gehen? Die Firma hat 3 Familien zu ernähren.

-Hast du, fragte Heinz, einen besseren Vorschlag?

-Wir müssen uns noch mal intensiv mit den Mindenern beschäftigen.

-Wir haben's doch schon versucht.

-Vielleicht nicht genug. Wir sollten uns an Wilfried ein Beispiel nehmen. Er beschäftigt sich ununterbrochen mit ihnen.

Robert schlug dann vor, in Minden ein Büro aufzumachen. Zur Landschaftspflege.

-Ich weiß nicht, sagte Heinz. Das verursacht erstmal nur Kosten.

-Wir dürfen, sagte Robert, den Kopf nicht hängen lassen. Schau dir Doktor Hochberg an. Den trifft es viel härter. Alle Herrlichkeit vorbei, und bewahrt trotzdem Haltung.

-Hochbergs Problem, sagte Heinz, werde selbst Doktor Gutevogel nicht lösen.

-Nein, lachte Robert. In Düsseldorf habe Gutevogel seines Wissens keine Patienten.

-Obwohl die ihn brauchen könnten, sagte Heinz.

-Für die Umgehungsstraße sehe ich schwarz, sagte Robert. Dabei waren wir fast soweit. Mensch, habe ich Zeit investiert. Sogar die Stratmeier habe ich weich geklopft. Dreimal bin ich dagewesen, bis sie unterschrieben hat. Obwohl sie dich hasst wie die Pest.

-Wenn's um Geld geht, sagte Heinz, wird jeder schwach.

-Ein hundsmiserables Grundstück. Da hat sie, so oder so, einen Reibach gemacht.

-Hast du etwa gekauft? Ich dachte, nur Optionen.

-Für die meisten ja. Die Stratmeier musste ich kaufen. Die Alte wollte keine Option. Kaufen oder nicht kaufen, hat sie gesagt. Die war misstrauisch wie Oskar. Jemand hat ihr erzählt, dass Knickmeier da unten bauen will. Das kann er nicht, habe ich gesagt. Naturschutzgebiet.

-Und wir sitzen hinterher auf den Grundstücken.

-Im Moment hilft uns das neue Baugebiet noch. Die Sache geht tadellos durch.

-Wenn wir so ein kleines Baugebiet nicht mehr hinkriegten, säh es wirklich maunz aus.

-So einfach ist das alles nicht mehr.

-Wieso? Wilfried hat noch nie Schwierigkeiten gemacht. Ist doch sein Vorteil genauso.

-Ich meine, sagte Robert, wenn wir mit allen Anträgen erst mal nach Minden müssen.

-Da ist immer noch Holzbrink vor. Bei Baugebieten in Lübbecke wird die Stadt immer das letzte Wort haben.

-Vielleicht schafft es Wilfried, und macht in Minden Karriere. Der ist extrem fähig, glaub mir. Noch flexibler als Hochberg ist der.

-Wenn wenigstens, sagte Heinz, die Straße durchkäme. Die würde uns ein paar Jahre beschäftigen.

-Na, was mauschelt ihr hier schon wieder? – Holgers Stimme, die keineswegs erfreut klang. Schrill klang sie, und unzufrieden. Er war in der richtigen Stimmung, sich ordentlich aufzuregen.

-Wir klären nur die Geschäftslage, sagte Heinz.

-Und, wie ist die Geschäftslage?

-Ach, wegen der Kreisreform, Umgehungsstraße und so weiter.

-Ich verstehe dich nicht, Papa. Warum klärst du solche Dinge nicht mit Ingo und mir. Warum musst du dich immer zuerst mit Robert beraten.

-Wenn du mehr mitarbeiten würdest, würde ich mich auch mit dir beraten.

-Und was ist mit Ingo. Der arbeitet doch mit.

-Mit Ingo werde ich schon noch sprechen.

-Ja, aber zuerst mit Robert. Und uns vor vollendete Tatsachen stellen.

-Robert ist nun mal für unser Immobiliengeschäft zuständig.

-Ja, und für einiges andere ist er auch zuständig.

-Was meinst du?

-Fürs Decken der Weiber in der Familie.

-Jetzt reicht's aber.

-Ich glaube, das muss ich mir nicht anhören, sagte Robert.

-Schau dich doch um, Papa. Was mit deiner Tochter los ist.

-Was soll mit ihr los sein? Außer, dass sie schwanger ist, und das ist doch ein glücklicher Umstand, würde ich sagen.

Ich konnte förmlich hören, wie Holger mit den Zähnen knirschte. Und mir selber war bei dieser Mitteilung auch ziemlich nach Zähneknirschen.

-Dir ist doch egal, sagte Holger, was in unserer Familie abläuft. War dir schon immer egal. Hauptsache, die Kasse stimmt.

-Ich kann dir nur sagen, mäßige dich, sagte Heinz. Hellen hat sich doch heute Abend gut amüsiert.

-Warum soll ich mich mäßigen, sagte Holger. Wo sich andere Leute auch keinen Zwang antun. Und: Er wisse nicht, ob Hellen das so amüsant finde, wenn Robert und Gerlo mal eben im Wald verschwinden. Du merkst anscheinend gar nicht, was läuft. Dass er Ingo und mich beiseite drängt, das wäre mir noch egal, ich pfeife auf deinen Laden, aber dass er vor aller Augen mit Gerlo herummacht, und wie er Hellen damit erniedrigt, das stört mich ganz gewaltig.

-Ach du, sagte Heinz. Das stimmt doch alles nicht. Du willst Robert nur schlecht machen. Du benutzt solche Anschuldigungen, um ihm eins auszuwischen. Aber lass dir gesagt sein, bei mir erreichst du gar nichts damit. Gar nichts.

3.

-Herr Wenzel? sagte Wilfried und lächelte.

-Schönen guten Morgen, Herr Windmüller.

-Morgen. – Wie sieht es mit den Listen aus, Herr Wenzel?

-Die Listen? Ach ja. Ich denke, Knoost müsste fast fertig sein. Ich werde gleich nachfragen.

-Tun Sie das. Es ist ziemlich eilig. Eigentlich sollte die Vorlage schon Ende September ...

-Weiß schon, Herr Windmüller ...

-Jetzt ist Mitte Oktober, die nächste Kreistagssitzung ...

-Natürlich, Herr Windmüller.

-Bitte bringen Sie sie mir, sobald Knoost fertig ist. Und ... er soll sich ein bisschen beeilen.

-Ja, ja, Herr Windmüller.

Und machte sich, während Wilfried immer noch lächelte, weil er mit Wenzels Leistungen im großen und ganzen zufrieden war, auf den Weg zu Knoost, der in einem klitzekleinen Büro am Ende des Flurs hauste. Mit Knoost war Wilfried weniger zufrieden. Bei Knoost verging ihm meist das Lächeln, aber mit Knoost wollte er sich jetzt nichts auseinander setzen. Stattdessen konzentrierte er sich auf die Dame, Anfang 30, die ihn heute morgen besuchte. Ich kannte sie vom Sehen. Sie musste hier auch irgendwo arbeiten. Wilfried schien sie erwartet zu haben. Er half ihr aus dem Rauhhaarmantel. Haben Sie jetzt Zeit, hauchte sie. Das Hauchen hätte sie sich sparen können. Das war bei ihm nicht die richtige Masche. Aber sie wollte, wie schnell klar wurde, sowieso keine Masche abziehen, und legte gleich los. Er wisse ja um die Finanznöte des Kreises, sagte sie streng, und auch um die Probleme geregelter und effektiver Verwaltungsabläufe. Unter den Fachbeamten kümmere sich kaum einer um geregelte Verwaltungsabläufe. Die Fachbeamten wursteln vor sich hin und sind froh, wenn sie fachlich zurecht kommen. Aber geregelt ist da wenig. Daher sei sie berufen worden, die Verwaltungsabläufe effektiver und durchschaubarer zu machen. Und auch zur Kostenkontrolle. Was glauben Sie, was der Kreis pro Jahr an Aufträgen vergibt? Wahnsinnige Summen sind das.

Ja, ja, sagte Wilfried.

Wegen dieser überbordenden Summen, sagte sie, sei die Qualitätssicherungs-Task-Force eingerichtet worden. Dann entschuldigte sie sich erstmal. Ich hoffe, Sie verstehen die Notwendigkeit dieser Maßnahmen ... in den meisten Abteilungen sind wir schon gewesen ... manch einer steht uns mit Vorbehalten gegenüber ...

Nein, nein, selbstverständlich, sagte er und lächelte generös. Ihr Besuch sei ihm vom OKD angekündigt worden. Er wisse, dass der OKD sich wegen der überbordenden Summen die Haare raufe und nicht mehr richtig schlafen könne. In seiner Eigenschaft als Aufsichtsratsvorsitzender der Lübbecker Sparkasse habe der OKD ein besonderes Gespür für überbordende Geldsummen.

Die Dame ließ sich nicht aus dem Konzept bringen. Externe Firmen seien nicht nur teuer, sondern seit Jahren stimme auch die Qualität nicht mehr. Daher diese besondere Untersuchung, die über eine normale Revision weit hinausgehe. Sie habe ihren vorläufigen Bericht gleich mitgebracht, den sie mit ihm durchgehen wolle.

Keine Sorge, sagte Wilfried.

Er machte sich wirklich keine Sorgen. Schließlich kam die Idee zur Einrichtung der Task-Force von ihm.

Es gehe um die Form der Verwaltungsorganisation, wiederholte sie, um die Durchsetzung bestimmter Abläufe, um Vorgehensregeln, die von den Kollegen, sei's aus Bequemlichkeit oder Unwissenheit, oftmals nicht eingehalten würden. Die Einhaltung der Abläufe sei das A und O jeder effektiven Organisation. Und die Organisation müsse sich an der Qualität orientieren, nicht umgekehrt. Von daher seien an die Untersuchung auch gewisse Vorschläge gekoppelt, um die Regeln, soweit sie nicht überhaupt noch einmal überdacht werden müssten, in Zukunft strikt einzuhalten.

Unter seiner Leitung, sagte Wilfried würdevoll, habe sich das Bauamt um die Einhaltung von Regeln immer besonders bemüht. Weil auch ihm die Qualität sehr am Herzen liege.

Dann sind wir uns einig, sagte die Frau. Ich habe die Abläufe im Bauamt stichprobenhaft untersucht. Und habe mir u.a. - sie sagte wirklich u a - diesen Vertrag mit der Gebäudereinigung Decker herausgegriffen. Und sehen Sie, dabei ist mir folgendes aufgefallen.

Was denn? sagte er.

Sie haben hier den A-Vertrag gewählt.

Ja und?

Warum haben Sie nicht das B- oder C-Formular benutzt?

Ich weiß nicht. Wir benutzen schon immer A dafür. War das falsch?

Nein, nein. Vertrag A war genau richtig, besonders nach der neuen Verordnung. Ich gratuliere. Darum habe ich an dieser Stelle ein Kreuzchen gemacht.

Ah, sehr schön. Kreuzchen bedeuten wohl Pluspunkte?

Richtig. Außerdem ist, wie ich festgestellt habe, ein zweites Angebot eingeholt worden, und zwar formgerecht. Daher hier noch ein Kreuzchen.

Sehr erfreulich, sagte Wilfried. Lassen Sie mal sehen. Oh, lauter Pluspunkte. Er vertiefte sich in ihre Akte. Aber hier haben Sie 'Nein' angekreuzt.

Ja also. Entschuldigen Sie bitte. Das 'Nein' betrifft die Tatsache, dass die unabhängige Prüfung durch einen Kollegen am selben Tag erfolgt ist.

Ja und? Was ist daran auszusetzen?

Sehen Sie, wir gehen davon aus, dass die Vertragsprüfung eine gewisse Zeit in Anspruch nimmt. Daher ist in den neuen Regeln vorgeschrieben, dass das Testat nicht am selben Tag erfolgen darf. Wir wissen natürlich, wie eilig viele Aufträge sind ...

Ja eben.

Also bitte ich, das nur als Hinweis zu verstehen.

Sie haben hier aber 'Nein' angekreuzt. Das heißt, im Bericht wird es als Fehler vermerkt.

Ja durchaus. Sehen Sie, ich muss. Ich kann nicht anders. Wir von der Task-Force sind verpflichtet ...

Schon gut, sagte er und lächelte. Ich will Sie nicht beeinflussen. Fahren Sie fort ...

So ist es stundenlang weitergegangen. Die Frau hat geredet und geredet, bis sie jeden i-Punkt ihres seitenlangen Berichtes abgehakt hatten, und Wilfried hat, total entspannt, daneben gesessen und Bemerkungen eingestreut, auch witzige. Wobei er nicht der Typ ist, der sich vor Frauen besonders produziert. Er hat sich, denke ich, einfach nur sorglos gut unterhalten. Das mache ihm mal einer nach, sich, als Abteilungsleiter, mit der Revision sorglos gut zu unterhalten. Aber in puncto guter Unterhaltung ist Wilfried, aufgrund seiner sozialen Kommunikationsstärke, eben Spitze. Da macht ihm keiner etwas vor. Anscheinend hatte er kein schlechtes Gewissen. Wie auch? So einfach kommt man korrupten Baubeamten nicht auf die Schliche, ich meine, indem man sich ein paar Formulare anguckt, die Knoost ausgefüllt hat. Das ist ja zum Lachen. Komplett idiotisch! – Zum Schluss sind sie ins Private abgeschweift, ein Bereich, den Wilfried normalerweise Mitarbeitern und Kollegen gegenüber geflissentlich meidet. An dem Punkt habe ich mitgekriegt, dass es sich bei der Dame um Frau Fleidel handelte – die bemerkenswerte Frau Fleidel, die in der Fantasie vieler Kreisbeamter, und auch anderer Lübbecker Bürger, eine herausgehobene Rolle spielte, seit sie auch ihren zweiten Mann öffentlichkeitswirksam abserviert hatte. Wilfrieds Fantasie wurde von ihr offenbar nicht angeregt, oder wenn, dann viel weniger als, zum Beispiel, von unserer kichernden Birgit. Frau Fleidel kicherte nicht, sondern machte, trotz ihrer sexuellen Eskapaden, einen absolut seriösen, aus meiner Sicht sogar karrieregeilen Eindruck. Und Wilfried behandelte sie auch entsprechend. Von gleich zu gleich, könnte man sagen. Vielleicht, weil er in ihr, auf einer bestimmten Ebene, eine Gleichgesinnte erkannte; Leiterin in spe des Revisionsreferates. Frauen in Führungspositionen besaßen zur damaligen Zeit noch einigen Seltenheitswert. Sie waren eine exotische Spezies, die man sich gern einmal anschaute, über die man im Innersten aber schmunzeln musste.

Die exotische Spezies redete ohne Punkt und Komma, und Wilfried hat sich ihren ganzen Sermon geduldig angehört. Direkt zurückhaltend ist er gewesen. Ziemlich seltsam fand ich diese Scheu. Normalerweise war er nur dem OKD gegenüber geduldig. Scheu und zurückhaltend, und trotzdem witzig, so hatte ich ihn bis dato kaum je erlebt. Anscheinend hat er es sich mit ihr nicht verderben wollen.

Zu uns Untergebenen war Wilfried keineswegs scheu. Er konnte den Mund ziemlich verziehen, wenn er mit einem Mitarbeiter unzufrieden war. Dann war es mit seinem Lächeln jählings vorbei. Dann zeigten sich seine auffallend großen Zähne. Der könnte einen beißen, musste man dann unwillkürlich denken - auch wegen seiner Stimme, der verdächtig leisen und nur im

Umgang mit dem OKD außerordentlich melodischen Stimme, die bei Mitarbeitern wie Knoost, die er nicht leiden konnte, eine strenge, wenn nicht gar schrille Note bekam, mit einer andeutungsweise nach oben gezogenen, bedrohlichen Intonation.

Natürlich hätte Wilfried nie jemanden gebissen. Er wollte die Leute zu größerer Leistung anspornen, das ist alles. Ich habe mich oft gefragt, warum er immer sein speckbraunes Cordsakko trug. Mit seinem speckbraunen Sakko lief er mir ständig um die Nase. Ich traute mich kaum, ein anständiges Jacket anzuziehen, und ließ sicherheitshalber auch im Büro mein schwarzrotes Holzfällerhemd an. Obwohl Mama mir ständig in den Ohren lag. Lauf doch nicht immer wie ein Gammler herum, schimpfte sie. Zieh mal was anständiges an. Dass du was hermachst. Wozu haben wir dir all die Jacken gekauft? Ich versuchte, ihr zu erklären, dass ich unmöglich wie Carl Lagerfeld daher kommen konnte, wenn mein Chef ein altes Cordsakko trug. Aber das ließ sie nicht gelten. Das Cordsakko sei einzig und allein Wilfrieds Sache. Wenn die ihre Villa noch nicht abbezahlt haben, kannst du doch nicht darunter leiden, sagte sie. Du guckst ja in die Menschen nicht rein. Schon gar nicht in ihre Bankkonten. Es gibt ganz viele, die sich finanziell überhoben haben.

Ich denke, bezüglich Wilfried lag meine Mutter daneben. Ich glaube eher, das Cordsakko war ein Tick von ihm, oder einfach ein Aberglaube. Dass er meinte, nur in Cordsakkos karrierefähig zu sein. Ich versuchte, ihr zu erklären, dass Wilfried beim OKD das speckbraune Sakko niemals geschadet hat, und dass auch ich, trotz Holzfällerhemd, nach der Probezeit problemlos zum Beamten ernannt werden würde; aber für solche Einsichten haben Mütter kein Verständnis. Mütter sehen rot, wenn man ihnen mit speckbraunen Cordsakkos kommt. Also hielt ich die Klappe und verzog mich in mein Zimmer. Im Grunde war Mama ganz in Ordnung. Nicht so etepetete wie andere, und legte auf Etikette keinen gesteigerten Wert. Bei uns zuhause ging es immer ziemlich locker zu. Weshalb meine Eltern als Gastgeber allgemein beliebt waren. Sie führten ein großes Haus, wie man so sagt. Große lockere Parties waren bei uns gang und gäbe. Also, manche Stories aus meiner Kindheit, wenn ich die hier erzählen würde ... Bei uns durften die Gäste sich wohl fühlen und ganz sie selbst sein, und sich, noch zusätzlich, von Papas sozialer Kommunikation berieseln lassen. Einige, wie Henke, haben das missverstanden. Sie haben sich bis zum Morgengrauen voll laufen lassen und nachher im Suff unseren Flur vollgekotzt. Mama mit dem Aufnehmer hinterher, und hat tagelang gestunken. Der Flur, meine ich. Von daher waren Akademiker als Gäste bei meinen Eltern wesentlich beliebter. Oder wenigstens Realschulabgänger. Je mehr Akademiker im Haus waren, um so gastlicher wurden sie. Sie drehten richtig auf. Sogar Mama wurde dann unterhaltsam, und hat sich im Glanz ihrer von den Akademikern bewunderten Kochkünste gesonnt. Besonders Doktor Gutevogel war von Mamas Kochkünsten begeistert, und Frau Doktor Helma Guklucks wäre ohne die Kochkünste meiner Mutter wahrscheinlich sogar verhungert. Wobei, fällt mir ein, Doktor Gutevogel hat auch mal ganz schön gekotzt. Aber schlussendlich haben sich diese Anstrengungen und die Gastlichkeit meiner Eltern für Papa in puncto Lokalpolitik durchaus gelohnt. Er war unheimlich hinter her, mit seiner Gastfreundschaft möglichst viele Leute für sich einzunehmen, und allzeit bereit, dafür jedes Opfer zu bringen. Ich glaube nicht, dass er ohne Henkes gelegentliches Kotzen je über Holzbrink triumphiert hätte. Um es überspitzt zu formulieren. Ihr, uneingestanden, höchstes Ziel wäre es gewesen, den OKD auf einer der Parties begrüßen zu dürfen. Ich bin sicher, das wäre die Krönung ihres Lebenslaufes als Gastgeber gewesen. Leider, oder, wie man's nimmt, glücklicherweise, ist der OKD nie bei uns aufgekreuzt. Der OKD zog andere Arten von Festveranstaltungen vor. Das Jubiläum der Stadtwerke etwa, oder des Beamtenbundes. Er hätte, und das muss bei dieser Gelegenheit einmal ganz klar gesagt werden, auf die lockeren Parties meiner Eltern auch nicht gepasst. Der OKD war einfach zu vornehm. Wie soll das auch funktionieren, ein vornehmer OKD, der die ganze Zeit die Arme vor der Brust verschränkt hält, und der bramarbasierende Henke. Oder die alten Kumpels von Papa, die die Anlage bis zum Anschlag aufdrehen und sich in der Ecke gemütlich einen Joint anstecken.

Also, wie gesagt, Mama war ganz in Ordnung. Sie hat, durch alle Höhen und Tiefen, und Beziehungskrisen, Papa immer den Rücken gestärkt. Hat seine soziale Kommunikation gefördert, seine alten Kumpels, von denen er, was diese ihm hoch anrechneten, nicht abließ, ebenso akzeptiert, wie die neuen Freunde aus den Parlamenten. Papa deckte eben ein riesiges Spektrum von Leuten ab, Sportler ebenso wie Kiffer, Politiker und einen Teil der Beamtenschaft; und genau dies ist vermutlich das Geheimnis seines letztendlichen Erfolges. Wer sich, wie Holzbrink, nur auf ein oder zwei Klientel konzentriert, die Bauern und Besserverdienenden, und dann noch oft scharf und ironisch daherredet, der kann sich zwar, wenn er von der beliebtesten Partei aufgestellt wird, ein paar Jahre halten. Ich meine, die Schwarzen hätten anfangs genauso gut einen Schimpansen aufstellen können, der wäre auch gewählt worden. Siehe Landrat Sandmeier. Am Ende wird aber immer, sage ich mal, die bessere Kommunikation siegen. Und da hat Holzbrink nicht, oder zu spät, realisiert, wie schnell Papas Einfluss in Lübbecke anschwoll. Mama hat das sehr wohl realisiert und ihren Mann nach Kräften unterstützt. Sie war unheimlich anpassungsfähig und flexibel. Dass die Frau flexibel ist und sich anpasst, ist vielleicht das wahre Geheimnis einer gut funktionierenden Ehe, aber heutzutage leider nicht mehr durchwegs bekannt, geschweige denn gewährleistet. Früher war es so: eine Frau lernt einen Mann kennen, der sich in irgendeiner Form lokalpolitisch betätigt, und sei es nur, dass er unentwegt Stammtischparolen von sich gibt, und schwupps, schon schwärmt sie für dieselbe Partei, und unterstützt ihn nach Kräften. Sie richtet ihr Leben nach seinen Ansichten aus und profitiert natürlich auch davon. Ich meine, Mama hat das schon irgendwie genossen, als sie hinterher von allen mit Frau Bürgermeister angeredet wurde. Sicher, wenn die Ehe scheitert, und die Frau lernt jemand anderen kennen, sagen wir, aus einer ganz anderen Partei, dann muss sie sich, schwupps, umorientieren. Ich kannte mal eine, die hat sich abwechselnd in Friedensaktivisten und in Berufssoldaten verliebt. Echt bewundernswert, was die für Anpassungsleistungen hingelegt hat. Aber das ist eben das Geheimnis wahrhaft flexibler Frauen, dass sie sich schnell umorientieren können. Von Männern, die im politischen Leben stehen, wird das ja auch erwartet. Sogar Beamte kommen, wenn sie Karriere machen wollen, ohne Flexibilität nicht aus. Wenn die Regierung einen 180-Grad Schwenk in der Rentenpolitik macht, muss ein Kommunalpolitiker, der auf höhere Weihen hofft, sofort mitschwenken. Instantan. Sonst ist er bei der nächsten Kandidatenaufstellung weg vom Fenster. Und zwar aus vollster innerer Überzeugung. Denn wer nur halbherzig die Meinungen seiner Partei vertritt, den nimmt der Wähler nicht ernst. Der Wähler wählt nur Politiker, die aus vollster innerer Überzeugung den größten Blödsinn erzählen, wenn ich das mal so sagen darf. Nur einem solchen Politiker traut er Handlungsfähigkeit zu. Und bei den Frauen, besonders den Ehefrauen von Lokalpolitikern, ist es genauso. Sie müssen sich mit den Interessen des Mannes vorbehaltlos identifizieren. Dann kann daraus, gewissermaßen, eine lokalpolitische Erfolgsgeschichte werden. Ich will nicht sagen, dass es solche Frauen heutzutage nicht mehr gibt. In den ländlichen Gebieten Nordostwestfalens ist diese Spezies glücklicherweise noch immer weit verbreitet. Nur leider war Hellen aus anderem Holze geschnitzt. Ich meine, als sie jung war, hat sie durchaus flexible Tendenzen gezeigt. Hat ihrem Robert, und nachher auch mir, ein Nest gebaut. Später, besonders als unsere Kinder größer wurden, hat sie sich mehr in Richtung Selbstständigkeit entwickelt. Ich behaupte nicht, dass das ein Nachteil ist. Solche starken, unabhängigen Frauen stehen im Leben natürlich ihren Mann. Ihrem Partner sind sie jedoch in kritischen Situationen nicht unbedingt eine Hilfe. Sie tolerieren es nicht, wenn der sich dauernd besäuft und in Selbstmitleid und Depressionen versinkt, und irgendwann ziehen sie die Notbremse. Ich ziehe jetzt die Notbremse, sagen sie, wo andere die Bratkartoffeln aufsetzen würden. Vielleicht haben sie recht damit. Ich war Hellen in kritischen Situationen auch keine Hilfe. Zum Beispiel, als Ingo sich umbrachte, habe ich sie definitiv im Stich gelassen. Als Ingo sich umbrachte – aber, also, das war erst viel später – habe ich, statt mich um Hellen zu kümmern, bei Heinz spontan gekündigt, und bin erstmal auf Sauftour gegangen. Und hinterher habe ich mir eine gebrauchte Playstation gekauft. Das hat ihr den Rest gegeben. Dass ich mich bereits beim Streuselkuchenessen, das sich in Lübbecke unvermeidlich an jede Beerdigung anschließt, gedanklich mit meiner Playstation beschäftigte. Aber was sollte ich machen. Wenn ich mich auf Beerdigungen nicht ablenke, kriege ich die Panik, und anschließend muss ich wegen Nervenzusammenbruch abgeholt werden und tagelang Valium schlucken. Da ist die gedankliche Konzentration auf eine Playstation genau das Gegebene. Außerdem war es ein Schnäppchen. Es war die Gelegenheit. Ich wollte schon immer eine Playstation haben. Und Spiele gratis dazu. Wir gehen hier unter, und du denkst nur an deine Playstation, hat Hellen zornig gerufen. Aber so war es, so ist es immer gewesen. Meine Playstation hat mich von vielen deprimierenden Realitätserfahrungen abgelenkt. Da half auch nicht, dass ich nicht mehr für Heinz würde arbeiten müssen. Weil Heinz wenig später ja auch die Radieschen von unten beguckt hat. Die Abwicklung seines korrupten, überschuldeten Ladens war nicht dazu angetan, mich empor zu heben. Die Playstation und das Saufen sollten mir über das Gröbste hinweghelfen. Hellen hat das anders gesehen, und letztendlich recht behalten. Playstation gewonnen, Frau verloren, auf diese einfache Formel kann man es bringen. Kein Wunder, dass ich mit dem Saufen, trotz Playstation, nicht aufhörte. Im Grunde bin ich genau wie Hellen. Wenn irgendwas schief läuft, reagiere ich oftmals hysterisch. Mama backt, wenn irgendwas schief läuft, einen Apfelkuchen. Oder stellt die Bratkartoffeln auf. Vielleicht hat Professor Grotendiek recht, der neuerdings, wie man hört und in der Frankfurter lesen kann, von Aktiengeschäften ganz abrät. Ist nicht die moderne Erziehung Schuld daran, fragt er dort provozierend, dass wir Wohlstandskinder mit kritischen Situationen nicht umgehen können? Die früheren Generationen, Krieg-und-Hunger-gestählt und so weiter, waren jeder Krise gewachsen. Aber heute! Hellen stellt in kritischen Situationen kategorische Forderungen, und wenn die nicht erfüllt werden: ex und hopp. Das hat schon Robert feststellen müssen, als sie ihn mit Birgit im Bett erwischte. Heinz hat damals ernsthaft erwogen, Professor Grotendiek anzurufen, um ihn um Rat zu fragen. Ich bezweifle allerdings, ob Hellen auf ihn gehört hätte. Auf Doktor Gutevogel hat sie jedenfalls nicht gehört, obwohl der sich, bezüglich Beratung in der Decker-Husemöllerschen Ehekrise, ganz schön ins Zeug gelegt hat, nicht zuletzt, um bei den Lübbecker Unternehmern, die normalerweise von Seelenklempnern nicht allzu viel halten, endlich Fuß zu fassen.

Sicher, auch Mama hat manchmal ganz schön herum gekeift, so dass wir glaubten, jetzt ist alles vorbei, hat sogar kategorische Forderungen gestellt, wenn Papa mal wieder bis nachts auf Vorstandssitzung war. Du bist mit der SPD und dem FC Lübbecke mehr verheiratet als mit mir, hat sie gekeift, und das dreckige Geschirr stand herum, für das er sonntags eigentlich zuständig war. Aber ich bin das Gefühl nicht los geworden, je älter ich wurde, dass ihr Gebrüll rein pro forma gewesen ist. Je älter ich werde, desto zweideutiger empfinde ich viele Dialoge. Da gibt es die eine, offensichtliche Ebene, wo sie sich ankeifen, oder schön tun, je nachdem, was sie gerade für angesagt halten, und darunter, auf einer unsichtbaren Ebene, läuft genau das Gegenteil ab. Ein Teil der Gesprächspartner, und zu denen habe meist auch ich gehört, kriegt das aber nicht mit. Ich meine, zum Beispiel, wenn der OKD deine Arbeit lobt, kann das mehrere Gründe haben. Unter Umständen musst du sogar auf der Hut sein. Erst jetzt, wo ich älter werde und allein bin, kriege ich einiges von dem mit, wo ich früher drüber weg gegangen bin, und anstelle des Offensichtlichen interessiert mich das Verborgene, was unter der Oberfläche sich abspielt. Am Ende hat Mama meist nachgegeben. Er musste nur mal ordentlich auf den Tisch hauen, dann ist sie ganz freundlich geworden. Schnurrte wie eine Katze. Sie hat eben nie im Büro gearbeitet, und, von daher, eigene, seltsame Vorstellungen entwickelt, wie die Leute sich dort untereinander benehmen und angezogen sind. Sie ließ sich diese Vorstellungen auch nicht ausreden. Sobald ich anfing, ihr etwas Negatives über Wilfried oder das Bauamt zu erzählen, stellte sie die Ohren auf Durchzug. Wechselte das Thema. Wollte nichts davon hören. Meine Arbeit beim Bauamt bedeutete ihr viel. Das Bauamt war für sie, gewissermaßen, unantastbar. Dabei hätte ich ihr wirklich einiges über Wilfried erzählen können. Was der sich auf der Arbeit alles leistete. Im Bauamt war er der ungekrönte König, und entsprechend führte er sich auf. Wenn er im Türrahmen von Knoosts winzigem Büro erschien, wusste der schon, was die Stunde geschlagen hat. Wilfried tauchte bei Knoost nur auf, wenn er sich stark genug für eine Auseinandersetzung fühlte. Normalerweise schickte er Wenzel vor. Denn Knoost, wiewohl durch häufige Umzüge in immer kleinere Büros zermürbt und der sozialen Kommunikation nicht mächtig, konnte auch ganz schön austeilen. Knoost ließ sich von Wilfried nichts gefallen. Jedenfalls, ab einem bestimmten Punkt nicht, wenn Wilfried mit dieser gewissen aggressiven Attitüde im Türrahmen auftauchte. Dann zuckte Knoost zwar regelmäßig zusammen; denn es handelte sich durchweg um Überraschungsangriffe, auf die er sich erst einstellen musste, und senkte die Schultern. Aber nur, um komplett auf stur zu schalten. Er blickte ostentativ aus dem Fenster. Schöner Blick auf den Wald. Wieweit sind Sie mit den Listen, Herr Knoost? rief Wilfried empört. Von Lächeln keine Spur. Zeigte stattdessen die Zähne. Knoost drehte sich ein wenig zur Seite, aber nur gerade so viel, dass er seinen Vorgesetzten aus den Augenwinkeln wahrnehmen konnte. Stumpfsinnig und behäbig, so sah es jedenfalls Wilfried, saß der Arsch mit breitem Hintern auf seinem Schreibtischstuhl. Viel zu nah beim Fenster. Sein nächstes Büro würde fensterlos sein, soviel stand fest. Jedesmal, wenn Wilfried seinen stumpfsinnigen Untergebenen so behäbig auf dem Stuhl sitzen sah, ohne den leisesten Hauch von Beflissenheit und Respekt, oder zumindest Arbeitseifer, juckte es ihn, mit der Faust ordentlich auf den Tisch zu hauen. Wie konnte ein Mensch so phlegmatisch sein! Und jede soziale Kommunikation vermissen lassen. Gleichzeitig wusste er, man müsste ziemlich hart zuhauen, um Knoost aus der Fassung zu bringen. Knoost war, bildlich gesprochen, ein Reptil. Ein Kaltblüter. Auch Wilfried war ein Kaltblüter - zumindest wenn es um den OKD ging. Bei Knoost hingegen wurde er heißblütig. Knoost brachte ihn derart in Rage, dass ihn regelmäßig das Zittern ankam. Er solle sich wegen Knoost nicht so aufregen, sagte Petra, wenn Wilfried abends mal wieder zitternd nach Hause kam. Das lohnt sich doch nicht. Naja, 'zitternd' ist vielleicht übertrieben, aber sie merkte ihm an, wie aufgebracht er war, weil er sich beim Sex nicht konzentrieren konnte. Wo er sowieso erhebliche Schwierigkeiten hatte, sich beim Sex zu konzentrieren. Wilfried beschäftigten andere Sachen viel mehr. Er konnte abends nicht einfach so abschalten. Als Abteilungsleiter musst du, geistig gesprochen, die ganze Abteilung im Auge behalten. Auch nachts. Und bei Knoost, tut mir leid, konnte er sich nicht zurückhalten. Da gingen die Pferde mit ihm durch, auch abends im Bett noch. Es ging ja auch gar nicht nur um Knoost; wenn man mal von dessen Renitenz absah. Die war wieder ein anderes Thema. Denn renitent war Knoost. Fast schon ein Schwierigkeitenmacher. Wenn Wilfried etwas überhaupt nicht leiden konnte, waren das Mitarbeiter, die notorisch Schwierigkeiten machten, die nicht nur, wie Knoost, passiven Widerstand leisteten, sondern zum direkten Gegenangriff übergingen. So einen hatte er mal gehabt, einen waschechten Querulanten, mit permanent empörter Fistelstimme, der ständig beleidigt herum lief und meinte, man wollte ihm was ans Zeug flicken. Total lästig, der Mann, mit Berufsrechtsschutz, eigenem Anwalt und allem, was sonst noch dazu gehört. Der sich, wenn Wilfried ihm mehr Qualitätsbewusstsein einzubläuen versuchte, immer gleich an den Personalrat wandte, oder an seinen Anwalt. Der Personalrat suchte dann entsprechende Urteile des Bundesarbeitsgerichtes heraus und heftete sie ans schwarze Brett, ein Vorgehen, das nicht unbedingt als qualitätsfördernd anzusehen ist. Der Anwalt pflegte Briefe an den OKD zu schicken, die diesen bewogen, Wilfried zwar zu seinen Qualitätsbemühungen zu beglückwünschen, aber auch um mehr Fingerspitzengefühl im Umgang mit schwierigen Mitarbeitern, auch solchen mit Fistelstimme, zu bitten, da er, der OKD, den Konsens, besonders den mit dem Personalrat, über alles stelle. Wilfried ließ daher den Schwierigkeiten machenden Mitarbeiter mit der Zeit ganz in Ruhe, was zu einer Art Waffenstillstand führte, und zu einer wesentlichen Beruhigung auf den Fluren, und jener hatte viel mehr Zeit, aus dem Fenster zu schauen, als Knoost, der immerhin zwei bis drei Formulare pro Tag schaffte. Selbst über die Beförderung des Schwierigkeiten machenden Mitarbeiters musste Wilfried zähneknirschend hinwegsehen, und man kann schon sagen, dass seine großen Zähne damals gelitten haben, aber was sollte er machen. Da hätte der Anwalt echt was zu fressen gehabt. Dem Kreis richtig einen reinwürgen können. Rein rechtlich war gegen die Beförderung nichts einzuwenden, im Gegenteil. Mach jetzt bloß nichts, sagte der OKD, als Wilfried sich bei ihm ausweinte.

Aber das war Geschichte. Der Querulant hatte sich, mit Wilfrieds Unterstützung, muss man sagen, in eine andere, weniger stressige Abteilung versetzen lassen; und so hatte es Wilfried bei seinen Qualitätsbemühungen nur noch mit Knoost und dem allgemeinen Schlendrian zu tun. 'Nur' in Anführungszeichen. Denn fast alle Mitarbeiter in den unteren Gehaltsgruppen waren seit Jahren von ein und derselben Krankheit befallen. Ja, 'Befall' war das richtige Wort. Es war eine Art wuchernder, an allen möglichen und unmöglichen Stellen ausbrechender und nicht klein zu kriegender Pilz, eine unendlich zähe Tranigkeit, die die Aktivitäten des Amtes hemmte und bremste und jeden Qualitätsanspruch offen verhöhnte. Frau Hoppenstedt, die ihm auf dem Gang entgegenkam, war auch so ein Fall. Freundlicher als Knoost, aber ebenso unfähig. Mit ihren ältlichen blauen Augen blickte sie einen immer unschuldig, und scheinbar auch eifrig, an. Ihr Eifer wirkte auf den ersten Blick durchaus überzeugend; doch was sie zustande brachte, war mehr als bescheiden. Nein, danke. Es reichte nicht. Es reichte hinten und vorne nicht. Natürlich war die Ursache klar, woran das ganze System krankte. Die Leute waren Beamte, die man nicht los werden konnte, oder frühestens mit 58, wenn es ihnen gelang, ins begehrte Schwerbeschädigtenprogramm aufgenommen zu werden, in welchem Fall sich Wilfried und der Mitarbeiter frohen Herzens voneinander verabschiedeten.

Heinz hatte es da leichter. Der beschäftigte grundsätzlich keinen über 40. Das bringt nichts, pflegte er zu sagen. Mit über 40-Jährigen kann ich nichts anfangen. Die sind teuer, unproduktiv, viel zu oft krank, und lassen sich, wenn's drauf steht, noch nicht mal was sagen. Junge Leute, da liegt die Zukunft. Wilfried stimmte ihm aus ganzem Herzen zu. Nützte aber alles nichts, dass er ihm zustimmte. Egal wie alt, Beamte hatten sichere Jobs und wussten das auch. Sie konnten es sich leisten, unflexibel zu sein, auf Fortbildungsveranstaltungen, wenn sie sie nicht überhaupt schwänzten, Französisch zu lernen, und ihre normale Arbeit auf Sparflamme zu erledigen. Die Kreisverwaltung war kein Industriebetrieb, der sich wie eine wendige Wildkatze auf einem feindlichen Markt behaupten musste, und wo, wie Wilfried sich ausmalte, das Engagement des Einzelnen zu einem wahren Produktivitätsfeuerwerk führte, welches für das Überleben der Wildkatze unbedingt notwendig war. Nein, man konnte den Trantüten nichts anhaben, außer ein bisschen drohen und nörgeln oder schikanieren, indem man ihnen einen Umzug in ein kleineres Büro oder unters Dach-juch-he verordnete, wenn sie nicht spurten. Man durfte es mit den Schikanen aber auch nicht übertreiben, sonst nahmen sie einen am Ende gar nicht mehr ernst.

Das Grundproblem war in Wilfrieds Augen neben der Kommunikation die fehlende Motivation. Die Aufstiegsmöglichkeiten in den unteren und mittleren Rangstufen waren, von den normalen, tariflich festgelegten Beförderungen abgesehen, äußerst bescheiden. Höchstens Leute wie Wenzel hatten Hoffnung, schnell Oberamtmann und, vielleicht, eines Tages in den höheren Dienst übernommen zu werden. Wenzel war im Amt tatsächlich Wilfrieds einzige Stütze. Leider war er privat ein bisschen verschroben. Ich meine, im Amt beherrschte er die soziale Kommunikation durchaus, aber privat lebte er allein mit seiner Mutter und seinem Mercedes zusammen, und das färbt ab. Seine Mutter kümmerte sich vorbildlich um ihn und wachste seinen Mercedes mindestens zweimal pro Woche. Sie wohnten in einer kleinen Gasse unweit vom Kreishaus, so dass er nur einen kurzen Weg zur Arbeit hatte. Sein gewachster Mercedes stand immer in der Garage, außer an Sonntagen, an denen es nicht regnete. An solchen Tagen warf Wenzel seinen gewachsten Mercedes an und fuhr mit ihm einmal nach Minden und zurück. Aber wehe, es fing unterwegs an zu regnen! Wenzel empfand sein Leben als beruhigend und überschaubar. Er vermisste nichts, außer der Beförderung zum Oberamtmann. Allerdings machte er sich Sorgen um die Zukunft, wenn die Verwaltung nach Minden verlegt wurde. Er lag nachts wach, und hat sich vorgestellt, dass er jeden Morgen, auch bei Regen, nach Minden würde fahren müssen. Auf Teilzeit gehen, und nur an niederschlagsfreien Tagen arbeiten, nein, das war wohl nicht möglich. - Wilfried hat oft, wenn er nachts wach lag, davon geträumt, als Abteilungsleiter in einer richtigen, das heißt privaten, Firma tätig zu sein. Wie er den Leuten einheizen würde, dass ihnen Hören und Sehen verging. Besonders Knoost, der daraufhin ungeahnte Produktivitätssteigerungen erzielen würde, so dass der Inhaber, also der OKD, gar nicht mehr wusste, wohin mit seinen Gewinnen. Und wenn Knoost nicht spurte, sondern weiter Sperenzchen machte und aus dem Fenster guckte: ganz einfach: zack, die Kündigung. So gingen Wilfrieds Nachtgedanken, und namentlich dieser Vorgang, wie er Knoost die Kündigung überreichte, und wie jener daraufhin die tranigen Augen aufriss und vor Schreck fast vom Stuhl fiel, diese Vorstellung hat Wilfried regelrecht berauscht, und ihm beim Einschlafen sehr geholfen. Im Schlaf hat er von anderen, weniger angenehmen Dingen geträumt. Von seiner ersten Frau, zum Beispiel.

Ja, so war Wilfried. Er hätte uns gern zu immer neuen Höchstleistungen angespornt. Er versuchte es immer wieder, hat es auf diesem Gebiet jedoch nie zu wahrer Meisterschaft gebracht. Meisterlich war er hauptsächlich im Umgang mit dem OKD, und das ist doch eigentlich das wichtigste. Birgit und ich saßen mitten im Geschehen und haben genau mitgekriegt, was sich da teilweise abspielte. Zwischen denen, die sich noch Hoffnungen machten, und denen, die die höchste für sie erreichbare Gehaltsstufe bereits erklommen hatten und nur noch in Ruhe gelassen werden wollten. Die meisten Beamten haben diese Stufe mit Ende 30 erreicht. Ihren Zenit überschritten. Mit Ende 30 nicht die Endstufe erreicht zu haben, ist für Beamte nicht normal. Nur Überflieger wie Wilfried, und vielleicht Wenzel, werden in den Vierzigern nochmals befördert. Und dies zu recht. Weil Leute wie Knoost sich mit ihrer Behäbigkeit nie an die von Doktor Gutevogel vorgeschlagenen und vom OKD in mehreren Memoranden ausgearbeiteten Qualitätsregeln halten. Das brachte Wilfried immer in Rage. Selbst wenn er gerade Frau Fleidel anlächelte: sobald er an Knoosts Arbeitsstil dachte, kam er in Rage. Knoosts Arbeitsstil würde nie zu einer entsprechenden Qualität führen, das musste auch Frau Fleidel klar sein.

Das einzige, was Knoost aus seiner Behäbigkeit riss, war, wenn Birgit kicherte. Meist hat sie mit mir oder mit Wilfried gekichert. Ist ja klar, auf junge Männer und auf Chefs stehen die Frauen. Aber manchmal, wenn sie sich nicht zurückhalten konnte, was bei Birgit öfter vorkam, auch mit

Knoost. Birgit konnte gar nicht anders als kichern. Auch unter ernsten Umständen musste man damit rechnen, dass sie kichernd losprustete, und erst recht, wenn Männer, was oft vorkam, ihr Kichern zu provozieren versuchten. Mit blöden Witzen zum Beispiel. Birgits Kichern hat Knoost dann ziemlichen Auftrieb gegeben, hat ihm über den Tag hinweg geholfen, den ihm Wilfried verdorben hatte. Ich fand ihr Kichern ziemlich erotisch – es war so ein außergewöhnlicher, silbergoldheller Klang darin – und habe auch oft versucht, es durch blöde Witze zu provozieren, so dass in unserem Büro fast ununterbrochen gekichert wurde. Im Laufe der Zeit habe ich eine große Fertigkeit darin entwickelt. Gewissermaßen geistig gekitzelt habe ich sie, bis sie vor Kichern fast eingegangen ist – hör auf, hör auf, hat sie gejapst, wenn ich es mal wieder zu weit trieb – und man darf vermuten, dass mir diese an Birgit geschulte Fertigkeit später auch bei Hellen geholfen hat. Ich war eben nicht mehr der stieselige Abiturient, der glaubt, mit seiner eigentümlichen Art von schwarzem Humor bei einer Frau punkten zu können. Frauen wie Birgit stehen nicht auf schwarz. Wenn überhaupt, dann auf pink. Ihre Fingernägel funkelten immer vor pinken, blinkenden Einsprengseln. Wilfried fand das, für eine Beamtenanwärterin, etwas übertrieben. Hat aber nichts gesagt, zumal auch er sich, wenn keine wichtigen Besprechungen anstanden, in ihrem Kichern gesonnt hat. Bei ihm hat sie sich besonders verausgabt, kann man wohl sagen. Sie hat sich gekrümmt vor Kichern, dass ihr prächtiger Hintern in der engen Hose sich rhythmisch bewegte. Wobei sich dort irgendwas abzeichnete. Spitzenhöschen. Sie trägt bestimmt Spitzenhöschen, mussten wir unwillkürlich denken. Das spornte uns natürlich an, weiter unsere Mätzchen zu machen, und so nahm das Gekicher kein Ende. Auch die Besuche der Kollegen in unserem Kabäuschen nahmen kein Ende. Hübsch ist sie ja, sagte Holger, der sie nicht leiden konnte, mehrmals zu mir. Birgit hatte eines von diesen wirklich süßen Stupsnäschen, die bei älteren Frauen so lächerlich wirken. Und die reinsten Schlafzimmeraugen. Kuhaugen, hat Holger gesagt. Mir gefiel sie; wenn auch nicht so gut wie Hellen. Ich hätte ihr Stupsnäschen andauernd stupsen mögen. Leider war sie verheiratet und zwei Jahre älter als ich. Wie Hellen. Irgendwie fand ich solche Frauen interessanter als die ganzen aufgeblasenen jungen Hühner, die im i-Punkt an der Theke herumhingen, und einem das Gefühl gaben, als hätte man die freie Auswahl, obwohl das in Wirklichkeit gar nicht stimmte. Ein paar Jahre Altersunterschied machen in dem Fall gewaltig was aus. Birgit hatte eben so ihre Art. Bei Birgit hätte ich Chancen gehabt. Bei Birgit glaubte wahrscheinlich jeder, Chancen zu haben. Weil sie ständig kicherte. Als ob sie Lust hatte.

Es war nicht mal ein richtiges Büro, in dem wir saßen. Als Azubis mussten wir im letzten Loch hausen. Trotzdem hatten wir den meisten Verkehr, den größten Besucherdurchsatz. Bei uns herrschte immer Andrang. Das einzige, was den Besuchen ein Ende machte, war, wenn Wilfried seine Tür offenließ. Dann wurde nicht mehr gekichert. Oder nur sehr verhalten.

Draußen war Sommer, ein heißer Sommertag mit massenhaft Fliegen und Mücken. Drinnen spürte man nichts davon; die Flure dunkel und kühl. Die Mauern des alten Lübbecker Kreishauses waren mindestens einen halben Meter dick. Massiver Vorkriegsbau, das heißt, ich weiß nicht genau, ob vor dem ersten oder zweiten Weltkrieg. Genau der Hapag-Lloyd Stil, mit dem Hamburg auf seinen Postkarten wirbt, vielleicht nicht ganz so prächtig. Jedenfalls ein sehr großes Gebäude am Berghang mit einfachem, rechteckigem Querschnitt und monumentaler, auf die Stadt zugerichtete Fassade. Gleichsam, als wolle es ihre Bewohner von oben überwachen. Dass ja niemand auf die Idee kommt, an den Autoritäten zu zweifeln. Keine 10 Minuten von Heinz' Bunker entfernt. Heinz bevorzugte kurze Wege. Bei Behörden nie den vorgeschriebenen Dienstweg nehmen, da kommst du zu nichts, hieß seine Devise. Vom Bunker geht ein Fußweg direkt in den Garten des Kreishauses. Sicher, man konnte auch anrufen. Der OKD war für Heinz immer zu sprechen. Noch sicherer aber war, ihm auf dem Kreishausrasen das Wesentliche eines Problems von Mann zu Mann nahezubringen, auch wenn die Schuhe dabei ein bisschen feucht wurden. Als gelernter Maurer war Heinz feuchte Füße gewöhnt. In feuchten Schuhen kam er in die richtige Problemlösungsstimmung.

Jetzt ist es kein Kreishaus mehr. Die Beamten sind alle auf, und nach Minden davon. Es hat seine Funktion eingebüßt, und die Lübbecker wissen nicht so recht, was sie mit ihm machen sollen. Ich glaube, die meisten werden ein bisschen nostalgisch, wenn sie zum ehemaligen Kreishaus hochblicken. Wie gesagt, für den Kreis Lübbecke hatte das Gebäude die optimale Größe. Schon ganz früher, als die von-und-zu Junker, die normalerweise vor den Lübbecker Stadttoren auf ihren Gütern hockten und das Leben in ihrer Metropole misstrauisch beäugten, alle Jahre wieder per Feudalautomatismus vom preußischen Innenminister zum Landrat, und auch zum Friedensrichter, ernannt wurden. Jedenfalls, wenn sie sich nichts hatten zuschulden kommen lassen. Ich meine, Tagelöhnerin schwängern oder so. – Bis sie nach den Weltkriegen, ausgebombt und mangels Penunsen, ihr Gutshaus an irgendein Studienratsehepaar verkaufen mussten und nach Düsseldorf gezogen sind. An den Ackerflächen war das Studienratsehepaar weniger interessiert. Die hat Heinz übernommen. In Ostdeutschland sind diese Fragen auch nicht viel anders gelöst worden, sagte sein Bruder.

Ausgleichsamt, Versorgungsamt, Rechnungsprüfungsamt, Straßenverkehrs-amt und unser Bauamt, alles hatte Platz im Lübbecker Kreishaus. Alles, außer der Volkshochschule, dem Sozialamt und der Schulverwaltung, welche mit Bedacht in Dependancen über das ganze Stadtgebiet verteilt waren. Die Frontseite war durch mächtige Säulen in drei Teile gegliedert. Ein Links, ein Rechts, und in der Mitte der phänomenale Haupteingang für den OKD und die Hauptverwaltung, also jene Referate und Stabsstellen, die ihm direkt zuarbeiteten. Die Kreisrechtsabteilung, zum Beispiel, oder das Presseamt. Aber auch die Büros des Landrates und dessen persönlicher Assistentin. Letztere machten wenig her. Sie waren klein, und, vom eigenen Klo abgesehen, auf dessen Benutzung Sandmeier wegen seiner chronischen Darmentzündung gesteigerten Wert legte, kümmerlich ausgestattet. Die Landräte wechseln, der OKD bleibt, war Hochbergs unausgesprochenes Motto. Der Haupteingang machte wirklich was her. Eine breite, immer mit Blumen geschmückte Marmortreppe, auf der nur noch der rote Teppich fehlte. Direkt darüber ein Balkon – für Ansprachen des OKD an das gemeine Volk. Allerdings war der Balkon ziemlich mickrig – da hatte der Architekt einen Missgriff getan. Was aber letztlich nicht störte. Ansprachen des OKD an das gemeine Volk kamen, zumindest in Lübbecke, nicht allzu oft vor. Der OKD führte sein Volk ohne laute Reden. Wenn überhaupt Ansprache, stieß er lieber in dem hinter dem Balkon gelegenen prachtvollen Sitzungssaal oder, besonders jetzt im Sommer, auf der Gartenterrasse mit seinen Abteilungsleitern an. Der OKD war ein Gartenfreund, dem die Würde des Kreishauses sehr am Herzen lag. Die Würde eines Hauses, pflegte er zu sagen, wenn er mit seinen Abteilungsleitern oder auswärtigen Gästen auf der Terrasse stand und am Sektglas nippte, und von diesen auf das Ambiente angesprochen wurde, wird wesentlich durch seinen Garten bestimmt. Er hatte sich die Pflege des Kreishausgartens zur persönlichen Aufgabe gemacht. Das Kreisgartenamt ist vom OKD immer wieder personell verstärkt und zu einer Zentraldivision aufgewertet worden, mit dem Verwaltungsrat Lüderitz an der Spitze. Mindestens die Hälfte von Lüderitz' Mitarbeitern waren ständig im Garten des Kreishauses im Einsatz und dirigierten die Gärtner der vom Kreisgartenamt beauftragten Gärtnereien. Ach, wie das Herz sich hob, wenn man den Leuten beim Arbeiten zusah. Da hätte man am liebsten gleich selbst mit anpacken mögen. Rasen mähen, Bäume schneiden, in der Erde buddeln: das waren für den OKD keine Fremdwörter. Wer wollte, konnte ihn jeden Samstagnachmittag zuhause in seinem Garten rackern sehen. Am liebsten experimentierte er mit seltenen Blumen und Zierpflanzen, die er der nordostwestfälischen Witterung vorbehaltlos aussetzte. Als Gärtner war Doktor Hochberg wesentlich experimentierfreudiger denn als OKD, wie seine Frau immer wieder gegenüber ihrer besten Freundin klagte. Was glaubst du, was wir schon für Geld in den nordostwestfälischen Sand gesetzt haben. Richtig fanatisch sei ihr gärtnernder Gatte; und nicht nur hinsichtlich seines Verschleißes an seltenen Pflanzen. Gegen Unkraut, Ratten und Maulwürfe gehe er mit aller zur Verfügung stehenden Härte vor. So vornehm liberal er im Umgang mit Menschen auftrete, als Gärtner neige er zu extremistischen Positionen. Was glaubst du, was wir hier für Giftsäcke herum stehen haben? Der ganze Keller steht voll. Mit dem Zeug könnten wir ganz Lübbecke in Nullkommanichts ausrotten, ober- und unterirdisch. Vielleicht kommen davon deine Kopfschmerzen, sagte die Freundin. Gut möglich, sagte Frau Hochberg. Das Vorhandensein dieses Zeuges beunruhige auch Doktor Gutevogel, der seine Unruhe bereits auf mehreren therapeutischen Sitzungen problematisiert habe. Immerhin hätten die Kreisgärtner kürzlich nach Feierabend den von Düngern und Giften überstrapazierten Mutterboden ausgetauscht und sich anschließend sogar erboten, den Garten von Grund auf völlig neu zu gestalten. Aber das habe ihr Mann abgelehnt. Das wäre nicht das gewesen, was er unter Verwaltungsordnung versteht, sagte sie. Das Ungeziefer dränge ständig aus dem angrenzenden Wald in seinen Garten, rechtfertigte sich der OKD vor Doktor Gutevogel, und versuche, sich in seinem Hause festzusetzen. Was denn mit den Katzen sei, fragte Doktor Gutevogel. Ach, die verwöhnten Viecher, sagte der OKD. Gehen doch an die Ratten nicht ran. Du machst dir keine Vorstellung, was bei uns los ist. Für eine erlegte Ratte tauchen drei neue auf. An manchen Tagen habe er das Gefühl, dass ihm alles zuviel werde, und er gezwungen sein würde, Heim und Herd aufzugeben und mit seiner Frau wegzuziehen. Schlimmer als im Krieg, fügte er hinzu, und als Doktor Gutevogel daraufhin ziemlich besorgt dreinblickte, und dem OKD empfahl, sich weniger um die Ratten und mehr um seine Frau zu kümmern, wehrte dieser heftig ab. Natürlich kümmere er sich um seine Frau. Und einen Beruf habe er schließlich auch noch.

Auf der Kreishausterrasse konnte man Besucher wahrhaft königlich empfangen, und im Sommer nahm der OKD sich manchmal Akten mit hinaus. Doch auch die Freude am Kreishausgarten wurde empfindlich durch die Ratten getrübt, die vom Bergwald her immer wieder dort eindrangen. Der OKD, wenn er durch seine Gärten schritt, konnte Rattenkot schon auf 3 Meter Entfernung erkennen. Er war ein wahrer Experte im Aufspüren von

Rattenkot. Er kannte den Kot der Wanderratte, sowie der Haus- und Wiesenratte, und konnte die Krümel einer Rattenfamilie leicht vom Kot eines Rattenjunggesellen unterscheiden. Wenn der OKD Rattenkot sah, das wussten die Mitarbeiter des Gartenamtes, war der Tag für sie gelaufen. Dann mussten sie, samt aller verfügbaren Hilfskräfte, unter fortgesetzten Anfeuerungen von Verwaltungsrat Lüderitz auf Rattenfang gehen, Fallen und Giftköder auslegen, und nur, wer bis Feierabend mindestens eine tote Ratte in seinem Rattenfängerkörbchen vorweisen konnte, durfte sich Hoffnung auf Beförderung machen. Die Rattenfängerkörbchen waren von Lüderitz, der eine technische Ader hatte und über die Erfolge seiner Mitarbeiter genau Buch führte, eigens zu diesem Zweck entwickelt worden. Die Ratten waren eine solche Plage, dass sie den OKD um den Schlaf brachten. Sie beschäftigten ihn fast so sehr wie die drohende Vereinnahmung durch Minden, und er und Lüderitz verbrachten Stunden und Tage, regelrechte Schlachtpläne zu entwerfen, mit denen die Rattentruppen zurückgeworfen werden konnten. Bis spät in die Nacht brüteten sie über Prospekten von Fallenherstellern und Giftfabrikanten, aber auch in Aufsätzen und Nachschlagewerken der Nagetierkunde, um den endgültigen Sieg über die Schädlinge davonzutragen. Lüderitz wurde auf diese Weise quasi zum wissenschaftlichen Assistenten des OKD, und bald darauf zum Oberverwaltungsrat befördert. Die Lübbecker Bürger aber wunderten sich, wenn sie abends den Blick auf das Kreishaus richteten, warum in den Räumen des OKD noch Licht brannte, und gingen beruhigt schlafen.

Als die Kopfschmerzen seiner Frau eskalierten, hat der OKD das ganze Giftzeug, privates wie öffentliches, in den Kreishauskeller schaffen lassen, und dort eine regelrechte Giftküche eingerichtet, die er vertrauten Besuchern gerne zeigte. Heinz zum Beispiel hat sich, seit sein Bienenhaus das Opfer eines kombinierten Ratten- und Madenangriffes geworden war, regelmäßig vom OKD beraten lassen.. Da haben die Giftköche aber zugeschlagen! Hier, sagte der OKD stolz, als er mit Heinz und Lüderitz im Giftkeller stand. Das neueste Kombipräparat. Damit könne man garantiert jeden Schädling wegputzen. Bisher nur in Italien zugelassen. Daher verwende er es im Kreishaus noch nicht. Genau was ich brauche, sagte Heinz. Ich muss nur aufpassen, dass den Bienen nichts passiert. Kein Problem, sagte Lüderitz, und erklärte ihm die Anwendungshinweise, die auf Italienisch auf der Verpackung standen.

Unser Kreishaus war herrlich, man kann es nicht oft genug sagen. Helle, hohe Büros, von dicken, efeuumrankten Mauern angenehm klimatisiert. Leider zu wenig Klos, und die wenigen oft frequentiert. Man konnte sich keine zwei Minuten dort aufhalten, ohne dass man Gesellschaft bekam. Nur der OKD und Sandmeier hatten eigene Klos, in die Mahagonivertäfelung eingebaut. Tischler- und klempnermäßige Meisterwerke waren das, um die sie jeder Abteilungsleiter beneidete. Ich habe sie mal im ausgeklappten Zustand gesehen, aber leider nie ausprobiert. Selbst Stegkemper hat sich angeblich nach ihnen erkundigt.

Das Dachgewölbe des Kreishauses war ein Kunstwerk. Mit schwungvollen Giebeln hatte es der Architekt geschafft, da oben ein paar ruhige, von allen Qualitätsanstrengungen unbeeinflusste Kämmerchen herauszuschinden – ideal für Nebenabteilungen, wie das Gleichstellungsbüro, die nichts einbringen, oder den Umweltschutz, bevor Wilfried ihn unter seine Fittiche nahm, und für Leute, denen der OKD nicht so oft begegnen wollte. Abgeschobene und aufgegebene Amtsbrüder ohne Aufstiegschancen, aber mit Versorgungsansprüchen, die einen nach Aussehen und Körperhaltung an Scheding erinnerten, nur, dass sie in jungen Jahren so klug gewesen waren, auf ein brotloses Studium zu verzichten und stattdessen auf ihre Mutter gehört hatten. Aber auch Schwierigkeiten machende Mitarbeiter wie jener Kreisrechtsinspektor, der sich in einem fanatischen Kampf gegen zwei angebliche Wirtschaftskriminelle verheddert und anschließend vor lauter Blindwütigkeit mit dem OKD angelegt hatte. Der OKD bestand zwar nicht im Umgang mit Nagetieren, jedoch bei Rechtsstreitigkeiten mit seinen Mitbürgern auf der Unschuldsvermutung und setzte auch in solchen Fällen auf Konsens, in denen ein Kreisrechtsinspektor genussvoll mit dem Knüppel des Finanzgerichtshofes droht. Ich meine, Konkursverschleppung und so, die ganze Palette. Wo die beiden Vorstände nur versucht hatten, ihre Firma zu retten. Der Inspektor hatte sich derart in die Angelegenheit verbissen, und in einem Moment äußerster Erregung den OKD, obwohl promoviert, als wahren Feind des Verwaltungsrechtes beschimpft, dass diesem nichts anderes übrig blieb, als ihn unters Dach zu exilieren. Von dort versuchte er seit Jahren, mit Beschwerden und einstweiligen Verfügungen Unfrieden zu stiften. Um so verbissener und erfolgloser, je mehr der Rest der Verwaltung ihn schnitt. Da war die Gleichstellungsbeauftragte, was ja heutzutage nicht selbstverständlich ist, wesentlich handzahmer. Sie war klein und pummelig und hatte sich in ihrer Dachkammer wohnlich eingerichtet, mit Stövchen und Plüschsesseln und, durch gute Verbindungen zum Landfrauenverein, immer einem Korb Essbarem in Reichweite. Ihrer ausgemergelten Kundschaft servierte sie regelmäßig Tee und Kuchen. In der dunklen Jahreszeit wurden Kerzen angezündet. Die Kundschaft kam gern und oft. Tippelte durchs Treppenhaus. In Bezug auf die Qualitätsarbeit der Frauenbeauftragten sind sich

Doktor Gutevogel und der OKD nie einig gewesen, so dass am Ende Frau Hochberg zwischen den beiden vermitteln musste. Das Dachgewölbe, und vielleicht noch der Garten, waren wahrscheinlich das einzig schwungvolle an der Kreisverwaltung. Gut, Wilfried konnte auch ziemlich schwungvoll sein. Wir, als Untergebene, hätten ihn uns meist etwas weniger schwungvoll gewünscht. Ohnehin wurde sein Schwung durch den OKD etwas gedämpft. In der Umgebung des OKD gewöhnte man sich automatisch eine gewisse Leisigkeit und Gelassenheit an, das heißt, jene innere Ruhe, die den in vielen Kämpfen geübten und wahrhaft erfahrenen Verwaltungsbeamten auszeichnet.

Die meisten wussten das wohltemperierte Klima in dem alten Gemäuer zu schätzen. Ich dagegen betrat es, besonders in der ersten Zeit, mit gemischten Gefühlen. Würde es meine Zukunft sein, der Ort, an dem ich mein Glück fand – oder würde es meine Zukunft besiegeln? In der heutigen Zeit kannst du froh sein, wenn du im Bauamt unterkommst, sagte Mama. Neben mir trabten die anderen Beamten mit müden Gesichtern. Im ersten Winter musste ich mich ganz schön zusammenreißen, um von den Depressionen, die mich angesichts der tristen dunklen Mauern und der beinahe ebenso trübseligen Kollegen befielen, nicht überwältigt zu werden. Ich war wie gelähmt und konnte mich kaum auf die Arbeit konzentrieren. Immer wieder dachte ich an mein nicht begonnenes Philosophiestudium, das mich, so stellte ich mir vor, von Langeweile und Depressionen befreit und unter die Olympioniken des Geistes katapultiert hätte. Noch dazu hätte es mir Wilfried erspart. Als dann Birgit bei uns anfing, ging es mir etwas besser. Wir saßen im linken Kreishausflügel. Dort waren neben dem Bauamt die Kämmerei und das Verkehrsamt untergebracht. Wilfried hätte sich beides gern auch noch unter den Nagel gerissen. Glücklicherweise war da die Abteilungsleiterordnung vor. Seine Abteilung war sowieso die größte. Das Bauamt bestand aus der Bauaufsicht, dem Denkmalschutzreferat und dem Wohnungswesen. Für Denkmalschutz und Wohnungswesen interessierte Wilfried sich weniger. Diese Themen überließ er gewöhnlich Wenzel, es sei denn, Heinz oder Robert hatten gegen den Denkmalschutz etwas einzuwenden. In dem Fall griff er persönlich ein. Dann war ihm ganz egal, welcher Paragraph im Wege lag. Dann wurden alle Hindernisse mit Effet beiseite geräumt. Schließlich war er zuallererst für die Wirtschaftsförderung zuständig. Wilfried war zwar kein Studierter, sondern, wie der OKD manchmal anerkennend sagte, ein genialer Praktiker. Nestor nachgerade der Lübbecker Wirtschaftsförderung wird er heute von manchen genannt, der uns über viele Jahre in höchste Höhen gehievt hat. Nach einem wie Wilfried hätten sich andere Kreise die Finger geleckt. Er wusste das natürlich und kannte seinen Wert. Auch der OKD kannte Wilfrieds Wert. Wenn Beförderungen anstanden, hat er Wilfrieds Wert im Kreistag immer hervorgehoben. Sowas lernt man nicht an der Uni und auch nicht an Verwaltungsfachschulen, sowas muss man im Blut haben. Obwohl die Verwaltungsfachschulen heutzutage auf praktische Bildung großen Wert legen und den Universitäten hinsichtlich genialer Wirtschaftspraxis um Längen voraus sind. Ein Grund, warum unser OKD in mancher Hinsicht den Fachbeamten über den Akademiker gestellt hat. Fachbeamte, zumindest solche, die befördert werden wollen, haben schon gehandelt, während Akademiker noch dumme Fragen stellen. Selbst unter den Fachbeamten war Wilfried einzigartig. Eine Ausnahmeerscheinung. Über seine genialen Schachzüge könnte ich einiges erzählen. Stundenlang könnte ich von seinen Methoden berichten. Meist negatives, weil er mein Chef gewesen ist, mit dem ich, wenn überhaupt, nur oberflächlich gut auskam. Wenngleich ich manches Lebenspraktische von ihm abgeschaut und infolgedessen gelernt habe. Das war auch der Punkt, an dem er mir das ‚Du‘ anbot: als er merkte, wie schnell ich auf den richtigen Trichter kam, so dass ich ihm, wenn Not am Mann war, einiges abnehmen konnte. Das hat sich auch für mich ausgezahlt. Ich habe von seinen Methoden zeitweise ganz schön profitiert. An sich habe ich ja keine teuren Hobbies; aber Hifi, Laptop, Flachbildfernseher und so weiter, das summiert sich durchaus. Und ich konnte, unter Helmuts Anleitung, den Opel ordentlich aufmotzen, mit Spoilern, Nebelscheinwerfern, doppelten Auspuffrohren und so weiter, so dass wir (der Opel und ich) in Lübbecke bekannt wurden wie bunte Hunde – noch heute redet mancher Lübbecker, wie mir Holger erst kürzlich telefonisch bestätigt hat, hochachtungsvoll von mir und meinem aufgemotzten Opel – und Hellen zu gucken begann, und Helmut sich schon wunderte, was Spitze im Bauamt verdienen. Muss ja enorm sein, sagte er und stieß mich in die Seite. Knoost hätte das nicht bestätigen können; aber die beiden, obschon Nachbarn, sprachen nicht mehr miteinander, seit Helmut ihm beim Rangieren mit seinem Trecker an den Jägerzaun gefahren war.

Im Bauamt macht man sich gewisse Methoden automatisch zu eigen, wenn man vorankommen will, hat mich auch Heinz ermutigt. Anders kommst du nicht zu Potte und klebst auf Dauer, wie Knoost, an deinen Formularen fest, das heißt, du bleibst gewissermaßen an der Oberfläche und gelangst nie in die Tiefen des Fachbeamtentums. Wobei nicht klar ist, ob er Tiefen oder Untiefen meinte. Immerhin ist Wilfried später um ein Haar in den Sog von Heinz' Pleite geraten. Von daher sind sich die Heimatforscher über die Bedeutung seines Wirkens nicht vollkommen einig, und die Stadtväter haben sich bis heute nicht dazu durchringen können, eine Straße nach ihm zu benennen. Denn natürlich gibt es bei Wilfried, wie bei jedem Praktiker, Licht und Schattenseiten. Wissenschaftler, wie Professor Grotendiek, kennen dieses Problem nicht. Anders als die Wirtschaftsförderung stehen sie ganz im lauteren Lichtschein der Wissenschaft. Je höher eine Wirtschaftsförderung steigt, um so tiefer können ihre Protagonisten fallen. Doch Lebenserfahrung hatte Wilfried, muss man schon sagen, im Umgang mit Menschen, und wie man sich Vorteile verschafft, und, während andere laufbahnmäßig auf der Stelle treten, immer höhere Höhen erklimmt. Im Gegensatz zur Wirtschaftsförderung kann es mit einem hohen Beamten nur aufwärts gehen. Ein Kreisabteilungsleiter kann ohne Probleme andauernd befördert werden. A15, A16, B1, B2, nach oben sind da keine Grenzen gesetzt. Natürlich, zu sagen hat er damit nicht mehr. Er bleibt einer von einem Dutzend Abteilungsleitern, die der OKD nach Belieben herumkommandiert. Das einzige, was sich ändert, sind die Ziffern auf den Kontoauszügen. Wobei diese Beträge im Vergleich zu Wilfrieds Nebeneinkünften kaum ins Gewicht fielen.

Im rechten Kreishausflügel befand sich das Gesundheitsamt, das von Direktor Telkemeier geleitet wurde, einem Hypochonder, der sich vor Krankheiten derartig fürchtete, speziell vor Infektionskrankheiten, dass er sein Medizinstudium nur mit Mühe zu Ende gebracht hatte. Wenn er in Fachbüchern etwas über Symptome von Infektionskrankheiten las, meinte er gleich, diese an sich selbst zu verspüren, und konnte tagelang nicht schlafen. Wer ihn ärgern wollte, brauchte ihm bloß die drastischen Auswirkungen der Pocken im Mittelalter zu schildern. Was er über Aids hörte, bewog ihn, sein Sexualleben einzustellen. Lieber kein Sex, als an Immunschwäche zugrunde gehen, dachte er. Mit Schenzmeier, und auch mit Robert, verkehrte er grundsätzlich nicht mehr. Mehrmals tauchte er nachts in der Notambulanz auf, weil er meinte, sich bei Freunden, die in Afrika gewesen waren, mit dem Ebola-Virus infiziert zu haben. Hinterher erzählte er allen, er habe die Qualität der Lübbecker Krankenhausambulanz überprüfen wollen. Er nehme die Qualitätsansprüche des OKD mindestens ebenso ernst wie Wilfried. Auch vor Herzinfarkt und Schlaganfall fühlte er sich nicht sicher. Häufig wachte er nachts mit Herzrasen auf und glaubte, sein letztes Stündlein habe geschlagen. Da er nicht jede Nacht die Notambulanz inspizieren konnte, ergab er sich in sein Schicksal. Dann sterbe ich eben, dachte er, nachdem er sich mehrere Stunden herumgewälzt hatte, und dieser Gedanke ließ ihn seltsamerweise ruhig einschlafen. Außerdem konnte er seit frühester Kindheit kein Blut sehen. Wenn im Kino die Kamera auf eine Blutlache schwenkte und sie genussvoll zu einem riesigen roten Fleck aufzoomte, musste er sich jedesmal fast übergeben. Wenn ihm von seinem Hausarzt Blut abgezapft wurde, drehte er schnell den Kopf weg, und wenn er seinen Professoren bei Operationen hatte zuschauen müssen, kniff er immer beide Augen zu, dass die sich schon wunderten. Und jedesmal zitterte er und fürchtete, sich über die Schleimhäute bei dem Patienten angesteckt zu haben. Denn Schleimhäute sind, wie er in seinen vierteljährlichen Vorträgen über Volksgesundheit und Heimathygiene, oder wie das heißt, an der Lübbecker Volkshochschule ausführte, nun einmal das Übertragungsmedium Nummer eins für Infektionskrankheiten. Also mit den Schleimhäuten nichts berühren, und auf keinen Fall die Zunge irgendwo reinstecken. Igitt. Er war dann sehr froh, gleich nach dem Studium beim Gesundheitsamt anfangen zu können. Damals war für Mediziner ein praktisches Jahr im Krankenhaus noch nicht zwingend vorgeschrieben. Nur ein bisschen gucken mussten die Studenten, und konnten die Augen im Notfall zukneifen. Im Gesundheitsamt ging es zwar auch um Krankheiten, aber meist auf der theoretischen Ebene, ich meine, Statistiken, Datenerfassung und so weiter, eben alles, was der kommunalen Gesundheit förderlich ist. Auf der theoretischen Ebene, fand Telkemeier, ließen sich Krankheiten noch am ehesten ertragen. Er hatte es, durch seinen Eifer in den mehr theoretischen Fragen des Gesundheitswesens dort schnell zum Abteilungsleiter gebracht. Als Abteilungsleiter hatte er sein Büro so weit als möglich von den Untersuchungsräumen entfernt eingerichtet.

Wobei, ich will hier kein Missverständnis aufkommen lassen. Von seinen Phobien abgesehen, die ihn, seit er sich im Gesundheitsamt etabliert hatte, immer seltener heimsuchten, war Telkemeier eine starke und durchsetzungsfähige Persönlichkeit, die dem OKD, wenn es zum Beispiel um die Beförderung von Mitarbeitern ging, manches Zugeständnis abtrotzte. Wir vom Bauamt haben immer voller Neid auf das Gesundheitsamt geblickt, wo jeder Hinz und Kunz außer der Reihe befördert worden ist. Selbst ein Knoost wäre im Gesundheitsamt befördert worden. Außer mit theoretischen Fragen beschäftigte sich Telkemeier gern mit Psychologie. Psychologie, wenn sie nicht zu sehr ins Krankhafte abdriftete, war sein Steckenpferd. Psychologie war auch einer der wichtigsten Anknüpfungspunkte zum OKD. Nur aufgrund seiner, Telkemeiers, psychologischen Kenntnisse hat der OKD damals ihm, anstelle von Frau Doktor Helma Guklucks, die Abteilungsleitung übertragen, obwohl Frau Doktor Guklucks in puncto Statistiken genauso auf der Höhe wie Telkemeier war, und die schöneren Augen hatte. Auch Doktor Gutevogel hatte sich, anlässlich eines Audits im

Gesundheitsamt, bei dem das Qualitätsbewusstsein der Mitarbeiter erörtert wurde, von Telkemeiers psychologischen Kenntnissen beeindruckt gezeigt. Mama hat Papa des öfteren ermahnt, nicht auf Frau Doktor Helma Guklucks' schöne Augen hereinzufallen. Der OKD jedenfalls ist nicht darauf hereingefallen, sondern hat sich in seiner Entscheidung an fachlichen Kriterien orientiert, wenn es auch Frau Doktor Helma Guklucks schwerfiel, dies einzusehen.

Als Direktor beschäftigte sich Telkemeier, auf Anforderung des OKD, viel mit den psychologischen Problemen der Kommunalverwaltung und unterstützte Doktor Gutevogel bei dessen langwierigen theoretischen Untersuchungen. Er hat sich Doktor Gutevogels unbestrittener Autorität – mit wahrem psychologischen Feingefühl, muss man sagen – von Anfang an untergeordnet. Eine Kommunalverwaltung, die ihr Qualitätsmanagement ohne Unterstützung eines externen Psychologen aufbaue, sei sehr schlecht beraten, hat er gleich anfangs zu Doktor Gutevogel gesagt. Eine Binsenweisheit, die auch dem OKD bewusst gewesen ist, und die er sich immer wieder vorsagte, wenn er, als sparsamer Haushälter, beim Studium von Doktor Gutevogels Liquidationen Bauchgrimmen bekam. Manchmal, wenn alles nichts mehr half, hat der OKD außerdem von seiner Frau noch einen Schubs bekommen, damit der gute Vogel endlich zu seinem Geld kam.

Eine Kommunalverwaltung, das sieht man an Knoost, ist immer nur so effektiv wie ihre Mitarbeiter. Eine Kommunalverwaltung muss imstande sein, tief im Mitarbeiter verwurzelte psychische Barrieren zu überwinden. Leute wie Knoost sind voller psychischer Barrieren, dass man sich fragt, wie sie überhaupt arbeiten können. Knoost war genau der Typ Mitarbeiter, der durch Direktor Telkemeiers Vorschläge angesprochen werden sollte. Ich meine, bevor sie sich eines Tages auf dem Weg ins Büro total vergessen, und, am Verkehrsamt vorbei, in den Wald laufen, dort ihre Aktentasche weit von sich schmeißen und tagelang nicht wieder auftauchen. Die dann irgendwann von der Polizei in einer Bielefelder Spelunke aufgegriffen werden, und alles vergessen haben, was es über Bauantragsformulare zu wissen gibt. Wer sie sind, wo sie wohnen, sogar ihren Beamtenstatus haben sie vergessen. Und fangen wie verrückt an zu schreien, wenn man sie nach Hause expedieren will. Dass sogar die Ehefrau Angst vor ihnen kriegt und sich fortan weigert, im selben Zimmer zu schlafen. Mit sowas ist bei Leuten wie Knoost immer zu rechnen, wobei ich sagen muss, dass ich mit seiner Frau auch nicht gern in einem Zimmer schlafen würde.

Auf dieser Grundlage, dass Vorgesetzte ständig mit unberechenbaren, Amok laufenden Untergebenen zu rechnen haben, kann keine Verwaltung gedeihen. Auf dieser Grundlage kamen Telkemeiers Vorschläge – unter Doktor Gutevogels Supervision, versteht sich – zum Einsatz. Darauf, dass sie schnellstmöglich zum Einsatz kamen, legte der OKD erheblichen Wert, und auch seine Frau unterstützte ihn vollumfänglich in dem Bestreben, Doktor Gutevogels Empfehlungen in die Tat umzusetzen. Ja, da ging es lebhaft zu im Hause Hochberg. Da wurde jeden Morgen beim Frühstück das taktische Vorgehen besprochen, wie die Beamtenschaft auf das Duo Telkemeier und Gutevogel eingeschworen werden konnte, so dass der OKD regelmäßig zu spät zu seinen Abteilungsleiterbesprechungen kam. Was diese ihm nachsahen, weil, die Abteilungsleiter, wie Windmüller und so weiter, waren sich der Tragweite von Doktor Gutevogel natürlich ebenfalls voll bewusst. Damals, das kann der Heimathistoriker mit Fug und Recht festhalten, wurde der Grundstein für jene psychisch intakte Verwaltung gelegt, der im Minden-Lübbecker Raum heute noch nachwirkt. Frau Hochberg ist in jener Phase, als es um die Umsetzung der Gutevogelschen Vorgaben ging, zur unbezahlten psychologisch-organisatorischen Dienstkraft der Lübbecker Kreisverwaltung avanciert. Sie sollte dann hinterher, auf Wilfrieds Vorschlag, zusammen mit Doktor Gutevogel das Bundesverdienstkreuz bekommen. Moment mal, hat Wilfried zum OKD gesagt. Wenn schon Doktor Gutevogel, dann auch deine Frau. Sie hat aber abgelehnt. Frau Hochberg stand nicht gern im Rampenlicht. Sie war die Zurückhaltung in Person, um die der OKD von jenen Lübbeckern, deren Frauen sich nicht so zurückhalten konnten, sondern sich immer und überall vordrängelten, besonders, wenn es irgendwo etwas umsonst gab, insgeheim beneidet wurde.

Der OKD verteilte zu der Zeit massenhaft Verdienstkreuze. Manchmal habe ich das Gefühl, dass ich gar nichts anderes mehr mache, klagte er. Kreuze und Nadeln, Teller und Medaillen, Becher und Ringe, er verteilte alles, was das Herz begehrt. An Beamte, Kreistagsabgeordnete, Unternehmer; aber auch der normale Bürger sollte, getreu einer Direktive des Bundespräsidenten, nicht leer ausgehen. Der Bürger, der sich um das Gemeinwesen verdient macht, soll sich an das massenhafte Vorhandensein von Verdienstkreuzen gewöhnen, schrieb der Bundespräsident, ungefähr so wie an den täglichen Anblick seiner Frau oder seiner Unterhosen. In einem demokratischen Gemeinwesen gehören Verdienstkreuze dem Bürger, und nicht der Obrigkeit. Ich weiß nicht, ob das so gut ankommt, sagte der OKD zu Wilfried, wenn ich meiner Ferau ein Verdienstkereuz verpasse. Es würde die Frauenquote steigern, sagte Wilfried. Bezüglich der Frauenquote bei Verdienstkreuzen hatte es erst kürzlich Schwierigkeiten gegeben. Wieso nicht *deine* Ferau, sagte der OKD zu Wilfried; denn er wusste, dass Petra unheimlich scharf auf Verdienstkreuze war.

Ach ja, das Verkehrsamt befand sich direkt unter uns Bauämtlern, im Parterre, wegen des Publikumsverkehrs. Ich meine, Leute wie Helmut Dekemeier, die mehrere alte schrottreife Benze am Laufen haben, und ständig noch welche dazukaufen, um sie vor dem Verschrotten zu retten, müssen fast ununterbrochen zum Verkehrsamt. Da traf es sich gut, dass er auch häufig zum Ordnungsamt musste. Helmut bekam ziemlich oft Vorladungen vom Ordnungsamt, wie ich am Rande gelegentlich mitkriegte. Er war dort, im ironischen Sinne, ein gern gesehener Gast, auch wenn er die ihm aufgebrummten Strafbescheide nicht, oder nur unregelmäßig, zahlte. Er beschwerte sich ständig, dass man im Verkehrsamt, im Gegensatz zum Ordnungsamt, so lange warten müsse. Beim Ordnungsamt werde sogar in der Mittagspause gearbeitet und, wenn nötig, über die Höhe von Bußgeldern ohne große Umschweife sofort entschieden. Wenn dagegen im Verkehrsamt, wo sich Qualitäts- und Servicebewusstsein sowie die Bürgerfreundlichkeit anscheinend noch nicht durchgesetzt hätten, die Zeit gekommen sei, packten die beiden Beamten, mittlerer Dienst, ihre Stullen aus und begannen vor sich hin zu schmatzen, ganz egal, wieviele Antragsteller noch warteten. Das Verkehrsamt war, mit vollem Recht, die Hauptzielscheibe von Frau Fleidels, und auch von Doktor Gutevogels, Bemühungen. An sich war Helmut, wesensmäßig, ein geduldiger Mensch. Er ließ sich von mir die Logik einer Verwaltung mit und ohne Qualitätsbewusstsein ausführlich erläutern, während wir uns nach getaner Arbeit an meinem Opel, oder einem seiner Benze, ein Bier genehmigten. Wenn er jedoch über die Luschen beim Verkehrsamt nachdachte, wurde er sauer. Richtig stinkig wurde er da. Er könne über diese Luschen nicht nachdenken, erklärte er, ohne dass sein Kreislauf gleich in die Höhe gehe.

Aber ich komme zu weit ab. Im Moment saß ich, ohne Birgit, in unserem Kabäuschen und sah Robert in Wilfrieds Büro schlendern. Gib mir doch mal die Akte Strototte, sagte Robert. Er sagte Stroh-totte, obwohl es Strot-otte heißt. Was will denn der Strototte, sagte Wilfried. Strototte will bestimmte Nachforderungen aufgrund seines Vertrages mit unserer Firma nicht akzeptieren, sagte Robert. Dann war eine Zeitlang Ruhe. – Habt ihr den Paragraph 344 inzwischen zur Anwendung gebracht? fragte Robert. Du meinst, in der Langen Straße? sagte Wilfried. Ja, sagte Robert. Nein, sagte Wilfried. Warum nicht? sagte Robert. Über ein Projekt dieser Größenordnung, sagte Wilfried, kann das Bauamt nicht allein entscheiden, das weißt du doch. Du wolltest den OKD fragen, sagte Robert. Habe ich, sagte Wilfried. Und? fragte Robert. Der OKD meint, es müssen unbedingt Gutachten her. Wahrscheinlich muss sogar der Kreistag abstimmen. Das kann doch nicht wahr sein, sagte Robert. Ihr wollt uns wohl für dumm verkohlen. Worauf ihm Wilfried einen ausgezeichneten Vortrag über den Paragraph 344a hielt, von dem ich als Stift eine Menge lernen konnte. In freundlichem Tonfall, wohlgemerkt, nicht so, wie er ihn Knoost gehalten hätte.

Vielleicht sollte ich den Hintergrund dieses Gespräches erläutern, das dem Außenstehenden, der sich mit den Paragraphen des Baurechtes und der Denkmalpflege nicht auskennt, unverständlich vorkommen muss. Zwischen Wilfried und dem Presseamt gab es damals ein ziemliches Hin und Her. Das Presseamt hatte den OKD gewarnt, von Teilen der Presse und auch der Bürgerschaft könnten Abrissbirnen in der Lübbecker Altstadt übel aufgenommen werden. Der OKD war alarmiert und steckte sogar Wilfried mit seiner Skepsis an. Aber zum Glück gab es noch Holzbrink. Holzbrink stellte sich, nach einem Vieraugengespräch mit Heinz, vollumfänglich auf Roberts Seite. Im innerstädtischen Bereich hat normalerweise der Bürgermeister gegenüber der Kreisverwaltung die Nase vorn. Da kann das Kreispresseamt noch so viel reden. Das ist letztlich der Grund, warum heute in der Lübbecker Innenstadt kaum noch altes Fachwerk steht, das dauernd aufwendig restauriert werden muss, sondern pflegeleichter Stahlbeton. Stahlbeton, wohin man blickt. Wer sich heute in Lübbecke umtut, wird staunen. An den damals errichteten Stahlbetonbauten hat sich über die Jahrzehnte praktisch nichts geändert. Das sind Bauten, sage ich mal, die auch den nächsten Weltkrieg überstehen werden. Die Lübbecker Innenstadt ist Heinz' letztes erfolgreiches Projekt gewesen, mit dem er sich, sozusagen, von seinen Lübbeckern verabschiedet hat. Ein regelrechtes Denkmal sind diese Gebäude, so dass im weiteren Sinne, trotz Holzbrinks rüdem Tonfall, der Denkmalschutz durch diese Bauten auch wieder gefördert wurde. Wenn sich die Leute alte Hütten angucken wollen, sollen sie nach Lemgo fahren, hat Holzbrink gesagt. Oder Hameln. Bei uns sollen sie einkaufen. Wollen Sie vielleicht in engen Butzenkämmerchen einkaufen? Wo Sie sich kaum drehen können, geschweige denn eine Hose anprobieren. Oder einen Büstenhalter. Nein, das muss alles weg hier, hat er bei der Begehung gesagt, und die meisten Stadträte haben genickt. Außer Papa natürlich. Der hat zwar keinen Aufstand gemacht, wie früher in solchen Fällen, sondern hat sich vornehm zurückgehalten. Soviel hatte er vom OKD schon gelernt. Hat Holzbrink machen lassen. Das wird Holzbrink in Lübbecke noch schaden, hat Papa gesagt, wenn wir unter uns waren.

Wie das Leben so spielt, hat sich Papa selber am Ende mit Heinz' und Holzbrinks Hinterlassenschaften herumärgern müssen. Wilfried und Holzbrink
und den OKD, die hat das alles nicht mehr gejuckt, weil, die saßen ja dann
in Minden, von wo aus man Lübbecke bestenfalls als 'Randlage' bezeichnet.
Von Investitionen in einer Randlage, in der noch dazu ein roter Bürgermeister ein derartiges kommunalpolitisches Tohuwabohu anrichte, könne er nur
abraten, hat Holzbrink allen Ernstes gesagt. Bei seinen Lübbeckern konnte
er sich da natürlich nicht mehr blicken lassen. Aber das waren schon wieder
andere Zeiten, nach der Gebietsreform, meine ich. Nach einer Gebietsreform brechen immer andere Zeiten an. Da werden die Karten in Politik und
Verwaltung ganz neu gemischt. Altgediente Abteilungsleiter und erfahrene
Abgeordnete sehen sich plötzlich aufs Abstellgleis geschoben, und irgendwelche Nobodies zu kommunalpolitischen Shooting Stars hochgejubelt. Nur
dass aus Feinden Freunde werden – ich meine Papa und Holzbrink – das
kommt auch nach einer Gebietsreform nicht allzu oft vor.

Robert ging dann weg, irgend ein Beratungstermin, glaube ich. Ein paar
Minuten war Ruhe, so dass ich mich um meinen Wittgenstein kümmern
konnte. Dann klingelte bei Wilfried das Telefon und riss mich aus meinen
Betrachtungen. Wenn der doch endlich seine Tür zumacht, dachte ich. Angeregt vom Tractatus, dessen dünne Suhrkamp-Ausgabe ich allzeit geschickt zwischen Bauanträgen und Beschaffungsformularen versteckt hielt,
pflegte ich, wenn Wilfrieds Tür zu war oder im Chefzimmer Ruhe herrschte
und Birgit nicht kicherte, und auch sonst nichts zu tun war, gewisse Betrachtungen anzustellen, deren Ergebnisse ich nach Dienstschluss zuhause
in einer Kladde notierte. "*4.123*", zum Beispiel. "*Eine Eigenschaft ist intern,
wenn es undenkbar ist, dass ihr Gegenstand sie nicht besitzt.*" Oder
"*4.12721 Der formale Begriff ist mit einem Gegenstand, der unter ihn fällt,
bereits gegeben. Man kann also nicht den Begriff der Funktion und gleichzeitig, wie Russell, spezielle Funktionen als Grundbegriffe einführen. Oder
den Begriff der Zahl und bestimmte Zahlen.*" An solchen Sätzen entzündeten
sich meine Betrachtungen. Vor allem aber an kategorischen Behauptungen
wie "*1.1 Die Welt ist die Gesamtheit der Tatsachen, nicht der Dinge,*" oder
"*2.0121 Wenn die Dinge in Sachverhalten vorkommen, so muss dies schon
in ihnen liegen.*" Formulierungen, die einem als Beamten irgendwie bekannt
vorkommen, obwohl sie viel fundamentaler und weitreichender sind als
alles, was der OKD je geschrieben hat.

Gut, das kann man nicht vergleichen. Wittgenstein war Philosoph, während
der OKD im praktischen Leben stand. Der OKD war ein Mann der Tat, und
eine Führungspersönlichkeit. Für einen Mann der Tat ist es wichtig, dass die

Neujahrsgrüße an seine Mitarbeiter gut ankommen, damit diese hoch moti-
viert in die Festtage und ins nächste Jahr gehen, und er sich, gegründet auf
die Qualität seiner Verwaltung, gegen bestimmte Forderungen der Landesregierung, die auf seine Ablösung hinauslaufen, mit vornehmen Führungs-
methoden zur Wehr setzen kann. Wittgenstein hat, soweit ich weiß, niemals
um seine Ablösung fürchten müssen.

Ich wollte meine Erkenntnisse unbedingt aufheben, als Grundlage, falls ich
mich doch noch entschloss, ein Studium aufzunehmen. Da können gewisse
Grundlagen, die über das in der Schule erworbene und allzu leicht verblas-
sende Wissen hinausgehen, nicht schaden. Wilfrieds Gesülze riss mich, wie
oft, aus meinen Betrachtungen. Offenbar telefonierte er mit dem OKD. Man
konnte aus Wilfrieds Tonfall am Telefon immer genau schließen, mit wem
er telefonierte, oder zumindest, welche Besoldungsgruppe der Gesprächspartner hatte. A11, A16, B3, alldas war Wilfrieds Tonfall zu entnehmen.
Auch mit dem Mindener OKD telefonierte er neuerdings. Ganz schön ner-
vig, dieses Gesülze, wenn man sich gleichzeitig über Wittgenstein Gedanken macht.

Was Doktor Gutevogel denn fordere? Ob die Termine mit Doktor
Gutevogel abgestimmt seien? Um solche Themen kreiste das Gespräch, dem
ich zuerst wenig Beachtung schenkte. Natürlich seien sie abgestimmt, sagte
Wilfried. Er stimme seine Termine grundsätzlich immer mit Doktor
Gutevogel ab. Wo die Listen für die nächste Kereisausschussitzung geblieben seien, wollte der OKD wissen. Die Post berauche viel zu lange. Die
beschleunigte Hauspost war eine Qualitätsanforderung, die er schon eine
geraume Zeit im Auge hatte. Es gehe nicht an, dass Vorlagen für den
Kereistag in der Hauspost verschwänden und erst nach dem Sitzungstermin
wieder auftauchten. Wenn überhaupt. Auch er, sagte Wilfried, unterstütze
die beschleunigte Hauspost. Leider sei Doktor Gutevogel zum Thema
Hauspost noch nichts eingefallen, sagte der OKD. Das Angebot der EDV-
Firma sei eingetroffen, sagte Wilfried. Sie bieten uns tatsächlich an, alle
Bauamtsvorgänge vollelektronisch zu erfassen. Und nicht nur das. Alle
gespeicherten Daten sollen vernetzt werden, so dass sie zeitsparend hin und
her transportiert werden können. 'Vernetzung' war ein Schlagwort, welches
Wilfried elektrisierte. Der EDV-Vertriebler, der ihm Computer-Kompo-
nenten andrehen wollte, konnte das Wort gar nicht oft genug in den Mund
nehmen. Bezüglich Vernetzung war Wilfried wie ein Kind, das sich auf die
Weihnachtsgeschenke freut. Dem technisch nicht so versierten OKD sagte
Vernetzung wenig. Unter Vernetzung verstand der OKD eher etwas Geisti-
ges, im Sinne Doktor Gutevogels. Wilfried entschied sich daher, auf einer

anderen Ebene nachzulegen. Die Bearbeitung der Daten, sagte er, erfolge, und hier denke er in erster Linie an Leute wie Knoost, denen EDV-mäßig nicht zu trauen sei, absolut narrensicher. Nämlich auf Knopfdruck. Davon war der OKD schon mal beeindruckt. Unter Knopfdruck konnte er sich etwas vorstellen. Ansonsten hatte er bei der Informationstechnik manchmal den Verdacht (wenn er auch Wilfried gegenüber nicht wagte, ihn auszusprechen), als ob die Leute über gute Absichten nicht hinauskamen. Außerdem, sagte Wilfried, seien alle Bauamtsdaten in der Form von quasi unendlich erweiterbaren Listen in einer Datenbank gespeichert. Der OKD konnte sich auch dies nicht recht vorstellen, weil er Listen nur auf gutem, altem Papier kannte. Doch als Wilfried von den Möglichkeiten schwärmte, insbesondere auch Listen anzulegen, die über andere Listen Buch führten, sogenannte Metalisten, dämmerte ihm, dass hier etwas im Gange war, im positiven Sinne, wohlgemerkt, das die von ihm in der Kreisverwaltung Lübbecke angestoßenen und weitgehend auf der Verarbeitung von Papierlisten beruhenden Reformen revolutionieren würde, und er ermutigte den Freund, auf dem eingeschlagenen Weg fortzufahren. Wir müssen dieses Programm unbedingt haben, sagte er abschließend. Dann wechselten sie das Thema. Er habe jetzt, sagte Wilfried, nachdem der Entwurf einige Male hin und her gegangen sei, ein paar schöne eingängige Formulierungen gefunden, die auch den letzten Lübbecker überzeugen würden. Selbst die Roten, soweit sie Lübbecker seien. Heimatliebe mit Vernunft gemischt, das sei seines Erachtens die richtige Art der Beweisführung. Ob er seine Version einmal vorlesen dürfe? Natürlich, sagte der OKD. Also, sagte Wilfried und räusperte sich. Möglichkeiten zur Neugliederung der Kreise im nordostwestfälischen Raum aus der Sicht des Kreises Lübbecke. Das als Überschrift. Was? Ja, selbstverständlich. Er habe eigenhändig 'vertraulich' auf die Akte geschrieben. Niemand werde sie vor der Sitzung zu sehen bekommen. Ohnehin könne der OKD ganz beruhigt sein. So, wie jetzt formuliert, berge sie nach seiner, Wilfrieds, Meinung keinerlei Risiken. Ja, in Ordnung, die Rechtsabteilung. Das habe er ohnedies vorgehabt. Sicherheitshalber. Nun aber zum Text: Kreistag und Verwaltung des Landkreises Lübbecke geben zum Gutachten der Landesregierung folgende Stellungnahme ab. Die Verwaletung wollten wir weglassen, sagte der OKD. Richtig, sagte Wilfried. Ist schon gestrichen. Dann las er weiter:
1.   Wir wenden uns mit aller uns zur Verfügung stehenden Entschiedenheit gegen den Vorschlag, den Kreis Lübbecke mit dem Kreis Minden zusammenzuschließen und das südlich des Wiehengebirges liegende Amt Hüllhorst dem Kreis Herford zuzuordnen. Ja, Entschiedenheit sei hier das

richtige Wort, sagte der OKD. Eben die, sagte Wilfried, die dem Kreis Lübbecke zur Verfügung stehe.

2. Der Kreis Lübbecke ist mit fast 100000 Einwohnern groß genug, um die in der Randlage des nordostwestfälischen Raumes gestellten Aufgaben künftig ebenso gut zu erfüllen wie in der Vergangenheit. Erstmal nur eine Behauptung sei das, ergänzte er, die aber im folgenden untermauert werde. Okay, sagte der OKD.

3. Die Kreisverwaltung ist leistungsfähig. Sie besitzt für alle bei ihr gebündelten überörtlichen Aufgaben die entsprechenden Fachabteilungen mit personell ausreichender sattelfester Besetzung. Ja genau, sattelfest, sagte der OKD. Dieser Satz war ihm eine Offenbarung. Wilfried konnte echt formulieren. Ob er, fragte Wilfried, an dieser Stelle auch die Arbeit des OKD hätte hervorheben sollen. Also unsere Qualitätsbemühungen, pipapo. Nein, sagte der OKD, ein spezielles Lob der Kereisdirektion sei an dieser Stelle nicht erforderlich.

4. Der Kreis Lübbecke ist ein historisch gewachsener, von der Verbundenheit der Bevölkerung getragener Lebens- und Verwaltungsraum, dessen Gebietsteile schon seit Jahrhunderten zusammengehören. Die Gemeinden des Amtes Hüllhorst wie auch alle anderen Gemeinden sind auf die Kreisstadt Lübbecke ausgerichtet. Rational wie auch emotional ausgerichtet, stand da doch, sagte der OKD. Habe ich weggelassen, sagte Wilfried. In Ordnung, sagte der OKD nach kurzer Überlegung.

5. Die Kreise Lübbecke und Minden haben wirtschaftlich, verkehrsmäßig und kulturell kaum Beziehungen zueinander. Sie passen wegen ihrer völlig getrennten Versorgungsbereiche und der unterschiedlichen kulturellen Ansprache ihrer Bürger überhaupt nicht zusammen. Im Kreis Lübbecke verläuft die primäre Entwicklungsachse in Nord-Süd-Richtung. Fast parallel dazu liegt im Kreis Minden die Weserachse. Zwischen den Kreisen gibt es zudem keine ausgeprägten Querverbindungen. Ob das nicht zu kompeliziert klingt, sagte der OKD. Unsere Mitbürger sind doch keine Landvermesser. Ich übrigens auch nicht. Selbstverständlich, sagte Wilfried. Und, sagte der OKD, sie werden behaupten, neue Querverbindungen beringen Wirtschaftswachstum. Ja, sagte Wilfried, das Argument könnte kommen. Aber da würde ich gegenhalten, Wirtschaftswachstum per se ist kein Pluspunkt. Man kann ja nicht blanken Unsinn subventionieren, nur um Wirtschaftswachstum zu generieren. Das ist den Mindenern doch egal, sagte der OKD. Diesen Punkt musst du umformulieren.

6. Für die Bevölkerung des Kreises Lübbecke würde der Zusammenschluss mit Minden nur Nachteile bringen. Sie müsste erheblich weitere Wege zur Kreisverwaltung mit höherem zeitlichen und finanziellen Aufwand in Kauf nehmen. Das juckt in Minden doch keinen, sagte der OKD, dessen praktische Ader einmal mehr zum Tragen kam. Auch in Düsseldorf jucke das keinen. Schon richtig, sagte Wilfried. Aber hör zu, jetzt kommt's: Die Großkreisverwaltung würde unbeweglicher und in mancher Hinsicht erheblich teurer werden. Das ist ein Argument, sagte der OKD.

7. Für die Vertretungskörperschaften (Kreistag, Kreisausschuss und Fachausschüsse) wäre der Raum des vorgeschlagenen Großkreises nicht mehr überschaubar. Ein wichtiges Kriterium erfolgreicher Kommunalpolitik ist aber die Überschaubarkeit. Richtig, sagte der OKD. Wie kann ein Klempnermeister kommunalpolitisch tätig werden, wenn er ständig nach Minden gondeln muss. Und wenn er dann noch in einem Fachausschuss sitzt, der überhaupt nichts mit Wasserwirtschaft zu tun hat. Achtens, sagte Wilfried.

8. Die Behauptung, dass der Kreis Lübbecke äußerst strukturschwach sei und deshalb der Zusammenlegung bedürfe, entspricht nicht den Tatsachen. Der Kreis verfügt vielmehr über eine gesunde und ausgewogene Wirtschaftsstruktur. Er hat sich in den letzten 20 Jahren in seiner Produktivität beachtlich gesteigert und ist auch finanziell gesund. Sehr optimistisch formuliert, sagte der OKD. So war es besprochen, sagte Wilfried. Ich sage ja nichts, sagte der OKD.

9. Die Regierung hat die besondere Lage und Aufgabenstellung des Kreises Lübbecke nicht genügend gewürdigt. Professor Grotendiek hat seinerzeit in seinen Vorschlägen zur Kreisreform mit Recht darauf hingewiesen, dass der Kreis nicht isoliert im Verbande Nordrhein-Westfalens, sondern im Zusammenhang mit den äußerst wirtschaftsschwachen niedersächsischen Nachbarkreisen gesehen werden muss. Würde Lübbecke durch eine Zusammenfassung mit Minden den Sitz der Kreisverwaltung verlieren, so würde, wie Professor Grotendiek festgestellt hat, der gesamte Raum über die Grenze NRWs hinaus entscheidend geschwächt. Die Entvölkerung unserer Heimat aber kann nicht das Ziel der Raumordnung sein. So ist es, sagte der OKD, der sich gern an die Zusammenarbeit mit dem Professor erinnerte. Professor Grotendiek konnte es an Kompetenz sogar mit Doktor Gutevogel aufnehmen, ein Umstand, welcher bei Doktor Gutevogel Zustände auslöste, so dass wir jedesmal froh waren, wenn der Professor aus Lübbecke abdampfte. Regelrechte Eifersuchtsszenen hat der gute Doktor hingelegt und sogar Frau Hochberg eingeschaltet. Aber der OKD, der sich Doktor Gutevogel gegenüber sonst nur selten aus der Deckung wagte, ist hart ge-

blieben. Ein Raumordnungsgutachten ist doch etwas zu interdisziplinär für einen Doktor der Psychologie; da muss ein echter Professor ran, hatte Wilfried gesagt. Sonst erreichst du in Düsseldorf gar nichts.

10. Der Kreistag beauftragt die Verwaltung, eine Vorlage auszuarbeiten, die alle sachlichen Gesichtspunkte für den Fortbestand des Kreises Lübbecke enthält. Er wird diese Vorlage in seiner nächsten Sitzung eingehend beraten und alsdann zu einer abschließenden Beschlussfassung kommen.

Unterschrift   Sandmeier, Holzbrink, Püffkemeier, Gebhart.

Alsdann, sagte der OKD. Wenngleich ihm manche Formulierungen zu direkt waren. Er hasste Direktheiten und allzu deutliche Worte. Wer direkt war, tendierte meistens dazu, sich zuviel herauszunehmen. Noch mehr hasste der OKD Auseinandersetzungen. In diesem Fall sah er jedoch ein, dass die drohende Vereinigung ohne deutliche Worte nicht abzuwenden war. Wenn überhaupt. Außerdem brauchte er, und das war eindeutig das Positive an dem ganzen Unternehmen, dem er anfangs nur zögernd zugestimmt hatte, nicht mit zu unterzeichnen. Die Verwaltung lieferte nur die Vorlage; unterzeichnen würden die Lübbecker Politiker. Meinst du, dass Püffkemeier wirklich unterschreibt, fragte er vorsichtshalber. Er denke ja, sagte Wilfried. Er habe, auch durch den Kontakt zu mir, inzwischen zu allen Püffkemeiers vollstes Vertrauen. Außerdem gebe es einen Antrag der Familie Knickmeier, einen Bauantrag. Was für ein Bauantrag, fragte der OKD, den solche Details irritierten. Mit einer handschriftlichen Notiz Püffkemeiers, in der er sich für Knickmeier einsetze. Warum, weiß ich nicht, sagte Wilfried. Jedenfalls ein Antrag, der normalerweise nicht genehmigungsfähig sei, auf gar keinen Fall. Dem Entwurf des Architekten sei klar zu entnehmen, dass es sich um ein Mietshaus handele. Übrigens sei Wenzel der Architekt, da er kürzlich auf der Abendschule seinen Diplomingenieur gemacht habe, und, quasi ehrenamtlich, für Knickmeier tätig geworden sei. Wenzel habe ihm mündlich bestätigt, dass es sich um ein Mietshaus im Naturschutzgebiet handele, um nichts anderes. Ja, mit Landesbankdarlehen. Bitte jetzt nicht lachen. Ich denke, wir sollten ihm den Gefallen tun. Ich werde Püffkemeier mal anrufen und ihn über den Sachstand informieren. Im Gegenzug unterschreibt er, da bin ich mir sicher. Ich kenne doch Püffkemeier. Für eine Wählerstimme tut der alles. Dann wechselte Wilfried das Thema. Er habe seinen Freund bei der Industrie- und Handelskammer Bielefeld über die geplante Stellungnahme informiert. Die IHK wird uns bei der bevorstehenden Behördenanhörung vorbehaltlos unterstützen. Anscheinend war der OKD von Wilfrieds Methoden wieder mal beeindruckt, obwohl er selbst nicht, oder nur in Ausnahmesituationen, die aber beim OKD eigentlich nicht vorkamen, zu solchen Methoden gegriffen hätte. Aber so ist es nun einmal. Der Zurückhaltende, Vornehme bewundert insgeheim den Mutigen, Zupackenden, der eine mutige Stellungnahme nach der anderen auswirft. – Auch ein Geheimnis ihrer guten Zusammenarbeit. Der OKD hat sich am liebsten mit denen umgeben, die, wie Wilfried, die soziale Kommunikation beherrschen. Wilfried war wirklich ein Meister der sozialen Kommunikation. Er beherrschte sie aus dem Effeff. Darum hat der OKD Wilfried von Anfang an bevorzugt. Worüber sich manche im stillen geärgert haben. Aber Wilfried war der einzige unter all den steifen Beamten, bei dem der OKD das Gefühl hatte, angenommen zu werden. Ich meine, nicht nur als Vorgesetzter und Respektsperson, sondern als Mensch. Er spürte instinktiv, Wilfried würde sich in Gefahrensituationen schützend vor ihn stellen. Ein OKD ist durchaus mannigfachen Gefahren ausgesetzt. Die größte Gefahr besteht darin, dass er abhebt, dass seine Kontakte zum Bürger zu etwas rein Geistigem, Körperlosem verkümmern. Davor stand Wilfried. Wilfried war down-to-earth. Wilfried war, sozusagen, das Medium des OKD, welches für die nötige Bodenhaftung sorgte. Der OKD hatte direkt das Gefühl, er habe Wilfried etwas zu verdanken. Und so war es auch. Er hatte ihm das Gefühl zu verdanken, doch auch dazu zu gehören. Nicht nur herausgehoben zu sein, sondern ein ganz normaler Bestandteil des Ganzen. Aus diesen Gefühlen entstand beim OKD ein fortwährender Drang, Wilfried etwas Gutes zu tun. Ihn zu befördern, zum Beispiel. Er wolle Wilferied noch das Ergebnis seiner Gespräche im Kereisausschuss mitteilen.

Ich höre, sagte Wilfried.

Sieht gut aus, sagte der OKD. Niemand habe sich ablehnend geäußert. Nicht einmal Püffkemeier. Der einzige, der, wenn man so wolle, einen Vorbehalt vorgebracht habe, vorsichtig allerdings, sei Gebhart gewesen.

Das konnte Wilfried nun gar nicht verstehen. Er habe zu Gebhart das beste Verhältnis.

Ich kann es mir auch nicht erklären, sagte der OKD.

Was denn Gebhart gesagt habe, wollte Wilfried wissen.

Er sagte, es macht sich nicht gut, wenn es nur einen Kandidaten gibt.

Das sei nun allerdings ein Vorbehalt, sagte Wilfried.

Er habe, sagte der OKD, geantwortet, dass er sich auf die Zahl der Kandidaten im Moment gar nicht festlegen wolle. Wenn, andererseits, er, Gebhart, dieses Thema aufgreife, müsse man sich doch feragen, was das solle, ein zeweiter Kandidat. Ein zeweiter Kandidat, der sich neben Bauamtsleiter Windmüller doch nur belamieren werde. Wo wir in Lübbecke, ich kann sagen, teraditionell, immer alles im Konsens bescheließen.

Ja eben, sagte Wilfried.

Dann hat er noch gemeint, eine Beförederung so kurz vor der Vereinigung, ob die von den Mindenern nicht wieder kassiert werde. Aber wie soll eine Beförederung kassiert werden? Das wäre ja ganz etwas neues im Beamtenrecht, habe ich gesagt. Beförederung ist Beförederung. Herr Windmüller hat sie verdient. Er verteritt schon seit geraumer Zeit die Aufgaben des Kereisdirektors, da Kereisdirektor Lindemeier in derei, vier Jahren in Pension gehen wird und seinen Aufgaben bereits jetzt nicht mehr voll gewachsen ist. Ich meine, das wissen doch alle, dass sich Lindemeier nur noch mit seinen Felugmodellen beschäftigt. Und habe ihnen deine Leistungen vor Augen geführt. Wie gut du das Bauamt im Geriff hast. Jeder könne doch sehen, wie richtig es gewesen sei, dich damals zum Ressortchef zu ernennen – gegen einige Widerstände wohlgemerkt, weil du so jung bist. Soviel konnte ich schon vorwegnehmen, dass du auch bei den von Ferau Feleidel-Fabbenstedt durchgeführten Qualitätskonterollen gelänzend abgeschnitten hast. Der OKD nannte Frau Fleidel noch immer Feleidel-Fabbenstedt, obwohl sie mit Fabbenstedt schon längst nicht mehr verheiratet war. Unter Wilferieds Leitung habe sich im Bauamt alles bestens entwickelt. Er nenne hier beispielhaft nur die Maßnahmen zur Einführung der elekteronischen Datenverarbeitung, die Wilferied auf den Weg gebracht und damit das Lübbecker Bauamt in dieser Hinsicht an die vorderste Feront der nordostwestfälischen Behörden gestellt habe. Wilferied eigne sich hervorragend für die höhere Aufgabe eines Kereisdirektors. Eine richtige Laudatio habe ich gehalten, sagte der OKD. Wobei er hinterher den Einderuck gehabt habe, sie sei gar nicht nötig gewesen. Holzberink und Schenzmeier haben mir ohne weiteres zugestimmt. Holzberink sowieso. Aber selbst Schenzmeier, seitdem er vieles im Duett mit Holzberink erledige und neuerdings für den Bundestag kandidiere, habe einen Satz gesagt, wie er für einen Kommunalbeamten schmeichelhafter nicht sein könne. Dieser Satz sei von solcher Vornehmheit, von solcher Noblesse, dass er ihm, dem OKD, seither täglich mindestens zweimal im Kopf herum gehe. *Herr Windmüller*, habe Schenzmeier gesagt, *gefällt mir außerordentlich. Er ist sehr wohl und im Zusammenhang unterrichtet. Ebenso scheint mir seine Tätigkeit sehr ernst und folgerecht. Was er hier leistet, würde auch in den höheren Kreisen der Bundesverwaltung von viel Bedeutung sein.* Angesichts eines solchen Lobes, sagte der OKD, sollte es doch wohl ein Klacks sein, deine Beförderung durchzukriegen. Und den Gebhart, mitsamt seinen Freien, überzeugen wir auch noch. Warum sollte der sich plötzlich gegen uns stellen.

Im Notfall, sagte Wilfried, wird Heinz den Herrn Gebhart ein bisschen bearbeiten.

Vielleicht habe es mit der Gebietsreform zu tun, dass Gebhart solche Töne anschlage, spekulierte der OKD. Die Gebietsreform sei niemandem geheuer. Da kommt noch einiges auf uns zu, warte nur ab.

So ging es hin und her. Ich kannte das schon. Die beiden hielten, meist mehrmals am Tag, lange und breite Zwei-Mann-Konferenzen ab, in denen der OKD über die Zukunft zu jammern pflegte, die ihm, ungeachtet der Anstrengungen Doktor Gutevogels, nicht gerade rosig vorkam – nicht nur die Zukunft der nordostwestfälischen Verwaletung, sondern das gehe bis ins Gesamtpolitische, Weltanschauliche hinein, vertraute er Wilfried an. Wenn er sich die Nachrichten anhöre, falle ihm neuerdings auf, was alles faul sei im Staate Dänemark, und er könne den pessimistischen Kommentaren der Wirtschaftsfachleute nur zustimmen. Ob Wilferied gehört habe, dass die Bundesregierung, wegen der vertrackten Finanzlage, uns Beamten das Weihnachtsgeld kürzen will, das heißt, zunächst nur den Bundesbeamten, aber die kommunalen Spitzenverbände werden garantiert nachziehen. Für den OKD, obwohl er es finanziell leicht verschmerzen konnte, war dies die Bankerotterklärung einer Politik, welche die Kereise Minden und Lübbecke anscheinend um jeden Preis zusammen legen wollte. Trotzdem hatte es Wilfried einige Mühe gekostet, ihm den Brief an die Landesregierung schmackhaft zu machen. Dieser Protestbrief – oder Stellungnahme, wie sie ihn genannt hatten, um seinen wahren Charakter zu verbrämen – erschien dem OKD so ... so ... außerplanmäßig, um es einmal moderat zu formulieren, so außerhalb jeder Verwaltungsmaßnahme, dass er zu recht befürchtete, er könne von übergeordneten Dienststellen schlecht aufgenommen werden. Aber dann dachte er, es ist ja doch alles verloren, ob wir ihn abschicken oder nicht, warum mache ich mir über den blöden Brief überhaupt noch Gedanken ...

Endlich beendeten sie ihre endlose Debatte, und ich dachte schon, dass ich mich wieder um Wittgenstein kümmern konnte, weil, Birgit war an dem Tag krankgeschrieben. Aber das schärfste kam erst, und das lenkte mich nun wirklich von Wittgenstein ab. Als nächstes telefonierte Wilfried nämlich mit Stegkemper, und dieses Gespräch darf mit Fug und Recht als das tollste Beispiel für Wilfrieds fortgeschrittene Methoden bezeichnet werden. Ich weiß nicht mehr, ob Stegkemper damals ihn anrief, oder umgekehrt, auf jeden Fall habe ich den Mindener OKD gleich an Wilfrieds Stimme erkannt. Sie sprachen zuerst über die künftige Struktur des Mindener Bauamtes. Wie die Referate dort im Moment sich zusammensetzten, wie sie sich von der

Lübbecker Kreisverwaltung unterschieden, und welche organisatorischen Änderungen nach der Zusammenlegung vorgenommen werden sollten. Ein Koloss würde da entstehen, dessen Behäbigkeit durch entsprechende Maßnahmen seitens der Leitungsebene entgegengetreten werden musste. Wilfried beschrieb die Stärken und Schwächen seiner Mitarbeiter, wobei er Knoost nur kurz abwertend streifte, und auch Stegkemper schien ziemlich aus dem Nähkästchen zu plaudern. An sich schon erstaunlich, dass der Mindener OKD einem Lübbecker derartige Einblicke gewährte. Vielleicht lag es an Wilfrieds sonorer, Vertrauen heischender Stimme, die auch in kritischen Momenten ihre trostreiche Modulation bewahrte, so dass ihm jeder nordostwestfälische OKD spontan alles anvertraute, was ihm auf der Seele lag. Wilfrieds Stimme war auf Oberkreisdirektoren ideal zugeschnitten, und seine Zähne konnte man am Telefon ja nicht sehen. Wieder schien das Gekakel kein Ende zu nehmen. Über Mitarbeiter und ihre Eigenheiten und über die richtigen Organisationsstrukturen kann man sich, als Führungspersönlichkeit, stundenlang auslassen. Da kommt bei Führungspersönlichkeiten selten Langeweile auf, wenn sie sich mit sowas befassen. Aber dann kam der Hammer. Wilfried hat Stegkemper die 10 Punkte vorgelesen. Einfach so, ohne mit der Wimper zu zucken, oder sich irgendwie zu genieren. Er ist von Stegkemper nicht ein Mal unterbrochen worden. Oder höchstens: etwas langsamer bitte, Herr Windmüller, zum Mitschreiben. Und das war nun von Wilfrieds Seite doch auch ein Vertrauensbeweis. Ich sage ja, Wilfried war ganz schon auf Draht, und Übelwollende könnten geneigt sein, ein solches Vorgehen negativ zu bewerten. Aber ich meine, man muss das Ganze auch von seiner Seite sehen. Wilfried hat, nach meiner Auffassung, Stegkemper nicht als Person, sondern in dessen Funktion als OKD einen Gefallen getan. Für Wilfried waren alle OKDs gleich, alle verdienten die gleiche Ehrerbietung und Vertrauensleistung, Stegkemper genau wie unser Doktor Hochberg. Warum sollte er einen Unterschied machen, nur weil Hochberg im Moment gerade sein Chef war? Nächstes Jahr war Stegkemper sein Chef. Und dann?

4.

Den größten Erfolg hat an dem Abend der Lateinlehrer Zwickel eingeheimst. Wenn man es im Verhältnis zu seinen sonstigen Erfolgen sieht, meine ich. Die waren eher dürftig. Er schaffte es ja noch nicht einmal, uns Schülern in seinen Schnarchstunden den Ablativ beizubringen. Ich habe Latein, trotz großem Latinum, bei ihm nie richtig gelernt, muss ich offen zugeben. Und nicht nur ich, die ganze Klasse hat in Latein jahrelang mit dreiviertel geschlossenen Augen vor sich hin gestümpert. Einen echten Römer, der zufällig in Lübbecke aufgekreuzt wäre, hätte niemand von uns verstehen können. Geschweige Spinoza. Alle freuten sich, als wir ihn nach der Obersekunda endlich los wurden. Seine Ausstellungen in der Aula, mit den unscharfen oder verwackelten Amerika-Fotos, waren auch nicht gerade der Renner. Öde bis zum geht nicht mehr, so dass ich seitdem nicht nur auf Amerika-Fotos, sondern auf ganz Amerika gut verzichten kann. Amerika und Ablativ gehören seit der Schulzeit für mich irgendwie zusammen. Aber an dem Abend hat Zwickel den Orden gekriegt, auf den er bestimmt ganz versessen gewesen ist. Weil er sich für den Club eben wahnsinnig ins Zeug legte. Mindestens so, wie für seinen Unterricht, sagte Wilfried in der Laudatio. Obwohl er nicht mal zum Vorstand gehörte, also Zwickel meine ich. Er musste den Orden einfach kriegen, sagte Wilfried. Wir sind an Gisbert Zwickel nicht vorbeigekommen. Was ihm dieser alles abgenommen habe. Wie er sich in Lübbecke sozial engagiere, mit seinen Fotoausstellungen, Diavorträgen und so weiter. Ein echter Eckpfeiler der Lübbecker Gesellschaft sei der Gisbert geworden, seit sie ihn vor 12 Jahren hierher versetzt hätten. Und gab noch eine Anekdote zum besten, aus Zwickels Studentenzeit, die ihm irgendein Schulrat erzählt hatte; als beide noch kein Bäuchlein hatten, und auch nicht ständig mit einer blaugetönten Brille herumliefen. Einigen, die sich beim Hauptthema des Abends mopsten, weil sie ihr Geld lieber ausgaben, statt es in Aktien anzulegen, wirbelten am Ende nicht Professor Grotendieks Formeln, sondern ganz andere Visionen durch den Kopf. Von Zwickels Dankesrede eingepflanzt. Ein Schneckenhaus der Kunst, wenngleich in keineswegs schneckenhaften Dimensionen, das ihre Stadt zieren und sie am Ende bedeutender als Minden oder gar Bielefeld machen sollte, hat er in seiner Erwiderung den Lübbeckern ans Herz gelegt. Von Corbusier genial entworfen, rief er, und von uns und unseren Vereinen ebenso genial realisiert. Diese Idee pflanzte Zwickel den Leuten ein – und dafür hat er doch mindestens einen Orden verdient.

Auch Heinz wollte an dem Abend nicht erfolglos nach Hause gehen. Er schlich sich an den Professor heran wie ein Fuchs an die Weihnachtsgans. So aufgeregt hatte ich ihn noch nie erlebt. Ein gemachter Mann wie er hat normalerweise keinen Grund, aufgeregt zu sein. Auch früher, als er noch nicht gemacht gewesen ist, hat er sich selten aufgeregt, weil, Heinz ist einfach nicht der Typ, der sich aufregt. Aber hier roch er anscheinend das große Geld. So groß, dass es seine gewohnten Horizonte sprengte. Ja! Für Menschen wie Heinz kann Geld, in entsprechenden Mengen, eine echte Horizonterweiterung sein. Bis nach Düsseldorf, wo Professor Grotendiek wohnte, und in die Schweiz, erstreckte sich inzwischen sein Horizont. Heinz war kein armer Schlucker. Sein Erfolg als Unternehmer hatte sich finanziell ganz schön niedergeschlagen. Ein fettes Finanzpolster hat er damals besessen, soviel Sorgen ihm die Wirtschaftsflaute und die bevorstehende Kreisreform auch machten. Im Grunde haben wir in Deutschland seit den 60er Jahren immer Wirtschaftsflaute. Behaupten zumindest die Unternehmer. Ein Unternehmer wäre schön blöd, wenn er zugäbe, wie gut es ihm geht. Wer sowas zugibt, darf sich nicht wundern, wenn der Staat sofort mit dem Klingelbeutel vor der Tür steht und die Arbeiter mehr Geld haben wollen. Eine der wichtigsten Fähigkeiten eines Unternehmers ist das Jammern und Stöhnen. Damit die Förderung nicht ausbleibt. Heinz verstand das Jammern aus dem Eff-eff. Und auch das Stöhnen. Junge, geht es mir heute wieder schlecht, pflegte er beim Aufstehen zu sagen, wenn er auf Hertas leeres Bett blickte. Und erst, wenn er den Wirtschaftsteil las. Und nun noch die Gebietsreform. Wenn da man nicht die Aufträge wegblieben, und auch die Förderungen. Aber was man hat, das hat man, auch als Unternehmer. Der kluge Unternehmer investiert ja nicht alle Gewinne gleich wieder in die Firma. So blöd ist er nicht. Sondern er weiß, dass er Rücklagen braucht, am besten solche, die dem Datenschutz unterliegen. Also auf Schweizer Nummernkonten, an die bekanntlich kein Finanzamt herankommt. Sogar für dem Kontoinhaber ist es manchmal schwer, an sein Schweizer Nummernkonto heranzukommen. Schweizer Nummernkonten sind das Nonplusultra des Datenschutzes. Sie sind vor Neugierigen so sicher wie ein Schließfach in der Bank von England vor Bankräubern. – Und bringen leider genauso wenig ein. Schweizer Banken zahlen lausige Zinssätze, über die man sich jedesmal ärgert, wenn sie einen, mehr oder weniger konspirativ, über den neuesten Kontostand informieren. Man fragt sich doch, warum man mühevoll soviel gutes Geld verdient hat, wenn man hinterher derart lausige Zinssätze kriegt. Etwas besser wäre die Lage gewesen, wenn er eine Stiftung gegründet hätte. Doch da waren teilweise so komplizierte Transaktionen nötig, dass am Ende keiner mehr durchblickte. Bis man da sein Geld wiedersah! Stiftungen lohnten sich nur für die Superreichen, die sich teure Anwaltskanzleien und eigene Volkswirte leisten konnten. Und so toll waren die Renditen gar nicht, besonders, wenn man die Anwaltsgehälter abzog. Für den Mittelständler waren Stiftungen keine Alternative. Aktien wiederum, die waren riskant. Jedenfalls solche, die einen Heinz' gutem Geld angemessenen Gewinn versprachen. Heinz hatte einen Teil seines Vermögens in Aktien angelegt, im vollsten Vertrauen auf Robert, der, als voll ausgebildeter Studienabbrecher und Vermögensberater, bezüglich Aktien und anderen spekulativen Anlageformen immer auf dem neuesten Stand war – und schon einiges dabei verloren. Seitdem war Heinz mit Aktien vorsichtig. Da konnten Robert und seine Freunde noch soviel reden, und Vorträge halten. Wie die sich schon ausstaffierten. Seidenanzug und so, das fand Heinz gar nicht gediegen. Heinz trug am liebsten sein Schaffellwams, aus Tradition und weil ein Schaffellwams warm hält und besonders vor feuchter Kälte schützt. Feuchte Kälte ist, neben Zug, das schlimmste, was es gibt, pflegte er zu sagen. Seine Weisheiten hatte er von Herta. Heinz hat Hertas Weisheiten immer hoch gehalten, auch noch lange, nachdem sie verschwunden war. Schon beim Frühstück hat Heinz meist sein Schaffellwams angehabt. In der Hinsicht unterschied er sich nicht von Holger, der viel später frühstückte. Schaffellwamse waren für Holger ebenfalls unentbehrlich und so ziemlich das einzige, worauf er sich mit seinem Vater einigen konnte. Holgers Schaffellwams war nicht nur ordentlich mit Schaffell gefüttert, sondern außen schottenkariert, so dass es perfekt zu seinen Holzfällerhemden passte. Natürlich, hier im Nobilityclub konnte Heinz nicht im Schaffellwams antreten, das war klar. Ein normaler blauer Stoffanzug, fand er, mit Krawatte, eignete sich hervorragend für den Lübbecker Nobility Club. Seltsam eigentlich, dass er sich mit Robert so gut verstanden hat. Wo der immer Seidenanzüge trug. Hellen hat Roberts Seidenanzuge von Anfang an bewundert. Meinen Aufzug fand sie weniger erbaulich. Auch Professor Grotendiek trug im Nobility Club einen seriösen blauen Stoffanzug, plus eine Seidenkrawatte mit Nobility-Emblem, so dass man ihn, trotz seines internationalen Bekanntheitsgrades, nicht von einem gewöhnlichen Lübbecker Bauunternehmer unterscheiden konnte. Auch Wilfried trug so einen Anzug. Endlich lässt du mal dein altes Cordsakko im Schrank, sagte Petra, wenn er zu den Nobility-Versammlungen ging. Ihm blieb nichts anderes übrig, als auf sein geliebtes Cordsakko zu verzichten. Von der Nobility-Elite wäre es nicht gut aufgenommen worden, wenn ihr Vorsitzender im Cordsakko erschienen wäre. Obwohl Cordsakkos neuerdings wieder im Kommen waren, und sogar der OKD überlegte, sich eins anzuschaffen. Aber da war seine Frau vor. Wenn sie sich auch sonst viel weniger einmischte als Petra oder Anneliese bei ihren Männern, bezüglich Cordsakkos verstand sie keinen Spaß. Die hätte sie nicht mal bei Dirk geduldet, der sich immer manierlicher aufführte, seit er eine Freundin hatte. Auch Juristin in spe. Die Freundin, meine ich.

Neuerdings gab es das Nobility-Emblem auch auf T-Shirts. Ich habe mich aber nicht getraut, an dem Abend so ein T-Shirt zu tragen. Als Novizen nahm man es Papa und mir nicht übel, dass wir fürs erste auf das Nobility-Emblem verzichteten. Heinz und der Professor standen sich also gegenüber. Körperlich waren sie ungefähr eines Formates, und geistig zum Teil auch. Beide wussten, was sie wollten. Beide waren Führungspersönlichkeiten ersten Ranges und gewohnt, Scharen von Arbeitern beziehungsweise wissenschaftlichen Hilfsangestellten zu dirigieren. – Und aber auch zu dienen. Ein Chef muss dienen können, wenn die Umstände es erforderlich machen. Nur wer dient, und sich andient, wird zum Chef befördert. Das ist eine Binsenweisheit und in allen Bereichen so. Auf dem Bau wie in der Wissenschaft. Bereits im Kindergarten ist das so, wenn die kleinen Dötze ihre interne Hackordnung festlegen. Es fängt gleichsam bei der Muttermilch an. Natürlich, intellektuell war der Professor Heinz eindeutig über. Der Mann hatte ganz klar den größeren Durchblick - obgleich er sich zugegebenermaßen gegen Kälte und Feuchtigkeit nicht mit Schaffellwamsen schützte. Mir war Grotendiek auch über. Anhand des Professors hätte ich schon damals erkennen können, dass die Wissenschaft kein Thema für mich ist. Aber wenn man jung ist, und noch nicht den vollen Durchblick hat, und vielleicht auch nie kriegen wird, traut man sich fast alles zu, und glaubt sogar, man könne sich mit Koryphäen wie Professor Grotendiek messen. Irrtum, kann ich nur sagen. An dem Punkt wurde die Sache für Heinz interessant. Denn dieser Raumplanungsprofessor aus Düsseldorf, dieser absolut vertrauenswürdige Mann, gebürtiger Lübbecker, Schulfreund des OKD und so weiter, der konnte einen gestandenen Unternehmer wie Heinz wirklich ganz hibbelig machen, wenn er gekonnt mit seinen Formeln Aktienkurven ausrechnete, dass keine Fragen mehr übrig blieben. Er zog die versammelten Honoratioren in seinen Bann. Die Honoratioren waren echt baff. Ich meine, was soll man auch fragen, wenn man nur Bahnhof versteht. Die Veranstaltung war schon vorher ziemlich turbulent gewesen, weil Robert einen Spezi eingeladen hatte, der den Leuten kanadische Flugzeuge aufschwatzen wollte. Oder Teile von kanadischen Flugzeugen. Die Flügel, Heckflossen, Armaturen, und so weiter, kauft, was ihr wollt, aber kauft! hat er den Honoratioren zugerufen. Flugzeuge, die es im Moment noch gar nicht gab. Noch nicht mal in Auftrag gegeben waren sie. Die Flugzeuge sollten dann an eine taiwanesische Fluggesellschaft verleast werden, soweit ich verstanden habe, die es auch noch nicht gab. Dafür versprach er die tollsten Renditen. Alle seine Kurven zeigten nach oben. Einige Leute, auch Heinz, haben diese Vorschläge ziemlich kritisch gesehen, weil Roberts Freund, im Unterschied zu Professor Grotendiek, nichts ausrechnen konnte. Das sind doch nackte unbewiesene Versprechungen, haben sie gesagt; und danach ist die Veranstaltung recht turbulent geworden. Sie haben an Roberts Spezi kein gutes Haar gelassen und ihn ziemlich ins Schwitzen gebracht. Er seinerseits hat diese Unterstellungen nicht auf sich sitzen lassen, und ganz schön an die Lübbecker Honoratioren ausgeteilt, dass Robert dazwischen gehen musste. Robert hat ihn am Seidenanzug auf seinen Platz gezogen und ihm für den Rest des Abends sicherheitshalber einen Maulkorb verpasst. Schließlich wollte er seinen guten Ruf nicht verlieren. Um so erfreuter war das Publikum über die Auslassungen des Professors. Der Professor schoss wirklich den Vogel ab. Er jonglierte mit den kompliziertesten Fachausdrücken, als ob er mit ihnen aufgewachsen wäre. Und dazwischen erzählte er unverkrampft lustige Anekdoten aus seinem Wissenschaftlerleben. Er war klein und rundlich und von außen der gemütliche Typ, der niemandem etwas zuleibe tut. Einer wie Heinz eben, vielleicht sogar noch einen Tick gemütlicher. Damals hätte ich bezweifelt, dass er zu seinen Assistenten besonders gemütlich ist.

Ich meine, berühmter Professor und so, der muss doch Drive und Dynamik entfalten und auch mal laut werden, um verschlafene Studenten oder Hausmeister an seinem Institut aus ihrer Lethargie zu reißen. Heute weiß ich, Professor Grotendiek ist überhaupt nicht daran interessiert, jemanden aus seiner Lethargie zu reißen, weil, er besitzt auch innerlich einen vollkommen runden, abgehobelten Charakter, und ist zu jedermann, auch zu den döfsten Mitarbeitern, rundum gemütlich. Und dabei gar nicht mal ölig oder glitschig, wie andere, dass man auf ihm hätte ausrutschen können. Er bleibt auch in kritischen Situationen einfach er selbst. Schon seit frühester Jugend, als er mit dem OKD im elterlichen Gemüsegarten zu raufen pflegte, ist er, während er dem OKD ordentlich eins überzog, einfach er selbst geblieben. Bei Vorträgen antwortet er den aggressivsten Unruhestiftern, und selbst arroganten Skeptikern, die die Ergebnisse seiner Studenten anzuzweifeln wagen, immer ruhig und freundlich. Allzu Hartnäckige pflegt er bescheiden darauf hinzuweisen, dass das wichtigste Werkzeug des Wissenschaftlers der Papierkorb sei. Ich bin überzeugt, Profesor Grotendiek würde als Bundespolitiker die beste Figur abgeben. Wer sich wie er nicht aus der Ruhe bringen lässt, fürchtet sich auch vor faulen Eiern und Tomaten nicht, die bei Wahlkundgebungen auf ihn abgefeuert werden. Schimpft nicht, erträgt alles gelassen und präsentiert sich hinterher vor den Kameras auch nicht als Opfer oder Wüterich, sondern als ganz normaler Mensch. Befangenheit, wie sie jetzt Heinz ihm gegenüber zeigte, sowas kannte der Professor nicht. Er stand, mit anderen Worten, was soziale Kommunikation angeht, ein paar Stufen höher als der Lübbecker Durchschnittsbürger. Ich würde ihn in dieser Hinsicht glatt über Heinz und sogar über dem OKD ansiedeln. Wobei Heinz als Unternehmer sicher einiges in petto hatte, was ein Professor nicht braucht. Und der OKD ordnete sich ohnedies, aus alter Gemüsegartenfreundschaft, Professor Grotendiek bereitwillig unter. Sohn unserer Stadt, sagte er in seiner Einführung, der es zum Direktor des Düsseldorf-Institutes gebracht habe. Wir begrüßen Professor Grotendiek als Mitglied der Nobility-Gemeinschaft. Professor Grotendiek hat sich bereit erklärt, den diesjährigen Spendentopf unserer Lübbecker Sektion für gemeinnützige Zwecke um 750 Demark aufzustocken (Applaus). Einige kennen ihn noch aus der Zeit, als er hier zur Schule gegangen ist. Wie bescheiden er damals war, und zu welcher Berühmtheit er inzwischen gelangt ist. Grotendiek sei so berühmt, dass er dauernd Einladungen nach Amerika erhalte, und auch annehme, selbstverständlich, wenn ihn nicht gerade der Lübbecker Nobility Club rufe (Heiterkeit). Ja, vor dieser Geisteskraft musste sich selbst der OKD verneigen. Und Holzbrink, dem das hinterher zu Ohren kam, überlegte, ob man den Professor nicht effektvoll zum Lübbecker Ehrenbürger ernennen sollte. Er bedanke sich, sagte Professor Grotendiek, für die formidable Einführung. 'Formidabel' war, wie er wusste, die neueste Lieblingsvokabel des OKD. Seiner Ausbildung nach sei er Diplomphysiker. Ich kann wohl sagen, dass ich im Laufe meiner Forschungen alle Gebiete der Physik betreten, und auch bereichert habe. Besonders mit der Chaosforschung habe er sich intensiv beschäftigt. Die Chaosforschung sei sein Steckenpferd gewesen, weil sie alle Bereiche der Naturwissenschaften gewissermaßen subsummiere, und in ihrer Bedeutung sogar noch weit darüber hinaus reiche. Ein Freund von ihm, Physiker bei der Fraunhofer-Gesellschaft, beschäftige sich mit dem Chaos in Politik und Gesellschaft, und kandidiere neuerdings für den bayerischen Landtag. Die naturwissenschaftliche Denkweise sei in den Landtagen, und auch sonst in der Gesellschaft, leider viel zu wenig verbreitet. Der Durchschnittsbürger sei eher geneigt, Ökologen und Wunschelrutengängern zu vertrauen als Naturwissenschaftlern. Er selber habe sich der Raumplanung und Stadtentwicklung angenommen, nachdem er, in Zusammenarbeit mit seinem Schüler Doktor Holtmannspötter, die strukturellen Ähnlichkeiten zwischen dem Ladungstranport in Halbleitern und den Bewohnern eines Gemeinwesens aufgedeckt habe, und neuerdings der Wirtschaftsforschung, und hier besonders der Aktienkurse. Bei denen herrsche bekanntlich das blanke Chaos, und der kleine Anleger werde durch die Aufs und Abs der Kurse so durcheinandergewirbelt, dass er am Ende vor Chaos nicht mehr durchblicke. Aber keine Angst. Diesem Missstand wolle er, mit seinem heutigen Vortrag, abhelfen. Er habe das Chaos, das auf den Finanzmärkten herrsche, lange intensiv beobachtet, um es anschließend durch naturwissenschaftliches Vorgehen vom Kopf auf die Füße zu stellen. War gar nicht so schwer, sagte er. Weil, wir Naturwissenschaftler sind dazu erzogen, alles, was uns vor die Flinte kommt, hätte ich beinahe gesagt, scharf zu analysieren. Nicht nur die Natur, sondern auch andere Erscheinungen des täglichen Lebens, die für den Laien schwer fassbar sind. Als Physiker sind wir geradezu prädestiniert, der Ökonomie auf die Beine zu helfen. – Danach präsentierte er die farbigsten Grafiken, die die Honoratioren je gesehen hatten, wenn auch ohne himmelwärts strebende Kurven. Der Professor war ein Freund bunter Tortendiagramme. Bunte Torten, wohin man blickte, und alle absolut überzeugend. Objektiv. Er gab keine Kaufempfehlungen, sondern analysierte die mathematischen Zusammenhänge ohne das geringste finanzielle Eigeninteresse.

Ich hatte an dem Tag ziemlich dreckige Finger. Obwohl ich eingeladen war, habe ich mich schmutzig gemacht. Und dann das weiße Hemd angezogen, au backe. Du wusstest doch, dass wir eingeladen sind, sagte Papa vorwurfsvoll. Ich beeilte mich, meine Fingernägel zu schrubben. Ich hatte damals so eine Phase, wo ich aus tiefster innerer Überzeugung versuchte, mich den Lübbecker Sitten und Gebräuchen anzupassen. Optimistische Weltsicht einerseits, Spagat zwischen Wilfrieds und Helmut Dekemeiers Methoden andererseits. Okay, Roberts Methoden habe ich mir, aus privaten und wohl verständlichen Gründen, erspart. Ich hatte mich, so glaubte ich damals, echt positiv entwickelt und passte ordentlich auf, mir beim Schrubben das weiße Hemd nicht zu versauen. Endlich wurden wir wahrgenommen, Papa und ich. Gehörten fast schon zur Lübbecker Oberschicht. Zumindest sah uns die Oberschicht als ebenbürtig an, und nicht mehr, wie früher, voller Misstrauen. Sonst hätte sie uns zu dem Ereignis bestimmt nicht eingeladen. Was wollt ihr Roten denn, hieß es früher. Ihr habt doch von Wirtschaft eh keine Ahnung. Uns an den Geldbeutel wollt ihr, das ist alles. Uns den letzten Groschen wegnehmen, um die Gammler und Wohlfahrtsempfänger mit Sozialhilfe zu mästen, dass die überhaupt nicht mehr arbeiten. In dem Stil. Aber das war Vergangenheit. Der Ministerpräsident persönlich hatte der Oberschicht klargemacht, dass sie von ihm nichts zu befürchten hatte. Im Gegenteil. Er stand auf du und du mit der Oberschicht. Gammlern hätte er die Hand nicht gegeben. Was nicht hieß, dass die Oberschicht ihn auch wählte. Die Oberschicht wählte weiter Holzbrink und Co; aber sie lud uns immerhin in den Nobility Club ein. Helmut gehörte definitiv nicht zur Oberschicht, und hat auch keine Einladung bekommen. Immerhin hat er mir geholfen, den Opel richtig zum Laufen zu bringen, und das ging eindeutig vor. Als Jugendlicher ohne Auto bist du in Lübbecke aufgeschmissen. Ausgelacht wirst du da. Wir haben den Wagen mit Mühe auf die schrottreife Hebebühne gebracht. Helmut hatte tatsächlich zwei Hebebühnen im Garten, direkt bei seinen Kartoffeln. Altreifen jederlei Sorte in krausem Durcheinander, faulige Holzbohlen vom Eisenbahnbau, hoch aufgeschichtet, Anhänger, Altautos und mehrere total verrostete Trecker standen auf dem Gelände. Jetzt hatte er noch den Kran erworben, so dass für seinen Gemüseanbau kaum Platz blieb. Helmut hatte einen beachtlichen Sammeltrieb. Er wäre, bei entsprechender Anleitung in der Kindheit, ein leidenschaftlicher Philatelist geworden. Leider haben seine früh verstorbenen Eltern nur ungenügend auf die Größe seiner Sammelleidenschaft reagiert. An die Hebebühne kamen wir kaum noch heran, weil überall Berge von Schrottzeug herumlagen. Schöne Koteletten hatte Helmut, das muss man zugeben, die die Frauen gemocht hätten. Wenn nur die Sammelwut nicht gewesen wäre. Mit so viel Schrott würde sich keine Frau anfreunden. Bei den Dingen, die er sammelte, kam er mit Frauen sowieso nur äußerst selten in Berührung. Welche Frau annonciert schrottreife Trecker oder Kräne in der Tageszeitung? Oder Hebebühnen? Die Hebebühnen waren nicht von Pappe. Sie quietschten so bedenklich, dass der normale Beamtenanwärter Angst gehabt hätte, sich darunter zu stellen. Aber ich kannte keine Furcht. Wer einen getunten Opel fährt, fürchtet sich vor nichts. Helmut begutachtete fachmännisch die Schweißnähte. Also, noch tiefer würde ich ihn nicht legen, sagte er endlich, und lächelte. Helmut lächelt ganz anders als Wilfried. Schlechte Zähne, sage ich nur. Geh zum Zahnarzt, empfahl ihm Papa, zu dessen alten Kumpeln er zählte. Wozu, sagte er. Solange ich beißen kann. Er hatte gut reden. Er kannte die Konkurrenz nicht. Birgits Mann, zum Beispiel, mit seinem Audi. Was der aus der Kiste herausholte, allein nur um sie zum Kichern zu bringen. Wie stand ich vor ihr da, wenn ich ihm nichts entgegenzusetzen hatte? Und Hellen sollte auch etwas zu sehen kriegen. Am Ende ließ Helmut sich überreden. Aber keine Rennen fahren, sagte er.

Normalerweise hätte ich mich gar nicht so viel bei ihm herumtreiben dürfen. Bei Knoost, der schräg gegenüber wohnte, hatte ich mich schon verdächtig gemacht. Dabei war ich nur wegen des Opel da. Du warst schon wieder bei Dekemeier, stellte er morgens oft fest, und damit meinte er, dass Beamte, und auch Beamtenanwärter, sich in ihrem Umgang vorsehen müssen. Knoost, obwohl er, wegen sozialer Kommunikationsschwierigkeiten, kaum als etabliert bezeichnet werden kann und im Bauamt von einem Fettnäpfchen ins andere stolperte, legte auf die förmliche Einhaltung der Beamtenetikette um so größeren Wert. Die Beamtenetikette war etwas, woran er sich, wenn schon an keinem Vorgesetzten, festhalten konnte. Helmut war ein Dauerkunde des Ordnungsamtes. Beamte sind zuallererst zur Staatstreue verpflichtet, und Knoost fragte sich wohl, ob die Tatsache, dass ich mich permanent mit einem Dauerkunden des Ordnungsamtes abgab, nicht bereits den Grundsatz der Staatstreue verletzte. Knoost und das Ordnungsamt waren ständig hinter Helmut her. Das Ordnungsamt in Person von Hauptsekretär Wimmer. Knoost kam mit Wimmer bestens klar, weil der laufbahnmäßig zwei Stufen unter ihm stand, und wusste, was sich gegenüber Knoost gehörte. Er bombardierte Helmut mit allen erdenklichen Verordnungen und Geldstrafen, ohne jedoch substanziell etwas auszurichten. An den Kern seiner Sammelleidenschaft kamen sie nicht heran. Und auch an die Trecker im Garten nicht, obwohl sie fast ständig Kontakt hielten. Den Kran wollte Knoost unbedingt verhindern. Helmut kam eines Samstags früh mit dem Ungetüm aus Bohmte oder Luchterheide an, ich weiß nicht mehr so genau. Ein Riesenauftrieb. Knoost schwante gleich übles, als er im Frotteemantel aus dem Fenster blickte und den Tieflader kommen sah. Der Tieflader kam gerade so um die Kurve. Er füllte die Straße voll aus. Knoost überlegte noch, sich im Frotteemantel nach draußen zu stürzen und dem Tieflader entgegen zu werfen. Weil der Kran jedoch horizontal angeliefert wurde, erkannte er zuerst nicht genau, um was es sich handelte und unterschätzte das Ausmaß der Bedrohung. Unmöglich, dachte er, das riesige Stahlding passt doch gar nicht in den Garten. Allein von den Abmessungen her. Als sie begannen, den Kran aufzurichten, war schon alles zu spät. Ich glaub, ich seh nicht recht, sagte er zu seiner Frau. Und dann ließ sich nicht mal Wimmer erreichen. Er hätte die Polizei rufen können; aber ohne amtliche Verfügung wären die Polizisten machtlos gewesen, außer bei 'Gefahr im Verzug'. War ein im Kartoffelgarten einer Wohnsiedlung widerrechtlich aufgestellter Kran Gefahr im Verzug? Knoost war sich nicht sicher. Und dann kam noch Henke dazu. Half mit! Was der immer bei Dekemeier suchte? Wo er zu Hause nicht das kleinste Fitzelchen Unordnung duldete und ständig den Hof fegte. In puncto Ordnung kam keiner an Henke heran. Da machte er sogar dem OKD etwas vor. Henkes Ordnung war in der Siedlung, was sage ich, in ganz Lübbecke legendär. In puncto Ordnung konnte selbst Anneliese nicht meckern. Ordentlich bist du ja, sagte sie anerkennend, und vielleicht war dies der tiefere Grund, warum sie, trotz seiner stadtbekannten überströmenden Eloquenz, bei ihm geblieben ist. Soviel er auch abends und nachts gebechert hatte, spätestens mittags stand er im Hof und fegte die Blätter zusammen, die der Herbstwind hereingeweht hatte, und auch die von rücksichtslosen Autofahrern weggeworfenen Zigarettenstummel. Gut, dass die Platanen jetzt weg sind, dachte Henke jedesmal, wenn er seinen Hof fegte. Er und Knoost hatten solange im Ordnungsamt interveniert, bis sie abgesägt wurden. Die Dinger machten einen unglaublichen Dreck und hatten in einer Siedlung doch überhaupt nichts verloren. Um so erstaunlicher, dass sich Henke nicht an Dekemeiers Schrottplatz rieb. Aber man sagt ja, Gegensätze ziehen sich an. Henke hat, zu Knoosts nicht geringer Verstörung, die Eingabe der Nachbarn ans Ordnungsamt nicht unterschrieben, in welcher Helmut ultimativ aufgefordert wurde, seinen Kran wieder abzubauen. Er müsse üben, schrieb Helmut dem Ordnungsamt zurück. Schließlich sei er gelernter Kranführer, wenngleich zur Zeit arbeitslos.

Bei Sturm schwankte der Kran bedenklich. Ich habe das Gefühl, dass er ihn bei Sturm absichtlich über unser Haus schwenkt, sagte Frau Knoost jedesmal, wenn Helmut bei Sturm mit dem Kran übte. Sie bat ihren Gatten, Hauptsekretär Wimmer auf diesen Punkt anzusetzen. Aber davon versteht eine Beamtengattin nichts. Auch bei Sturm muss ein Kran bedient werden.

Gerade bei Sturm muss der Kranführer, der auf sich hält, einen Kran sicher halten können. Die Bauindustrie kann nicht warten, bis alle Stürme vorüber sind. Da wäre Heinz nicht weit gekommen, wenn er bei jedem Sturm seine Kräne abmontiert hätte. Ein richtiger Orkan, ja, da hätte er seine Kranführer herunterbefohlen; aber richtige Orkane gab es in Lübbecke selten. Also, was soll die Aufregung, fragte Helmut, als ihn Wimmer im Ordnungsamt auf das Sturmrisiko ansprach.

Zum Glück waren wir mit dem Opel bald fertig. Beim Einkaufen lief mir dann die Person über den Weg, die in Lübbecke in puncto Ordnung als einzige Henke Konkurrenz machen konnte. Frau Windmüller, die zweite. Die erste war kurz nach Herta verschwunden. Auf und davon die beiden. Sie hatten es, wie Spötter munkelten, bei ihren Gatten nicht mehr ausgehalten. Ich habe mich an solchen Spekulationen nie beteiligt, auch wenn Heinz ihnen durchaus Auftrieb gegeben hat. Er hat jedesmal sanft gelächelt, wenn auf Hertas Verschwinden die Rede kam. Was manche Leute irritierte, die mehr auf eine Bluttat tippten. Mich hat es nicht irritiert. Warum auch? Herta hat ihn zeitlebens ganz schön gegängelt. Sie hat ihn so gegängelt, dass wir als Nachbarskinder das ohne weiteres mitgekriegt haben. Ich meine, manche Frauen gängeln ihre Männer nur, wenn sie mit ihnen allein sind. Nur im Intimbereich, sozusagen. In solchen Fällen hat der Nachbar wenig Möglichkeiten, sich ein objektives Urteil über die wahren Machtverhältnisse in einer Ehe zu bilden. Da kann einer nach außen als Pascha auftreten, der in Wirklichkeit der totale Warmduscher ist, und umgekehrt. Herta hat Heinz so offen gegängelt, dass es alle Nachbarn mitkriegten. Da hätten wir schon ziemlich taubstumm sein müssen, um das nicht mitzukriegen. Hat auch schon mal über die ganze Straße gebrüllt, dass dem Mann Hören und Sehen verging. Einmal im Winter, als ich mich frühmorgens auf den Weg zur Schule machte, war Heinz gerade am Schneeräumen. Er wollte einen kleinen Bagger freischaufeln, mit dem er zur Baustelle musste. Plötzlich kam Herta aus dem Haus. Du kannst doch den Püffkemeiers nicht alles vors Tor kehren, rief sie, weil ein paar Schüppen Schnee bei uns im Garten gelandet waren. Halt bloß, rief Heinz, der in ziemlicher Eile war und in der Hektik auf seine Wortwahl nicht so geachtet hat, die Klappe, alte Nulpe. Weil ich ihn kannte, dachte ich erst, ich hätte mich verhört. Aber er hat wirklich 'alte Nulpe' gesagt. - Na, da war aber was los. Selbst ich, als Kind, habe geahnt, dass man Herta nicht ungestraft 'alte Nulpe' nennen durfte. Sie ist auf ihn zugegangen, ganz ruhig, und hat ihm die Schaufel aus der Hand genommen. Das überlebt der nicht, musste ich unwillkürlich denken, und habe mich schnellstmöglich aus dem Staub gemacht.

Dieses Erlebnis ist mir unauslöschlich in Erinnerung geblieben. Auch, als ich mit Hellen verheiratet war, ist es gelegentlich in mir hochgestiegen und hat mich, in kritischen Situationen, zur Zurückhaltung gegenüber Hertas Tochter bewogen, wo ich mich normalerweise nicht zurück gehalten hätte. Die Beleidigung war Heinz in seinem Morgenbrass einfach so entschlüpft, und das, wo er sonst überall als der freundlichste Mensch auftrat. Feinfühliger Amateurpsychologe und bei Geschäftspartnern jederzeit in der Lage, mit ein paar hingeworfenen Scherzen und Anekdoten für die beste Vertragsabschluss-Atmosphäre zu sorgen. Ein richtiges Wohlfühluniversum hat er mit ein paar Sätzen zu erschaffen vermocht, in dem sich jeder saupudelwohl fühlte. Ein Universum der Positivität, was sonst nur die großen Showmaster zustande bringen. Heinz konnte – und davon schwärmen manche Geschäftspartner noch heute – wenn er wollte, Menschen mit wenigen Sätzen völlig in seinen Bann ziehen. Dass sie sich insgeheim wie seine Kompagnons vorkamen. Zum Beispiel auf der Nobility-Versammlung, als Zwickel geehrt wurde, hat Heinz spontan auch ein paar Takte gesagt. Worte, die, wie man denken musste, gerade ihrer Spontaneität wegen, von Herzen kamen. Wir standen im Kreis und hielten uns an den Sektgläsern fest. Da trat Heinz vor und fing an zu reden. Meisterhaft, wie er mit lustigen Worten ein positives Bild des Lateinlehrers zeichnete, das wir Schüler nie und nimmer wiedererkannt hätten. Nur bei Herta wollte ihm so etwas, trotz vielfältiger Versuche, immer weniger glücken. Heinz hat sich Herta gegenüber zwar total zurückgenommen, aber sie kannte eben ihren Pappenheimer, wusste, oder ahnte, nach langen Ehejahren, was hinter seiner Stirn sich verbarg, und war, andererseits, auch nicht der Mensch, den man als Geschäftspartner sich wünschen würde. Wenn du frühmorgens in der Kälte eilig Schnee schüppst, auf Hertas dringendes Verlangen, wohlgemerkt, obwohl du eigentlich zur Arbeit musst, während sie, jedenfalls nach deiner Auffassung, den ganzen Morgen Zeit dafür hätte, und dann noch von der Seite angeblafft wirst, also dann ist auch einer wie Heinz nicht unbedingt in der Stimmung, ein solches Universum zu erschaffen. Der einzige, der sich in so einer Ausnahmesituation gegen eine schaufelschwingende Herta unter Kontrolle gehabt hätte, wäre Professor Grotendiek gewesen; doch der begab sich gar nicht erst in derart brenzlige Situationen. Der war klug genug, eine Frau zu heiraten, die meistens die Klappe hielt, und sie mit mehreren Kindern endgültig ruhig zu stellen, damit er ungestört auf Kongressreise gehen konnte. Eine hübsche Brünette, die ihm sein Köfferchen packte und die Hemden bügelte. Eine wie Herta hätte ihm schön was gehustet.

Nein, die Autorität, die er auf der Baustelle verkörperte, hat Heinz zu Hause nicht besessen. Zu Hause schwang Herta das Zepter, und Heinz musste aufpassen, immer rechtzeitig den Kopf einzuziehen. Eines Tages war sie verschwunden. Und kurz darauf war auch Frau Windmüller verschwunden; auf Nimmerwiedersehen. Da hat Petra wohl ihre Chance gesehen. Sie war nicht nur Hellens beste Freundin aus dem Tennisclub, sondern auch schon viel zu lange ledig. Obwohl sie einen ziemlichen Schlag drauf hatte, und daher bei gemischten Doppeln gern zum Einsatz kam, drohte ihr das Schicksal einer alten Jungfer. Wenn du als Frau in Lübbecke zu lange ledig bist, will dich keiner mehr, selbst wenn du noch ganz knackig aussiehst. Mit der ist irgendwas, denkt dann jeder potenzielle Bräutigam, und lässt dich links liegen. Da kannst du noch so viel zirzen. Wilfried war da großzügiger. Immerhin war Petra eine Nichte Kütenbrink. Der gewaltige Schlag, den sie drauf hatte, störte ihn nicht. Außerdem war sie, wie gesagt, sehr ordentlich. Die erste Frau Windmüller war dürr und unscheinbar und ziemlich schludrig gewesen. Petra war in vielem das Gegenteil, und das gab zu Hoffnungen Anlass. Sie sind zusammengezogen, und wenn er abends nach Hause kam, war alles blitzblank. Kochen tat sie zwar nicht immer. Dafür weigerte er sich, mit ihr Tennis zu spielen. Wilfried, der kleine Knischper. Nur körperlich, wohlgemerkt, war er klein. Geistesmäßig kommt er mir, in der Erinnerung, riesig vor. Das liegt vermutlich daran, dass er mein erster Chef gewesen ist. Neben Wilfried kommt mir sogar Doktor Gutevogel klein vor. Petra ging die Ordnung über das Kochen. Sie kochte nur, wenn das Kochen nicht zu Unordnung und Chaos führte. Wilfried könne, meinte sie, ja in der Kantine essen oder sie ins Restaurant ausführen. Petra war äußerst resolut. Noch resoluter als Henkes Anneliese, würde ich sagen, wenn auch nicht so resolut wie Herta. Aber darüber sah Wilfried großzügig hinweg. Wer sich vor dem OKD dermaßen auszeichnet, der arrangiert sich auch mit einer resoluten Nichte Kütenbrink, zumal sie noch einiges andere aus dem Kütenbrinkschen Erbe mitbrachte. Eine Tatsache übrigens, die die Lübbecker Finanzbeamten ziemlich erstaunt hätte, nach dem, wie notleidend das Kaufhaus Kütenbrink in den letzten Jahrzehnten durchgängig gewesen ist. Wenn man sich die Kütenbrinkschen Steuererklärungen ansah, die allerdings nur wenige Eingeweihte zu Gesicht bekamen, wurde einem Angst und Bange. Man fragte sich unwillkürlich, ob die Familie überhaupt satt zu essen hatte. Das Kaufhaus Kütenbrink war so ein Fall, wo auch kaltschnäuzigste Finanzbeamte weich gestimmt wurden und eingesehen haben, dass alles getan werden musste, um dieses alteingesessene Handelsunternehmen vor dem Konkurs zu bewahren. In so schwerwiegenden Fällen, befanden sie einhellig, müsste der Finanzminister eigentlich etwas dazu buttern.

Und nun? Wie kann man in einer derart desolaten Lage solche Erbschaften anhäufen, hätten sie zu recht gefragt. – Wenn sie was mitgekriegt hätten. Was aber nicht der Fall war, weil das meiste über Schweizer Nummernkonten lief. Ich meine, wer in Deutschland seine Erbschaft versteuert, ist doch blöd, oder? Nicht normal. Der kann ja sein Geld gleich verschenken. Oder in den Gulli, oder so. Also, die Finanzbeamten waren ahnungslos wie Nachbars Trinchen. Nur das Gerede, das musste Petra aushalten. Warum hat der die bloß geheiratet, wunderten sich die Finanzbeamten und ihre Ehefrauen und alle, die mit den Ehefrauen der Finanzbeamten Kontakt hielten. Und das waren nicht wenige. Überhaupt alle, die über den Umfang des Kütenbrinksche Erbes nicht informiert waren. Bei dem gewaltigen Schlag! Aber Heinz klärte sie auf. Was wollt ihr? fragte er. Was soll daran falsch sein? Gutes, altes Lübbecker Unternehmerblut. Im Gegensatz zu anderen Leuten. Dabei blickte er Ingo vorwurfsvoll an, der schuldbewusst die Augen senkte. Na, Schwamm drüber. Verjährt. Bis auf die Alimente, natürlich, um die Ingo sich jeden Monat kümmern musste. – Auch Wilfried hat seine Petra gleich angebumst. Das gute, alte Unternehmerblut angezapft. Ich weiß nicht, was in Heinz vorging, wenn er so einen Quatsch erzählte. Wahrscheinlich stellte er sich das bildlich vor, wie Petras gutes, altes Unternehmerblut und Wilfrieds Wirtschaftsförderungsblut zusammenflossen, während sein, beziehungsweise Ingos Blut, und das der Familie Stratmeier, wie die zusammengeflossen waren, das mochte sich Heinz wahrscheinlich lieber nicht vorstellen. Trotzdem wäre alles viel besser ausgegangen, wenn er Ingo erlaubt hätte, Susi Stratmeier zu heiraten. Aber, 'schlechtes Blut', hat er geschimpft. Man weiß nicht mal, wer ihr Vater ist. Schau dir doch nur die Alte an. So wird deine Susi auch mal werden. Damit brach Ingos Widerstand zusammen. Er hat dann irgendwann Gerlo geheiratet, womit das Drama seinen Lauf nahm.

Außerdem war Petra geschmacksicher. Sie blühte regelrecht auf, auch und besonders während ihrer Schwangerschaft. Resolut, aber sauber und geschmacksicher. Ein sauberes blühendes Frauenzimmer, das fand jetzt jeder, der früher einen Bogen um sie gemacht hatte. Sie fuhr alle Jahre den neuesten BMW und lief jeden Tag in einem anderen top gestylten Kostüm herum. Auch ansonsten war sie immer durchgestylt, Haut und Haare, Bauch und Beine, bis in die Fingerspitzen war sie durchgestylt. Obwohl es nicht viel half. Sie war zwar resolut und sauber und alles, aber letztlich keine Schönheit, und wenn du keine Schönheit bist, nützt dir auch der tollste Styl nichts.

Auch heute fuhr sie im neuesten BMW vor, und wäre, angesichts meines getunten und nicht eben ordentlichen Opel, fast aus der Parklücke wieder herausgefahren. Doch da erkannte sie mich, und lächelte. Ein Mitarbeiter, oha. Wir sahen uns immer beim Grillfest, das Wilfried jedes Jahr für seine Mitarbeiter veranstaltete. Petra machte dabei freilich keinen Finger krumm, sondern ließ alles auffahren. Immerhin war sie die Gastgeberin. Genau das hat ihr früher gefehlt, als die Männer sie noch links liegen ließen, dass sie die Gastgeberin spielen durfte. Einfach nur dumm da stehen und mit befriedigtem Lächeln die Gäste beobachten, war für sie das höchste. Meisterin in sozialer Kommunikation zu werden, nein, in der Hinsicht hatte sie keine Ambitionen. Den Part übernahm mehr ihr Wilfried.

Sie ließen alles auffahren, und wir konnten uns satt essen. Selbst Knoost war eingeladen. Er hielt sich im Hintergrund, und bediente sich reichlich. Wenn es auch nicht ganz so feudal wie bei Heinz zuging. Ich meine, Würstchen statt Kotelett, Sekt statt Champagner und so weiter. Dabei war es schon so, dass Wilfried gern in Heinz' Fußstapfen trat. Wenn Heinz sich eine neue Villa baute, kaufte Wilfried ihm die alte ab. Wenn Heinz' Frau verschwand, musste auch mit dem Verschwinden von Wilfrieds Ehefrau gerechnet werden. In dem Stil. Ich stand mit dem Opel auf dem Parkplatz vom Wertkauf und wartete auf Mama. Genauer gesagt, der Opel stand auf dem Parkplatz und ich saß drin und überlegte zum tausendsten Mal, was aus mir werden sollte. Dann fiel mir ein, dass sie Hellens Freundin ist, und dass man sie, seit sie verheiratet war, allgemein für nicht mehr ganz so gefährlich einstufte. Als alte Freundin von Hellen hat sie uns später in England besucht, nur einmal, wie ich betonen möchte, und ist auch schnell wieder abgereist, weil Hellens Ordnung in England ziemlich nachgelassen hat. Nach außen war Petra jetzt meist zahm wie ein Lamm. Auch jetzt hat sie mich lammfromm angelächelt, und den getunten, aber doch auch rostigen Opel dabei wohl aus ihrer Wahrnehmung verdrängt. Ich meine, rostige Opel, aus denen jederzeit Türen herausfallen können, die dann unschuldig geparkte Neuwagen beschädigen, riechen doch sehr nach Sozialhilfeempfänger. Dass sich ein Beamter so in die Öffentlichkeit wagt! Allein schon, weil Altautos die Wirtschaft nicht in Schwung bringen. Die Wirtschaft ist bekanntlich das Fundament unseres Gesellschaftssystems, eine Einsicht, die in der gesamten Kütenbrinkschen Familientradition von jeher hochgehalten worden ist, vor und nach 1945. Auch im nächsten Jahrtausend wird diese Einsicht, nach Kütenbrinkscher Auffassung, ihre Gültigkeit bewahren. Getunte Schrottkarren sind, und das war Petras eigene, über das Kütenbrinksche Erbe hinausgehende Erkenntnis, auch ein Zeichen öffentlicher Unordnung. Eine Welt voller Neuwagen, wo Neuwagen verschiedenster Farben und Formen Parkplätze und Straßen in Reih und Glied bevölkern, wäre absolut nach ihrem Geschmack gewesen.

Trotzdem hat sie mich lammfromm angelächelt. Ihre Resolutheit kam jetzt nicht mehr oft zum Tragen. Nur noch gelegentlich auf dem Tennisplatz, und schon gar nicht bei Wilfried. Bei Wilfried war sie vorsichtig, dass sie nicht allzu sehr auftrumpfte. Erst viel später, in einem Alter, wo solche Dinge für das männliche Renommee keine große Rolle mehr spielen, hat er ihren gewaltigen Schlag öfters zu spüren gekriegt. Ein resoluter, geschmacksicherer Tenniscrack kann sich schließlich nicht ewig zurückhalten. Ich meine, angesichts seines Cordsakkos hat sie schon gewisse Forderungen gestellt. Wilfried mochte jedoch nicht allzu luxusmäßig auftreten. Erstens war das nicht seine Art. Seine Art war das Cordsakko, kombiniert mit einem gewissen, unnachahmlichen Understatement, einem gelassenen sich Zurücknehmen, mit dem er jeden Vorgesetzten beeindruckte. Und zweitens: er wollte kein Gerede. Als Leiter des Bauamtes stand er im öffentlichen Leben und musste, von daher, mit Gerede rechnen. Dem Leiter des Bauamtes wurde misstrauisch auf die Finger geguckt, erst recht, wenn er sich wie ein Krösus aufführte. Im Kreis Höxter hatte es kürzlich so einen Fall gegeben. Neue Villa und Ferrari; und irgendeinem Neidhammel war das spanisch vorgekommen. Es folgte eine Untersuchung der Staatsanwaltschaft. Was diese ergeben hat, will ich lieber nicht erzählen. Den Höxterschen Bauamtsleiter, der, wie die meisten Bauamtsleiter des Regierungsbezirks, mit Wilfried öfter Kontakt hatte, haben wir jedenfalls in Lübbecke nie wieder gesehen. Wilfried hat ihn, soweit ich weiß, im Knast auch nicht angerufen.

Ihm sollte das nicht passieren. Kein Ferrari. Keine Armani Anzüge. Keine Rollex, oder gar Goldkettchen. Wilfried fuhr Volkswagen. Immer schön bescheiden, pflegte er zu sagen. Einem Bauamtsleiter im Cordsakko begegneten die Leute automatisch weniger voreingenommen. Und die Details des Kaufvertrages für das Haus von Heinz hätte er jederzeit offen auf den Tisch legen können. Da war nichts zu bemängeln.

Ich lächelte Petra an. Heute Abend würde sie nicht dabeisein, da hatte ich gut lächeln. Obwohl Frauen durchaus zugelassen waren, wie ich später erfuhr, hätte sich Petra gehütet, ihrem Wilfried dort ins Gehege zu kommen. Der Nobility Club war seine Sache ganz allein. Tolles Auto, stellte ich fest, als sie mit ihrer Tochter im Laden verschwunden war. Ledersitze, Klimaanlage, Satellitennavigation. Alles vom Feinsten. Die Frau gönnte sich was. Kein einziges Staubkorn auf der Lackierung. Sauberer als Heinz und Henke zusammen. In Helmuts Garten hätte sie, was jeder normale Mensch im Grunde nachvollziehen kann, garantiert einen Anfall gekriegt. Die Tochter trug ein Blümchenkleid. Sauber und bescheiden, die kleine Wilfriedin. Auch Knoost kriegte einen Anfall, wenn er über den Zaun in Helmuts Garten sah. Im Privatleben benahm sich Knoost ganz anders als im Amt, wo er 8 Stunden nur bräsig herumsaß. In der Siedlung ließ er sich nichts gefallen, sondern hat Händel gesucht. Was aber Helmut nicht weiter aufregte. Wer sich ihren Wagen anguckte, konnte sich ungefähr vorstellen, wie es bei Petra zu Hause aussah. Alles penibel, sauber und edel. Und vor allem: Es lag nichts herum. Selbst im Zimmer der Tochter nicht. Alles verräumt. Wenn überhaupt, waren Tische und Schränke mit paar Blümchen und Nippes drapiert. Die Küche ein technisches Blendwerk. Sie hatte es ja. Neulich war ich in der Sparkasse, Geld abheben. Vor mir stand Petra, und Knickmeier junior scharwänzelte um sie herum. Junge, was war der höflich. So höflich habe ich ihn, selbst auf Wahlveranstaltungen, nie erlebt. Dem läuft vor Höflichkeit gleich das Schmalz aus den Ohren, habe ich gedacht. Erst hat er die Bedienung des Automaten für sie übernommen, was gleich doppelt so lange dauerte, um ihr anschließend irgendetwas zuzuflüstern. Muss was angenehmes gewesen sein, nach dem, wie sie reagierte. Dass er ihr nur nicht die Füße küsst, habe ich gedacht. Aber das war genau, was Petra brauchte. Ein bisschen Luxus und jene Überlegenheit, die auf altem Lübbecker Geldadel beruht.

Endlich kam Mama aus dem Laden. Und dann war es auch bald Zeit für die Stadthalle und den Nobility-Club, samt Festprogramm und Heuschneiders kaltem Buffet. Überall bunte Fähnchen und Girlanden. Wir, also Papa und ich, waren da, gleich beim ersten Mal, fast voll integriert, weil Wilfried, der den Roten früher immer reserviert gegenüberstand, in dieser Hinsicht plötzlich eine 180-Grad Wendung gemacht und Papa als Candidate und mich als Junior Member im Nobility-Club durchgesetzt hatte. Er war gewissermaßen beim OKD in die Schule gegangen, und verstand neuerdings den Wert und die Bedeutung der Überparteilichkeit. Ich meine, ich stand dem ganzen teilweise schon etwas skeptisch gegenüber. Wozu soll das gut sein, habe ich gedacht, mit den Lübbecker Geldsäcken herumzuhocken und sich ihre Weltsicht erklären zu lassen. Wo am Opel noch so viel zu tun ist. Wahrscheinlich war ich einfach zu jung, um zu verstehen, was es für einen Jugendlichen aus dem Immengarten heißt, ein Junior-Member der Nobility-Gemeinschaft zu sei; zu jung, um die Bedeutung, die der Nobility-Club und ähnliche Institutionen für unser gesellschaftliches Miteinander haben, in ihrer vollen Tragweite zu erfassen.

Außerdem habe ich Wilfried misstraut. Wilfried will nach Minden, habe ich gedacht, und in Minden regiert die SPD. Was liegt näher, als dem versprengten Häuflein Lübbecker Genossen einen Gefallen zu tun. Papa hingegen hat die Mitgliedschaft echt was bedeutet. Er freute sich wie eine Nacktschnecke, wenn mal wieder eine von Wilfrieds Einladungen eintraf. Goldberandet. Ich meine, er sprach nicht darüber. Auch damit anzugeben traute er sich nicht. Wie sehr er sich freute, bemerkte man nur indirekt. Er freute sich derart, dass seine Kiemen ständig in Bewegung waren. Dass man ihn jetzt nicht nur auf der Fußballtribüne, sondern auch in höheren Kreisen anerkannte. In gewisser Weise hat auch Papa auf Überparteilichkeit gesetzt, nur andersherum. Unternehmer und Akademiker sind potenzielle SPD-Wähler, hat er gesagt, und zu Frau Doktor Helma Guklucks ein ziemlich enges Verhältnis aufgebaut. Frau Doktor Guklucks und er besuchten sich wechselseitig immer zuhause. Wenn Frau Doktor Guklucks kam, ist Mama immer ganz aufgeregt herumgelaufen, weil, dann musste immer alles ganz ordentlich sein, und meist bereitete sie auch ein besonderes Essen vor. Sie ist dann schon Tage vorher ganz aus dem Häuschen gewesen, weil sie sich überlegen musste, was sie alles im Reformhaus kaufen musste. Auch jetzt stand ich nur Frau Doktor Helma Guklucks' wegen, die sich für morgen angekündigt hatte, auf dem Parkplatz und langweilte mich. Frau Doktor Helma Guklucks ist dann SPD-Mitglied geworden, damit dieses illegitime Verhältnis seine Ordnung bekam. Sie hat sich geoutet, sozusagen, was im konservativen Lübbecke unter normalen Bedingungen durchaus Mut bedeutete. Besonders als Stellvertreterin von Direktor Telkemeier, der Rote insgeheim nicht ausstehen konnte, erst recht, wenn sie Helma Guklucks hießen. Da mochte der OKD noch so überparteilich sein. Rote stellvertretende Abteilungsleiter hatten es in Lübbecke schwer. Rote Abteilungsleiter – völlig undenkbar. Da waren Sandmeier und Holzbrink vor. Sandmeier war an sich alles egal. Mir ist alles egal, pflegte er zu sagen, wenn ihn ein Kreistagsabgeordneter oder ein Fachbeamter um eine Stellungnahme bat. Bezüglich Straßenbau, Schwimmbadbepreisung oder Hundesteuersatzung. Macht was ihr wollt. Außer ein roter Abteilungsleiter, der war ihm nicht egal. Wenn er an rote Abteilungsleiter dachte, schwoll ihm die Stirnader, und sein Herz fing ungesund zu pochen an. Auf die Gefahren, die von einem roten Abteilungsleiter in der Lübbecker Kreisverwaltung ausgehen würden, brauchte ihn Holzbrink nicht hinzuweisen. Man musste sich nur die ganzen roten Abteilungsleiter in Minden ansehen. Was die sich gegen die dortigen Parteifreunde herausnahmen.

Seit die Mindener in Lübbecke auf der Matte standen, brauchte auf Sandmeier keine allzu große Rücksicht mehr genommen zu werden. Ein Hund, der bellte, aber nicht mehr beißen konnte. Im Nobility-Club hatte Frau Doktor Guklucks Wilfrieds Vorschlag vehement unterstützt. Was jenem, als Bauamtsleiter, nicht unbedingt gelegen kam. Windmüllers verkehrten bei Telkemeiers. Andererseits hat es die Grundstimmung im Club bestimmt zu unseren Gunsten verbessert. Nur gut, dass Holzbrink so selten dort aufkreuzte. Der Nobility Club war seine Sache nicht. Holzbrink ging es dort entschieden zu steif zu. Zu nobel eben. Obwohl mindestens die Hälfte seiner treuen Stammwähler dort versammelt waren, fühlte er sich im Nobility-Club nicht wohl. In einer so steifen Umgebung kann man weder Stimmung machen, noch Stimmen gewinnen, mag er gedacht haben. Wilfried hat die Sache so lautlos über die Bühne gebracht, dass Holzbrink nichts davon mit bekam, bis alles gedeichselt war. Der Nobility-Club ist eben eine rein private Angelegenheit, die von Parteipolitik und beruflichen Hierarchien fernzuhalten ist. Im Nobility-Club herrscht satzungsgemäß Gleichheit, die Gleichheit der geistigen und materiellen Führungselite. Dort steht sogar der OKD, der in seiner Freizeit lieber im Garten tätig ist, gegenüber dem rastlos organisierenden Wilfried zurück. Wilfried hat den Lübbecker Nobility Club, der früher mehr so dahin dümpelte, echt in Form gebracht, zu einem Flaggschiff der deutschen Sektion und zu seinem persönlichen Forum. Obwohl nicht alle Notabeln anfangs begeistert waren, als er zum Sprecher gewählt wurde. Die meisten hätten lieber den jungen Kütenbrink gesehen, oder Briegel, oder einen anderen erfolgreichen Geschäftsmann. Das hätte, nach ihrer Meinung, dem Geiste des Clubs mehr entsprochen. Heinz hat dies vehement bestritten. Wir sind doch keine Kopie des Unternehmerverbandes, hat er gesagt, sonst könnten wir gleich in der Handwerkskammer tagen. Mit dem Unternehmerverband stand Heinz komischerweise auf Kriegsfuß. Wilfried repräsentiere einen viel größeren Querschnitt des Clubs. Als Wirtschaftsförderer habe er oft genug bewiesen, dass er eine Art Unternehmer im Geiste sei. – Und Wilfried machte sich. Er machte seine Sache ausgezeichnet. Hat den Nobility-Club für die SPD und, schon vorher, für Frauen geöffnet, und auch sonst einiges bewegt, genau wie im Bauamt.

Einen sehr erhellenden Vortrag habe er gehalten, der, nicht zuletzt aufgrund der tollen Grafiken, selbst für ihn, als, wenn nicht gerade Anfänger auf diesem Gebiet, so doch gewiss auch kein Experte, sehr gut verständlich gewesen sei, sagte Heinz zum Professor. Den mathematischen Hintergrund traue er sich natürlich nicht zu. Ob er aufgrund seiner Analysen eine konkrete Empfehlung geben könne?

Ich könnte Ihnen natürlich, erwiderte Grotendiek, während Heinz unsicher im Schinken herumstocherte und ihm nicht in die Augen zu sehen wagte, wie mein Vorredner zu Optionsscheinen raten. Aber Sie haben ja in meinem Vortrag gehört, Optionsscheine sind wie Lotto. Oder Roulette. Bei Optionsscheinen gewinnt am Ende immer nur die Bank. Oder ich könnte, daraus schließend, Versicherungsaktien empfehlen. Wo Sie, nebenbei bemerkt, nicht viel falsch machen können. Versicherungsaktien sind wie Wertpapiere der Bundesschuldenverwaltung, beinahe jedenfalls.

Die Allianz schütte pünktlich jedes Jahr eine kleine bis mittlere Dividende aus, mit der sich der risikoscheue Anleger abzufinden habe. Wenn er, Grotendiek, jedoch von einer bedeutenden Persönlichkeit um Rat gefragt werde, die sich, noch dazu, mit den Dividenden der Allianz nicht zufrieden gebe, empfehle er – und nun begann der Professor zu raunen, er raunte derartig, dass auch der letzte Hungrige am Buffet hellhörig wurde – ins Coltran-Geschäft einzusteigen. Coltran sei eine seltene Erde, die nur im Kongo vorkomme. Da stellte Heinz aber die Lauscherchen auf. Vom Coltran hatte er noch nie gehört. Der Professor dafür umso mehr. Coltran sei *die* Grundlagensubstanz für die Massenproduktion von Halbleitern. Computer, verstehen Sie? Er und seine Studenten hätten täglich mit Computern zu tun. Von daher wisse er, wie bedeutsam Coltran sei. Er sage nur: Coltran-Minen. Mit Coltran-Minen seien in Zukunft astronomische Gewinne zu erwirtschaften. Heinz wurden die Knie weich. Jeder, der in der Nähe stand, spitzte jetzt die Ohren. Der Professor fühlte sich in der Lübbecker Stadthalle genauso wohl wie im Rheinischen Hof beim Empfang des Ministerpräsidenten, wenn nicht sogar noch wohler. – Auch wenn das Essen schlechter war; im Rheinischen Hof durfte er dem Ministerpräsidenten einmal die Hand schütteln, und das war's dann. In der Lübbecker Stadthalle drohte er von Bewunderern regelrecht zerdrückt zu werden. Heinz' Blicke irrten umher. Er hätte das Gespräch gern woanders fortgesetzt, wo nicht jeder mithören konnte. Die Coltran-Minen im Kongo seien eben erst privatisiert worden, sagte der Professor. Er selber habe sich eine ansehnliche Tranche gesichert. Die Anteilscheine seien allerdings nicht ganz billig. Mupoto achte darauf, dass er nicht zu kurz komme. Hinter Heinz tauchte der junge Kütenbrink auf, der auch mehr über Coltran-Minen erfahren wollte. Dachsfrech, das Bürschchen. Aber anders kommst du als Unternehmer zu nichts. Der junge Kütenbrink hieß seit kurzem nicht mehr Kütenbrink, und das Kaufhaus, das er von seinem Vater übernommen hatte, hieß auch nicht mehr so.

Was er in Düsseldorf am meisten vermisse, sei sein tägliches Briegel-Bräu, rief Grotendiek mehrmals, während er unter den Lübbecker Honoratioren herumgereicht wurde. Er rief es jedes Mal, wenn er einem von ihnen die Hand schüttelte und das Gespräch zu versiegen drohte, weil niemand wusste, was man, ohne sich zu blamieren, mit einem hochkarätigen Wissenschaftler bereden sollte. Und hatte Erfolg damit. Die Leute tauten auf. Fühlten sich heimelig. Briegel-Bräu, das kannten sie. Der Professor war richtig. Erst bunte Torten und dann Briegel. Besonders die Briegels fühlten sich geschmeichelt. Den sollten wir zum Bierbrunnenfest einladen, dachte der Alte. Die kölschen Biere, naja, sagte Grotendiek, und erzählte, auf welchen Umwegen er in Düsseldorf trotz allem ab und zu an seine Ration Briegel kam. Wie die leeren Briegel-Flaschen sich bei ihm in Keller und Küche stapelten. Da wurde der junge Briegel hellhörig, und auch der alte empfand Grotendieks Späße als eine Herausforderung. Wir laden ihn unbedingt ein, nahm er sich vor. Zu einem Benefizvortrag anlässlich unseres 150-jährigen Bestehens. Thema: das Briegelbier in der Diaspora. Den jungen Briegel drängte es, dem Professor wöchentlich eine Kiste Briegel frei Haus zu liefern. Grotendiek kam dann auf seine Dienst- und Kongressreisen zu sprechen, die ihn schon mit vielen Biersorten in Berührung gebracht hätten. Berührung ist gut, rief Heinz von hinten. Er war vom Professor echt begeistert. Dienstreisen, sagte Grotendiek, erweitern nicht nur den wissenschaftlichen Horizont. Überall werde man, als Direktor des Düsseldorf-Institutes, freundlichst aufgenommen und lerne exotische Biersorten kennen.

Um den Professor hatte sich ein richtiger Pulk gebildet. Kein Wunder, bei dem Thema. Ich bin dann, genau wie Heinz, von Leuten, die ihn unbedingt auch noch um Rat fragen wollten, abgedrängt worden und musste wesentlich reizlosere Gespräche über das Für und Wider wesentlich reizloserer Anlageformen über mich ergehen lassen. Ich fühlte mich wie auf einer mediokren Aktionärsversammlung. Von daher hätte man ruhig in der Handwerkskammer tagen können, wo bei entsprechenden Anlässen wesentlich mehr Sekt getrunken wurde, und die Leute innerlich viel entspannter waren. Im Nobility-Club ging es, trotz Fähnchen und Girlanden, manchmal ziemlich verkrampft und ernsthaft zu. Man trank Kaffee statt Champagner, und Zwickel erzählte schon wieder von seinen Amerikareisen. Von der letzten und vorletzten und von der für diesen und nächsten Sommer geplanten, und was für tolle Fotos er geschossen habe und noch zu schießen gedenke. Und so weiter, den ganzen, altbekannten Sermon. Er war besessen von seinen Fotos. Nicht das das etwas Besonderes wäre. Alle meine Lehrer sind irgendwie besessen gewesen. Ich sage nur: Sportlehrer Tönsmeier. Mit Trompete statt Trillerpfeife. Oder Pfeiffer, der sich jeder neuen Klasse als 'Pfeiffer mit 3 Eff' vorstellte, und das nach wie vor komisch fand.

Kütenbrink senior, der immer noch so hieß, erzählte vom Bundesverdienst-
kreuz am Bande, das er erhalten hatte. Da konnten die Orden, die hier im
Club verteilt wurden, nach seiner Meinung nicht mithalten. Manche, wie die
Briegels, dachten da anders und deckten sich die ganze Zeit ordentlich mit
Nobility-Orden ein, den einfachen, wohlgemerkt, für soziales Engagement.
Sie schrieben einen Scheck aus, und dafür gab's sofort den einfachen Nobi-
lity-Orden, den sie dann vor die Pressekameras der Lokalzeitung halten
durften.

Zwickels Orden war von anderem Kaliber. Den erhielten nur wirklich ver-
diente und engagierte Nobility Kader. Zwickel selbst bedeutete der Orden
gar nicht soviel. In Wahrheit verfolgte der OStR ganz andere Ziele. Den
Club voranzubringen, wie ihm die Laudatoren unterstellten, war für ihn
zweitrangig. In erster Linie betrieb Zwickel Wühlarbeit. Er bereitete einen
Coup vor, der seinesgleichen suchte. Mehr im Stillen allerdings, und ohne
sich an die ganz großen Mikrofone zu drängen. Einen Coup, der alles, was
er bisher geleistet hatte, in den Schatten stellen sollte. Ja, sagte er zum alten
Kütenbrink, der im Nebenberuf Vorsitzender des Lübbecker Kunstvereins
war, aber die Bedeutung der Fotografie für die moderne Kunst noch nicht
voll erfasst hatte, sondern mehr für die alten Meister schwärmte. Ja, sagte
Zwickel noch einmal und ganz ohne Lampenfieber, so oft hatte er wichtigen
Leuten bereits von seinem Projekt vorgeschwärmt. Er wusste nicht, ob er es
Kütenbrink zum fünften oder sechsten Mal erzählte. Was aber nicht störte,
weil der alte Kütenbrink ein so schlechtes Gedächtnis hatte, dass man ihm
sowieso alles mehrmals erzählen musste. Besonders Namen konnte er sich
überhaupt nicht merken. Allenfalls Rembrandt oder Rubens und, eventuell,
Picasso. Allerdings hatte er noch immer ein phänomenales Zahlengedächt-
nis. Seinen Kontostand, den kannte er auswendig. Und auch den auf allen
familieneigenen Schweizer Nummernkonten, und was davon bedauerli-
cherweise an seine Nichte geflossen war. Ja, sagte Zwickel, ein Museum für
moderne Kunst, das würde nicht nur die Kunst, sondern auch die Stadt Lübbecke voranbringen. Er mache sich anheischig ... mit einem entsprechenden
Mandat der Lübbecker Bürger mache er sich anheischig, bei Corbusiers
Erben anzufragen. Wer nun wieder dieser Corbusier war, fragte sich der alte
Kütenbrink; doch dann dachte er an seinen Kontostand, und alles wurde
ganz klar. Er habe Kontakt zu Corbusiers Erben, wiederholte Zwickel, während seine Augen leuchteten. Er ließ den Namen des berühmten Architekten
wie Vanilleeis auf der Zunge zergehen. Über ein Schulprojekt habe er guten
Kontakt zu Corbusiers Erbengemeinschaft, die dessen Nachlass verwalte.
Was für ein Nachlass, dachte der alte Kütenbrink, und trauerte dem Geld

seiner Nichte hinterher. Er machte dabei ein so bedenkliches Gesicht, dass Zwickel zu näheren Erklärungen ausholte. Corbusier, der große Architektur Theoretiker ... ach-ja, sagte Kütenbrink ... habe 1930 ein idealtypisches Museum für moderne Kunst entworfen, welches noch immer der Realisierung harre. Jedenfalls in Europa. Zwickel griff an sein blaugetöntes Brillengestell. Kein repräsentatives Gebäude mit Prunkfassade und eindrucksvollen Treppenaufgängen, sondern ein schmuckloses Funktionsbehältnis, ein Anti-Museum gewissermaßen, ein quadratischer, auf Zuwachs konzipierter Kasten auf Stelzen. Um einen zentralen Saal legten sich bei Corbusier die Ausstellungsräume in Form einer unendlich erweiterbaren Spirale. Dieser Spiralengedanke setzte in Zwickels Gehirn jedes Mal etwas in Gang. Er konnte sich von dem Spiralengedanken kaum trennen und schwelgte geradezu darin. Je nach Grundstücksgröße, zwang er sich zu sagen, und abhängig vom Spendenaufkommen und den kommunalen Finanzen, wäre das Gebäude, wie ein Schneckenhaus, immer weiter zu vergrößern. Ein Museum, das mit der Sammlung mitwächst. Genial, oder? Beim Wort 'Sammlung' leuchteten Zwickels Augen wie Rudolfs Rotnase; nur blau eben. Genau in der Mitte der Eingang, der unter dem Gebäude zwischen den tragenden Säulen hindurch zu erreichen sei; genial, wiederholte Zwickel. Kultur, oh ja, wie hochstehend, sagte der alte Kütenbrink, der diesem Enthusiasmus nicht nachstehen wollte. Corbusier selber, sagte Zwickel, habe, aufgrund schlechter Erfahrungen, in Deutschland nie wieder bauen wollen. Er erzählte diese Geschichte zu gern. Jedes Mal, wenn er sie erzählte, entstand in seinem Kopf die Vision des Schneckenhauses, in dessen inneren Wandelgängen lange Reihen von Amerikafotos aushingen. Sonnenaufgänge, Sonnenuntergänge, Malls, Garage Sales, die Route 66, sowie, um auch den Massengeschmack ein Stück weit zu befriedigen, Autokennzeichen und Südstaatenfahnen, Freiheitsstatue, Grand Canyon und Monument Valley. Und oben, über dem Schneckenhaus, prangte ein Schriftzug mit Zwickels Namen. Auch Robert hat sich übrigens, als Freund der Künste, von OStR Zwickels Enthusiasmus anstecken lassen, und Heinz auf das Museum aufmerksam gemacht. Der hatte jedoch im Moment seine Gedanken woanders. Er überlegte, ob er Grotendiek in Düsseldorf anrufen oder gleich in die Minen investieren sollte. Erstmal nur 500000. Nachschießen konnte man immer.

Zum Schluss, der popelige Rest war schon gegangen, stand die Lübbecker Elite allein auf dem Podium. Meinhard und ich sind in eine Klasse gegangen, sagte der OKD, nicht ohne Stolz, zu Heinz. Keiner von uns hätte damals gedacht, dass aus ihm ein hochkarätiger Wissenschaftler werden würde. Erinnerst du dich noch an die Geschichte mit den Frauenkleidern, lachte er Professor Grotendiek an. Es war das erste Mal, dass ich den OKD lachen sah. Schenzmeier blickte interessiert herüber. Auch er war eingeladen worden. Der Nobility-Club hatte sich wirklich geöffnet, das muss man anerkennen. Demnächst würden bestimmt auch Ehefrauen hier auftauchen. Nur den alten Briegel hatten sie noch nicht überzeugt. Den grauste es, wenn er an Frauen, und besonders Ehefrauen, im Nobility Club, und auch, wenn er an den Professor in Frauenkleidern dachte. Zwei solche Führungspersönlichkeiten in einer Klasse, dachte Heinz. Wirklich ungewöhnlich. Der alte Briegel glaubte, ob zu recht oder unrecht, bleibt dahin gestellt, dass Frauen kein Bier vertrugen. Frauen und Alkohol, das ging nach seiner Meinung nicht zusammen. Der junge Briegel tickte ganz anders als sein Vater. Er dachte nicht in moralischen, sondern in Umsatzkategorien. 'Briegel light' hieß sein neuestes Credo, ein speziell für Frauen entwickeltes Premium Pils. Heinz taute sichtlich auf. Auch er war ja eine Führungspersönlichkeit, sagte er sich immer wieder vor. Wie es eigentlich Doktor Holtmannspötter gehe, fragte der OKD. Ja, sagte der Professor. Doktor Holtmannspötter arbeite neuerdings bei Huawei in der Handy-Vermarktung. Und als der OKD guckte, sagte der Professor nicht, was guckst du, und wechselte auch nicht das Thema, wie manch andere, die sich in sozialer Kommunikation nicht auskennen, sondern gab zu, Doktor Holtmannspötter sei leider die gebührende Anerkennung nicht zuteil geworden. Ja, sagte der OKD, euer Gutachten ist folgenlos in den Schubladen der Landesregierung verschwunden. Leider, sagte der Professor. Man höre heutzutage mehr auf Soziologen denn auf Physiker. Dabei sei das von Doktor Holtmannspötter entwickelte C-Programm zur Simulation der Kommunalentwicklung, wie ihm mehrere Kollegen bescheinigt hätten, richtungweisend gewesen. Allesamt ausgewiesene Experten! Möglicherweise spiele auch die Tatsache eine Rolle, dass er in Düsseldorf und nicht in München lehre. Das seien ideologische Belastungen, sagte der OKD, von denen man sich unbedingt frei machen müsse. Die Bayern seien, von Ausnahmen abgesehen, heutzutage definitiv keine Hinterwäldler mehr. Er sage nur Fraunhofer, Airbus, Max Planck, und so weiter. Die sitzen doch alle da unten. Als Physiker, sagte Grotendiek, sei man für jede erdenkliche Aufgabe gerüstet, und, wie der Fall Holtmannspötter zeige, überall sofort einsetzbar. Er sei überzeugt, dass Doktor Holtmannspötter die bei der Entwicklung seines Simulations-Programmes zur Analyse der Lübbecker Kommunalentwicklung gewonnenen Fertigkeiten in seinem neuen Wirkungskreis weiterhelfen würden, und ihm im Handyvertrieb eine große Zukunft bevorstehe.

Heinz war ein selfmademan, dem man den Erfolg nicht in die Wiege gelegt hatte. Doktor Holtmannspötter hätte für seine neue Tätigkeit von Heinz einiges lernen können. Dennoch kam sich Heinz in der Umgebung des Professors, zumindest unterschwellig, immer noch minderwertig vor. Was, dachte er, ist mit mir heute los? Warum kann ich dem Professor nicht so unbefangen gegenüber treten wie der junge Kütenbrink. Die beiden anderen, also der OKD und Grotendiek, waren schon von Geburt und Herkunft Führungspersönlichkeiten, mit wesentlich geringerem Vermögen als Heinz, aber regelmäßigeren Einkünften. Auf einer einsamen Insel hätten sich alle drei bestens verstanden. Ich sei, gewährt mir die Bitte. Führungspersönlichkeiten verstehen sich meist blendend. Außer wenn sie sich gegenseitig die Führung streitig machen. Sie erkennen und anerkennen einander, selbst, wenn die eine im Schaffellwams daherkommt; weil, sie sind unvoreingenommen und absolut interdisziplinär. Ein Führungsphilosoph und ein Führungszuhälter, um den Extremfall zu nennen, die würden sich ohne weiteres erkennen, und einander nichts zuleide tun. Von allen Sachzwängen unbelastet, gehen Führungspersönlichkeiten völlig unvoreingenommen an jede Aufgabe heran. Nun macht mal schön, sagen sie zu ihren Mitarbeitern, und dann geht's los.

Hier scheinen natürlich die ganzen Vorbehalte durch, die ich, als Trinker, gegenüber solchen Leuten hege. Du bist verbittert und pflegst deine Vorurteile, sagt Hellen, wenn wir uns gelegentlich wegen der Kinder treffen und ich ihr meine Haltung zu erklären versuche. Ja, sage ich dann, weil ich jene für meine Lage mit verantwortlich mache. Aber sie hört mir gar nicht zu. Hellen hat mir in dieser, und auch in manch anderer Hinsicht, noch nie zugehört. Sie kann mich sowieso immer weniger leiden. Wie du dich hängen lässt, sagt sie. Du suhlst dich richtig in deinem Unglück. Auch Mama bestreitet meine Vorurteile. Sie erinnere sich noch gut, wie Wilfried und das Bauamt mich damals mit offenen Armen aufgenommen hätten, sagt sie. Ich sehe das ein bisschen anders. Wenn ich mich an diese Leute erinnere, die Lübbecker Elite, die da mit Sekt oder Kaffee auf dem Podium stand, wird mir heute noch ein bisschen schwindelig angesichts der ganzen windigen Typen, die dort versammelt waren. Aber das ist Darwin. Die windigen Typen haben in der Steinzeit, nach meiner Meinung, einen Genvorteil gehabt, weil sie an die Natur des Lebens besser angepasst sind. Das Leben ist unberechenbar. Es kann dir 1000 Blumensträuße spendieren, und an der nächsten Ecke lauert urplötzlich der Untergang. Und da kommt der Windige ins Spiel. Der Windige lässt sich treiben. Lässt andere arbeiten, und wartet ansonsten auf seine Gelegenheit. Natürlich gibt es auch Windige, die nicht fix und flexibel genug sind – nicht wendig genug, den Willen der Autorität schon auf 10 Meter Entfernung zu erschnuppern – oder die es zu toll treiben oder im entscheidenden Moment, wenn es windig wird, nicht die Nerven behalten, und dann abgesägt werden. Traurige Gestalten, denen es am Ende nicht besser als mir geht, und die ich regelmäßig im Schnapsladen treffe, wo sie großmäulig über ihre Vergangenheit parlieren. Aber gut, über meine Vorbehalte könnte ich noch stundenlang weiter reden und würde mich doch nur im Kreis drehen, im eigenen Saft, und von den meisten wahrscheinlich nicht einmal verstanden werden. Mama sagt, wenn ich ihr damit komme, sie versteht nicht, was ich meine. – Er hat es immer noch nicht kapiert, sagt Hellen.

5.

Die Geschichte, wie ich mit ihr zusammenkam, ist relativ schnell erzählt. Sie besteht aus zwei Teilen. Erstens, wie ich die Kraft aufbrachte, mich aus Lübbecke abzuseilen. Und zweitens, wie ich nach dem Unfall fast im Rollstuhl gelandet bin. Der erste Teil besteht wiederum aus zwei Teilen. Nämlich, erstens, die Entscheidung zu treffen, und zweitens, sie auch durchzusetzen. Was waren da für Klippen zu umschiffen: Mama, beispielsweise, die in dieser Hinsicht eine riesige Klippe darstellte. Nicht nur Heim und Herd, auch das Bauamt wollte ich verlassen. Darüber kam sie nicht weg, und ist seither die ganzen Jahre nicht darüber weg gekommen. Selbst als ich schon mit Hellen verheiratet war, und Enkel, wie nichts Gutes, um sie herum tobten, fing sie noch mit dem Bauamt an. Ob ich, nachdem mir die Philosophie kein regelmäßiges Einkommen garantiere, nicht doch zurückkehren wolle. Jetzt seid ihr in fremden Ländern, aber in Lübbecke ist es doch am schönsten. Seid mal ehrlich. – Natürlich dachte sie dabei auch an sich. Sie wollte die Schlingel möglichst viel um sich haben, und im Alter, falls nötig, versorgt sein.

Jetzt, wo wirklich alles den Berg runtergeht, berufsmäßig, mit Hellen, dem Renommee der Familie Husemöller, meiner Trunksucht und so, kommt sie noch weniger darüber weg. Das Bauamt war für sie etwas Fundamentales, an die Existenz gehendes. Im Bauamt hättest du dein sicheres Auskommen gehabt und stündest heute ganz anders da. Du wärst in gewisse Versuchungen gar nicht erst gekommen. Davon ist sie überzeugt und hat wahrscheinlich sogar recht damit. Wenn ich mich aus Lübbecke nicht abgeseilt hätte, wäre ich mit Hellen nie zusammen gekommen, bei der verklemmten Stimmung, die da unten herrscht! Die Stimmung in Lübbecke, besonders auch im Tennisclub, wo sich Hellen vornehmlich herumtrieb, ist noch zwei Stufen verklemmter als in Oxforder Ruderclubs, und das will etwas heißen. Vielleicht liegt das an den schlagfesten Lübbecker Frauen, die nicht, wie anderswo, kaffeetrinkend und auf Gelegenheiten lauernd, herumsitzen, während ihre Männer sich beim Spielen verausgaben, sondern überall tätig sich einmischen. Mama lässt sich, trotz alle Einwände, von den Enkeln ganz gern ablenken. Wenn erst mal Enkel da sind, gehen Mütter ihren Söhnen meist nicht mehr ganz so auf die Nerven.

Damals natürlich war die Ausgangslage anders. Damals hatte sie noch keine Enkel, sondern nur mich, als einzigen männlichen Nachkommen. Der männliche Nachkomme spielt in Lübbecker Familien, und darüber hinaus im ganzen nordostwestfälischen Raum, traditionell eine herausgehobene Rolle, weil er in der Lage sein muss, mit seiner Arbeit Frau und Kinder zu ernähren. Und wenn ihm dies, wie in meinem Fall, nicht gelingt, regt sich die Lübbecker Mutter mächtig auf. Der männliche Nachkomme, der ohnehin schon seine Schwierigkeiten hat, wird dadurch noch zusätzlich in Mitleidenschaft gezogen. Ihm bleibt meist nichts, als sich aus Lübbecke davon zu machen. Eine Lübbeckerin wie Mama, die nur einen einzigen männlichen Nachkommen hat, also, da kann man den Nachkommen nur bemitleiden. Wenn sie etwas zu erlauben gehabt hätte, hätte sie es mir auf jeden Fall verboten. Aber er ist volljährig; wir können ihm nichts befehlen; wie waren wir denn in seinem Alter, sagte Papa zu Henke, als der sich besorgt nach meiner Alterssicherung erkundigte. Ein zweites Hindernis war mein Beamtenanwärtertum. Weder Knoost noch Birgit haben verstanden, warum ich gehen wollte, und versucht, mich zum Bleiben zu überreden. Auch Wilfried war meine Kündigung nicht ganz geheuer. Ich wusste zuviel, um es im Kriminaljargon zu sagen. Er frage sich, was das solle. Ob mehr dahinter stecke. Machte mir Hoffnung auf schnelle Beförderung. Bei meiner Auffassungsgabe, und so weiter. Mach dir keine Sorgen, beruhigte ich ihn. Ich gehöre nicht zu denen, die ein Fass aufmachen, wenn sie irgendwo weggehen. Ich will Lübbecke in positiver Erinnerung behalten. Knoost hätte, nebenbei bemerkt, sicher gern ein Fass aufgemacht, auch ohne zu kündigen. Doch ihm fehlte die Auffassungsgabe.

Ich bin damals ganz ohne Gewissensbisse gegangen; weder Mama noch dem Bauamt gegenüber. Wenn man jung ist, macht man sich kein großes Gewissen. Man ist jederzeit bereit, alles stehen und liegen zu lassen, wenn einem etwas nicht passt, und woanders neu anzufangen. Heute denke ich manchmal: wärst du doch im Bauamt geblieben. Aber Wilfried hat mir gleich klargemacht, ein Zurück wird es nicht geben. Ein Beamtenanwärter, der nicht mal seine Prüfungen abwartet, nur, um sich in Philosophie einzuschreiben, für den ist in der Kreisverwaltung beim besten Willen kein Platz.

Ich zog dann nach Bielefeld. Meinen getunten Opel habe ich abgestoßen. Ich wohnte in einer kleinen Mansarde unweit des Zentrums, und kam mit der sogenannten grünen Bewegung in Kontakt, ohne allerdings meine SPD-Parteimitgliedschaft aufzugeben. Ich fürchtete, dass Papa einen solchen Schritt nicht gutheißen würde. Erst nach Bielefeld ziehen, und dann noch aus der Partei austreten, in der er in Lübbecke, da Schenzmeier sich zunehmend nach Minden orientierte, den Ton angab, das wäre zu viel gewesen.

Als Student in Bielefeld war es damals fast unmöglich, nicht mit der grünen Bewegung in Kontakt zu kommen. Grün, wohin man blickte. Dass man sich heute fragt, wo die alle geblieben sind. Bis in die Wohnzimmer von Ärzten und OStR sind die Grünen damals vorgedrungen, so dass der normale Bielefelder Schüler, der mit seinem OStR nicht klar kam, sich scharf überlegte, wen er beim ersten Mal wählen sollte. Die Grünen bestimmt nicht. Bauamtsstuben und Wirtschaftsförderungs-Abteilungen jedoch hat die grüne Bewegung damals nicht erreicht. Heute wird die Stadt von allen wieder *the grey city* genannt, was Hellen, zu Zeiten ihrer *big shopping tours*, noch nicht gewusst haben kann, sonst wäre sie zum Einkaufen sicher woanders hin gefahren, nach Münster, zum Beispiel, oder nach Gelsenkirchen. Zu meiner Stammkneipe war es nicht weit, und zur Uni fuhr ich regelmäßig jeden Dienstag und Donnerstag mit dem Fahrrad. Wir Philosophen lieben die Regelmäßigkeit, weil sie es ermöglicht, uns voll auf die wirklich wichtigen Dinge zu konzentrieren. Das habe ich damals bereits im Grundstudium gelernt und zehre heute noch davon. Mir schmeckt ein Schnaps um so besser, wenn ich weiß, wann ich mir den nächsten genehmigen kann. Als Alkoholiker bin ich, wie früher als Philosoph, immer sehr konzentriert bei der Sache. Sonst nützt einem der schönste Rausch nichts. Dieses Unregelmäßige mancher Trinker, die ständig vergessen, sich mit Sprit zu versorgen, und dann lange anstehen oder im Internet herumsuchen müssen, gefällt mir überhaupt nicht. Man vertut dabei viel zu viel Zeit mit Nebensächlichkeiten.

Ich ließ nichts aus. Stopfte mich mit allem voll. Die Philosophie einmal rauf und runter. Ich konnte, wie ein Verdurstender des Wissens, nicht genug kriegen. Metaphysik eins bis drei. Dito Ontologie. 'Von Kant bis Hegel' hieß eine, allerdings wenig ergreifende, staubtrockene Vorlesung, bei der mich dann doch Reminiszenzen an das Bauamt überkamen. Oder an Zwickel. Es kommt eben alles auf den Lehrer an. Ein staubtrockener Lehrer, und schon ist einem das ganze Fach verleidet. Ethik, Nietzsche, Wissenschaftstheorie. Und Logik natürlich. Logik ist bei den Philosophen der große Renner. Da können sie auftrumpfen, wenn mal wieder die Rede auf ihre Entbehrlichkeit kommt. Auch Otto Normalverbraucher könnte etwas mehr Logik gelegentlich nicht schaden. Ich hatte, Wittgenstein-bedingt, natürlich gewisse Vorahnungen. Dass die Logik nicht halten kann, was sie verspricht, zum Beispiel. Was ein Philosoph in der Öffentlichkeit allerdings nie zugeben würde. In meinen intimen Tagebuchaufzeichnungen steht allerdings schwarz auf weiß: "Wittgenstein sagt: *Wenn die Dinge in Sachverhalten vorkommen, so muss dies schon in ihnen liegen.* Was für ein Blödsinn! Der Mann bringt gedankliche Konstruktionen und die Wirklichkeit an sich durcheinander. Beziehungsweise er versteht unter 'Dingen' etwas ganz anderes als ich.")

Besonders beeindruckt hat mich, als Erstsemester, das Proseminar '10112 Wollen, Können und Sollen, 2stdg, Do 11-13 (E06)'. Allein schon der Titel. Und die Uhrzeit passte auch man gerade so. Ich hatte mir damals das späte Aufstehen angewöhnt. Wenn du spät aufstehst, und musst dann um 11 an der Uni sein, solltest du, nach meiner Erfahrung, nicht mit dem Fahrrad fahren. In so einem Fall ist Straßenbahn das Gegebene, oder besser noch Taxi. Fahrradfahren ist in so einem Fall hochriskant. Ich hatte am Vorabend viel Geld in der Stammkneipe gelassen, so dass ich mir die Straßenbahn nicht leisten konnte, geschweige denn Taxi. Fahrradfahren ist deswegen hochriskant, weil man frustrierten, frisch geschiedenen Baulöwentöchtern, die auf dem Weg zum Shoppen sind, allzu leicht direkt ins Cabrio fährt. Davon später. Das Proseminar 'Wollen, Können und Sollen' wird, seit nunmehr 25 Jahren, jedes Semester vom selben Dozenten angeboten. Immer 2-stündig. Immer donnerstags von elf bis eins. Ich finde das nicht normal. Ich meine, donnerstags, wo der normale Dozent schon im Wochenende ist. Nicht immer in E06 allerdings, weil, E06 ist klimatisiert und wird mitunter vom Dekan beansprucht. An der Uni sind sie, vom Dekan einmal abgesehen, nicht so förmlich wie im Bauamt. Man kann zum Beispiel ohne weiteres Schaffellwams tragen. Die Frauen stricken. Bis auf ein paar seltene

Exemplare in Hosenanzügen, die hinterher als Bankenphilosophin Karriere machen. Ich sage nur: Deutsche Bank, die sich neuerdings so eine als Beraterin zugelegt hat und dadurch nicht nur im Wirtschaftsteil, sondern auch im Feuilleton freundschaftlich erwähnt wird. Oder sie gehen ins Bauamt. Der Weg war mir seit meinen Erleuchtungen auf der Akropolis versperrt. Ja! Denn unser Trip nach Griechenland ist der eigentliche Auslöser gewesen, dass ich mein Beamtenanwärtertum aufgegeben habe. Dirk war nicht dabei, sondern ist lieber mit seiner Freundin nach Mallorca geflogen. Also bin ich mit Holger alleine los. Mit dem Opel sind wir auf der Autoput nach Athen gebrettert. Holger hielt sich am Beifahrersitz und an den Flaschenhälsen fest. Er hatte noch immer keinen Führerschein. Dafür die halbe Zeit seinen Jack Daniel's auf dem Schoß.

Heute könnte ich das nicht mehr. Ich meine, erstmal, die lange Fahrt allein, und dann ist der Nebenmann auch noch die ganze Zeit am bechern. Was sich mir von Griechenland am meisten eingeprägt hat, sind nicht die Sandstrände oder die Diskos gewesen, oder die sommerliche Trockenheit, oder das Poofen am Strand, wenn man zuviel Uzo gesoffen hat, und den Weg zum Zelt nicht mehr findet; auch nicht der Verkehr und der Smog in Athen, oder das ewige Hupen der Autos im Stau. Es ist, trotz Zwickel, die Akropolis gewesen. Dort besonders der Parthenon. Zentrum der perikleischen Bauplanung. Ringhalle, dorische Säulen, Pronaos und Opisthodom. Der Jungfrau Athene geweiht, beherbergte er ihr von Phidias geschaffenes Goldelfenbeinbild. In den Türkenkriegen zerstört und teilweise wieder aufgebaut. Schwebend, hoch über der Stadt, noch immer. Ich auf den Stufen. Da kam mir der ein oder andere Gedanke, nicht nur über Wittgenstein, oder die Welt, so klein, die unterm Smog zu meinen Füßen lag, oder den Kosmos unserer Zivilisation, der hier sein Zentrum hat. Etwas unendlich Tiefes, Tiefgründiges, was die Gegensätze von Geist und Materie, Vernunft und Gefühl aussöhnt, schien von diesem Ort auszugehen, besonders, wenn es dunkel wurde, und die anderen Touristen sich endlich verzupften. Ich habe auf der Akropolis gewissermaßen mein Erweckungserlebnis gehabt. Auch Frau Doktor Helma Guklucks hat von einem Erweckungserlebnis auf der Akropolis berichtet, viel früher allerdings, bevor sie anfing, auf Bali zu urlauben. In unserer Familie waren wir noch nicht soweit, dass sich unser geistiger Horizont nach Bali erstreckte. Außer Robert, den es nach Thailand zog, und Frau Doktor Guklucks, kannte ich keinen, der in Asien urlaubte. Also dachte ich an die deutschen Romantiker, die vor mir hier gesessen hatten, und, im Geiste, immer noch sitzen. Hölderlin, Eichendorff und so weiter. Das heißt, ob Hölderlin hier gesessen hat, weiß ich nicht genau. Eichendorff bestimmt. Den Hyperion hatte ich im Reisegepäck, und las mir, auf der Akropolis, daraus vor. Die Japaner dachten, ich spinne. Auch Holger dachte das. Du lässt doch sonst keine Taverne aus, sagte er. Dich hole ich immer noch ein, habe ich geantwortet. Und haben ein Wettsaufen veranstaltet, wie die Griechen noch keines gesehen hatten. *Ich verspräche gern diesem Buch die Liebe der Deutschen.* Also, ich finde das einen unerhörten Anspruch. Die deutschesten Deutschen, die ich kenne, Heinz, Wilfried, Holzbrink und Co, aber auch Helmut Dekemeier, haben, soweit ich weiß, den Hyperion nie gelesen. Sie würden ihn, wenn man sie fragte, wahrscheinlich für ein neues Opel-Modell halten. *Ihr Utopien wandelt droben im Licht auf sanftem Boden. Glänzende Lüfte rühren euch leicht. Schicksallos blüht ihr, in dauernder Klarheit. – Doch uns ist gegeben, auf keiner Stätte zu ruhn. Es schwinden, es fallen, die leidenden Menschen, blindlings von einer Stunde zur andern. Wie Wasser von Klippe zu Klippe geworfen, Jahr lang ins Ungewisse hinab.* Und dann dachte ich: Carpe diem. Dass ich meine Zeit nicht verplempern darf. Seit der Schulzeit hatte ich zur Pallas Athene ein besonderes Verhältnis. Ich glaube, sie hat mich beeindruckt, weil sie Achill so energisch beschützt hat. Ich stehe auf starke Frauen, solange sie mir nicht allzu nahe treten, und habe, als pickeliger 14-Jähriger, manches in sie hinein geträumt. Reine Einbildung, natürlich; aber ist doch der Auslöser gewesen, dass sich mein Leben ganz anders entwickelt hat. Man kann nicht auf der Akropolis von Hölderlin träumen und anschließend wieder mit Knoost Formulare ausfüllen. Novalis konnte das; ich nicht. Okay, habe ich gedacht, das Spektrum von Novalis deckst du nicht ab. Wozu auch? Du bist dein eigenes Spektrum. Man sieht, ich begann damals, sehr selbstbewusst zu werden – um nicht 'überheblich' zu sagen. Vielleicht hat gerade diese Überheblichkeit letzten Endes Hellen für mich eingenommen. Robert war, bis sie sich von ihm getrennt hat, auch immer ziemlich überheblich. Und dann werden einem, inmitten der schönsten Griechenland-Euphorie, während man im Nationalgarten seinen Rausch ausschläft, von irgendeinem Penner die gesamten Wittgensteinnotizen gestohlen, die man rein aus Gewohnheit immer bei sich hat. An sich ist der Nationalgarten etwas ganz Phänomenales. Wenn es Abend wird und die Sonne untergegangen ist, schimmern seine Zypressen und Rasenflächen im bläulichen Licht Dutzender Dampflampen, und wenn man sich dann entspannt zurücklehnt und die Augen zumacht, kann man sich nicht vorstellen, dass Diebe hier ihr Unwesen treiben. Ich meine, jeder normale Dieb muss sich doch durch die ganzen besoffenen Touris gestört fühlen, deren schlafende Körper malerisch auf dem Boden verstreut sind. Außerdem, was will ein Dieb mit meinen Aufzeichnungen?

Ich weiß nicht, was das soll. Mit meinen Aufzeichnungen kann beim besten Willen niemand etwas anfangen. Das war der Wermutstropfen auf dieser Reise, und ist der Punkt gewesen, wo ich gesagt habe, bevor die Stimmung kippt, verzichte ich, bis auf weiteres, auf die Akropolis und wende mich den Sandstränden zu.

Als wir zurückkamen, wollte ich schnurstracks ins Personalamt gehen und alles klar machen. Was haben sie mich bearbeitet! Papa, Mama, Birgit. So dass ich ins Grübeln kam und die Entscheidung noch mal vertagt habe. Der letzte Anstoß kam dann Monate später vom Neujahrsgruß des OKD. Der OKD liebte es, den jährlichen Neujahrsgruß zu entwerfen. Wochenlang entwarf er ihn und war sich, während er ihn entwarf, seiner besonderen Verantwortung für die Qualität des Neujahrsgrußes bewusst. Liebe Kolleginnen und Kollegen, schrieb er, und spreizte dann erst mal die Finger. Wer sich seiner besonderen Verantwortung bewusst ist, braucht um so mehr Zeit, etwas zu Papier zu bringen. Von Anfang November an verbrachte er Stunden, und auch Tage, damit, jede Minute seiner knapp bemessenen Zeit, an den Formulierungen herumzufeilen, und dabei nach draußen über die Terrasse in den Garten zu spähen, wo der Wind mit den fallenden Blättern Fangen spielte. Und wenn dann die ersten Schneeflocken fielen, und er hatte immer noch nichts da stehen, nichts Vernünftiges jedenfalls, das seinen Ansprüchen gerecht wurde, packte ihn regelmäßig die Panik. Das Jahr neigt sich wieder einmal dem Ende zu, und wir können auf ein arbeitsreiches und teilweise sehr anstrengendes, stressiges Jahr zurückblicken. Stressig muss raus, dachte er. Und das Wörtchen 'Jahr' zweimal benutzt. Das passt nicht. Das würde er später, in Gesprächen mit Wilfried und Frau Hoppenstedt, seiner neuen Sekretärin, die er aus dem Bauamt übernommen und in welcher er eine Seelenverwandte, nicht nur in Bezug auf das Aufsetzen von Neujahrsgrüßen, gefunden hatte, noch aufpolieren. Frau Hoppenstedt war, seit sie für den OKD arbeitete, förmlich aufgeblüht. Kaum wieder zu erkennen, fand Wilfried. Stand voll hinter allen Aktivitäten ihres Chefs. Dieser, ein für gewöhnlich eher distanzierter Vorgesetzter, konnte sich mit ihr besser unterhalten als mit seiner Frau. Er kam furchtbar gern in ihr Büro, um sich an ihren Blumen und ihrer Sozialkommunikation zu erfreuen. Der OKD besaß eben die Fähigkeit, Leute aus unterschiedlichsten Milieus als Vertraute um sich zu scharen, eine Fähigkeit, die man, besonders im Verwaltungsbereich, nicht unterschätzen sollte. Manche Mindener Kollegen, auch Höhergestellte, haben Wilfried, Doktor Gutevogel und Frau Hoppenstedt als sein 'Küchenkabinett' verspottet. Ein Fehler, wie sich herausgestellt hat und wie die meisten heute, da Frau Hoppenstedt in Minden recht erfolgreich ihr Zepter schwingt, gern zugeben.

In Frau Hoppenstedts Büro war eine Kleinfliegenplage ausgebrochen. Wie rasend vermehrten sie sich in der Blumenerde. Besaßen die Frechheit und umschwirrten den Kopf von Frau Hoppenstedt, dass sie kaum noch arbeiten konnte. Da griff der OKD beherzt in seine reichhaltige Erfahrungskiste und brachte ihr Giftklebestreifen mit, auf Holzreitern, die man in die Töpfe stecken konnte, damit sich die Kleinfliegen darauf verfangen. Und dieser Akt der Fürsorge, kann man schon sagen, hat die Vertrauensbasis zwischen den beiden enorm gesteigert. Wir haben alle gemeinsam unsere Anstrengungen mindestens verdreifacht, schrieb der OKD. Wenn nicht mehr. Das Verkehrsamt wurde, unter tatkräftiger Hilfe der Firma Husemöller&Decker Innenausbau GmbH, neu und kundenfreundlicher gestaltet, so dass die elenden Beschwerden, auch von Kreistagsabgeordneten, über den Service, in Zukunft hoffentlich der Vergangenheit angehören werden. Wir haben generell unsere Dienstleistungsangebote erheblich verbessert und einige Abteilungen mit jungen Kräften verstärkt. Ich nenne hier besonders das Gartenamt und die Kreisrechtsabteilung, wo inzwischen fast alle Planstellen besetzt sind. Entsprechend dem Grundsatz, dass sich die Kreisverwaltung verteidigen muss, wenn sie angegriffen wird. Den letzten Satz strich der OKD wieder durch. Wir wünschen Ltdm Kreisrechtsdirektor Huchzermeier vollen Erfolg bei der Eingliederung seiner Mannschaft. Allen Beamten und Beamtinnen ein hohes Lob und ein kräftiges Danke für den unermüdlichen Einsatz und die gebrachten Leistungen. Für das nächste Jahr wünsche ich mir eine Fortsetzung dieser Agilität, Flexibilität und Einsatzbereitschaft. Unter diesen Voraussetzungen können wir zuversichtlich in das neue Jahr gehen. Schon wieder 'Jahr' doppelt. Also wirklich. Vielleicht sollte er nur die Jahreszahl hinschreiben. Leider ist fast bis zum letzten Tag Stress und Hektik auf allen Ebenen angesagt. Man kann da ganz lapidarisch sagen, warum soll es am Jahresende anders sein als wie unter dem Jahr. 'Jahr', 'Jahr', schon wieder 'Jahr'. So konnte das nicht stehen bleiben. Der OKD war ein Meister der vornehmen Sozialkommunikation und ärgerte sich jedes Mal grün und blau, dass er im Schriftlichen seine Vornehmheit nicht angemessen zum Ausdruck bringen konnte. Da bin ich eigentlich schon bei meinem Hauptwunsch für das nächste Annum. Etwas weniger Stress, mehr Zeit und Ruhe für alle Maßnahmen wie auch die Planungs- und Steuerungsprozesse und damit verbunden natürlich die Verbesserung der Qualität unserer Verwaltung, und diese wieder verbunden mit mehr Zufriedenheit bei den Bürgern. Die Durchsetzung der Ziele, die wir uns vorgenommen haben, im täglichen beruflichen Alltag, wird uns gehörig voranbringen. Ich bin der festen Überzeugung, gemeinsam können wir viel erreichen. Dem Büro des Landrates ein Danke für das entgegengebrachte Vertrauen, das Verständnis und die laufende Unterstützung. Noch eine weitere Veränderung ist Ihnen mitzuteilen. Ab ersten Ersten weht ein neuer, frischer Wind durch unsere zugigen Hallen. Wie Sie vielleicht schon erfahren haben, ist Herr Windmüller nicht mehr allein für das Bauamt zuständig. Herr Windmüller war durch seine sehr große Erfahrung als Abteilungsleiter und auch durch seine vorherige, langjährige Tätigkeit für andere Dienststellen eine wertvolle Stütze in der planerischen Fortentwicklung unseres Hauses. Es ist gelungen, Herrn Windmüller als Kreisdirektor zu gewinnen und so sein profundes Knowhow optimal einzusetzen. Nachdem sich Herr Lindemeier in den Ruhestand verabschiedet und Herr Huchzermeier sich in Zukunft verstärkt auf die Aufgaben seiner Abteilung konzentrieren soll, braucht die Leitung des Kreises hier dringend Unterstützung. Jetzt war der OKD richtig in Fahrt. Jetzt liefen die Sätze wie Wasser aus seiner Feder. Meine Bitte an alle Kolleginnen und Kollegen, unterstützen Sie Herrn Windmüller bei seinen Aufgaben. Er bringt einen reichen Erfahrungsschatz und enorme soziale Kommunikationsfähigkeiten mit. Nutzen wir diese Gelegenheit für Synergieeffekte. Wir brauchen tatkräftige und fachmännische Unterstützung. Ich glaube, dass wir mit Herrn Windmüller gemeinsam neue Höchstleistungen im Bereich der bürgernahen Verwaltungsorganisation erreichen werden und in einigen Problemfeldern entscheidende Verbesserungen erzielen können. Alles, dachte der OKD, ist hier noch nicht optimal. Ich muss es mit Wilfried unbedingt durchsprechen. Besonders bezüglich der fachlichen Gesichtspunkte, bei denen Frau Hoppenstedt der Überblick fehlt.

Ich hatte schon einige Male solche Neujahrsgrüße erhalten und wusste an sich, was mich erwartet. Trotzdem hat dieser das Fass endgültig zum Überlaufen gebracht. Warum, weiß ich nicht. Es war einfach ... das Briefchen liegt vor dir auf dem Schreibtisch, und dann denkst du an Perikles und an Wittgenstein; und unwillkürlich vergleichst du sie mit Holzbrink und dem OKD. Wenn er dann auch noch ankommt, und mit Wilfried über sein Elaborat plaudern will, und Wilfried tönt, wie toll es in seiner Abteilung angekommen ist, und was für einen Motivationsschub es auslösen wird. Also, da hat es mir gereicht, muss ich sagen. Ich habe alles stehen und liegen lassen und bin ins Personalbüro marschiert, um mir meine Papiere zu holen. Als ich wiederkam, hockten sie immer noch zusammen. Wilfried berichtete über das Hearing zur Gebietsreform, zu dem er, als Vertreter des Kreises Lübbecke, vom OKD, der Veranstaltungen zu diesem Thema aus dem Wege ging, nach Düsseldorf geschickt worden war. Die Gebietsreform stimmte den OKD trübsinnig. Er hat sich damals, wenn ich es richtig interpretiere, keine großen Hoffnungen mehr gemacht. Der Ministerialdirigent, sagte Wilfried, und Vorsitzende der Sachverständigenkommission zur kommunalen Neuordnung, Doktor Soundso habe einen Vortrag gehalten. Wilfried sprach jetzt sehr prononciert und professionell. Das Wort 'Sachverständigenkommission' kam ihm stolperfrei von den Lippen. Und doch auch mitfühlend. Sozial kompetent eben. Kein schlechter Vortrag sei das gewesen, das müsse man anerkennen, dass die in Düsseldorf gute Leute hätten, die in der Materie drinsteckten, nur leider nicht im Sinne des Kreises Lübbecke. Was er im einzelnen gesagt habe, wollte der OKD wissen. Er habe, natürlich, von Maßstab-Vergrößerung gesprochen. Maßstab-Vergrößerung sei Leitbild und Aufgabe. Maßstab-Vergrößerung, das ist es, hat der Ministerialdirigent gerufen, und eine Gemeinde, die nicht 8000 und ein Kreis, der nicht 300000 Einwohner habe, könne vor der Maßstab-Vergrößerung nicht bestehen. Das Problem der Maßstab-Vergrößerung sei heutzutage sozusagen das Problem Nummer eins in der Verwaltungslandschaft. Eine der großen Streitfragen unserer Zeit. Er selber ist das Probelem, sagte der OKD. Naja, sagte Wilfried. Er hat betont, dass es keine organisatorisch-technische Frage ist, die man mit Zirkel und Lineal beantworten kann, sondern in eminentem Maße eine politische. Die Kreise werden weitgehend ihre traditionellen Aufgaben behalten, hat er gemeint. Wenigstens etwas, sagte der OKD sarkastisch, und holte, aus tiefstem Herzen, zu einer Erwiderung aus, die bei der Jahrestagung des Beamtenbundes vorzutragen er schon erwogen, jedoch auf Anraten Doktor Gutevogels unterlassen hatte. Man werde es dem, der sein Leben in der Verwaletung verbracht und so manches Reförmchen und noch viel mehr Vorscheläge mit erlebt hat, nicht verübeln, wenn er solchem, oft nur aus der Theorie schöpfendem Eifer skepetisch gegenüber stehe. Eine Verwaletung, die angeblich an so zahlreichen Mängeln kerankt, hätte in Deutschland nach dem Kerieg nie und nimmer diesen sensationellen Aufschewung genommen. Hat diese Verwaletung nicht häufig mittels bestechender Lösungen zerstörte Städte wieder aufgebaut? Hat sie nicht zahlreiche Einrichtungen unseres Gemeinschaftslebens, wie Schulen und Sportstätten, Steraßen und Wege, Wasserversorgung und Abwasserbeseitigung, mit beachtlichem Erfolg vorangetrieben? Dass man ihn nicht missverstehe, sagte der OKD. Er sei keineswegs ein Gegner von Verwaletungsreformen. Was habe er, unter Beratung Doktor Gutevogels, in Lübbecke nicht alles auf den Weg gebracht. Und erst Wilfrieds neue Computerperogramme. Er sei, um es bei dieser Gelegenheit zu wiederholen, ein geroßer Fereund der elekteronischen Datenverarbeitung. Die Verwaletung werde in Zukunft ohne elekteronische Datenverarbeitung nicht auskommen. Er bewundere, was Wilferied in dieser Hinsicht im Bauamt an Pionierarbeit geleistet habe. Aber die Gebietsreform! Gegen den überbordenden Reformeifer, von dem die Landesregierung offensichtlich erfasst sei, sollten wir mit aller Deutlichkeit festhalten, dass die bestehenden Verwaletungseinheiten gar nicht so schelecht sein können, wie man uns das heute gelegentlich gelauben machen will. Eine oreganische Entwickelung, die den Wünschen der Kereise Rechnung terage, würde dem Fortscheritt und dem Ferieden im Lande besser dienen als eine umstürzende Reform, die teraditionelles Gut berüsk missachte. Wilfried bedankte sich für das Lob. Er stimme mit dem OKD in der Lagebeurteilung weitgehend überein. Das Papierchen, das die Regierung auf dem Hearing verteilt habe, sei gegen die Rede des Staatssekretärs doch stark abgefallen. Hier, hör dir mal an, was sie schreiben. – Und gemeinsam amüsierten sie sich über die Formulierungen, die Wilfried, in bester Verwaltungslaune, vom Stapel ließ. Wenn sie wenigstens richtiges Deutsch könnten, sagte der OKD.

Also zweitens, der Unfall. Der brachte uns, im physikalischen wie geistigen Sinne, richtig nah zusammen. Wobei die Reihenfolge wichtig ist. Erst physikalisch, dann geistig. Den Unfall habe ich zwei Umständen zu verdanken: erstens, meinem unkonzentrierten Fahrradfahren und zweitens, der Sportlichkeit, mit der sie ihr schickes Cabrio steuerte. Damals lernte ich ihr schickes Cabrio von einer anderen Seite kennen. Nicht von innen, sondern von außen, um es prosaisch auszudrücken. Als es passiert war, hat sie natürlich erst mal gejammert, stelle ich mir vor. Ich bewusstlos daliegend. Mir ist was ganz furchtbares passiert, hat sie ins Handy gebrüllt. Ich habe Detlev Püffkemeier angefahren. Und später: Er liegt mit komplizierten Frakturen auf der Intensivstation. Sie haben ihn in künstliches Koma versetzt. Kannst du mal kommen, mich abholen? Warum er sie abholen solle, wollte Heinz wissen, wo sie doch ihr eigenes Auto dabei habe. Ich zittere am ganzen Körper, sagte sie. Der Wagen sei sichergestellt. Sie machte sich endlos Vorwürfe. Ich meine, durch zu schnelles Fahren kommen bekanntlich die meisten Unfälle zustande. Dabei fährt Hellen im Vergleich zu anderen noch moderat. Wir fahren heutzutage ja alle meist zu schnell, und ein schickes Cabrio verführt unweigerlich zum Schnellfahren. Ich meine, so ein Z3-Cabrio mit 183 PS, mit dem kann man nicht mit 50 durch die Stadt fahren, ohne sich lächerlich zu machen. Da hält einen doch jeder für meschugge. Wer denkt denn daran, dass so ein dösiger Radfahrer von der Seite kommt und einfach die Vorfahrt missachtet.

Reg dich nicht auf, sagte Heinz. Hauptsache, dir ist nichts passiert. Ottensmeier wird das schon regeln. Ottensmeier war Lübbeckes Staranwalt. Heinz vertraute seinem Sachverstand in etwa so, wie der OKD Doktor Gutevogel vertraute. Ich habe, sagte er, sowieso keine Zeit, dich abzuholen. Ach Mensch, sagte Hellen. Geht wirklich nicht, sagte Heinz. Fahr mit dem Zug. Das empfand sie denn doch als Zumutung. Gib mir mal Holger, sagte sie. Seit ihrer Scheidung hatte sie zu Holger schlagartig wieder das allerbeste Verhältnis. Was, fragte sie ihn, mache ich, wenn er stirbt, oder im Koma liegen bleibt? Oder es bleibt etwas zurück, irgendein Schaden? Solche Fälle gibt es zuhauf. Holger, immerhin mein bester Freund, wenn ich ihn, studiumsbedingt, auch nicht mehr allzu oft zu Gesicht bekam, fand, das war kein schöner Gedanke und hat den Unfall heruntergespielt. Sie werden ihn schon wieder flott kriegen, hat er gemeint. Unkraut vergeht nicht. Sie hat dann, gegen den juristischen Rat Ottensmeiers, tagelang an meinem Krankenbett gesessen. Oder sagen wir, stundenlang. Im Wechsel mit Mama, die sich etwas darüber wunderte. So kenne ich Hellen gar nicht, hat sie zu Papa gesagt. Die kann von Glück reden, wenn sie straflos davon kommt, hat er geantwortet, und erstmal kein Wort mit ihr gewechselt. Hellen hat sich, laut eigener Aussage, riesig gefreut, als mich die Intensivstation endlich wachküsste. Hat sich bei den Ärzten sehr umtriebig gezeigt, bezüglich, was bei mir alles beschädigt war. Kopf, Wirbelsäule, innere Organe und so weiter. Hat die ganz schön auf Trab gehalten. Die Frau hatte offensichtlich ein schlechtes Gewissen. Naja, mein Gehirn war im wesentlichen unbeschädigt. Ansonsten: Milzriss, Magenvorfall und reichlich Knochenbrüche. Er wird, möglicherweise, Jahre im Rollstuhl sitzen. Jahre! Kein schöner Gedanke. Nicht für eine wie Hellen, für die Geschwindigkeit und Mobilität einen sehr hohen Stellenwert haben. Viel später, als wir verheiratet waren, und darüber lachen konnten, ich, allerdings, nicht, ohne dass mir Milz und Hüfte weh taten, bestanden wir beide darauf, die Hauptschuld zu tragen. Ich, weil ich in der Hektik, mein Proseminar nicht zu verpassen, die Vorfahrt missachtet hatte, und sie, indem sie die wahre, vor den Behörden verheimlichte Geschwindigkeit eingestand. Eine Zahl, die mir, selbst da noch, ziemlich zu schlucken gab. Kein Problem, habe ich aber munter gesagt, wer fährt auf dem Ernst-Reuter-Damm schon unter 100? Höchstens irgendwelche Touristen, die sich nicht auskennen, oder Rentner, die den Verkehr behindern. Plötzlich, sagte sie, sei sie von irgendwas geblendet worden, von einem starken Reflex im Rückspiegel, der sie zu bremsen veranlasst habe. Wie wenn dich der Laserstrahl in der Disco trifft. Doppelter Wink des Schicksals, könne man sagen, sonst wäre der Aufprall viel stärker gewesen. Denn im nächsten Moment bist du aus der Sterngasse gekommen, und wärst garantiert jetzt hinüber, wenn ich vorher nicht abgebremst hätte. Na danke, sagte ich, es hat mir auch so gereicht. Wollen das Thema lieber nicht weiter vertiefen.

Es war eine harte Zeit. Zuerst sah manches danach aus, als würde ich für immer im Rollstuhl sitzen bleiben. In der Reha haben sie mich monatelang getriezt. Obwohl Heinz meinte: wer bezahlt denn das alles? Da *muss* unser Gesundheitssystem ja vor die Hunde gehen. Ich meinerseits dachte, das Leben ist gelaufen. Sex, beispielsweise. Aus und vorbei. Nicole, eine Kommilitonin, mit der ich damals zusammen war, hat sich nicht mehr allzu oft blicken lassen, als sie sah, wie ich mich fortbewegte. Dazu hat sie immer zuviel Spaß am Sex gehabt, um sich mit einem impotenten Rollstuhlfahrer lange aufzuhalten. Ich kann ihr keinen Vorwurf machen. So eng waren wir auch wieder nicht. Das klingt jetzt, im Nachhinein, natürlich alles sehr abgeklärt und vernünftig. In Wirklichkeit hatte ich, von den Schmerzen abgesehen, wahnsinnige Depressionen. Tagelang im dunklen Zimmer gesessen, vor mich hin gebrütet und nicht gewusst, was ich mit meinem Leben, oder was davon übrig war, fürderhin anfangen soll. Da kommen einem automatisch Selbstmordgedanken, die man auch mit einschlägigen Medikamenten nicht so leicht weg kriegt.

Mit Depressionen ist das so eine Sache. Wenn man sie hinter sich hat und tritt in eine neue Lebensphase, wo der Sex wieder hinhaut, vergisst man schnell, was man durchmachen musste. Nur der Depressive selbst weiß, was so eine Breitseite an dunklen Stimmungen bedeutet. Du liegst da und wirst von dieser vollen Ladung Verzweiflung getroffen. Etwas ganz Schwarzes, Bedrohliches macht sich, von den Augenwinkeln aus, in deinem Gesichtsfeld breit und verschlingt dich. Prost Mahlzeit, kann ich nur sagen. In der Zeit habe ich, da ich Psychopharmaka nicht, oder nur in Maßen, vertrage, den Alkohol endgültig zu schätzen gelernt. Und auch Hellen habe ich in dieser Zeit zu schätzen gelernt. Sie kam jetzt öfter bei uns zuhause vorbei, vornehmlich dann, wenn Mama einkaufen war, und hat versucht, mich ein bisschen aufzuheitern - was ihr zum Teil auch gelungen ist. Ich meine, wenn ihn eine attraktive Frau wie Hellen besucht, wird auch ein noch so sauertöpfischer Rollstuhlfahrer, der ihrem Engagement hochgradig misstraut, mit der Zeit zutraulich. Er räumt den Spiritus freiwillig beiseite und erfreut sich an ihrem Anblick. Unterhält sich auch noch gut mit ihr. Ich habe mich mit Hellen wesentlich besser unterhalten als mit Mama, muss ich sagen. Und sie wohl auch. Hellen kann, wenn sie will, nicht nur hübsch, sondern auch ziemlich kommunikativ sein. Sie stellte sich mit ihrem tollen Cabrio vors

Haus, dass die Nachbarn staunten und das Munkeln anfingen, und unterhielt sich stundenlang mit mir. So dass Mama, wenn sie vom Einkaufen zurück kam, ihren Stammparkplatz besetzt vorfand, und mit ihrem Punto auf den Stammparkplatz von Frau Knoost ausweichen musste, ein Vorgang, der in einer Siedlung wie dem Immengarten, wo Parkplätze rar sind und jeder auf seinen Stammparkplatz angewiesen ist, für beträchtliche Irritationen sorgte. Was will die schon wieder hier, mag Mama gedacht haben, während sie die Einkäufe ins Haus schleppte, und hat vorsichtshalber erst mal in mein Zimmer gelugt. Sie hatte was gegen Geschiedene. Eigentlich hätte sie wissen müssen, dass nichts passieren kann, ich meine, in meinem Zustand. Aber so sind die Frauen. Hellen hätte das auch wissen müssen, und hat trotzdem einen Versuch gestartet, der allerdings ziemlich nach hinten los gegangen ist. Seit Papa Bürgermeister werden wollte, besaßen meine Eltern ein Abonnement für die Lübbecker Stadthalle, wo regelmäßig Theateraufführungen stattfanden. Wer in Lübbecke auf sich hält und wahrgenommen werden will, ist zum Theaterabonnement mehr oder weniger verurteilt. Eines Samstags war mal wieder so ein Theaterabend. Irgendein alternder Popsänger, den sich meine Eltern nicht entgehen lassen wollten, trat in einem Volksstück auf. Und da hat Hellen ihre Chance gesehen. Irgendwie pervers war das ganze schon. Eine attraktive junge Frau, die, nur weil sie ein schlechtes Gewissen hat, versucht, einen Rollstuhlfahrer zu verführen, der auch ernsthaft sein Bestes zu geben bereit ist; aber sein bestes ist eben bei weitem nicht gut genug. Trotz aller geballten Weiblichkeit, die sich vorsichtig auf mich drauf setzen wollte, tat sich nichts. Wir spielten aneinander herum. Doch es tat sich einfach nichts. Und als ich mich, in Gips und Bandagen, und in dem verzweifelten Bemühen, meiner Mannespflicht nachzukommen, auf sie zu rollen versuchte, gab ich mich vollends der Lächerlichkeit preis. Diese Chance erwies sich, wie manche andere in meinen Leben, als Schuss in die Hose, und es nützte auch nichts, dass Helen sich tröstend an mich geschmiegt und irgendetwas Liebevolles gesäuselt hat. Denn natürlich dachte ich, die macht mir was vor, die macht das alles nur aus Mitleid und schlechtem Gewissen. Schuldrückzahlung, oder so was in der Art. Infolgedessen sank ich in meine Depressionen zurück. Was nützt, um es anzüglich zu formulieren, die schönste Zahlung, wenn sie nicht zum Zahlungsverkehr sich ausweitet. Sie ist dann schnell gegangen, hat aber ihre Besuche komischerweise fortgesetzt, als wäre nichts gewesen. War ja auch nicht. Invaliden müssen eben auf manches verzichten. Wir haben das Thema Sex einstweilen gemieden. Punkt-Ende. Auch für Gesunde kann es, nach meiner Erfahrung, gelegentlich von Nutzen sein, wenn sie auf Sex verzichten. Ich war zufrieden, zu wissen, dass Robert aus dem Rennen ist. Endgültig, nach dem, was sie erzählte, und wie mir Holger bestätigte. Ich habe dann oft im Schatten hinter dem offenen Fenster auf das Geräusch ihres Cabrios gelauert. Mit der Zeit schien mir dieser Blick auf den Immengarten wie ein Utopia, höchstens vergleichbar dem, welchen der OKD auf seinen Kreishausgarten hatte. Dabei passierte da unten eigentlich nicht viel. Ein bisschen Bewegung an der Eckhaltestelle, wenn der Bus vorbeikam oder wenn Frau Knoost in ihren Stammparkplatz einparken wollte. Sonst nichts. Einmal, an einem lauen Abend, kam eine große Heuschrecke hereingeflogen, die mit dem Südwind über die Alpen direkt aus Nordafrika gekommen sein muss und mich zuerst ziemlich erschreckt hat. So ein Riesending hatte ich noch nie gesehen. So etwas gibt es in Nordostwestfalen normalerweise nicht. Entsprechend kannte sie sich nicht aus und war selber starr vor Schreck, in einem nordostwestfälischen Schlafzimmer gelandet zu sein. So dass ich sie in einem großen Whiskyglas einfangen und vorsichtig aus dem Fenster katapultieren konnte. Solche kleinen Erfolge haben mich damals glücklich gemacht. Leider gelingt es den Meisten von uns nicht, ihr Glück festzuhalten. Dem OKD noch eher als mir, würde ich im Nachherein sagen.

Irgendwann waren wir dann offiziell zusammen. Sie sprach sogar von Heiraten, obwohl sie noch kein halbes Jahr geschieden war und meine Ehetauglichkeit keineswegs feststand. Du brauchst nicht jeden, den du umfährst, gleich heiraten, sagte Heinz zu ihr, musste dann aber klein beigeben. Wie es aussah, hatte sie sich die Sache genau überlegt. Wenn Hellen sich etwas in den Kopf gesetzt hatte, war sie wie Herta, die Dampfwalze. Da kann ein Rollstuhlfahrer wenig gegen ausrichten, und ein Heinz Husemöller auch nicht. Er hat sich, wie jeder in Lübbecke weiß, weder Hellen noch Herta gegenüber je durchsetzen können. Wenn die Gefechte mit Hellen auch glimpflicher abliefen. Mich hat sie ruhig gestellt, indem sie behauptete, Mitleid oder Schuldgefühle spielten bei ihrem Entschluss keine Rolle; sie wisse gar nicht, was das ist, Mitleid. Sie trage in ihrem Herzen noch immer das Bild, wie ich als kleiner Rotzlöffel im Immengarten herumgelaufen sei – eine Bemerkung, die mich offen gesagt etwas irritiert hat. Aber vielleicht war's bei ihr einfach Torschlusspanik. Dass sie unbewusst fürchtete, es könne ihr wie Petra gehen, und sie werde am Ende an einem wie Wilfried hängen bleiben. Da war ihr ein Rollstuhlfahrer doch lieber. So schlau ist man nach einer Ehe mit Robert. Ich wusste nur nicht, wie ich mit ihrer Familie fertig werden sollte. Besonders Heinz, der gleich anfing, mich zu vereinnahmen, und gleichzeitig spüren ließ, für wie minderwertig er einen wie mich hält. Nach einigem Druck meinerseits sind wir dann nach England gezogen. Ja. Wenn nötig, bin ich auch ganz schön durchsetzungsstark. Oxfordstipendium! habe ich gesagt. Das kann ich mir unmöglich entgehen lassen. So eine Gelegenheit kommt nie wieder. – In England habe ich mich, in jeder Hinsicht, erstaunlich schnell regeneriert, und mit dem Vereinnahmen durch Heinz war es, allein aufgrund der Entfernung, fürs erste vorbei.

6.

Septemberzeit, Kirmeszeit. Blasheimer Markt hieß der Kirmes in Lübbecke, und da freute sich Henke das ganze Jahr drauf. Entsprechend lange hielt er es in den Bierzelten aus. Er hielt es Freitag, Samstag und Sonntag da aus. Und nicht nur Henke. Auch viele andere freuten sich auf den Blasheimer Markt. Eigentlich freute sich die ganze Gegend darauf. Seit sie als Kinder dort Karussell gefahren waren, freuten sie sich auf ihre jährliche Blasheimer Markt Ration. Der Besuch des Blasheimer Marktes war ein Reflex, der sich kaum unterdrücken ließ. Man traf dort sogar jene ungeselligen Geschöpfe, die, wie Holgers Onkel, sonst das ganze Jahr ihren Bau nicht verließen. Das wussten auch diejenigen, die den Markt als eine berufliche Herausforderung empfanden. Die Schausteller, der Tier- und Landmaschinenhandel, die Gastwirte, die Lokalpolitiker und schließlich die Ehefrauen. Für diese Berufsgruppen war der Blasheimer Markt der reine Stress, dem sie sich jedes Jahr aufs Neue pflichteifrig zu stellen hatten. Schon Wochen vorher begann es in ihnen zu kribbeln, so deutlich sahen sie den Stress voraus. In den Lokalpolitikern kribbelte es, auf dem Blasheimer Markt jedem potenziellen Wähler die Hand zu schütteln. Selbst Leute wie Sandmeier und Schenzmeier, die sonst lieber in anderen Kreisen verkehrten, schleppten sich auf den Blasheimer Markt, um dort nach dem Rechten zu sehen, und natürlich sah es auch der OKD als seine Pflicht an, dem Blasheimer Markt zumindest einen kurzen Besuch abzustatten. Für Holzbrink, andererseits, war der Blasheimer Markt überhaupt kein Problem. Er war sein ureigenstes Territorium, auf dem er ohne weiteres mit Henke konkurrieren konnte. In den Ehefrauen kribbelte es, wie sie ihren Männern nach der Bierzelttour heimleuchten würden. Der Blasheimer Markt war jedoch die rote Linie, wo Henke, zum Beispiel, nicht mit sich handeln ließ, soviel Respekt er auch sonst vor Anneliese gehabt hat. Dass er jeden ersten Freitag, Samstag und Sonntagmorgen im September auf dem Blasheimer Markt verschwand und vor Mitternacht nicht wieder auftauchte, wenn überhaupt, damit musste sich Anneliese wohl oder übel abfinden. Anfangs konnte sie sich damit überhaupt nicht abfinden und hat sich streng dagegen verwahrt. Sie hat sich, durchaus erfolgreich, gegen einiges in seiner Lebensführung verwahrt. Doch in der Frage Blasheimer Markt blieb Henke stur. Er ließ sich nicht umstimmen, auch durch Annelieses fortgesetzte Verwahrungen nicht. Da konnte sie noch so viel Krach schlagen. Und seit letztem Jahr hatte sogar Anneliese die Bedeutung dieses renommierten Volksfestes zu würdigen gelernt. Das war, als Henke den kongolesischen Außenminister anschleppte und ihm den Blasheimer Markt zeigen durfte. Das heißt, nicht einfach nur zeigen, sondern richtiggehend geistig durchdrungen haben sie ihn. In voller Bandbreite. Junge, hat der kongolesische Außenminister gestaunt. Märkte kannte er natürlich von zuhause. Die Märkte im Kongo sind auch nicht ohne. Im Kongo geht es auch alltags oft ziemlich marktmäßig zu. Das halbe Leben spielt sich dort auf Märkten ab. Dort wird auf Märkten nicht nur gelebt und gearbeitet, sondern sogar scharf geschossen. Auch auf dem Blasheimer Markt wird gehörig geschossen, und über die Schießbuden war der kongolesische Außenminister echt erfreut. Er war so angetan, dass er gleich loslegte, und mit ein paar Dutzend Schüssen alle Preise abräumte. Offenbar können kongolesische Außenminister besser schießen als die meisten deutschen Youngster, die mit den Gewehren zwar auch ziemlich herumballern, aber doch meist daneben. Die Youngster staunten nicht schlecht, als sie auf den treffsicheren Außenminister aufmerksam wurden, und der sonnte sich in ihrer Bewunderung. Er hat sich von der Schießbude gar nicht mehr, oder nur schweren Herzens, losreißen können, und Henke musste ganz schön Druck machen, bevor er endlich auf dem Schemel in seinem geliebten Zelt Platz nehmen konnte, auf dem er jedes Jahr Hof hielt.

So spät wie an dem Tag ist Henke noch nie nach Hause gekommen, und Holzbrink, der den Außenminister eigentlich nur für ein paar Stunden hatte loswerden wollen, weil er zu einer Kandidatenaufstellung musste, denn die Kommunalwahl stand vor der Tür, und diesmal sah es so aus, als ob Papa ihm gefährlich werden könnte, also, Holzbrink wartete verzweifelt, weil sich der Außenminister noch ins eigens für dessen Besuch angeschaffte goldene Buch eintragen sollte. Holzbrink war extra losgezogen, und hatte in der Papierhandlung Hehemeier lange nach einem geeigneten goldenen Buch gesucht. Die Stadt hätte schon längst mal ein goldenes Buch anschaffen sollen, nicht nur für den kongolesischen Außenminister, auch für diverse bekannte Handballer aus dem nahegelegenen Nettelstedt, die von Zeit zu Zeit im Rathaus eingeladen waren, wenn sie mal wieder einen Pokal gewonnen hatten, oder falls der Bundespräsident vorbei kam. Oder für Professor Grotendiek, nach dem, auf Heinz' Anregung, in der neuen Siedlung eine Straße benannt werden sollte. Aber man kam ja zu nichts. Seit Monaten war der Besuch aus dem Kongo angekündigt, sogar Mupoto selbst war im Gespräch gewesen, als er gesehen hatte, wer die Mehrheit an seinen Coltran-Minen hielt, doch wegen meuternder Truppen lieber zu Hause geblieben, und hatte seinen Außenminister geschickt. Aber weder er, Holzbrink, noch seine Sekretärin waren dazu gekommen, ein goldenes Buch zu kaufen, weil sie, vor lauter Arbeit, zu nichts kamen. Er musste tatsächlich am Tag des Besuches zu Hehemeier flitzen und den Außenminister solange bei Henke zwischenparken. Bei Hehemeier fand sich zuerst nichts passendes, schon gar nichts goldenes. Und dann die Sorge, ob es klug gewesen war, Henke mit dem Außenminister allein zu lassen. Henke war für seine Entgleisungen berüchtigt. Da machte man sich schon Sorgen, was er und der Außenminister auf dem Blasheimer Markt alles anstellten.

Henke war zufällig im Rathaus vorbeigekommen; oder er hatte geahnt, dass dort für ihn etwas zu holen war. Noch vor dem Blasheimer Markt war er ins Rathaus geschneit nachdem er sich von Anneliese losgeeist hatte, und erklärte sich spontan bereit, den Außenminister ein bisschen herumzuführen. Anneliese war hinterher total neugierig gewesen, und hatte sich alles haarklein erzählen lassen. Wenn ich gewusst hätte, dass du mit dem Außenminister unterwegs bist, sagte sie, wäre ich natürlich mitgekommen. Warum hast du mich nicht angerufen? Aber so bist du immer. Egoistisch bis zum geht nicht mehr. Ich kann mich auf dich einfach nicht verlassen. Besonders ausführlich erzählte ihr Henke von der Eintragung ins goldene Buch, die aus Zeitgründen notgedrungen auf dem Blasheimer Markt hatte vorgenommen werden müssen, als der Außenminister schon ziemlich heiter gewesen war und gleich die erste Seite des goldenen Buches mit Bier bekleckerte. Worüber Holzbrink nicht gerade erfreut war. Wie der innerlich getobt haben muss, sagte Henke. Ich kenne doch Holzbrink. Mir wäre das auch peinlich, sagte Anneliese. Was ist, wenn demnächst der Bundespräsident kommt. Aber gesagt hat er nichts, meinte Henke. Nur komisch geguckt. Die Kellnerin sei natürlich auch ganz beeindruckt gewesen, dass sich ein Außenminister bei ihr eintrug. Und der Wirt habe Freibier spendiert.

Die Verständigung mit dem Außenminister klappte ausgezeichnet. Natürlich guckte jeder, der vorbei kam, erst mal groß. Was guckst du, fragte Henke. Das ist der kongolesische Außenminister. Yes, Foreign Minister, sagte der Außenminister, der genau mitkriegte, worum es ging. Doch echt, sagte Henke. Da staunst du, was. Die Leute staunten wirklich. Den haben Heinz und Holzbrink eingeladen, sagte Henke noch, und da der Außenminister auf eine denkwürdige, nonverbale Art die soziale Kommunikation beherrschte, wurden sie schnell zutraulich und bestellten eine Runde. Um Henke und den Außenminister bildete sich mit der Zeit ein ziemlicher Pulk. Das altersschwache Zelt erlebte einen Ansturm wie in seinen besten Tagen. Für den Wirt war der Außenminister eine Art Coltran-Grube. Die Einnahmen sprudelten wie von selbst. Der Außenminister betrieb wirklich eine denkwürdige Kommunikation. Die Verständigung war gestenreich, aber sie klappte. Besonders zur Kellnerin bahnte sich eine gestenreiche Verständigung an. An der Schießbude hatte Henke nur auf ein Ziel zeigen müssen, schon hatte es der Außenminister ins Visier genommen und getroffen. Kein großes Gequatsche, einfach direkt aufs Ziel geballert. Das nennt man effektive nonverbale Verständigung, sponsored by Briegelbräu. Da staunte auch der OKD, dass es so etwas gibt, als er, wenn auch mal wieder verspätet, in Henkes Stammzelt auftauchte. Obwohl er sonst allem, was aus Henkes Richtung kam, erst mal skeptisch gegenüber stand, verblüffte es ihn, wie der Außenminister alle Streicheleinheiten, die normalerweise verbal verabreicht werden, wenn Leute ihre Hausaufgaben in sozialer Kommunikation gemacht haben, nonverbal austeilte. Besonders an die Kellnerin gingen zahlreiche Streicheleinheiten, aber auch an Henke und selbst an den OKD. Dem Außenminister war es egal, wen er streichelte. Kleinere Verständigungsschwierigkeiten, zum Beispiel, als er anfing, dem OKD die Glatze zu kraulen, fielen bei diesem Engagement kaum ins Gewicht.

Ja, so hektisch war das im letzten Jahr gewesen. Dies Jahr ging es wesentlich ruhiger und beschaulicher zu. Dauernd kamen zwar Leute durch das Zelt geschlendert, die sich ihm zugesellten und ein Bierchen mit ihm zischten, bevor sie weiterzogen, einmal sogar ein Pressefotograf, um Aufnahmen von ihm und Schenzmeier und noch ein paar anderen zu machen. Aber das war genau, was Henke unter Ruhe verstand, dass man mit alten Bekannten

palavern konnte, ohne ständig auf Anneliese oder einen Außenminister aufpassen zu müssen, und dass man sich bei Bedarf, also, wenn einem, was
allerdings selten vorkam, die ganzen angeheiterten Bumsköppe zuviel wurden, einfach umdrehen und auf seinen Stammschemel zurückziehen konnte.
Alfons, der Wirt, der gern einen mitbecherte und öfter mal Freibier spen-
dierte, hatte für Stammkunden wie Henke, die es lange bei ihm aushielten
und ihr Stammzelt nur in Notfällen verließen, zum Austreten, oder wenn sie
eine Begrüßungsrunde drehten, Sitzschemel am Tresen aufgestellt, die Henkes Bandscheibe extrem zugute kamen. Obwohl das von der Brandleitung
nicht goutiert wurde. Die Brandleitung hatte festgestellt, dass das zwar tra-
ditionsreiche, jedoch schon etwas altersschwache Zelt, in dem aber Henke
nun einmal seinen Stammplatz hatte, nurmehr ohne bequemes Polstermobi-
liar betrieben werden durfte. Ohne auf Henkes Bandscheibe im mindesten
Rücksicht zu nehmen, war eine entsprechende Verordnung erlassen worden.
Doch wen interessierte damals die Brandleitung? Wen interessierten Verordnungen? Damals waren die Sitten rauer. Und auch herzlicher. Die meisten schnallten sich damals im Auto nicht an, und die Mopedfahrer, wenn sie
durch Lübbeckes Straßen heizten, verzichteten, wie Holger, auf Helme.

Zwischendurch hatte Henke dies Jahr immer genug Zeit zum Austreten, und
musste keine Angst haben, dass ihm der Außenminister verlorenging oder in
einem unbeobachteten Moment lange Finger machte, bei dem vielen Glitzerzeug, das auf den Marktständen herumlag. Auch die Händler hatten den
Außenminister nicht ganz koscher gefunden. Sie begannen unwillkürlich
nervös, ihr Glitzerzeug zusammenzukramen, wenn er an ihrem Stand vor-
beiging. An sich eine sinnlose Maßnahme. Erstens hatte der Außenminister
garantiert genug Einkommen, um sich Massen von Glitzerzeug leisten zu
können, wenn er nicht sowieso alle Ausgaben seiner Staatsbesuche ersetzt
bekam. Gut, das konnten die Händler nicht wissen. Wahrscheinlich zweifel-
ten sie auch am Wert der kongolesischen Währung, die damals ziemlich
unter Druck stand, so dass Mupoto seine Rechnungen lieber mit Coltran-
Nuggets als mit Kongo-Dollars bezahlte. Allerdings hat Henke an dem Tag
sowieso kein Geld vom Außenminister gesehen. Er hat alles aus eigener
Tasche vorgeschossen, da der Außenminister, wie sich herausstellte, vergessen hatte, Demark einzuwechseln. Aber kein Problem, hat ihn Holzbrink
beruhigt, kriegst du alles auf Antrag erstattet. Da hat Henke gemault. Damit
war er nicht einverstanden. Deine Anträge kenne ich, hat er gesagt. Als
Gemeinderat wisse er, wie lange die Bearbeitung solcher Anträge dauere.
Schließlich aber Ruhe gegeben. Er war ja nicht Knickmeier. Geld war ihm
letztlich nicht so wichtig. Wofür er von Anneliese teilweise heftig kritisiert

wurde, die meinte, dass Henke mit Geld viel zu lax umging. Ich meine, eine Runde hier, eine Einladung da, und dann noch Außenminister freihalten, das läppert sich schon zusammen. Aber Henke hat nur abgewunken. Viel wichtiger war doch, einem leibhaftigen Außenminister den Blasheimer Markt zu zeigen. Das garantierte Aufmerksamkeit, das garantierte Presse. Eine ganze Seite mit Fotos hat das Ostwestfalenblatt damals zu dem Thema gebracht. Und kein Holzbrink, nein, überall Henke mit drauf. Und immer ein paar Zentimeter weiter vorne im Bild als der Schwarze. Daran sah man doch, Henke konnte es in puncto Öffentlichkeitsarbeit sogar mit einem Außenminister aufnehmen. Bei einem Bild hatten sie allerdings sein Gesicht abgeschnitten, die Schwänze. Was er gar nicht komisch fand. So oft stand er nicht in der Zeitung, dass er sich leisten konnte, sowas komisch zu finden. Ob das Foto heute mit Schenzmeier jemals erscheinen würde, stand in den Sternen. Und wenn, wahrscheinlich im Zentimeterformat. War ja kein Außenminister mit drauf. Anneliese war wirklich enorm beeindruckt gewesen. Allen Bekannten und Nachbarn, jedem, dessen sie habhaft werden konnte, hatte sie die Bilder gezeigt. Hinterher hat sie die Zeitung sogar aufgehoben und schön zusammengefaltet bei der Fotosammlung abgelegt, die sie mit ihrem Exmann geführt hatte. Seit sie mit Henke zusammen war, führte sie keine Fotosammlung mehr; aber Zeitungsausschnitte von seinen kommunalpolitischen Aktivitäten sammelte sie eifrig. Auch wenn sie, wie gesagt, seinen Umgang mit Geld heftig kritisierte und ihm jedes Briegelbier und jeden Cognac vorrechnete, die er versoff. Sie sagte 'versaufen', wenn sie von seiner Flüssignahrung sprach. Kein Wunder, dass er so viel durch die Gegend zog und sie zuhause allein ließ.

So war das im letzen Jahr gewesen. Hektisch bis zum geht-nicht-mehr. Dies Jahr dagegen war immer genug Zeit zum Austreten. Wer soviel Flüssignahrung herunter schüttet wie Henke, muss oft austreten. Henke liebte das Austreten nach zwei, drei Briegelbier. Das Austreten nach zwei, drei Briegelbier war für ihn ein Ritual, fast genauso wichtig wie die Wirkung des Alkohols auf seine eloquenten Reden. Er schwang sich also von seinem Schemel und schritt, an misstrauisch äugenden Hühnern und gurrenden Tauben vorbei, die nachher im Kleintierzelt ausgestellt werden sollten, in Richtung Klowagen. Zum Wasserlassen schritt Henke gewöhnlich wie zu einer Staatszeremonie - und wenn die Toilette noch so winzig war - summte tamtati tamtatam, während er an den Waschbecken vorüberschritt und stellte sich vor dem Pullerbecken auf, ohne mit seinem tamtati aufzuhören. Wenn ein Bekannter bereits am Nachbarbecken zugange war, unterbrach er sein tamtati, um diesem ordentlich auf die Schulter zu hauen, so dass der von hinten Überraschte unweigerlich daneben pinkelte. Henke war für derartige Überfalle berüchtigt. Bekannte, die wussten, dass er auf einer Party anwesend war, trauten sich kaum noch aufs Klo. Jetzt war er allein und ließ sich unter fortgesetztem tamtati tamtatam richtig viel Zeit. Er sammelte die Reflexzone seiner Kontraktionsmuskulatur. Dann plötzlich, indem das tamtati abrupt abbrach, schoss ein erhabener Schwall Wassers in das Becken. Ich glaube, jeder von Henkes Bekannten, ich eingeschlossen, hat sich über das Kraftvolle seiner Kontraktionsmuskulatur noch mehr gewundert als über seine Eloquenz. Dieses Kraftvolle, das dem hochgewachsenen, eher schmächtigen Henke niemand zugetraut hätte, wurde durch das Plätschern des Schwalles noch unterstrichen. Denn Henke ließ ihn nicht einfach an der Wand ablaufen. Er ließ es wie einen Wasserfall plätschern.

Am Ausgang stieß er mit Heinz zusammen. Der freute sich natürlich, dass Henke mit Austreten fertig war. Wo habt ihr dies Jahr den Außenminister gelassen, fragte ihn Henke. Hat's ihm mit mir nicht gefallen? Ist jetzt ein neuer, sagte Heinz. Außenminister, meine ich. Von dem Alten habe er nichts mehr gehört. Heinz ist ein echter Kongokenner, musste Henke unwillkürlich denken. Wolltest du nicht selber mal hinfahren, fragte er. Ja, sie haben mich schon öfter eingeladen, sagte Heinz. Investitionen, weißt du. Wenn du als Deutscher bei denen paar Pfennig investiert, wirst du gleich als VIP behandelt. Der Präsident schreibt dir Briefe und der Botschafter ruft dich dauernd an und will sich mit dir treffen. Super, sagte Henke, der nicht wusste, wieweit er das ernst nehmen sollte. Wie geht's Robert, fragte er dann. In Wahrheit war Heinz, was Henke nicht wusste, und auch Heinz hat es vermutlich nicht in seiner ganzen Tragweite begriffen, Hauptaktionär aller 12 Coltran-Minen im Kongo. Heinz und die Lübbecker Sparkasse, die seine Kredite hielt. Die Tragweite dieses Faktums, samt allen bitteren Konsequenzen, ist der Lübbecker Öffentlichkeit erst viel später, nach Heinz' plötzlichem Ableben, offenbar geworden. Ich sage nur: Rapporte nach Minden, Canossa beim Regierungspräsidenten, kommunaler Konkursverwalter und solche Dinge. Alles Begriffe, an die der Bürger heutzutage gewohnt und die er auf die leichte Schulter zu nehmen geneigt ist. Ich meine, viele Städte, sogar große, haben heutzutage gewohnheitsmäßig einen kommunalen Konkursverwalter und kokettieren sogar damit. Manchem Fachbeamten ist ein kommunaler Konkursverwalter lieber als sein gewählter Bürgermeister. Mit dem Konkursverwalter kann er über fiskalische Detailprobleme fachsimpeln, seinen Bürgermeister interessiert dagegen nur die tägliche Pressemappe und die Speisekarte der Rathauskantine. Fiskalische Details interessieren den Bürgermeister bloß, wenn sie von der Presse hochgespielt werden. Solchen inkompetenten Bürgermeistern tut es mal ganz gut, wenn sie die Klappe halten müssen. Es sind Blender; Egomanen, die in Politik machen und sich oft mit dubiosen Typen umgeben, und wenn sie zufällig die nächste Wahl gewinnen, werden sie eben Bürgermeister. Der Fachbeamte hat das Nachsehen. Denn wenn der neue Bürgermeister dann ankommt und will die Stadtverwaltung anführen, stellt sich meist heraus: diese Aufgabe ist zwei Nummern zu groß für ihn. Entsprechend fallen die Entscheidungen aus. Das nackte Chaos, kann ich nur sagen. So dass sich der Fachbeamte, der für Führungsaufgaben viel besser prädestiniert wäre als so ein Laberhannes, nur noch die Haare rauft. Ihm bleibt nichts anderes übrig als den Kopf einzuziehen. Er kann dem Bürgermeister zwar Ratschläge erteilen; aber ob die angenommen werden, ist mehr als fraglich, weil, der Bürgermeister hat ja kein gewachsenes Verhältnis zu fiskalischen Detailproblemen. Er verheddert sich in den Tücken des Gewerbesteuerrechtes und schafft, in fröhlicher Erwartung sprudelnder Einnahmen, einen viel zu großen Dienstwagen an. Er lässt sein Büro mit Eiche auskleiden und unternimmt mit dem Gemeinderat Dienstreisen nach Japan, um das dortige Abfallbeseitigungssystem zu begutachten. Am Ende steht dann der Konkursverwalter und, möglicherweise, die Justizvollzugsanstalt. In der Justizvollzugsanstalt lernen Bürgermeister wenigstens das wahre Leben kennen. Die Lokalpolitik ist doch ein Raumschiff, welches meist am Leben vorbeifliegt. Die JVA ist für manche Bürgermeister die letzte Chance, etwas vom wahren Leben mitzukriegen. Ich selbst habe in Ausnüchterungszellen schon öfter das wahre Leben kennen gelernt. Du kommst doch zur Einweihung, fragte Heinz. Ehrensache, sagte Henke und nestelte an seinem Hosengürtel. Nächsten Samstag, sagte Heinz sicherheitshalber. Das hatte ich ganz vergessen, sagte Henke. Ich soll Helmut nächsten Samstag helfen, sein Dach zu reparieren. Der immer, sagte Heinz, mit seinem Dach. Ich werde ihm Bescheid sagen. Er soll auch kommen. Bei Helmut regnet es durch, sagte Henke zweifelnd. Ich weiß. Bei dem regnet es schon lange durch, sagte Heinz. Heinz immer mit seinen Einweihungen, dachte Henke. Der kann sich jedes Jahr eine neue Villa leisten, und unsereins. Muss ja im Kongo ganz gut verdienen, der Mann. Stegkemper soll krank sein, sagte Heinz. Henke zuckte mit den Schultern. Er tat ganz unbeteiligt. Dabei war das Gerücht von Stegkempers Krankheit dies Jahr das Interessanteste am Blasheimer Markt. Irgendjemand hatte es aufgebracht und unter die Leute gestreut. Selbst der OKD war davon erheblich überrascht worden.

Damals war ein kommunaler Konkursverwalter noch echt die Ausnahme. Ein kommunaler Konkursverwalter war ein Skandal, über den sogar der

Bielefelder Anzeiger berichtete. Ich meine, welche Stadt hätte sich damals, wenn auch nur indirekt, an Coltran-Minen herangewagt? Privatleute, die zuviel Bares über hatten, ja. Aber Steuergelder? Steuergelder in afrikanische Aktiengesellschaften zu investieren, galt als viel zu riskant. Da hätte die Aufsichtsbehörde ganz schön die Stirn gerunzelt. Heinz und die Lübbecker Sparkasse besaßen soviele Coltran-Aktien, dass man Lübbeckes Straßen leicht mit Coltran hätte zupflastern können. Sie waren eindeutig der Hauptinvestor im Kongo, und Heinz' Gerede von den Pfennigen fürwahr ein Understatement. Lübbecke war kein blinder Fleck auf der kongolesischen Landkarte mehr. Der Außenminister hatte Holzbrink sogar eine Städtepartnerschaft vorgeschlagen. Heinz kontrollierte 66% des Welt-Coltran-Vorkommens und hätte damit zum Beispiel den Coltran-Preis künstlich in die Höhe treiben können, indem er die Förderung kurzfristig drosselte. Aber, wie gesagt, er war sich seiner Möglichkeiten in dieser Hinsicht nicht völlig bewusst. Mupoto ließ ihn absichtlich ein bisschen im Unklaren. Und der OKD, sowie die anderen Aufsichtsräte der Sparkasse, hatten von Coltran sowieso keinen Schimmer. Der OKD hatte andere Probleme. Ihm, wie auch dem Vorstand, reichte es zu wissen, dass Heinz Kreditförderung brauchte. Schließlich war nicht Mupoto, sondern Heinz der Gläubiger. Heinz war bei der Lübbecker Sparkasse unbegrenzt kreditwürdig, auch wenn sein Kundenbetreuer, der stellvertretende Vorstand Gerling, über die Höhe des Engagements manchmal schon Witze machte. Für dich können wir man bald Geld drucken, sagte er und lachte. Heinz lachte mit; denn an seiner Kreditwürdigkeit änderten solche Scherze nichts. Heinz brauchte nicht mal zu erwähnen, dass er das Geld auf eine Empfehlung von Professor Grotendiek benötigte, was seine Kreditwürdigkeit noch einmal wesentlich verbessert hätte. Seine eigene Kreditwürdigkeit war völlig ausreichend. Besaß er nicht ein Dutzend Immobilien in Lübbecke und Umgebung? Alles gewinnbringend vermietet. War er nicht außerdem ein begnadeter Unternehmer, dessen Geschäfte noch nie schlecht gelaufen waren, seit er die Firma vor 18 Jahren gegründet hatte? Also. Das reichte doch wohl. Immer war es aufwärts gegangen, allein schon wegen Heinz' freundlicher Art. Da konnte Gerling ganz beruhigt sein. Auch in Zukunft würde es aufwärts gehen, beruhigte Robert seinen Spezi Gerling. Er, Briegel und Kütenbrink hatten sich, wie Heinz, wenn auch in geringerem Umfang, von Professor Grotendiek überzeugen lassen und in Coltran-Minen eingekauft. Robert und Heinz pflegten immer noch das beste Verhältnis, obwohl er den Status des Schwiegersohnes hatte aufgeben müssen. Von einer Scheidung ließ sich Heinz' Geschäftssinn nicht irritieren. Er zählte Robert nach wie vor zur Fa-

150

milie, besonders weil er mit seinen eigenen Söhnen einfach nicht klar kam. Mit mir kam er auch nicht klar. Ich hatte ihnen Hellen gestohlen.

Insofern war alles paletti. Und Hochbergs diesjährige Verspätung auf dem Blasheimer Markt hatte zwar mit der Sparkasse zu tun, nicht aber mit Heinz' Kreditwürdigkeit. Genauer gesagt hatte sie mit der Reorganisation der Sparkassen Minden und Lübbecke zu tun. Der Zeitpunkt der Vereinigung der Landkreise rückte immer näher, und es mussten diverse juristische Klippen umschifft und verwaltungstechnische Winkelzüge unternommen werden, um die Kuh vom Eis zu bringen. So eine Gebietsreform ist kein juristisches Zuckerschlecken, kein 0-8-15 Vorgang, der sich mit eingeschliffenen Vorgehensweisen bewältigen lässt. Bei einer Gebietsreform ist Kreativität und Finesse gefragt, und manchmal muss man sich sogar aufs Glatteis begeben. Was ich heute schon wieder erlebt habe, sagte der OKD zu Wilfried, und zeigte ihm den Brief. Wilfried hatte berechtigte Hoffnung, dass ihn die Mindener zwar nicht zum Kreisdirektor ernennen würden, aber wenigstens zum Leiter der vereinigten Bauämter. Stegkemper, mit dem er zuletzt hervorragend telefoniert hatte, bezüglich verschiedener Fragen der Gebietsreform, die den OKD inzwischen, gelinde gesagt, ankotzten, hatte so etwas durchblicken lassen.

Auch der heutige Stegkemper-Brief kotzte den OKD an.

"Absender: Oberkreisdirektor Stegkemper

Empfänger: Oberkreisdirektor Doktor Hochberg, Landrat Sandmeier

Betr.: Folgen der kommunalen Neugliederung

Anlage Fotokopie eines Rechtsgutachtens

Sehr geehrte Herren!

Ich habe in aller Eile ein Rechtsgutachten fertigen lassen, dass sich mit den Auswirkungen der kommunalen Gebietsreform auf verschiedene öffentliche Einrichtungen befasst. Bitte haben Sie die Freundlichkeit, von den Sie betreffenden Ausführungen Kenntnis zu nehmen.

Mit vorzüglicher Hochachtung

Stegkemper"

Das beigefügte Gutachten hatte es in sich. Besonders, was dort über die Sparkassen stand. Wilfried und der OKD lasen es mit wachsender Beunruhigung.

"Die nachfolgenden Ausführungen stehen im Einklang mit den Erlassen des Ministers für Verkehr, Mittelstand und Wirtschaft und den Verfügungen des Regierungspräsidenten.

1 Die Sparkassenorgane

1.1 Der Sparkassenverband

Nach §5 Abs 1 des Gesetzes über kommunale Gemeinschaftsarbeit vom 26.4.1961 (GkG) ist die Sparkasse eine Anstalt öffentlichen Rechtes, also eine juristische Person, und führt somit das allen juristischen Personen ihrer Rechtsnatur nach zukommende *Eigenleben*."
Diese nicht anfechtbare juristische Tatsache konnte man ja noch stehen lassen. Kein vernünftiger Mensch hätte bestritten, dass die Sparkasse ein Eigenleben führte, zu dem Heinz wie auch Knickmeiers vielversprechender Filius mit ihren Aktivitäten nicht unerheblich beitrugen.
"Die Sparkasse als rechtsfähige Anstalt bleibt, zum Glück, durch die Gebietsreform unberührt."
Das höre sich doch recht erfreulich an, sagte Wilfried. Tröstlich höre sich das an, richtig gemütlich.
Lies mal weiter, sagte der OKD grimmig.
"Jedoch ist der neue Kreis verpflichtet, die bisherige Kreissparkasse Lübbecke *nicht* mehr zu betreiben. Es empfiehlt sich, diese Sparkasse nach §11 Abs 1 Nr 2 durch Beschluss der Vertretungen ihrer Gewährsträger mit der Kreissparkasse Minden in der Weise zu vereinigen, dass die bisherige Kreissparkasse Lübbecke von der Zweckverbandssparkasse aufgenommen wird, auf die alsdann das Vermögen als Ganzes übergeht."
Bei diesen Sätzen sah der OKD sein nahes Ende vor Augen. Auch Wilfried schauderte. Wilfried war über Heinz' Coltran-Minen bestens im Bilde. Er hatte sich selbst einige Anteile gesichert, weil er sich grundsätzlich auf Heinz' Spürnase verließ. Sich auf Heinz' Spürnase zu verlassen, hatte ihm schon einiges eingebracht. Heinz war, bezüglich Geldmachen, das reinste Trüffelschwein. Freunde wie Wilfried ließ er gern von seiner Spürnase profitieren.
In dem Stil ging das Gutachten weiter. Es kam sogar noch schlimmer. Knüppeldick kam es.
"Nach §9 Abs 1 des Sparkassengesetzes ist der Oberkreisdirektor Doktor Hochberg in seiner Eigenschaft als Mitglied der Verbandsversammlung, in die er wiederum in seiner Funktion als Oberkreisdirektor entsandt wurde, zum Vorsitzenden des Verwaltungsrates gewählt worden. Da er mit Wirkung vom 1.1. kein Mitglied der Verbandsversammlung mehr ist, da seine Mitgliedschaft an die Existenz des Kreises Lübbecke gebunden ist, erlischt auch sein Amt als Vorsitzender des Verwaltungsrates. Alsdann muss die Verbandsversammlung einen neuen Vorsitzenden des Verwaltungsrates wählen. Sofern ein Beauftragter gewählt wird, kann er in einer Übergangszeit sein Amt nur kommissarisch ausüben. Auch der Vorsitzende des Kreditausschusses Gerling verliert sein Amt, weil er ab 1.1. nicht mehr Haupt-

verwaltungsbeamter des Zweckverbandes ist. Dies ist er deshalb nicht mehr, weil er alsdann auch nicht mehr Hauptverwaltungsbeamter eines Verbandsmitgliedes ist. Deshalb müsste nach dem 1.1. ein neuer Vorsitzender des Kreditausschusses gewählt werden. Die Wahl könnte nur auf den Hauptverwaltungsbeamten eines Zweckverbandsmitgliedes fallen. Da unmittelbar nach der Neugliederung Hauptverwaltungsbeamte der neuen Verbandsmitglieder *noch nicht vorhanden sind*, kann als neuer Vorsitzender des Kreditausschusses nur einer der beiden Verwaltungskommissare des neuen Kreises Minden gewählt werden."

Diesen edelsteinklaren Überlegungen kann ich mich, als Jurist, nicht verschließen, sagte der OKD. Wer nicht vorhanden ist, kann nicht gewählt werden. Alsdann, sagte Wilfried. Aber die politische Basis, sagte der OKD, auf die es ankommt, die stimmt hinten und vorne nicht, bei diesem sogenannten Rechtsgutachten. Es war selten, dass sich der OKD auf die politische Basis bezog. Die Mindener gehen vor, als hätten sie ein Brett vor dem Kopf, sagte er. Und die politische Basis komme bei diesem Vorgehen hinten und vorne zu kurz. Das sehe man doch an dem komischen Anhang, der dem Gutachten in kleiner Schrift verschämt beigefügt sei, dass die Mindener die politischen Grundlagen nicht unter Kontrolle hätten.

"Es könnte sein", hieß es da, "dass die Stadt Lübbecke und ihr erster Bürgermeister mit diesem Vorgehen nicht einverstanden sind, weil sie mit Trägerin der Sparkasse bleiben und durch Beteiligung an der Sparkasse kommunalpolitischen Einfluss zu erlangen hoffen. Deshalb sind umgehend Gespräche einzuleiten, um sie zu überzeugen, dass ihre Trägerschaft aufgelöst werden muss. Man sollte sich aber das Druckmittel nach §21 Abs 2 GkG offenhalten. Falls die Vertreter der Städte in der Verbandsversammlung einen Antrag des neuen Kreises ablehnen, entscheidet auf Antrag die Aufsichtsbehörde, also der Regierungspräsident. Zu welchem Ergebnis die Aufsichtsbehörde kommt, lässt sich nicht voraussagen. Die Entscheidung dürfte davon abhängen, ob auch nach einer eventuellen Spaltung die ordnungsgemäße Geldversorgung gesichert ist."

Dieser Abschnitt war doch ein Armutszeugnis, das Eingeständnis absoluter kommunalpolitischer Inkompetenz. Es war abzusehen, dass Holzbrink sich so einen Text nicht gefallen lassen würde. Und auch der OKD wollte sich dieses Gutachten nicht gefallen lassen. Gefälligkeitsgutachten, sagte Wilfried. Wer hat das überhaupt geschrieben? Ach so, die Mindener Rechtsabteilung. Der Finesse der Mindener Kreisrechtsabteilung konnte der OKD nichts abgewinnen. Es gehe hier keineswegs um kommunalpolitischen Einfluss, sagte er, sondern einzig und allein um politische Basisüberlegungen.

Wie es um die ordnungsgemäße Geldversorgung stand, würden die Mindener schon noch feststellen. Er bat Wilfried, ihm bei der Formulierung einer Antwort behilflich zu sein, und die beiden feilten den ganzen Morgen an dem Entwurf, wodurch ihr Besuch auf dem Blasheimer Markt begreiflicherweise etwas verzögert wurde. Der OKD war ziemlich ungeduldig. Entsprechend krass fielen seine Formulierungsvorschläge aus. Wenn man ungeduldig ist, fällt es einem schwer, vornehm zu formulieren. Am Ende musste er sich damit abfinden, dass sich Wollen, Sollen und Können nicht immer unter einen Hut bringen lassen, und akzeptierte die meisten von Wilfrieds Verbesserungsvorschlägen.

"Absender: Oberkreisdirektor Doktor Hochberg
Empfänger: Oberkreisdirektor Stegkemper
Betr.: Rechtsgutachten zur kommunalen Neugliederung
Sehr geehrter Herr Stegkemper,
Mit Schreiben vom 25.10. haben Sie mir ein Rechtsgutachten zugeleitet, dass sich mit der Auflösung verschiedener Zweckverbände des Kreises Lübbecke beschäftigt. Im Einvernehmen mit Herrn Landrat Sandmeier muss ich den Schlussfolgerungen Ihres Gutachtens nachdrücklich widersprechen. Die angeschnittenen Verbandsfragen können nicht allein nach rechtlichen Gesichtspunkten beurteilt werden. Vielmehr geht es hier um kommunalpolitische Probleme, über die die neu zu bildenden Gebilde zu gegebener Zeit zu beschließen haben werden. Es wäre verfehlt, vor Konstituierung der neuen Gremien Entscheidungen von derartiger Tragweite zu treffen.
Mit freundlichem Gruß
Doktor Hochberg"

Damit war der Sache fürs Erste genüge getan. Er wusste, es würde nichts einbringen, außer einer Verzögerung, die Stegkemper wahrscheinlich ärgerte. In diesem Fall war ihm das schnuppe. Von Stegkemper hatte er nichts zu erwarten. Zu Stegkemper war das Tischtuch zerschnitten.

Heinz hatte auch in diesem Jahr wieder eine Einladung von Mupoto bekommen. Mupoto hätte ihn liebend gern jeden Tag empfangen. Wenn nötig, gleich nach dem Frühstück. Eingeladen war Heinz. Sie sind herzlich eingeladen, hieß es, in Ihren Minen nach dem Rechten zu sehen. Heinz zog es vor, zu Hause zu bleiben und auf den Blasheimer Markt zu gehen. Mit Zwickel schmiedete er dort einen Plan, wie man Corbusiers Museum ohne Mindener Fördergelder bauen konnte. Die Erben waren schon ganz nervös, nachdem ihnen Zwickel derartige Hoffnungen gemacht hatte. Eigentlich hätten sie wissen müssen, aus leidvollen ostrheinischen Erfahrungen ihres Großvaters, dass bei uns derartige Visionen nicht ohne weiteres durchzusetzen sind. Bei uns werden neue Ideen und Unternehmergeist bezüglich der architektonischen Weiterentwicklung unserer Heimat, selbst wenn sie ein OStR vorbringt, meist schon im Keim von der Landesregierung erstickt. Keine Förderung möglich. Die Landesregierung fördert Museen in Düsseldorf, Köln oder Mönchengladbach, also dort, wo sie hingehören. Und aus, Thema erledigt. Es schien relativ einfach, Mupotos Einladung abzulehnen, ohne dass dieser sein Gesicht verlor. Nachdem sich dies Jahr nicht mal der Außenminister blicken ließ, musste man sich nur von Holger auf Französisch einen freundlichen Brief aufsetzen lassen. 'Nur' in Anführungsstrichen. Bis Holger sich mal bequemte! Was machte der eigentlich, außer mit Dekemeier an seinem Moped herumzuschrauben? Und kam trotzdem zu nichts. Holger schien aus seinem Leben nichts machen zu wollen; nicht mal zum Studieren raffte er sich auf. Seit er beim Bund rausgeflogen war, konnte Heinz überhaupt nichts mehr mit ihm anfangen. Soff rum, und wahrscheinlich kiffte er auch. Kümmerte sich um gar nichts. Wo er früher zu Hoffnungen Anlass gegeben und Gelegenheiten nicht ausgelassen hatte. Als ob er beim Militär den Dammschlag gekriegt hat, dachte Heinz. Nur seine große Klappe, gegenüber Robert und anderen Geschäftspartnern, die hatte nicht gelitten. Anscheinend wollte er in die Fußstapfen seines Onkels treten. Mit dem und Helmut verstand Holger sich prächtig. Und zum Briefeschreiben brauchte er immer fünf Einladungen. Hellen, die sonst die Korrespondenz erledigt hatte, wohnte in England. Blieb noch Ingo. Auch gerade kein Reißer, aber wenigstens machte er seine Arbeit. Französisch beherrschte er allerdings nicht. Hoffentlich bekam Mupoto durch die Ablehnung nicht doch das Gefühl, das Gesicht zu verlieren. Normalerweise verlor bei schriftlichem Verkehr niemand das Gesicht. Bei schriftlichem Verkehr bleiben die meisten ganz ruhig. Bei Mupoto wusste man nicht, wozu er fähig war, wenn er sein Gesicht verlor. Leute rädern und vierteilen, Killer vorbeischicken, Minen verstaatlichen. Entschädigungslos, versteht sich. Solche Sachen. Mit sowas musste man bei Mupoto immer rechnen, vor allem, wenn der Coltran -Preis schwankte.

Nein, da zog Heinz, nachdem er den drögen Zwickel losgeworden, lieber mit Holzbrink über den Blasheimer Markt. Holzbrink war ihm, als politisches Oberhaupt, doch lieber als Mupoto. Auch wenn die Märkte im Kongo bestimmt nicht uninteressant waren. Heinz hatte, nach eigenem Bekunden, nicht mehr das Alter, solche Reisen zu unternehmen. Das überließ er anderen, jüngeren Leuten. Robert zum Beispiel, der war im vorletzten Frühling, auf Einladung Mupotos, im Kongo gewesen und hatte die dortigen Märkte sichtlich genossen. Er hatte sogar überlegt, im Sommer noch mal hinzufahren, wegen des Bürgerkrieges jedoch davon Abstand genommen. Was nützen die schönsten Märkte, wenn einem dauernd Kugeln um die Ohren fliegen. Stattdessen war er nach Kenia geflogen, wo es auch tolle Märkte gibt. Sechs Wochen war er da unten geblieben und total braun zurück gekommen. Er hat da unten die Scheidung mental voll überwunden. Endlich kann ich tun und lassen, was ich will, pflegte er seitdem im Fitnesscenter zu tönen. Allein verreisen, zum Beispiel, mich verabreden, wann und mit wem ich will, und mich abends entspannen, ohne dass mir Hellen mit ihren Ansprüchen und Forderungen, und auch Nörgeleien, ständig dazwischen gackert. Ehefrauen sind doch anstrengend. Es ist ja ganz schön, wenn sie einem das Nest bauen; aber im täglichen Zusammenleben muss man immer auf ihre Empfindlichkeiten Rücksicht nehmen und sich auf ihre Launen einstellen. Hellen konnte ziemlich empfindlich sein, und ziemlich nöckelig. Was sie nicht wollte, das wollte sie den ganzen Tag nicht, da half auch kein Zureden. Wenn man solo ist, kann man sich viel mehr gehen lassen. Gegenüber einer Frau wie Hellen darf man sich wahrlich nicht gehen lassen, das kann auch ich inzwischen vollauf bestätigen. Heinz und die anderen fanden es gut, dass Robert auf der Keniareise seine Scheidung verarbeitet hat. Nur Gerlo war über die lange Keniareise nicht glücklich. Sie sah es nicht gern, wenn ihr Ex-Schwager solche Reisen unternahm, und wurde Ingo gegenüber ganz reizbar und unleidlich. Sie hat es mit ihm und seiner tranigen Art nicht mehr ausgehalten. Du mit deiner langsamen Art, hat sie ihm vorgeworfen. Hättest Beamter werden sollen. Ich halte es echt nicht mehr aus. Aber die Ehe war sowieso im Eimer. Die beiden haben sich auseinandergelebt, sagte Robert im Fitnessclub. Wie ich und Hellen. Er könne auf eine Ehe in Zukunft gut und gerne verzichten. Er habe immense berufliche Verpflichtungen. Warum sich privat so schnell wieder binden? Bin ich bekloppt? Das würde nur Stress mit Ingo geben. Unabsehbaren Stress. Und Heinz wäre auch nicht zufrieden. Heinz' Zufriedenheit lag ihm mehr am Herzen als Gerlos. Er hatte wahrlich genug Rücksicht auf Frauen genommen, ohne dass ihm diese Rücksicht irgend etwas eingebracht hatte. Im Gegenteil, Hellen hatte ihm von einem Tag auf den anderen den Laufpass gegeben, und war mit fliegenden Fahnen zu mir übergelaufen. Echt brutal, die Frau, sagten seine feinfühligen Freunde vom Fiesteler Fitnessclub und hauten ihm kameradschaftlich auf die Schulter. Nein, mit Gerlo machte er kein neues Fass auf. Mit Gerlo, das lief nebenbei. Davon brauchte offiziell niemand zu wissen. Mit uns läuft das doch bestens, versuchte er ihr klarzumachen. Warum soll sich zwischen uns irgendwas ändern, nur weil Hellen sich diesen Idioten einbildet. Gerlo war da anderer Meinung. Nach all den

Jahren, wo er Hellen immer als Schild vor sich her getragen hatte, wurde sie langsam ungeduldig. Und kein Ehering mehr, mit dem er sich vor ihr schützen konnte. Da haute er lieber noch mal nach Thailand ab, last minute, und kam erst im Herbst wieder. Vielleicht hatte sie sich danach beruhigt. Heinz war's egal, wenn Robert abhaute. Im Moment war in der Firma nicht viel zu tun. Sogar bei den Geldanlagen war im Moment alles klar. Wenn Heinz da war und nach dem rechten schaute, reichte das völlig aus. Heinz zog es offensichtlich weder zu Mupoto noch nach Kenia. Er richtete sich mit Holzbrink in Lübbecke ein und zockelte mit ihm und einem Briegelbier über den Blasheimer Markt. Wobei sie häufiger anhielten, beim Autoscooter zum Beispiel, aus Reminiszenz an alte Zeiten, wo es den Autoscooter auch schon gegeben hatte, oder weil sie Bekannte trafen. Auf dem Blasheimer Markt war es richtig gemütlich. Man traf viele Leute und musste sich nicht über Gerlo ärgern, die überraschend bei Ingo ausgezogen war. Kettenkarussell, Riesenrad, Schiffschaukel, Raupe, sogar Achterbahn, alles kannten sie von früher. Nur Titan-3, Euroshooter, Aerodrom und wie die Schikanen heutzutage alle heißen, wo einem schon beim Zugucken schwindelig wird ... ganz schlimme Schleudern, die reinsten Foltermaschinen, etwas für übermütige junge Helden und Heldinnen. Besonders für Heldinnen, die darin herumkreischen, und damit die Jungs verrückt machen. Kreischen und Kichern, das ist, was wir Jungs bei den Heldinnen lieben, und weshalb ich noch heute oft an Birgit zurückdenke. Ich weiß noch, im zweiten Jahr Bauamt bin ich einmal mit ihr über den Markt gezogen. War echt heiß, muss ich sagen. Im Euroshooter kam sie nicht mal zum Kreischen, geschweige denn Kichern, weil ihr die Luft weggeblieben ist. Im Opel hat sie dann um so mehr gekichert. Ich gefiel ihr anscheinend. Vögeln ja; ansonsten bin ich verheiratet, sagte sie hinterher. Ich fand das nicht so gut, zumal ich damals auch noch nicht mit Hellen zusammen gewesen bin. Bei mir sind, wenn ich vögele, meistens Gefühle beteiligt. Ohne Gefühle vögeln, ist zwar auch ganz nett, aber in meinen Augen doch etwas schräg. Holger fand das auch nicht gut, als ich es ihm erzählte, obwohl er, nach eigener Aussage, beim Vögeln auf Romantik verzichten kann. Holger konnte Birgit, trotz Stupsnase und Schlafzimmeraugen, nicht leiden. Das nur als Hintergrundinformation.

Hier kannst du dich ja nicht unterhalten, sagte Holzbrink. Der Lärm, das nervöse Gewusel und die vielen Halbwüchsigen gingen ihm auf die Nerven. Bei dem Lärm würde er keinen potenziellen Wähler für sich einnehmen. Also tigerten sie an den paar Kühen und Pferden vorbei, Relikt aus alter Zeit, als der Blasheimer Markt noch ein Viehmarkt gewesen ist, und auch an

dem misstrauisch äugenden Kleintierzeug vorbei zur Land- und Forstmaschinenausstellung. Die Land- und Forstmaschinenausstellung hatte wirklich einiges zu bieten. Land- und Forstmaschinen werden ja immer größer
und effektiver. Himmelstürmende Ungetüme standen da herum, die, vom
Hitec her, mit dem Euroshooter mehr als mithalten konnten. Vom politischen Standpunkt war die Land- und Forstmaschinenausstellung wesentlich
ergiebiger als der Euroshooter. Keine Heldinnen, für die sich ein Mann, der,
wie Holzbrink, im öffentlichen Leben stand, nicht interessieren durfte, auch
wenn sie ihm, angesichts seiner Stellung, von Zeit zu Zeit, seines Alters
wegen jedoch immer betrüblich seltener, schöne Augen machten. Keine
quakenden Kleinkinder in Buggys, die von Ex-Heldinnen widerwillig herum geschoben wurden, welche sich um einen interessierten Blick Holzbrinks gerissen hätten, der aber um Kleinkinder gemeinhin einen Bogen
machte, weil sie keine Wähler waren und ihn zudem, Telkemeier eingedenk,
mit Masern, Windpocken oder Ziegenpeter hätten anstecken können. Nein,
auf der Land- und Forstmaschinenausstellung hatte alles seine Ordnung. Die
Leute, meist besonnene Bauern oder Mechaniker, standen einzeln oder in
Gruppen herum und begutachteten liebevoll bis fachmännisch die Landmaschinen. Da konnte man sich ganz unschuldig zu stellen; und wenn der Fo-
tograf von der Tageszeitung vorbei kam, um so besser. Ein Foto vor einer
Landmaschine vermittelt immer einen kompetenten Eindruck. Nicht unbedingt kompetenter als ein Foto vor einem afrikanischen Außenminister, aber
auf jeden Fall solider. Ein besonnener Bauer ist immer ein potenzieller
CDU-Wähler, der aber zu jeder Wahl noch eines gewissen Anschubes, einer
Aufmunterung oder auch Mahnung bedarf, sonst geht er nicht hin. Mit einem radikalen Bauern braucht man sich nicht zu unterhalten. Das schadet
nur. Ein radikaler Bauer ist ein verlässlicher CDU-Wähler und hält sich mit
Landmaschinen sowieso meist nicht lange auf. Aber ein besonnener Bauer,
der freut sich, wenn sein Bürgermeister ihm die Hand schüttelt und ein paar
Takte ausfragt. Und er fragt zurück, fragt durchaus kritisch zurück, was die
Schwarzen, wenn sie wieder an die Landesregierung kommen, besser machen würden. Erstmal ordentlich in Brüssel auf den Tisch hauen, natürlich.
Es wie Maggie machen. Viel mehr herausholen für die armen Bauern da-
heim. Ein besonnener Bauer kauft seinem Bürgermeister aber nicht alles ab,
sondern nimmt diese Informationen durchaus kritisch auf. Und doch auch
beruhigt. Und eine Beruhigung lässt jeden Besonnenen normalerweise das
richtige Kreuzchen machen. Heinz stand ein bisschen benebelt daneben.
Eine Flasche Briegelbräu reichte schon, seitdem er älter wurde, und keinen
Drang mehr auf fremde Märkte verspürte, um ihn zufrieden neben Holz-

brink stehen zu lassen. Die Entwicklung seiner Coltran-Aktien war ihm fast egal, und der Ausgang der Landtagswahl, der konnte ihm sowieso egal sein. Er hatte neuerdings zur SPD die besten Beziehungen. Mein Abgang mit Hellen hatte überhaupt nichts ausgemacht, im Gegenteil, seither verstanden sich Papa und er bestens. Nach der ersten Entbindung duzten sich die beiden sogar. Gemeinsame Enkel, das schweißt zusammen. Und Hellen war schon wieder schwanger. Die ganze Zeit, wo wir in England waren, und ich eigentlich mein fundamentales Wittgenstein-Werk schreiben wollte, ist sie schwanger gewesen. Schwangerschaft schien ihre Lieblingsbeschäftigung zu sein. Ich hätte es wissen müssen; denn so ist das mit nicht voll ausgelasteten, hauptsächlich im Haushalt tätigen Frauen: Sie wollen ein Nest bauen und sich ganz ihrem geliebten Partner widmen und nur für ihn da sein. Aber dann kommt es anders. In ihnen gärt etwas, es gärt Wochen und Monate lang, es gärt die Stimme der Natur, und irgendwann kommen sie auf die Idee, schwanger zu werden. In England war Hellen noch weniger ausgelastet als in Lübbecke. Ihr fehlten der Tennisclub, das Briefetippen für die Husemöller GmbH und noch einiges mehr. Du hast mich in dieses graue düstere Land verschleppt, pflegte sie zu sagen, wo ich nichts zu tun habe und auf alles verzichten muss, und nicht mehr bin als dein nutzloses Anhängsel. Jetzt sieh zu, wie du mit meinen Schwangerschaften zurecht kommst. In Bezug auf das Wetter hatte sie recht. In Oxford regnete es ununterbrochen, zumindest in den drei Jahren, wo wir da waren. Ich weiß nicht, wie Shakespeare bei dem Klima seine Komödien geschrieben hat, außer vielleicht als Ablenkung, und dann fällt einem in der Düsternis natürlich nichts besseres ein, als sich mal eben zusammen ins Bett zu verkriechen – Shakespeare, wenn eine Frau griffbereit war, hat es bestimmt nicht anders gehalten – und aneinander zu kuscheln, um die grauen Gedanken zu vertreiben, und wenn's nur 10 Minuten sind, schon ist es passiert und hält einen die nächsten 20 Jahre auf Trab. Verhüten wollte sie nicht. Die Pille vertrage ich nicht, und mit Gummis, das macht mir keinen Spaß, sagte Hellen. Gummis sind mir zu ordinär; da kann ich dich nicht richtig fühlen. Sie war eben hochgestochen. Auch als Schwangere. Ich meine, nichts Gebrauchtes und so; es musste immer alles von Prenatal sein. Für meine Kinder ist mir nichts zu gut, hat sie gesagt, und sogar auf ihr Cabrio verzichtet. Hat ihr überhaupt nichts ausgemacht. Sie hat Prenatal eindeutig über ihr Cabrio gestellt, was wahrscheinlich nur diejenigen verstehen, die schon mal im befruchteten Zustand mit einem viel zu flotten Cabrio bei Prenatal vorgefahren sind. Wenn du bei Prenatal hereinkommst, fühlst du dich wie ein Ungeborenes in seiner Höhle, nur mit Beleuchtung. Überall Plüsch und Pastellfarben, und große fleischfarbene Plakate mit nackten Müttern und Babies an der Wand. Hellen fühlte sich bei Prenatal so wohl, dass sie im Laufe ihrer Schwangerschaften den halben Laden leer kaufte. Unsere feudale Wohnung quoll von Prenataleinkäufen über, so dass die Kinder kaum Platz zum Krabbeln hatten und jedesmal kreischten, wenn ihnen ein Prenatal-Teil im Weg lag. Worüber sich wiederum die Nachbarn beschwerten, die keineswegs damit gerechnet hatten, dass sich aus dem freundlichen, kinderlosen Paar ein derart wilder Haufen entwickeln würde. Ich sage nur: ständig brüllende Babies samt kiebigen, weil unausgeschlafenen und offenbar mit ihrer Aufsichtspflicht überforderten Eltern. Sowas halten auch geduldige Engländer nicht aus, jedenfalls nicht in den feudaleren Oxforder Stadtteilen. Ich habe Hellens prenataler Kaufwut hilflos gegenüber gestanden. Das einzige, was ich durchsetzen konnte, war, dass wir das feudale 2-Zimmer-Apartment gegen eine billige 4-Zimmer-Wohnung eintauschten. Da hatten wir kein Problem mit kleinlichen kinderlosen Nachbarn. Schon beim Einzug hopsten uns im Treppenhaus massenweise fremde Gören entgegen.

Normalerweise ist Schwangerschaft zuallererst ein Problem der Frauen. Wird jedenfalls behauptet. In meinem Fall war es anders. Ich hatte mich an das Cabrio ziemlich gewöhnt, und auch an Hellens sportliche Fahrweise, während sie ohne weiteres mit fünf, sechs oder, im Notfall, auch einem Dutzend Schwangerschaften fertig geworden wäre. Nach dem Fiasko mit Robert, der sie nach Strich und Faden betrogen, nur ausgenutzt und ihr nicht einmal zu Nachwuchs verholfen hatte, fühlte sie sich durch meine Befruchtungen wie befreit. Wie im Rausch, und doch auch sehr diszipliniert, erledigte sie eine Schwangerschaft nach der anderen. Alles klappte wie am Schnürchen. Die Kinder flutschten nur so aus ihrem Unterleib. Hatte ich zumindest den Eindruck. Dennoch machte ich mir beträchtliche Sorgen, nicht nur in finanzieller Hinsicht. Die permanente Schwangerschaft einer Frau ist einem fundamentalen Werk nicht eben förderlich. Ich meine, konzentrieren Sie sich mal auf ein fundamentales Werk, wenn eine Schwangere, die Sie zugegebenermaßen ganz gut leiden mögen, ständig neben Ihnen hockt und Ansprüche stellt. Es ist ja nicht so, dass eine Schwangerschaft einen Mann völlig kalt lässt. Wissenschaftliche Untersuchungen haben gezeigt, dass Männer, selbst wenn sie sich nach außen cool und ungerührt geben, durch eine Schwangerschaft unbewusst total aufgemischt werden. Wenn dann die Frau noch maßlose Ansprüche stellt! Hellens Ansprüche waren berüchtigt. Sie hatte schon ihren Vater mit diesen Ansprüchen zur Verzweiflung getrieben. Insofern konnte er froh sein, dass er sie los war. Heinz war so froh, dass er ihr anfangs den Geldhahn zugedreht hat und wir mit meinem mickrigen Stipendium auskommen mussten. Das hieß: nicht nur die Prenatalrechnungen damit bezahlen, sondern auch die Miete für die feudale Zweizimmerwohnung. Mit der Zeit geriet ich, was wohl verständlich ist, ziemlich in die Miesen. Dabei hatten wir, wie gesagt, nicht mal viel Platz da. Ich hätte mein fundamentales Werk praktisch auf dem Sofa neben einer Schwangeren verfassen müssen. Denn an der notleidenden Oxforder Uni hatten sie für arme Würmer wie mich keinen richtigen Arbeitsplatz. 8, 9 Doktoranden und Stipendiaten in einem Büro, da kann kein großes Werk gedeihen. Ganz abgesehen von den Idioten, die dort als Professoren herumlaufen und einem die Lust an einem großen Werk ebenfalls verleiden. Ich kann nicht sagen, dass ich mich mit denen gut verstanden hätte. Einerseits wegen ihrer Riesenbüros. Die hatten vielleicht Büros, Mann. In solchen Büros hätte ich mindestens 10 fundamentale Werke geschrieben. Doch die haben nur ihren Kanon heruntergebetet. Kant, Russel, Hume, oder, für wen sie sich zuständig fühlten, und darüber kleine Aufsätzchen verfasst und in sogenannten renommierten Zeitschriften sich gegenseitig vor die Nase gehalten, und das war's dann. In Wirklichkeit interessierten sie sich nur für ihre Karriere und dass sie die nächste Stufe im Tenure Track nicht verpassten. Für die nächste Stufe im Tenure Track hätten sie ihre Großmutter verkauft. Wer die nächste Stufe im Tenure Track verpasste, war weg vom Fenster. Nicht mehr ernst genommen wurde der, weil er nicht mehr richtig dazu gehörte. Aber ich habe die Leute mit der Zeit genau durchschaut. Sie waren wie Wilfried. Nach außen der sozialen Kommunikation mehr als mächtig, dass der OKD seine Freude gehabt hätte; im Innern aber hohl und leer. Im Grunde hatten sie nichts im Kopf, außer ein paar eingeschliffenen logischen Kausalketten und der nächsten Stufe ihres Tenure Track. Wenn ich mich auf den Kopf stelle, erklärt der Professor, strömt immer mehr Blut hinein. Aber wenn ich mich auf die Füße stelle, passiert das nicht. Wie kommt das? Weil Ihre Füße nicht hohl sind, antwortet der Student. Bei Naturwissenschaftlern, wie Professor Grotendiek, mag das anders sein. Naturwissenschaftler stehen mit beiden Beinen auf dem Boden des Faktischen, was sie vor innerer Leere bewahren sollte. Zum Beispiel, die Gesetze der Bauphysik lassen sich, wie ich als ehemaliger Bauamtmannanwärter weiß, prinzipiell nicht umgehen. Auch durch noch soviel soziale Kommunikation nicht. Dass das auch Corbusier gewusst hat, dafür ist sein Schneckenhaus der beste Beweis. An der Stelle setzt übrigens meine Wittgenstein-Adaptation an, die unter Architekten und Bauphysikern mit Sicherheit mehr Anerkennung finden würde als bei Oxford-Philosophen. Gut, der eine interessierte sich noch für Musik. Wie der mit seinem Cellospiel angab. Trat gelegentlich vertretungsweise im Oxforder Symphonieorchester auf. Grund genug, sich beim Lunch, und auch sonstwo, stundenlang darüber zu spreizen. Der andere für die Kunst der Moderne. Bereiste ganz England und ließ keine Ausstellung aus. Aktiv waren sie ja. Keine verschlafenen engstirnigen Fachbeamten, sondern weltoffene Wissenschaftler. Der dritte konnte perfekt Bramaputra sprechen, oder wie das heißt. Irgendso ein seltenes indisches Idiom, über dessen Vorzüge und Ausdrucksreichtum im Vergleich zum Englischen er sich ebenfalls beim Lunch gerne ausließ, besonders wenn ihm zu seinem Spezialgebiet 'Kant im Spiegel der deutschen Spätromantik' nichts mehr einfiel, oder wenn er wusste, dass seine Zuhörer auf die Deutschen nicht gut zu sprechen waren. Er hat mit seinem Bramaputra derartig angegeben, bei jeder sich bietenden Gelegenheit, dass er im Laufe der Zeit damit richtig berühmt wurde. Sogar der Premierminister ist angeblich aufmerksam geworden, dass einer der landesweit vielversprechendsten jungen Philosophiedozenten mit Tenure Track Bramaputra spricht. Das machen Sie in Deutschland mal nach, dass der Bundeskanzler weiß, was Sie in Ihrer Freizeit treiben. Sowas ist in Deutschland doch fast unmöglich; außer Sie treten als Kandidat in einer Fernsehshow auf, in der zufällig auch der Bundeskanzler eingeladen ist. Der Premierminister hätte, davon war halb Oxford überzeugt, im Fall einer Audienz mit einem nur des Bramaputra mächtigen Inders garantiert auf den Philosophieprofessor als Dolmetscher zurückgegriffen. Und der Professor hätte seine Elaborate stehen und liegen gelassen und wäre schnurstracks zum Premierminister geeilt. Wozu steht man schließlich in staatlichen Diensten? Premierminister wie auch Bundeskanzler verströmen einen, auch für Akademiker wahrnehmbaren, seltenen Geruch von Einfluss und Größe. Selbst wenn sie keine akademische Ausbildung vorweisen können und ihre Popularität momentan bei 15 Prozent liegt. Anschließend hätte er den Premierminister mit seinen Kantkenntnissen derart beeindruckt, dass dieser ihn zum Berater in tagespolitischen Fragen befördert hätte. Denn die Tagespolitik kann, wie halb Oxford weiß, und auch ich unterstütze, angesichts der Misere der Tagespolitik, diese Forderung vehement, wenn auch nicht ganz so, wie ein Kantianer sich das vielleicht vorstellt, von der Philosophie nur lernen. Und diese Ernennung wäre nun wirklich weit über jedes Tenure Track hinaus gegangen.

Wittgenstein, übrigens, hat ebenfalls ein Tenure Track besessen – wenngleich in Cambridge – und sehr davon profitiert. Jedenfalls bis zu seinem einsamen Ende. Danach haben andere Tenure Track Inhaber sein Werk verhunzt. Wann kriegst du endlich ein Tenure Track, fragte Hellen immer wieder. Aber da musste ich passen. Die es zu sagen hatten, waren von meiner

Wittgenstein-Rezeption nicht eben begeistert, und noch weniger von meiner Art, sie vorzutragen. Du verdirbst es dir mit allen, hat Hellen mir vorgeworfen. Denk an Wilfried. Mit dem hast du es dir auch verdorben. Und wenn es dunkel wurde, wir aber wegen fortgeschrittener Schwangerschaft nicht mal mehr kuscheln konnten, griff sie zu den ganz dicken Knüppeln. Warte nur, bis die Kinder erwachsen sind; dann werde ich dich verlassen. Mit so einem Loser will ich auf Dauer nichts zu tun haben. – Das war hart. Das war, nehme ich an, auch, was die Professoren dachten. Besonders die Hochrangigen. Je hochrangiger ein Oxford-Professor ist, im Sinne des Tenure Track, desto mehr Wert legt er darauf, Wittgenstein-Rezeptionen, wenn er sie nicht überhaupt nach Cambridge weiter reicht, in einer einem hochrangigen Professor angemessenen Form serviert zu bekommen. Soviel hätte ich von Wilfried mitnehmen können, der dem OKD ja auch einiges serviert hat, und auch von Wittgenstein. Habe ich aber nicht. Ich konnte es nicht. Dazu reichten meine Fähigkeiten einfach nicht aus. In der Hinsicht fehlte mir jegliche Chuzpe. Ich habe, Heinz und Wilfried gegenüber, zwar ein paarmal zugegriffen, und mich so als durchaus verwandte Seele geoutet, doch bin ich virtuoserer Formen der sozialen Kommunikation nie mächtig gewesen.

Das Ganze hört sich vielleicht an, als hätte es mir in England nicht gefallen. Aber so würde ich das nicht stehen lassen. Zuerst mal, gleich am Anfang, war ich wie befreit. Lübbecke, das olle Kaff, wo ich weder klug noch besonders moralisch agiert hatte, hing mir total zum Hals raus. Wo sich die einen in alles einmischten und die anderen nur an ihren Vorteil dachten. Mama zum Beispiel, die hat überhaupt nicht durchgeblickt, was in Lübbecke ablief, sich aber trotzdem in alles eingemischt. Sie ist mir mit ihrem Lamento so auf den Geist gegangen, dass ich es kaum noch ausgehalten habe. Meine Butze in Bielefeld war, als Refugium, bei weitem nicht entfernt genug, um ihr Gejammer zu überhören. Erst gibst du deine sichere Position auf, die dich bis an dein Lebensende versorgt hätte, verdirbst es dir mit allen, die es gut mit dir meinen, sogar mit Herrn Windmüller, der sich, wie Papa bestätigt hat, mittlerweile an deine Eskapaden gewöhnt hatte, und nimmst irgend so ein brotloses Studium auf, ohne im geringsten an deine Rente zu denken. Und dann machst du dich privat auch noch unglücklich. Glaub nur nicht, dass Heinz und Robert dir das durchgehen lassen. Die werden Mittel und Wege finden, um uns zu schaden. Das erste wird sein, dass Papa die nächste Wahl verliert. Aber daran verschwendest du keinen Gedanken, dass Papa im öffentlichen Leben steht, und eine Wahl zu gewinnen hat, und deswegen jetzt schon ganz unglücklich ist. Du denkst nur an dich und dein Vergnügen mit dieser ... dieser ... *geschiedenen* Frau. Rücksichtnahme scheint für dich ein Fremdwort zu sein. Es gibt doch wirklich genug Mädchen in deinem Alter, die ungebunden sind und sich für dich interessieren. Ich wusste zwar nicht, wen sie damit meinte, aber man hört schon, der Ton zwischen Mama und mir war rauer geworden. Und dann erst die Nachbarn, sagte sie. Sowas spreche sich doch herum. Sie könne kaum mehr auf die Straße gehen, ohne dass sie von den Nachbarn auf mein Verhältnis angesprochen werde. Wir Püffkemeiers seien doch keine Stratmeiers, bei denen so etwas alle Tage vorkomme. Bei den Püffkemeiers dagegen noch nie. Mit geschiedenen Frauen, die überdies 3 Jahre älter seien, lasse sich ein Püffkemeier nicht ein. Ich traue mich schon gar nicht mehr auf die Straße, weil Frau Stratmeier dann gleich ankommt. Gerade sie, und auch Frau Gräzich, lassen keine Gelegenheit aus, um mich durch ihre Fragen zu erniedrigen. Und alles deine Schuld. Mensch Mama, sagte ich, reg dich nicht auf. Lass die Leute doch reden. In Lübbecke reden sie über alles und jeden. Seit Jahren reden sie über Herta, und spekulieren, was Heinz mit ihr gemacht hat. Und was passiert? Nichts! Polizeiliche Ermittlungen oder gar Vorladungen und Zeugenvernehmungen? Pustekuchen! Das ganze Getratsche hat doch null Konsequenzen. Und was sie erst reden, wenn ich nicht dabei bin, sagte sie, ohne auf meine Worte zu achten. Schrecklich! So ging es wochenlang, und erst, als wir in England waren, und die Enkel aus Hellen herausflutschten, hat sie sich etwas beruhigt. Die Engländer haben uns wirklich total in Frieden gelassen. Denen war es egal, mit wem Hellen vorher verheiratet war, und sei es auch mit dem genialsten Finanzmakler Germaniens. Allein, weil sie Englisch sprachen. Eine andere Sprache, und wenn man nicht gemeinsam in einer Kleinstadt aufgewachsen ist, schafft doch Distanz. Mir hat die Distanz gut getan. In der Hinsicht habe ich in England richtig durchatmen können. Hellen weniger. Sie fühlte sich in Oxford nicht wohl. Du hast deine tägliche Ansprache im Institut, sagte sie; aber was soll *ich* machen? Ihr fehlten die Lübbecker Sozialkontakte. In der Hinsicht schlug sie Heinz nach, der auf Sozialkontakte ebenfalls nicht gut verzichten konnte. Als sie dann das erste Mal niederkam, erledigte sich das Problem allerdings von selbst.

Außerdem war sich Heinz mit Papa, der von sozialer Kommunikation wesentlich mehr verstand als ich, ziemlich einig, wie die Lübbecker Politik in Zukunft aussehen sollte. Von daher brauchte er keine Angst vor einem Wechsel zu haben. Papa setzte auf Wirtschaft und Arbeitsplätze, und die sah er, zu Recht, in Heinz verkörpert. Holzbrink nervte das ein bisschen, muss man schon zugeben, diese freundschaftliche Annäherung, denn er konnte Papa immer weniger leiden, je mehr Prozente dieser aufholte, obwohl er zugeben musste, dass Papa mit den Jahren wesentlich pragmatischer geworden war, und auch konservativer. Aber damit als Gegenkandidat eben auch gefährlicher. Ich meine, Vermögenssteuer, wenn auch nur moderat, Verstaatlichung von Großbanken und jenen Zeitungen, die ihre wirtschaftliche Macht für konservative politische Propaganda ausnutzen und so weiter, was er früher auf SPD-Versammlungen lauthals gefordert hatte, solche Forderungen kamen Papa nicht mehr so oft über die Lippen. Dirigistische Eingriffe sind Gift für den Arbeitsmarkt; das weiß doch heutzutage jedes Kind. Auch Papa hatte das inzwischen mitgekriegt und sich Coltran-Aktien gekauft. Auf Versammlungen hat er so um den heißen Brei herum zu reden begonnen, dass ihm auch unabhängige Köpfe wie OStR Zwickel und der OKD zustimmen konnten. Und in seinem neuen Auto hat er die Enkel nicht überall mit ihren Schokoladenfingern hin tappsen lassen. Da war er sich mit Heinz mehr als einig, der sie in seinen schwarz glänzenden Jeep gar nicht erst reingelassen hat. Mit seinen Enkeln, wenn wir ihn besuchen kamen, ist Heinz nur im Firmenwagen los. Hellen hat das mächtig gestunken. Du stellst dich vielleicht an mit deinem blöden Jeep, hat sie gesagt, aber letztlich nichts ausrichten können. Der Jeep blieb tabu. Die Schlüssel versteckte Heinz und holte sie erst wieder vor, wenn wir wieder nach Oxford abdampften. Egoismus in Reinkultur, nenne ich das. - Andererseits kann ich ihn verstehen. Gerade das neueste Jeep Modell erstanden, mit Verve beim Händler ausgesucht, in dem kein Staubkörnchen herum lag, und dann dicke Fettflecken auf der Armatur, die einen regelrecht anblinkten. Weil die Kleinste unbedingt nach dem Blinkelicht greifen musste. Nein Danke, sagte er zu Papa. Und der? Behaltet eure Schokoladenfinger bloß bei euch, hat er ihnen zugerufen. Und das, wo er früher so locker gewesen ist. Papa hat mir als Kind immer von der anti-autoritären Bewegung vorgeschwärmt. Schokolade im Auto war für mich als Kind überhaupt kein Problem, auch Eisreste und Kaugummi durfte ich problemlos an den Polstern entsorgen, hat er nie wegen gemeckert. Aber jetzt plötzlich, seit er mit Heinz auf Großvater machte, waren die Neuwagen tabu.

7.

Alles hat so vielversprechend angefangen. Vier Männer in den besten Jahren, und mit großen Erwartungen. Eine sensationelle Fernreise sollte es werden, hatten sie sich vorgenommen. Auf Heinz' Kosten. Und der Kämmerer hatte auch dazu gelegt, so dass Lübbeckes Abgesandte wahrlich nicht darben mussten. Nur dünnes Sommerzeug eingepackt und sich seit Wochen darauf gefreut. In Shorts und Unterhemden standen sie auf den erodierenden Betonplatten des Flugplatzes von Kinshasa. Bei der tropischen Hitze genau das richtige Outfit. Auch wenn Mupoto staunte, dem bei westlichen Politikern so etwas noch selten untergekommen war. Westliche Politiker reisten gewöhnlich in Hemd und Krawatte an. Lasst ihn staunen, sagte Papa, der automatisch das Kommando übernommen hatte. Die Kongolesen waren auch nicht gerade für ihr Modebewusstsein berühmt. Und Holgers Onkel besaß ohnedies keine Krawatten. Ich meine, was hätte Holgers Onkel mit einer Krawatte anfangen sollen, wo er meist nur zuhause hockte und sich, wenn er überhaupt mal ausging, höchstens mit Scheding traf, oder mit Helmut Dekemeier. Papa, der besaß inzwischen natürlich Krawatten. Und was für bunte Dinger.

Also, sie standen auf dem Flughafen. Ottensmeier und Zwickel schwitzten am meisten. Der eine wegen seines notorischen Übergewichtes, und der andere wegen der schweren silber-glänzenden Profi-Kamera, die ihm um den Hals hing und die er während der ganzen Reise keinen Moment aus den Augen ließ, weil, sie war privat-finanziert. Vom Munde abgespart, sozusagen. Wie ein Schießhund passte Zwickel auf sie auf, dass sie keinen Kratzer kriegte, geschweige denn abhanden kam. Die anderen fingen schon an, sich lustig zu machen. Obwohl, es war wirklich eine tolle Kamera, das musste man neidlos anerkennen, mit der man jeder, der Bescheid wusste, automatisch für einen Profi-Fotografen erkannte. Die Kongolesen wussten natürlich meist kein Bescheid. Ich meine, was soll so ein armer ausgehungerter Kongolese mit einer Profi-Kamera anfangen. Der weiß doch im Extremfall gar nicht, was das ist: eine Profi-Kamera. Auf jeden Fall weiß er sie nicht voll zu würdigen. Selbst die höheren Chargen, wie Mupoto und seine Minister, hätten mit einer solchen Kamera letztendlich wenig anfangen können. Aber auch Papa schien von Profi-Kameras keine Ahnung zu haben, nach dem, wie er spottete. Nicht mal klimatisiert, die Hütte, schimpfte Ottensmeier, der von seinen Urlaubsreisen andere Standards gewohnt war, über das Flughafengebäude. Zwickel blieb gelassen. Er liebte es, wenn im Urlaub nicht alles nach Plan lief. Das war ungefähr wie in der Schule, wenn ein guter Schüler mit einflussreichen Eltern seine Abschlussarbeit vermasselte. Dann war Improvisationstalent gefragt. Oder wenn in Amerika bei sengender Sonne der Mietwagen stehen blieb. Dann krempelte Zwickel die Ärmel hoch und machte sich an die Arbeit. Meist war der Wagen hinterher schrottreif, und musste abgeschleppt werden. Aber egal. Zwickel fühlte sich trotzdem als Sieger. No risk, no fun, war sein Wahlspruch. Lass es 'n paar Mark kosten, pflegte er zu sagen, wenn er mal wieder so ein Abenteuer überstanden hatte. Wozu sparen? Wozu die Erben mästen? Wie üblich trug er seine blaugetönte Brille und versprühte jenen herben Charme, den sich Lehrer als Selbstschutz gegen Schüler- und andere Angriffe des höheren Lehrbetriebes quasi automatisch zulegen. Gegen ihn nahm sich Ottensmeier dick und plattfüßig wie ein Patachon aus, wenngleich nicht ganz so gutmütig. Auch Papa, das sollte man sagen, neigte inzwischen zur Fülligkeit, und ging in seinen Körperproportionen eher Ottensmeier als Zwickel nach. Holgers Onkel war wieder ein anderer Typ. Kleiner Glatzenhänfling mit fahrigen Bewegungen und furchtsam hin und her huschenden Augen. Als hätten sie etwas zu verbergen. Was aber keineswegs der Fall war. Auf diese Augen waren schon Grenzschützer und Vernehmungsbeamte beider deutschen Staaten hereingefallen, die alle geglaubt hatten, aus ihm sei etwas wichtiges, bedeutsames herauszuholen. War aber nicht. Das einzig bedeutsame in seinem Leben, darüber herrschte in Lübbecke, und später auch unter Vernehmungsbeamten, Einigkeit, ist sein Bruder gewesen.

Sie standen auf dem Flugplatz und warteten. Holgers Onkel spielte gedankenverloren mit einem trockenen Grashalm. Schaut mal die Risse, sagte er und wies auf die erodierten Betonplatten. Er fühlte sich ein bisschen nostalgisch; Anklang an alte Zeiten, als Mupoto mit dem Ostblock paktierte und im DDR-Fernsehen bei jeder Gelegenheit mit schwarzweißen Propagandafilmchen in den roten Himmel gelobt wurde. Ich meine, Vorreiter des Sozialismus in Afrika, Feind der Kapitalisten, und so weiter. Holgers Onkel war anstelle von Robert mitgefahren, der sich partout nicht überreden ließ, da er seine Coltran-Verluste längst abgeschrieben hatte. Er werde langsam ungeduldig, sagte Papa. Als gewissermaßen Kopf der Reisegruppe nahm er für sich das Recht in Anspruch, ungeduldig zu werden. Ja er, nicht Holzbrink, war von Heinz auf große Fahrt geschickt worden. Denn er hatte damals die Wahl gewonnen und war zum Zeitpunkt der Reise schon dreieinhalb Jahre Lübbecker Bürgermeister. Seitdem trug er nicht nur Krawatten, sondern verkehrte auch freundschaftlich mit allen möglichen Leuten, denen er früher nicht einmal die Hand gegeben hätte. Mit als Gutachter für die Stadt Lübbecke tätigen Staranwälten und Notaren, beispielsweise, soweit sie für parteiunabhängig galten. Er werde langsam ungeduldig, wiederholte er. Und Ottensmeier stimmte mit ein. Sauerei. Wo das Empfangskomite bleibe? Und die Ansprachen? Bei dem finanziellen Engagement der Stadt Lübbecke! Hier müssten doch Tausende jubelnd durch die Straßen ziehen. Zichtausende, sage ich mal. Schaut mal die Löcher, sagte er dann und wies auf das windschiefe, sturmreife Flughafengemäuer. Einschüsse, sagte Zwickel noch. Dann kam's. Mit Affengeschwindigkeit fegte plötzlich ein Militärkonvoi um die Ecke, dass die Maschinengewehrbefestigungen auf den Ladeflächen schepperten. Soldaten sprangen herunter. Jetzt werden wir abgeholt, dachte Holgers Onkel, in dem schon wieder Reminiszenzen hochstiegen, obwohl es in der DDR nie so heiß gewesen war und der Himmel nie so blau. In seiner Erinnerung war der DDR-Himmel immer grau und verregnet. Dunkelgraue, tiefhängende Wolken über Magdeburg, das war alles, was ihm, nach all den Jahren, von der DDR geblieben war. Selbst Papa, der sich sonst nicht so schnell einschüchtern ließ, schon gar nicht von der Militärgewalt, war die Sache nicht geheuer. Da konnte der Leutnant noch so viel salutieren. Auf einen Pritschenwagen eingeladen zu werden, löste auch bei ihm Beklemmungen aus. Dabei handelte es sich um eine reine Vorsichtsmaßnahme Mupotos, weil Zivilfahrzeuge auf dem Weg vom Flughafen erst kürzlich beschossen worden waren. Panzerfahrzeuge aber mochte er nicht entbehren. Die Panzerfahrzeuge, soweit sie bei diesen Temperaturen funktionstüchtig waren, wurden zur Verkehrsüberwachung auf den großen Kreuzungen gebraucht. Ja, so waren sie, die Kongolesen. Wahre Improvisationskünstler, und in ihrem Improvisationskünstlertum sogar Zwickel überlegen. Jedem anderen hat die Fahrt auf dem Pritschenwagen etwas ausgemacht, nur nicht Zwickel. Der OStR fühlte sich in seinem Element. Fast hätte er das Singen angefangen, während sie durch die Elendsviertel düsten. Er reckte den Hals wie ein Storch, um auch ja nichts zu verpassen. Am liebsten hätte er gleich alles abgelichtet, unterließ es aber, weil er fürchtete, der Leutnant könne dies als Unhöflichkeit oder sogar Provokation auslegen. Aus demselben Grund verzichtete er auf lautes Singen und summte nur. Die Soldaten duckten die Hälse. Wie die Frösche, dachte Zwickel. Ob er auch gesummt hätte, wenn er über die Heckenschützen informiert gewesen wäre, weiß ich nicht. Vielleicht ja. Vielleicht hätte ihn das noch angetörnt, dieses Moment der Gefahr. Die ganze Stadt schien, vom Regierungspalast abgesehen, nur aus Elendsvierteln zu bestehen. Absolut trostlos, das Ganze, zumindest für die Einheimischen. – Weltenbummler wie Zwickel sehen das anders. Sie können auch Elendsvierteln noch etwas abgewinnen. Ottensmeier, der Papa ungeachtet argwöhnischer Landserblicke und baumelnder Schießprügel zubrüllte, die Reise nehme nach seiner Auffassung keinen guten Anfang, wurde erst durch den Empfang im Regierungspalast einigermaßen besänftigt. Der Empfang hatte es in sich. Roter Teppich, massenhaft stramm stehende Soldaten, persönlicher Handschlag des Staatspräsidenten, der gleich mal einen Vortrag über seine enorme Verantwortung hielt. Riesig sei das Land, besonders im Vergleich zu den europäischen Zwergstaaten. Afrikanisch eben. Unendlich weit erstrecke sich der Dschungel. Und um die Sicherheit zu gewährleisten, seien all die Soldaten hier. Im Vergleich zur Größe des Landes sei die Zahl der Soldaten noch viel zu niedrig. Zumal sich seine Soldaten nicht immer durch die gebotene Tapferkeit auszeichneten. Auf die Aufforderung 'Freiwillige vor' reagierten viele, selbst gestandene Haudegen, durch Beiseitetreten. Eben um, wie sie sagten, die Freiwilligen vorzulassen. Alle fanden das launig, auch wenn sich speziell Ottensmeier, als Lübbecker Schützenmajor, an Schwarze in Kampfanzügen nur schwer gewöhnte. Er konnte nicht anders, aber er fand Schwarze in Kampfanzügen irgendwie lustig. Nicht ernst zu nehmen. Nicht wirklich, jedenfalls. Und wurde durch Mupotos Witze in seiner Meinung leider noch bestärkt.

Dann das Buffet. So habe ich mir das vorgestellt, sagte Ottensmeier. Qualität wie bei Heuschneider in Lübbecke. Das lasse er sich gefallen. Dann fiel ihm ein, dass er, anders als Papa und Zwickel, bei exotischen Speisen vorsichtig sein musste. Bei exotischen Speisen konnte man nie wissen, wie man sie vertrug. Darauf hatte neulich erst Direktor Telkemeier in einem Vortrag an der Volkshochschule hingewiesen. Besonders bei im Kongo servierten exotischen Speisen musste man aufpassen, dass sie nicht verdorben waren. Und im Präsidentenpalast musste sogar auch mit Gift gerechnet werden. Anders wurden sie hier bekanntlich Diktatoren nicht los. Ich werde alt, dachte Ottensmeier, als er sah, wie beherzt die anderen zugriffen, und warf Telkemeiers Bedenken über Bord. Zumal Mupoto nicht mit aß. Mupoto machte Diät. Er müsse abnehmen, sagte er, auf seinen Bauch weisend, der wahrlich afrikanische Ausmaße hatte, und schmauchte an seiner Zigarre. Worauf Zwickel ihm einen Ernährungsberater empfahl. Mupoto sperrte den Mund auf, und auch die Nasenlöcher. Von Ernährungsberatern hatte er anscheinend noch nie gehört, obwohl, wie Zwickel dozierte, Ernährungsberater bei Negerstämmen früher gang und gäbe gewesen sind. Wir haben, sagte Zwickel, an unserer Schule jetzt auch einen Ernährungsberater. Der vielen fetten Kinder wegen. In Deutschland werden die Kinder immer dicker, weil sie sich kaum bewegen und nur noch im Auto herumfahren. Mein Kollege Tönsmeier kann davon ein Lied singen. Ist aber machtlos, der Gute. Ich meine, zwei Stunden Sport die Woche, was ist das schon? Zwei Stunden Sport und dann wieder zich Stunden Fernsehen und Kartoffelchips. Tönsmeier ist schier am verzweifeln. Mupoto konnte diese Problematik nur schwer nachvollziehen. Fette Kinder waren, und sind heute noch, im Kongo die Ausnahme. Ottensmeier machte dann einen Witz, der nicht so gut ankam. Die Schneider und Köche im Präsidentenpalast, schlug er vor, sollten in Zukunft enger zusammen arbeiten. Sich abstimmen. Holgers Onkel feixte derart vernehmlich, dass Papa sich Sorgen machte, die anderen könnten den Zweck der Reise aus den Augen verlieren. Um Mupoto abzulenken, lobte er schnell das Buffet. Das Essen im Flugzeug sei langweilig bis ungenießbar gewesen. Welche Linie, wollte Mupoto wissen, der Holgers Onkel allmählich auf den Kieker kriegte. Empfahl ihnen dann seine Privatmaschinen. Die seien ganzjährig zu chartern. Eigentlich ganz witzig, der Mann, dachte Zwickel und wollte mit seinem Museum anfangen, für das die Stadt Lübbecke noch Investoren suche. Aber da ging Papa dazwischen. Museum, was soll das, dachte Papa! Wo Mupotos Staat keinerlei Reserven hatte und sozusagen von der Hand in den Mund lebte. Die kongolesische Staatskasse war klammer als die Lübbecker Sparkasse. Selbst der Tourismus lag, von weni-

gen Abenteurern abgesehen, die sich um marodierende Söldner nicht scher-
ten, oder erst, wenn es zu spät war, total im Argen. Dafür um so höhere
Ausgaben, vor allem Militärausgaben. Und Schuldzinszahlungen. Kredite
der Russen, der Weltbank und auch solche, die Mupoto, als Privatmann,
seinem Staat gewährt hatte. Der Präsident als Mäzen seiner Bürger. Die
meisten Nahrungsmittel mussten importiert werden. Die Kongolesen konnten sich ein Corbusier-Museum beim besten Willen nicht leisten, geschweige denn vorstellen. Unter Kultur verstand Mupoto den Ausbau seines Regie-
rungspalastes und die breite Prachtstraße, die er durch die Elendssiedlungen
zum Flughafen walzen wollte. Wenn danach die Konten leer sind, was soll
man da noch über Kultur nachdenken, wo einem die Probleme sowieso
schon über den Kopf wachsen. Die Besichtigung der Coltran-Minen, sagte
er, sei erst in ein paar Tagen vorgesehen. Wenn sich seine Gäste akklimati-
siert hätten. Akklimatisierung sei bei Reisen in ferne Kontinente das A und
O, das habe er bei seinen wiederholten Aufenthalten in der Schweiz selber
festgestellt. Zumal der kongolesische Urwald nicht ganz ohne sei. Giftschlangen, Hitze, hohe Luftfeuchtigkeit und so weiter. Ottensmeier, dem die
hohe Luftfeuchtigkeit schon auf dem Flughafen zu schaffen gemacht hatte
(besonders eingedenk der Ratschläge Direktor Telkemeiers, der bei langen
Auslandsreisen ebenfalls unbedingt eine mehrtägige Akklimatisierung empfahl, obwohl er diese Empfehlung nur theoretisch aussprechen konnte, da er
seit Jahrzehnten nicht mehr verreist war, schon gar nicht in fremde Länder)
stimmte ihm aus ganzem Herzen zu. Erst mal die Stadt unsicher machen,
dachte er und rieb sich innerlich erwartungsfroh die Hände. – Zu früh gefreut; denn Mupoto lud gleich anschließend auf eine Sitzung seines Minis-
terrates ein. Die Lübbecker waren ihm anscheinend zu wichtig, um sie auch
nur eine Stunde aus den Augen zu lassen. Ob er den alten Kütenbrink kenne, fragte Ottensmeier den Kleptokraten. Wäre ja immerhin möglich. Auch
die wohlhabenden Lübbecker Bürger gaben sich in Schweizer Bankhäusern
die Klinke in die Hand. Das heißt, wenn sie, wie Kütenbrink senior, zu gei-
zig oder zu misstrauisch waren, ihre Finanzberater hinzuschicken.

Das geht ja hier zu wie bei uns im Stadtrat; oder noch schlimmer, dachte
Papa. Er hockte eng an eng zwischen zwei kongolesischen Ministern und
ärgerte sich, im Gleichklang mit Ottensmeier, über die verschwendete Zeit.
Was hätte man in der Zeit alles anstellen können! Stattdessen musste man
sich das Gemähre der Minister, und auch ihrer Staatssekretäre, anhören.
War anscheinend überhaupt kein Zug reinzukriegen, in die Bande. So konnten die ja zu nichts kommen. Ein endloses Hin und Her, und wenn sie einen

Punkt abgehakt hatten, fing garantiert zehn Minuten später einer mit demselben Thema noch mal von vorne an.

Da hatte Holgers Onkel mehr Glück. Erstens besaß er keine Coltran-Aktien, und zweitens konnte er kein Französisch. Tut mir echt leid, hat er gesagt. Francais no. Und sich so die Versammlung gespart. Der Mann entzog sich jeder Verantwortung und streifte stattdessen auf den Märkten umher, ohne dass es ihm allerdings zunächst gelang, Kontakte zu knüpfen. Er war eben kein Außenminister. Nicht mal Diplomat war Holgers Onkel. Die eine Diskussion, sagte Ottensmeier hinterher, erinnere ihn stark an die 4 Pfennig Grundsteuer, die er neulich habe nachzahlen sollen. Fang nicht wieder damit an, sagte Papa. Wir mussten den Hebesatz anpassen. Forderung der Landesregierung. Und dann kommst du mit deinen Ratenzahlungen. Das hat keine von unseren Sachbearbeiterinnen komisch gefunden, kann ich dir sagen. Er hätte gern in 4 Raten bezahlt, erklärte Ottensmeier den Anderen; das sei aber leider abgelehnt worden. Hör auf, sagte Papa. Seine Sachbearbeiterinnen seien sowieso ständig im Stress. Die reinsten Nervenbündel. Die eine sei so im Stress, dass sie, stressbedingt, keine Kinder bekomme, obwohl sie alle erdenklichen Anstrengungen unternehme. Sie habe schon gedroht, sich einen anderen Job zu suchen, wenn das mit dem Stress nicht aufhöre. Gestresste Sachbearbeiterinnen, sagte Ottensmeier, der Papas Argumente nicht einsah, interessieren mich nicht. Und verwies auf seine Rechte als Steuerzahler. Noch ein Wort, sagte Papa, und ich lasse deine Beraterverträge überprüfen.

Am nächsten Morgen sah die Welt schon anders aus. Das einzige, was Papa außer der Besichtigung der Coltran-Minen an Staatsbesuch zu erledigen hatte, war die Unterschrift unter die Städtepartnerschaft. Im Prinzip war die Städtepartnerschaft schon längst unter Dach und Fach. Sämtliche erforderlichen Gremien hatten auf deutscher Seite zugestimmt, und Mupoto auf kongolesischer. Nur unterschrieben werden musste sie noch. Ansonsten waren Urlaub und Entspannung angesagt; und diese Möglichkeiten wurden von Ottensmeier und Holgers Onkel voll ausgeschöpft. Mit ihrem faulen Herumgechille gingen sie Zwickel mächtig auf die Nerven. Urlaub war für Zwickel Aktiv-Urlaub. Urlaub hieß Klettern, Canooing, Wüstendurchquerung oder wenigstens Wellenreiten. Mit Strandurlaubern hätte er sich normalerweise überhaupt nicht abgegeben – außer wenn, wie in diesem Fall, der Kämmerer die Getränkekosten übernahm. Die Behörden hatten für ihn extra ein großes Besichtigungsprogramm aufgelegt. Zwickel war in dieser Hinsicht wirklich unersättlich. Er schleifte die Anderen zu allen möglichen sogenannten Sehenswürdigkeiten und hatte, selbst wenn diese müde abwinkten, immer noch drei, vier alte Zitadellen aus der Kolonialzeit auf der Liste, die er dann solo abklapperte. Den ganzen Tag war er am Fotografieren, von innen, von außen, von nah und fern, und auch Sonne, Mond und Sterne fotografierte er, bis ihm die Finger wehtaten. Und nicht nur die Finger. Auch andere Körperteile taten ihm weh.

Die anderen ließen sich mehr so treiben. Nahmen mit, was ihnen vor die Flinte kam. Die Märkte, den Strand, und auch die voll klimatisierte Hotelbar. In der Hauptstadt übernachteten sie, wie alle Weißen und Staatsgäste, natürlich im ersten Haus, schon deshalb, weil es ein zweites Haus in dem Sinne nicht gab. Und Mupoto, beziehungsweise sein Hofzeremonienmeister, ließen sie nicht im Stich. Um so mehr, als im Moment weit und breit keine anderen Staatsgäste zu unterhalten waren. Dem Hofzeremonienmeister fiel immer etwas ein, womit er die Freunde erfreuen konnte. Denn Freunde waren sie inzwischen. Sogar Holgers Onkel hatte sich ganz zwanglos in das Quartett eingegliedert. Ich meine, wenn man mehrmals hintereinander dieselbe kongolesische Nutte vögelt, freundet man sich doch automatisch an, oder? Da will keiner zurückstehen, wenn ihm anschließend das Du angeboten wird. Tut gut, sagte Zwickel, und sogar Papa staunte, was Holgers Onkel, nach all den faulen Jahren, aus sich herausholte. Wieso, sagte Ottensmeier. Er habe schon lange gewusst, dass in Holgers Onkel viel mehr drin stecke. Und Zwickel stimmte ihm zu. Die Verwandtschaft mit Heinz sei unverkennbar. Auch die Nutten, sagte Ottensmeier, leisten hier eindeutig mehr als in Deutschland. Sind einfach gefälliger, weil sie ihr Handwerk nicht als reines Geschäft verstehen. Und auch aparter. Zugleich aber bodenständig, sagte Zwickel, der an eine andere dachte, die er sich für morgen vorgenommen hatte. Robuste Stuten.

Mehrmals wurden sie von Mupoto zu Besprechungen in den Regierungspalast eingeladen, wobei 'Besprechung' den Charakter dieser Veranstaltungen nicht unbedingt trifft. Teilweise handelte es sich um das, was man in Lübbecke als eine gelungene Party bezeichnet hätte, wo man sich zwanglos unterhält, und eventuell auch Möglichkeiten auslotet. Holgers Onkel wäre bei der Gelegenheit um ein Haar in etwas hineingeschlittert, was sich hinterher kaum noch kontrollieren ließ. - Nicht, dass er Möglichkeiten ausgelotet hätte. Dafür war Holgers Onkel nicht der Typ. Es waren meist Andere, die an ihn herantraten und ihn aufs Glatteis führten, in diesem Fall ein Oberst der Präsidentengarde, dem er arglos-einfältig von seiner DDR-Vergangenheit erzählte. Hellhörig geworden, ging ihm der Oberst daraufhin ordentlich um den Bart, schmeichelte ihm, klopfte ihn regelrecht weich, so dass sich Holgers Onkel, der zuhause tagtäglich Heinz' Vorwürfe zu hören kriegte, von wegen Gammler, unnützer Fresser und so weiter, der anderen immerzu auf der Tasche liege, anstandslos mit ihm auf dem Markt verabredete, um, wie der Oberst versprach, ein paar handverlesene Geheimnisse Kinshasas zu entdecken, in den verwinkelten Gassen zwischen den alten Kolonialpalais, aber auch in manchen Elendsquartieren und besonders in den Kaschemmen unten am Fluss. Holgers Onkel ließ sich nicht lange bitten. Für solche Eskapaden, und überhaupt für alles jenseits der offiziellen Pfade liegende, war er von jeher äußerst empfänglich.

Er habe, sagte der Oberst, als sie sich unweit des Flusses trafen, in der DDR Militärgeschichte studiert. Ein reizvolles Fach. Besonders in Deutschland, wo das Militär traditionell einen hervorragenden Stellenwert genieße und vollständig in der Gesellschaft verankert sei. Im Kongo werde dagegen, trotz der allzeit kritischen Sicherheitslage, die Bedeutung seines Berufsstandes leider noch nicht allgemein anerkannt. Von Verankerung könne keine Rede sein. Im Gegenteil. Man höre im Kongo über das Soldatenhandwerk nur Schlechtes. Das waren Themen, mit denen sich Holgers Onkel nicht unbedingt gern beschäftigte. Vom Militär hatte er nie viel gehalten, auch in seiner Zeit als DDR-Sympathisant nicht. Ein ganz Linientreuer war er nie gewesen. Deutschland sei ein ungemein reizvolles Land, wiederholte der Oberst. All die rauchenden Schlote, die unermüdliche Schwerindustrie, Betriebskampfgruppen, Plaste und Elaste, und die sozialistischen Aktivmenschen auf den FDJ-Versammlungen. In der DDR liege nichts brach. Weder natürliche noch soziale Ressourcen lägen dort brach. Er sei dort mit seinem Regierungsstipendium damals sehr glücklich gewesen, sagte der Oberst. Und jung natürlich, viel jünger als heute. Er schwelgte in seinen Erinnerungen. Holgers Onkel ließ ihn schwelgen. Was sollte das bringen, hier eine Diskussion über die DDR vom Zaun zu brechen. Der Oberst nahm das Schweigen als Zustimmung. Nur die Gärten, die seien in der DDR, des Industriestaubes wegen, nicht so schön. Nicht mit dem botanischen Garten vergleichbar, den Mupoto, auf Vorschlag des Präsidenten der Weltbank, vor dem Regierungspalast habe anlegen lassen. Ich werde Sie, sagte er, jetzt aber in einen anderen Garten entführen. Ein Friedhof am Rande der Elendsviertel, direkt neben Kinshasas größter Müllhalde. Reichlich trostlos sah es da aus, und keineswegs so erhaben wie auf den meisten deutschen Friedhöfen. Der Oberst führte Holgers Onkel an ein Grab. Ein schlichter Erdhaufen. Um nicht 'Häuflein' zu sagen. Kleine bunte Wimpel flatterten müde in der heißen Luft. Schwarz-Rot-Gold gleich mehrfach vertreten. Auch ein paar Plastiktierchen steckten in der Erde, Pferde, Löwen, Elefanten und ein deutscher Schäferhund. Der Oberst zeigte auf das Grab. Was soll das, fragte

Holgers Onkel. Der Außenminister, sagte der Oberst. Das heißt, Ex-Außenminister. Ach so, ein Missverständnis. Der Oberst hielt Holgers Onkel für Henke oder für einen der anderen Stadträte, die dem Außenminister damals die Stadt und den Blasheimer Markt gezeigt hatten. Aber egal. So springe Mupoto mit innerparteilichen Gegnern um, oder mit Leuten, die er für Gegner halte, sagte der Oberst. Von außerparteilichen ganz zu schweigen. Außerparteiliche Gegner bekämen erst gar kein Begräbnis. Von denen sei, wenn Mupoto sie in die Finger kriege, hinterher nicht genug übrig, was begraben werden könnte. Naja, Scherz beiseite. Ein Staatsbegräbnis war das hier nicht gewesen. Nicht mal einen Grabstein habe Mupoto erlaubt. Er wolle, hatte er gesagt, keine Wallfahrtsorte, auch für noch so unbedeutende innerparteiliche Gegner nicht. In dem Plastikzeug erkannte Holgers Onkel die Trophäen, die der Ex-Außenminister auf dem Blasheimer Markt geschossen hatte. Die Trophäen auf seinem Grab, sagte der Oberst, das sei des Außenministers letzter Wunsch gewesen. Ein Wunder übrigens, dass die noch da seien. Bei dem Mangel an Trophäen, der im Kongo herrsche. Was der Außenminister denn verbrochen habe, fragte Holgers Onkel beklommen. Eine lange Geschichte, sagte der Oberst. Und auch wiederum eine kurze. Er habe zum falschen Stamm gehört, darauf könne man die Geschichte wohl komprimieren. Im Kongo spiele die Stammeszugehörigkeit traditionell eine tragende Rolle. Das ist, als wenn in Deutschland die Sachsen ..., sagte er, unterbrach sich dann aber sicherheitshalber, weil er nicht wusste, zu welchem Stamm Holgers Onkel gehörte. Als Stammfremder sei man im Kongo beständigen Gefahren ausgesetzt. Da nütze auch die beste treffsichere Sozialkommunikation nichts. Zudem werde man ständig von eigenen Stammesangehörigen in Versuchung geführt. Wobei er offen ließ, welche Art von Versuchung er meinte. Und wenn Mupoto erst mal eine seiner berühmten Abneigungen gefasst habe, sei das betreffende stammfremde Regierungsmitglied so gut wie erledigt. Auch turbulente Ministerratssitzungen könnten nicht darüber hinwegtäuschen, dass ein solches Regierungsmitglied sich in höchster Gefahr befinde. Die Reise nach Deutschland, und namentlich der Empfang und die herzliche Aufnahme in Lübbecke, wie auch der Blasheimer Markt, habe dem Ex-Außenminister dermaßen gut gefallen, dass er dem Oberst, der in Regierungskreisen als Bewunderer der deutschen Lande bekannt war, immer wieder davon erzählte. Seit dieser Reise sei auch der Ex-Außenminister bekennender Deutschland-Liebhaber gewesen. Und die Lübbecker hätten unter allen Reisestationen durch ihre gastfreundliche Art besonders hervorgestochen. Nicht überall werde man als Schwarzer höflich empfangen. Wobei der Ex-Außenminister, als Mann der versierten Sozialkommunikation, auf goldene Bücher keinen gesteigerten Wert gelegt hatte. Auf ein Staatsbegräbnis schon eher. Holgers Onkel blickte über das trostlose Schwemmland zum Fluss. Der Fluss dümpelte träge vor sich hin. Der Friedhof war wahrlich kein erhabener Anblick. Der Wind hatte Müll, auch Biomüll, von dem sich die Trophäen nur auf den zweiten Blick unterschieden, erratisch über die Gräber verstreut. Erst goldenes Buch, und dann hier verscharrt, dachte Holgers Onkel, und sein eigenes Schicksal kam ihm gleich weniger tragisch vor. Er überlegte, ob Papa, Mupoto zuliebe, den Eintrag ins goldene Buch würde streichen lassen. Holzbrink hätte das, wenn er noch Bürgermeister gewesen wäre, bestimmt gebracht. Und zwar ganz unbürokratisch. Goldenes Buch vorholen, Seite herausreißen, zack, fertig. Der Bierfleck war dann auch gleich mit weg. Da kam der Oberst auf sein eigentliches Anliegen. Er bat um Hilfe. Er gehöre ebenfalls zum falschen Stamm und benötige daher dringend Unterstützung bei der Ausreise in ein Land, wo er vor Mupoto sicher sei. Er wisse nicht, wie weit Mupotos Pläne zu seiner Beseitigung gediehen seien, da Mupoto, soweit er überhaupt plane und sich beim Umgang mit Staatsfeinden nicht von der Intuition leiten lasse, meist kurzfristig handele und schnell und überraschend zuschlage. Kurz und gut, Holgers Onkel, der doch über gute Beziehungen verfüge, in beiden deutschen Staaten ... – Doch da hatte er Holgers Onkel falsch eingeschätzt. Eskapaden ja; aber für solche Abenteuer fühle er sich entschieden zu alt. Ein solcher Abenteurer sei er nicht, dass er sich hier, im fernen Afrika, auf so etwas einlassen würde. Zumal er die unterstellten Verbindungen zur DDR gar nicht besitze. Im Gegenteil. Er habe dort im Gefängnis gesessen, bevor er schließlich von den Kapitalisten frei gekauft worden sei. Er sei von der DDR völlig genesen, und in Westdeutschland gehöre er, um es für Afrikaner verständlich auszudrücken, im übertragenen Sinne zum falschen Stamm. Da guckte der Oberst natürlich. Er guckte so bedenklich, dass Holgers Onkel schon fürchtete, zuviel des Guten getan zu haben, und binnen kurzem direkt neben dem Außenminister zu liegen. Er beruhigte daher den Oberst, der anscheinend große Hoffnungen auf ihn gesetzt hatte, so gut es ging, und versicherte ihn seiner Hochachtung. Der Oberst brauche sich keine Sorgen zu machen. Er werde das Gespräch absolut vertraulich behandeln.

Endlich kam der große Tag. Der Tag des Aufbruches in die wahren Tropen. In Kinshasa-Stadt gab es ja so gut wie keinen Baum mehr. Alles abgeholzt. Von Kinshasa musste man ganz schön weit fahren, um in die wahren Tropen zu gelangen. Mupoto schlug vor, anstelle der beschwerlichen Reise mit dem Militärkonvoi viel komfortabler mit der Eisenbahn zu fahren. Sein persönlicher Zug, bequem ausgestattet, und die meisten Schienen Richtung Coltran-Minen gab es auch noch. Seit der Kolonialzeit gab es die. Die Rebellen hatten sie, wie manches andere aus jenen alten, glorreichen Zeiten, bisher nicht anzutasten gewagt, in der uneingestandenen Hoffnung, dereinst selbst anstelle von Mupoto in diesem Zug zu sitzen. Wenn er in seinem alten, von der Kolonialregierung geerbten Zug reise, was wegen anderweitiger Verpflichtungen leider immer seltener vorkomme, fühle er sich viel sicherer als im Militärkonvoi, vertraute er Papa an. Also standen sie eines Morgens mit Sack und Pack auf dem Bahnhof von Kinshasa. So einen Bahnhof hatten sie noch nie gesehen. Selbst auf kleinen, heute stillgelegten nordostwestfälischen Bahnhöfen, wie Oppenwehe beispielsweise, oder Tonnenheide, Schnathorst oder Fiestel, sah es nicht so hundsverlassen aus wie auf dem Privatbahnhof des kongolesischen Staatspräsidenten. Dass selbst Antilopen und Ozelote, die sich hierher verirrten, schnell den Schwanz zwischen die Beine klemmten und abhauten. Total verstaubt war der Bahnhof. Zentimeterdick lag der Staub auf braunen Rostschichten. Vier, fünf Gleise, von denen aber höchstens zwei betriebsbereit waren. Rechts eine sumpfige Pampa, die sich bis zum Horizont erstreckte und weiter links die Slums. Irgendwo dahinter, wie eine Fata Morgana, die Berge und der Dschungel. Das Bahnhofsgebäude: ein windschiefer, baufälliger Holzschuppen. Für die Lübbecker Staatsgäste hatte der Bahnhofsvorsteher extra geflaggt, sowohl den Schuppen als auch die Lokomotive. Die Dampflok war wirklich eine Wucht. Deutschland 1936, sagte Mupoto stolz. Wies auf die gut geölten Bolzen. Dieser Lok sei nicht beizukommen, auch mit Handgranaten nicht. Die Inneneinrichtung antiquiert, aber luxuriös. Dass ich sowas noch erlebe, sagte Zwickel, als sie es sich im Präsidenten-Waggon gemütlich gemacht hatten, und befühlte ehrfürchtig den Plüsch an den Wänden. Dann fuhren sie los. Mupoto ließ kaltes Bier auffahren. Sie fühlten sich wie die Kings. Zwickel begann zu singen. Im Frühtau zu Berge, sang er. Das Wandern ist des Müllers Lust, all die alten Lieder, welche ihm spontan in den Sinn kamen; und die anderen sangen mit. Stundenlang sangen sie. Mupoto staunte. Wie spontan die Deutschen sein konnten, und wie sie, im Spontan-Sein, den Takt hielten. Sowas war er von seinen Kongolesen nicht gewohnt. Im Kongo sang man auch, aber mit viel mehr Dissonanzen, mit der Vielstimmigkeit der Stämme sang man da. Alle freuten sich des Lebens und fingen schon das Schunkeln an, als die Lok plötzlich ruckelnd stehen blieb. Bis hierher Schienen, sagte Mupoto. Mit Geländewagen weiter. Nun wurde es doch noch strapaziös. Ich meine, dunkler, feuchtdampfender Dschungel, verknautschte Jeeps ohne Stoßdämpfer – das heißt, wenn es sich

überhaupt um Jeeps handelte und nicht um koreanische Billigfabrikate –
Fahrwege, die vor Schlaglöchern und Schlamm kaum zu erkennen waren ...
normalen Lübbecker Bürgern, auch kommunalpolitisch aktiven, steigt unter
solchen Umständen der Angstschweiß hoch. Für Zwickel hingegen ging ein
Wunschtraum in Erfüllung. Zwickel drehte erst jetzt richtig auf. Wie die
Coltran-Transporter da durchkamen, wollte er wissen. Wir Straße meiden,
wir sichere Abkürzung, antwortete Mupoto und schnaufte wie seine Dampflok. Sie kamen an einen Fluss, über den eine schmale Hängebrücke führte.
Wir zu Fuß weiter, sagte Mupoto. Wieder schnaufte er. Insgesamt hielt er
sich aber besser als Papa und Ottensmeier.

Irgendwann lichtete sich der Dschungel, und plötzlich standen sie am Rande
einer riesigen Grube (um nicht Krater zu sagen) und zugleich auch am Fuße
eines riesigen Coltran-Berges – den im Moment leider keiner haben wollte.
Ihm werde schwindelig, sagte Papa, dem inzwischen alles zuviel wurde. Er
fragte sich, wozu er hergefahren war. Nur um die altersschwachen Bagger
unten in der Grube wie Spielzeug hin- und herfahren zu sehen? Warum
Computer kein Coltran mehr? fragte Mupoto. Ich auch nicht verstehen, sagte Papa. Papa, sollte man anmerken, hielt, und hält auch heute noch, wenig
von Computern. Seine Unterlagen als Lübbecker Bürgermeister und lokaler
SPD-Vorsitzender sind allesamt nicht in Computern, sondern in Aktenord-
nern verstaut. Soweit sie überhaupt verstaut sind. Kein Wunder, dass er
solche Fragen nicht wirklich beantworten konnte. Ganze schöne Coltran
umsonst gebaggert, sagte Ottensmeier. Ihr steigen hinunter, sagte Mupoto.
Darauf bestehe er. Zur vorgesehenen Prüfung der Anlagen und zum Beweis,
dass hier alles mit rechten Dingen zugehe. Zuerst wollte sich Papa weigern.
Mupoto hatte, das sah doch ein Blinder, die Coltran-Minen voll unter Kontrolle. Heinz' Befürchtungen beruhten offensichtlich rein auf Vorurteilen
und waren völlig unbegründet. Geradezu vorbildlich wurde hier gearbeitet.
Die Probleme lagen ganz woanders. In den Halbleiterlabors lagen sie, und
bei den Spekulanten auf dem Börsenparkett. *Da* hätte uns Heinz man hin-
schicken sollen, ging es Papa durch den Kopf. Dann siegte sein Pflichtbe-
wusstsein, und er machte sich mit Ottensmeier auf den Weg nach unten.
Und Zwickel? Der wollte lieber die Geheimnisse des Urwaldes erkunden.
Paradiesvögel, Menschenaffen, Orchideen, Giftschlangen, was weiß ich,
was er dort alles zu finden hoffte. Mupoto nutzte die Abwesenheit der Anderen zu einem Gedankenaustausch mit Holgers Onkel. Schöne Blick hier,
sagte er und breitete die Arme aus. Alles wüste Dschungel. Schöne Land
Kongo. Ja, sagte Holgers Onkel. Nicht zuletzt den Coltran-Berg finde er
wunderschön. Rein von der Form her. Mupoto ließ sich das durch den Kopf

gehen. Du brauchen Frau? fragte er dann augenzwinkernd. Holgers Onkel riss die Augen auf. Schöne junge Frau? Du freie Auswahl. Holgers Onkel nickte, zuerst zögernd, dann um so erfreuter lächelnd. Weder in Lübbecke noch in der DDR war ihm je so ein Angebot untergekommen. Ich dir geben Frau. Du aussuchen. Aber du nix quatschen mit Cardoso. Du nix quatschen mit meine Offiziere! Hören? Der Diktator war jetzt richtig laut geworden. Jaja, hören, sagte Holgers Onkel beschwichtigend. Solche Überraschungsangriffe waren ihm nicht unvertraut. Er von Hause Gemütsmensch, sagte Mupoto. Er viel Geduld. Immer zu Entgegenkommen bereit. Alles lasse durchgehen. Nur wer quatsche mit seine Offizier ohne Erlaubnis ... Mupoto führte beide Hände zur Kehle, stieß einen seltsam unterdrückten Laut aus, ruckte mit dem Kopf nach oben und ließ zum Schluss die Fäuste vernichtend niedersausen. Solche Drohungen kannte Holgers Onkel. Unter den Lübbeckern war besonders ja sein Bruder, nach eigener, bereitwillig gegebener Auskunft, ein Gemütsmensch. Er wusste also, wie er damit umzugehen hatte und beruhigte Mupoto auf der ganzen Linie, so dass dieser zuletzt ganz zutraulich wurde, auf weitere wüste Drohungen verzichtete und nur noch an all die Schönheiten dachte, die er Holgers Onkel zuführen wollte.

Auf der Rückfahrt kam es zu einem Zwischenfall, von dem die vier ihren Urenkeln noch erzählen werden. Aufgrund einer 'Betriebsstörung', wie Mupotos Privatbahnbetreibergesellschaft hinterher formulierte, die sich als Gleisbruch entpuppte, kippte der Zug mitten auf der Strecke um. Ein Knall und dann ein Stoß, der die Reisenden aus ihren Plüschsitzen katapultierte. Dann kippte alles langsam zur Seite. Mitten im Urwald. Hunderte von Kilometern keine menschliche Seele oder wenn, dann Rebellen. Glücklicherweise sind die meisten Fahrgäste unverletzt geblieben. Nur Papa hat sich bei dem Unfall ein Bein gebrochen und war die ganze Zeit am Jaulen wie ein Urwaldkojote. Hochlegen, sagte Zwickel, die Beine hochlegen. Dann wird es dir gleich besser gehen. Er sehe schon, hauchte Papa, der glaubte, sein letztes Stündlein habe geschlagen, dass er das Kommando jetzt abgeben müsse. Wenn er gewusst hätte, jammerte Ottensmeier, wäre er nie und nimmer mitgefahren. Der einzige, der in dieser aussichtslosen Situation nicht den Kopf verlor, ist tatsächlich OStR Zwickel gewesen. Von seinen Amerikareisen brachte er langjährige Erfahrungen in erster Hilfe mit, und durchaus die Bereitschaft zur Kommandoübernahme. Das sind eben Fähigkeiten, die in manchen OStR schlummern, auch solchen, die nicht nach kommunalpolitischem Einfluss streben, sondern tagaus tagein im Unterricht ihren Mann stehen und sich bereitwillig dem Lehrplan und den Rundbriefen ihres OStDir unterordnen.

Es würde zu weit führen, den Ausgang des Abenteuers in allen Einzelheiten zu schildern. Nur soviel sei festgestellt, dass alle vier, auch Papa, und selbst Holgers Onkel, der zuerst im Kongo bleiben wollte, dann aber den Schneid nicht aufbrachte, sich von seinem Bruder ein für allemal freizuschwimmen, gesund heimgefunden haben, und weder von Rebellen noch von Kojoten gefressen wurden. In diesem Zusammenhang möchte ich infamen Verleumdungen entgegentreten und klarmachen, dass Papa, als verantwortlicher Lübbecker Bürgermeister, wirklich alles in seiner Macht stehende getan hat, um den Husemöllers aus der Bedrouille zu helfen und ihren ganz Lübbecke bedrohenden Konkurs doch noch abzuwenden. Dass er dabei Tropenfieber, Herzrhythmusstörungen und Geschlechtskrankheiten in Kauf genommen hat und insgesamt bis an die Grenzen seiner körperlichen Leistungsfähigkeit gegangen ist, soll ebenfalls nicht unerwähnt bleiben. Weil nämlich, wie gesagt, von interessierten Kreisen genau das Gegenteil gestreut wurde. Nicht nur Henke tat sich, und tut sich auch heute noch, mit Kritik an Papa hervor. Papa, so verbreitete er damals, juckele hauptsächlich in der Weltgeschichte herum, statt sich um die desolate kommunale Finanzlage zu kümmern. Arschgeige, sagte Papa, als er Wind davon bekam. Der reine Neid, weil wir ihn nicht mitgenommen haben. Er hat Henke seitdem im Stadtrat, und auch im FC Lübbecke, genau im Auge behalten. Papa habe, ging Henkes Gerede weiter, mit seinen Aussagen gegenüber der Prüfungsbehörde womöglich Heinz' Schuld verschleiern und stattdessen den OKD, als Aufsichtsratsvorsitzenden der Lübbecker Sparkasse, der Regierung ans Messer liefern wollen. - Also, davon kann gar keine Rede sein. Erstens hat Papa, wie gesagt, alle möglichen Anstrengungen auf sich genommen, inklusive einem überaus deprimierenden Steilkurs in Aktien- und Optionsschein-Recht. Ich meine, solche Kurse sind immer deprimierend, wenn die Aktien gerade fallen; und zwar um so deprimierender, je schneller sie fallen. Zweitens hat er zum OKD immer das beste Verhältnis gehabt. Bewundert hat er ihn nachgerade, wegen des unerreichbar viel höheren Niveaus seiner Sozialkommunikation. Und drittens hat der OKD sein Mandat sowieso frühzeitig niedergelegt, so dass ihm keiner etwas anhaben konnte. Der OKD hatte die Lage schon längst gepeilt, als die meisten anderen noch immer auf Heinz' Spürnase setzten. Im Peilen der Lage war der OKD mindestens so unerreichbar wie im Fach Sozialkommunikation. Abgesehen davon, dass er in diesem Fall tatsächlich unschuldig war. Völlig ahnungslos ist er gewesen.

Die Kongoreise fand ungefähr zur selben Zeit statt, als Hellen und ich unsere Zelte in England abbrachen. Mein Stipendium war ausgelaufen und ich wusste, offen gestanden, nicht, wie ich meine große Familie in Zukunft ernähren sollte. Also machte Hellen ihre Vorschläge. Sie überredete mich, bei Heinz in der Baufirma einzusteigen. Als Trainee erstmal, doch mit der Aussicht auf Höheres. Du hast doch sowieso nichts besseres vor, hat Hellen gedrängt, ohne jede Rücksicht auf meine Befindlichkeiten. Das Verhältnis zu Robert als Sozius von Heinz' Immobilienfirma ist verständlicherweise nicht einfach gewesen. Da konnte er noch so viel Zeit im Fitnessstudio verbringen. Teilweise fürchtete ich sogar, sie könne, trotz Kindern, zu ihm, als dem beruflich Erfolgreicheren, zurückkehren. Eine seltsame Spannung lag über jenen Tagen. Ich immer randvoll oder auf dem Sprung zur nächsten Sauftour; und wenn ich ausnahmsweise mal nüchtern war, habe ich bis spätabends versucht, mich in Heinz' Buchhaltung einzulesen. Also, 'Buchhaltung' ist in dem Fall stark übertrieben. Wer versuchte, sich in Heinz' Buchhaltung einzulesen, kriegte automatisch das Gefühl, sternhagelblau zu sein, ohne einen einzigen Tropfen Alkohol getrunken zu haben. Es waren lauter Lose-Blatt-Sammlungen, bei denen sich einem die Zusammenhänge nicht ohne weiteres erschlossen haben. Der einzige, der halbwegs durchgeblickt hat, aber nur zögerlich Auskunft gab, ist Heinz selber gewesen. Auf jeden Fall war es für mich, als Philosoph, der im Studium die aufregendsten geistigen Systeme und Weltanschauungen kennengelernt hatte, eine ungewohnt trockene Materie. Hellen hatte gut reden. Ich und die Buchhaltung übernehmen. Wer sich einmal intensiv mit Wittgenstein beschäftigt hat, kann an so einem Kuddelmuddel unmöglich jemals Freude haben. Selbst im Bauamt ist es lustiger gewesen, einmal wegen Birgit, und dann, weil Wilfried im Bauamt, durchaus im Sinne Wittgensteins, das Systematische gefördert hat.

Wittgenstein hatte Cambridge zum Leuchten gebracht. Ich würde in meinem Leben nichts zum Leuchten bringen, das stand jetzt schon fest. Angewidert schob ich die Papiere beiseite. Ich sah nicht ein, warum ich mich damit beschäftigen sollte und öffnete den Schreibtisch. Der Whisky war noch da. Heinz war ziemlich blank, soviel konnte ich den Papieren immerhin entnehmen. Offenbar hatte er sein ganzes Geld in Coltran-Minen angelegt. Alle Mietshäuser beliehen, und selbst die Baumaschinen gehörten ihm nicht mehr. In ganz Ostwestfalen existierte kein einziger husemöllerscher Aktivposten, und was er in der Schweiz gebunkert hatte, war auch längst futsch, wie Hellen später schmerzlich feststellen musste. Der Raffzahn hatte all sein Geld in den Kongo-Sand gesetzt. Denn leider gab es damals eine längere Phase, in der kein Mensch mehr Coltran haben wollte. Coltran – das war gestern, pflegte Professor Grotendiek neuerdings gegenüber seinen Studenten zu sagen. Was gehen mich Heinz' Geldsorgen an, dachte ich. Bevor ich mir Heinz' Geldsorgen zu eigen machte, genehmigte ich mir lieber einen.

Ehrlich gesagt, Wittgenstein war mir schon damals kein Vorbild mehr. Mit Vorbildern ist der erfahrene Trinker knapp. Er verliert mit der Zeit alle Grundsätze, die er in seinem früheren Leben für unumstößlich gehalten hat, aus den Augen und begibt sich auf die Suche nach psychologischen Erklärungsmustern für sein Versagen, ganz im Sinne Doktor Gutevogels, der in seinen Therapien immer wieder darauf hinweist, dass auch die größten Entwürfe, wie etwa Wittgensteins Schriften, oder die nordrhein-westfälische Gebietsreform, oder der begnadete Konkurs, den Heinz hinterher hingelegt hat, im Kern psychologische Vorgänge sind. Wittgenstein, musste ich immer wieder denken, je erfahrener ich im Trinken wurde, gehört offensichtlich zu jenen kleinkarierten Rindviechern, die ihr Arbeitsgebiet, also in dem Fall die Sprachlogik, für den Nabel der Welt halten. Nach Wittgensteins Meinung existiert nichts außer Sachverhalten. Nach meiner Meinung ist das einfach nur engstirnig. Eine Art Tunnelblick, so ähnlich wie beim Grauen Star oder bei Autofahrern, die zu lange am Steuer sitzen. Leute wie Heinz haben sich nie mit Logik beschäftigt, und sind doch clever genug, in ein paar Jahren Millionen Demark aufzuhäufen und auch wieder zu verplempern. Im Bauamt gibt es, dank der Qualitätsoffensive unseres OKD, außer Sachverhalten wenigstens noch Vorgänge und Maßnahmen. Insofern ist das Bauamt, einschließlich seiner Beamten, viel kreativer und offener, ich würde sogar so weit gehen, zu sagen, weltoffener, als Wittgenstein. Unter Stegkemper wären diese Errungenschaften wahrscheinlich wieder rückgängig gemacht worden; aber so, wie sich alles entwickelt hat, konnte der OKD seine Qualitätsoffensive erfreulicherweise in Minden fortführen. Wovon die Mindener bis heute zehren. Doktor Gutevogel hat seine Praxis damals wohlweißlich dorthin verlegt. Sehr zum Leidweisen Frau Hochbergs und ihrer Freundinnen. Aber: Umzug aus beruflichen Gründen, das mussten sie einsehen. Die Mindener Abteilungsleiter, die sich anfangs zierten, waren, als alte Preußen, und nach den ersten durch den OKD persönlich bei der Aufsichtsbehörde erwirkten außerplanmäßigen Beförderungen hellauf begeistert von seiner Qualitätsoffensive, und haben versucht, wenn auch nicht immer erfolgreich, den Motivationsschub an ihre vergebens auf eine außerplanmäßige Beförderung wartenden Untergebenden weiter zu geben.

Außerdem legen Beamte, anders als Wittgenstein, vor dessen Biografie Chaos und Unvernunft durchaus keinen Halt gemacht haben, um Punkt 16 Uhr, und freitags schon früher, die Griffel aus der Hand, um ins reale Leben zurückzukehren. Auch sein vorübergehendes österreichisches Grundschullehrertum hat Wittgenstein vor diesem Schicksal nicht bewahren können. So beschränkt wie er sind deutsche Beamte nicht. Sie sind derart weltoffen,

dass sie sich nach Dienstschluss mit den ausgefallensten Hobbies, wie An-
geln, Oldtimern, Aktmalerei, um nur ein paar Beispiele zu nennen, und
teilweise auch mit Kommunalpolitik beschäftigen. Das kann ich heute, bei
0,8 Promille, neidlos anerkennen. Oder sie fahren, wie Zwickel, jedes Jahr
nach Amerika, treten dem Heimatverein bei, werden sogar dessen Vorsitzender und reisen in dieser Funktion in die entlegensten Weltgegenden, um
den dortigen Kulturbeflissenen von unserer nordostwestfälischen Heimat zu
verkündigen.

Aber ich komme schon wieder viel zu weit ab. Mein Auftritt in der
Husemöllerschen Buchhaltung hat sich dann ganz von allein erledigt. Es
kam der Tag der Abrechnung. Heinz hat sich an dem Tag total aufgeregt.
Ich meine, okay, er war sowieso echauffiert, nachdem Ingo sich umgebracht
hatte. Wenn ein Nachfahre umkommt, also das lässt auch einen Heinz
Husemöller nicht kalt. Und wenn man sich außerdem noch Vorwürfe macht,
und auch anhören muss, um so mehr. Besonders von Hellen. Hellens Vorwürfe können ganz schön penetrant sein. Sie haben mich, schon in Oxford,
oft sehr an Hertas Vorwürfe erinnert. Man fragt sich, angesichts solcher
Vorwürfe, nicht nur, was hat man falsch gemacht, sondern, wie lässt sich
dieses Gemähre am schnellsten abstellen. Und dann kam auch noch Frau
Stratmeier – nicht die junge, sondern die alte, wohlgemerkt, mit der Heinz
zeitlebens in innigstem Hass verbunden gewesen ist und hat sich einfach
irgendwo hingesetzt. Was will die denn hier, hat er laut gefragt. So laut,
dass sie, wie auch andere Trauergäste, es verstehen konnte. Und noch einiges andere hinzugefügt, was er, unter normalen Umständen, für sich behalten hätte. Er hat sich eben wahnsinnig aufgeregt. Sich nicht beherrschen
können. Wie heißflüssige Lava ist es aus ihm herausgebrochen. Frau
Stratmeier hat die Lava – verständlicherweise, wie man zugeben muss – als
massive Provokationen empfunden; und so ist es auf der Beerdigung zu
einem veritablen Streit gekommen. Um nicht Saalschlacht zu sagen. Junge,
was konnte die Alte austeilen! Einige Wohlmeinende haben Heinz zurückgehalten, damit er sich keine Anzeige wegen Körperverletzung einhandelt.
Denn angezeigt hätte sie ihn, bei dem Hass, von dem sie erfüllt war. Hinterher hat er seinen Anzug ostentativ wieder zugeknüpft, und es sah danach
aus, als würde alles seinen geordneten, ruhigen Gang nehmen. Jedermann
hat sich innerlich zurückgelehnt und nach dem Leichenschmaus einen ordentlichen Schnaps genehmigt. Doch da ist das Unglück passiert. Heinz
musste plötzlich nach Luft schnappen. Er ist blau angelaufen und dann um-
gefallen. Notarzt. Krankenhaus. Das war's dann. Die Beerdigung eines
Nachfahren ist nicht jedem zu empfehlen. Auch einer an sich hartgesottenen

Unternehmerpersönlichkeit nicht. Zumal, wenn noch massive wirtschaftliche Existenzprobleme hinzu kommen. Die Husemöllers hatten dann innerhalb einer Woche ihren zweiten Trauerfall. Kurz nachdem ich gekündigt und mir die Playstation II gekauft hatte, kam schon wieder einer unter die Erde. Heinz' Beerdigung habe ich mir geschenkt. Ich habe mir den Schnaps lieber in meiner alten Bielefelder Stammkneipe genehmigt. Viele andere haben sich, wie ich hörte, Heinz' Beerdigung ebenfalls geschenkt. Viele von denen, die seine Partys früher um keinen Preis versäumt hätten.

Einerseits verständlich, bei der Vorgeschichte, dass da keiner hin wollte. Es war just der Tag der Kommunalwahl, an dem Papa als Lübbecker Bürgermeister bestätigt wurde, die SPD insgesamt aber nicht viel zu feiern hatte, weil gleichzeitig Holzbrink zum Landrat gewählt worden ist. Die SPD hat im Kreis dieselben Fehler gemacht wie die CDU vorher in Lübbecke. Arroganz der Macht, sage ich nur, zu wenig Basisarbeit, zu einseitig auf die Stammwählerschaft vertraut. Bezüglich Basisarbeit hätte die Kreis-SPD bei Papa in die Lehre gehen können.

Was sollte sich Holzbrink als Landrat mit einem gestrauchelten Baulöwen abgeben, auch wenn er ihm früher freundschaftlich verbunden gewesen war. Die Zeiten hatten sich geändert. Von den Politikern wollte keiner mehr mit Heinz gesehen geschweige denn fotografiert werden. Auch mit seiner Leiche nicht. Das wäre, so kurz vor der Wahl, von der Presse falsch ausgelegt worden. Holzbrink hat die Enthaltsamkeit am Ende, trotz Stimmenmehrheit, nichts genutzt, muss man sagen. Er ist doch in den Skandal hinein gezogen worden. Kein Wunder, bei den vielen freundschaftlichen Vereinbarungen, die er mit Heinz in dessen Arrestlokal getroffen hat. Er musste zurücktreten oder ist, besser gesagt, zurückgetreten worden, weil er von allein nicht gehen wollte. Da musste extra ein Bundesminister einschreiten, damit Holzbrink zurücktrat. Einsehen tut er, trotz aller Strafverfahren, seine Verfehlungen bis heute nicht, sondern macht im Hintergrund munter weiter Politik. Holzbrink zieht aus nordostwestfälischen Hinterzimmern noch immer die Strippen, die ihm Papa, wenn auch selten erfolgreich, zu verwirren trachtet.

Papa hat, obwohl Heinz' angeheirateter Verwandter, auch nicht hingehen wollen. Er hatte an dem Tag einfach zu viel Programm. Ein Bürgermeister und Favorit ist am Wahltag unabkömmlich und, umgangssprachlich ausgedrückt, total am rotieren. Erst muss er, frühmorgens, die Wahllokale inspizieren, ob alles manierlich und mit rechten Dingen zugeht. Freund und Feind unter den Wahlhelfern durch sein Aufkreuzen die Bedeutung des Tages klarmachen. Wahlhelfer, die verschlafen haben, aus dem Bett klingeln. Mit den Frühaufstehern unter den Wahlhelfern angeregte Gespräche führen. Als notorisch wahlmüde bekannte Parteigänger mit ein paar flotten Sprüchen in letzter Sekunde motivieren. Zum wiederholten Mal erklären, dass man als Bürgermeister für die Schulpolitik der Landesregierung nicht verantwortlich zu machen ist. Fang nicht wieder mit dem Gedöns an, sagte Papa, der das Lamento schon kannte. Doch seine klaren Worte blieben ungehört. Es gebe im ganzen Altkreis kein ordentliches Gymnasium mehr, jammerte der alte Genosse. Sein Enkel müsse jeden Tag 30 Kilometer nach Herford fahren, nur um zu seinem ordentlichen Gymnasium zu kommen. Und den Gesamtschülern werde das Abitur nachgeschmissen. Die könnten alle Kernfächer abwählen. In Latein sitzen sechs Männeken. Dafür Kunst und Biologie. Der Untergang sei das. So kann unser Abendland, wie mir mein Enkel bestätigt hat, im internationalen Wettbewerb nicht bestehen. Von der klassischen und höheren Bildung als Selbstzweck ganz abgesehen. Mensch, sagte Papa, du hast doch früher immer über die Leistungsgesellschaft geschimpft. Du bist ja schlimmer als Zwickel. Aber der Alte ließ nicht mit sich reden, und an die eigene Vergangenheit, als er mit Filzpuschen zur Arbeit schlurfte, um seinen Chef zu provozieren, wollte er schon gar nicht erinnert werden. Leistungsbewusste Schüler wie unser Klaus-Jürgen werden behindert oder bestraft. Nee, das sehe ich nicht ein, dass ich mich da trotz Grippe aus dem Bett quälen soll, nur um euch meine Stimme zu geben.

Mit solchen Bemühungen ist ein Spitzenkandidat den ganzen Tag ausgelastet, so dass für Beerdigungen beim besten Willen keine Zeit bleibt. Auch die Stimmauszählung muss immer ein bisschen überwacht werden. Manipulationen kommen zwar im Landesdurchschnitt relativ selten vor; aber in Lübbecke kann man nie wissen. Bekanntlich kann man manches Kreuzchen auf unterschiedliche Weise interpretieren, oder, wenn gar nichts hilft, einfach für ungültig erklären. Da ist bei Lübbecker Kommunalwahlen schon einiges vorgefallen, so dass die Landeswahlbehörde bereits seit längerem ein kritisches Auge auf unser Städtchen geworfen hat. Und zur Party muss der Sieger unbedingt gut gelaunt erscheinen. Was würde es für einen Eindruck machen, wenn einer die Wahl gewinnt und zieht aber, weil er das Bild von Heinz' Sarg noch im Kopf hast, während seiner Siegerrede einen Leichenbitterflunsch. Philosophiert womöglich über die Endlichkeit des Lebens. Sowas passt auf keine Wahlparty. 'Wahltag ist Zahltag', hatten Papas Parteifreunde bei seiner ersten erfolgreichen Wahl plakatiert. Der Spruch zog dieses Mal nicht. Dafür hatte er diesmal den Amtsträgerbonus, der selbst Beamte und Bauern bewegen kann, ausnahmsweise SPD zu wählen.

Nein, zu Heinz ging keiner hin. Mit einem Heinz, der sein ganzes Geld in Afrika verjuxt hatte, und nun bei der Sparkasse so tief in der Kreide stand, dass alles versteigert werden musste, inklusive Villa und Geländewagen, wollte keiner etwas zu tun haben. Ganz ungeschoren kam die Lübbecker Sparkasse allerdings nicht davon. Sie stand beträchtlich im Debit, und für kurze Zeit musste ein kommunaler Konkursverwalter her, der Papa ganz schön hereinredete, am Ende aber dafür sorgte, dass das Debit der schlingernden Lübbecker Sparkasse mit künftigen Steuereinnahmen verrechnet wurde und kein vernünftiger Mensch, jedenfalls keiner, der sich mit kommunalen Finanzgewohnheiten auskennt, daran Anstoß nahm. Nur die Mindener, die nahmen natürlich Anstoß. Sie wollten die Lübbecker Sparkasse unter keinen Umständen in ihrem Zweckverband haben. Am Ende wurde sie tatsächlich abgewickelt, ein Schicksal, das sich der damals nicht mehr ganz junge Knickmeier niemals vorgestellt hätte. Er war aber wendig genug, in der neu eröffneten Lübbecker Dependance der Mindener Kreissparkasse unterzuschlüpfen, und wurde, durch Holzbrinks Vermittlung, binnen kurzem sogar zum Zweigstellenleiter befördert, was Papa, der auf die Mindener Sparkasse keinerlei Einfluss mehr hatte, maßlos erboste. Als Lübbecker Bürgermeister und dann kein Einfluss auf die Sparkasse mehr, vermucktig noch eins! Und das Mietshaus der Knickmeiers stand ihm auch immer vor der Nase, wenn er mit dem Fahrrad durchs Lübbecker Feld fuhr. Darüber ärgerte er sich am meisten. Sein Verdruss wurde durch die Freude über seine Wiederwahl natürlich vollständig weggespült. Ob er, wie jedes Jahr, am 15. August an die Riviera fahre, fragte ihn Schenzmeier, als er ihm aus Düsseldorf telefonisch gratulierte. Selbstverständlich, da lasse er sich nicht von abbringen. Papa war hart im Nehmen. Ich weiß noch, vor vielen Jahren, als Großvater starb, ist Papa mit uns am selben Tag in Skiurlaub gefahren. Halbpension. Gebucht ist gebucht, hat er gesagt. So viel Selbstdisziplin hat die Wähler durchaus beeindruckt. Knallhart ist der Püffkemeier, haben viele bewundernd gesagt. Er war zu der Zeit bereits eine Institution, wie früher nur Heinz, Holzbrink oder der OKD. Er war der einzige, an dem sich die von der Gebietsreform arg gebeutelten Lübbecker noch festhalten konnten. Sogar die Lübbecker Unternehmer, soweit sie noch vorhanden waren, haben damals begonnen, sich an ihm festzuhalten.

Ich persönlich finde die Tatsache, dass Lübbecke keine Kreisstadt mehr ist, gar nicht so schlecht. Keine Hektik in der Innenstadt, wenn die Kreisbeamten mittags dort ausschwärmen. Keine Baufahrzeuge, die durch die Gegend brettern und Förderungsprogramme verbraten, und insgesamt viel weniger Verkehr. Selbst die paar abgehalfterten Nutten haben sich alle verzogen; genau wie Robert, der, nachdem er seine Strafe abgesessen hatte, in Minden, wo seine Vorgeschichte nicht so bekannt ist, eine neue, erfolgreiche Firma gegründet hat. Als Existenzgründer ist Robert wirklich unschlagbar. Er gehört zu jenen Auserwählten, die, wie der Volksmund sagt, aus Scheiße Geld machen können.

In Lübbecke ruhen dagegen die meisten unternehmerischen Aktivitäten. Vieles bleibt liegen, und manches gammelt solange vor sich hin, bis es eine schöne Patina angesetzt hat. – Was früher, zu Heinz' und Wilfrieds Zeiten, und auch schon vorher, während des Wirtschaftswunders, undenkbar gewesen wäre. Damals blinkerte die Stadt nur so vor Innovationsgeist, dass Leute wie Holgers Onkel instinktiv das Weite gesucht haben. Inzwischen strahlt sie eher einen morbiden Charme aus, so dass ich schon überlege, zurückzukehren, weil, die ganzen Idioten sind ja jetzt nicht mehr da. Papa natürlich, der ist noch da, und ärgert sich über die Mindener und klagt, im Einklang mit den Unternehmern, über das brach liegende Gewerbegebiet und den fehlenden Beistand der übergeordneten Behörden. Wilfried ist aus dem Lübbecker Nobility Club längst ausgetreten und spielt jetzt in der Mindener Sektion die erste Geige. Auch Petra hat desjenige ihrer Barschaft, welches nicht in der Schweiz verwaltet wird, nach Minden transferiert. Der Lübbecker Nobility Club ist nur noch ein Schatten seiner selbst, ein trauriges Häuflein von Verlierern, die geduckt eng beieinander stehen, sich selbst bemitleiden und wehmütig der rosigen Zeiten gedenken, als Professor Grotendiek bei ihnen auftrat und in den Kaffeepausen jederzeit mit Wilfried über Wirtschaftsförderung verhandelt werden konnte.

Eine starke Eiche wie Heinz fällt nur, wenn mehrere unglückliche Umstände zusammenkommen. Wenn sie von mehreren Seiten angesägt, wenn ihr Parasiten und dann noch plötzlich ein starker Sturm zu schaffen machen. Heinz stand damals voll unter Beschuss. Er musste um sein Lebenswerk fürchten. Die ständigen Anrufe des Mindener Staatsanwaltes, sage ich nur, dem es ganz egal war, welche Bedeutung Heinz' Betrieb für die Stadt Lübbecke hatte. Wenn die Husemöller AG unterging, ging auch Lübbecke unter. Zumindest wirtschaftlich. Einem Lübbecker Staatsanwalt wäre das gewiss nicht egal gewesen. Der hätte von Wilfried, aber auch vom OKD, einen dezenten Hinweis erhalten.

Was der Mindener alles wissen wollte! Die Akten, sagte Heinz, sind doch längst vernichtet. Da interessiert sich doch, außer Ihnen, Herr Oberstaatsanwalt, kein Schwanz mehr für, was wir vor drei Jahren auf den Kongo umgeschrieben haben. Und wie sollte er sich erinnern, welchen Beton er wann wo eingekauft, welche Subunternehmer er beim Ausbau der B239 beschäftigt hatte. Offenbar stocherte der Staatsanwalt im Nebel. Aber je mehr er im Nebel stocherte, desto neugieriger und umfassender wurden seine Fragen. Diese Fragen haben Heinz, der finanziell am Abgrund stand, auf die Dauer ganz schön zermürbt. Von der Sparkasse kriegte er auch ordentlich Druck. Sie rückten ihm wegen der faulen Kredite auf den Pelz, drohten mit Klage, und zwar in einer Art und Weise, die Heinz nicht für möglich gehalten hätte. Unhöflich bis zum geht nicht mehr. Er habe, sagte Gerling, als Heinz vorwurfsvoll guckte, in erster Linie an seine Kredite zu denken. Der junge Knickmeier stand die ganze Zeit daneben und nickte bedrohlich. Trotzdem kann man alten Kunden gegenüber etwas höflicher sein, sagte Heinz. Aber dafür hatte Gerling kein Verständnis. Alt oder jung, auf die Zahlungsfähigkeit komme es an. Professor Grotendiek konnte auch nicht helfen. Er hat sich am Telefon zuletzt immer verleugnen lassen. Einmal hat Heinz incognito beim Professor angerufen. Hat sich als Student ausgegeben, der seine Diplomarbeit bei ihm schreiben möchte. Da war er natürlich da. Hat dann aber gleich aufgelegt, als er die Stimme erkannte. Was sollte das auch bringen? Grotendiek, dachte Heinz schadenfroh, ist im Kongo möglicherweise ebenfalls baden gegangen. Und dann hat das Reformhaus spitz gekriegt, dass im Bienenhaus Rattengift versprizt wurde. Irgend jemand musste es dem Geschäftsführer gesteckt haben, und der hatte gleich eine Laboruntersuchung veranlasst. Sowas ärgert einen, sagte Heinz, der mit dem Mann immer auf vertrautem Fuß gestanden hatte. Aber so ist das eben. Einem Bauunternehmer, über dem ein Konkursverfahren schwebt, traut man plötzlich alles zu. In diesem Fall, wie sich herausstellte, zu recht. Was sollte ich denn machen, sagte Heinz zu Telkemeier, als dieser ihn vorlud. Außerdem habe er das Gift auf Empfehlung des OKD verwendet. Das mochte Telkemeier nun gar nicht hören. Er empfahl Heinz dringend, den OKD nicht in seinen Schlamassel hinein zu ziehen. In deinem eigenen Interesse, sagte er. Und zu guter Letzt das Drama um Ingo. Das war einfach zuviel für Heinz. Das hätte nicht kommen dürfen. Ingo stammte doch von starkem, von seinem und Hertas, Blut ab. Wie konnte der sowas machen, fragte Heinz sich alle Tage, wenn er nicht gerade an den Staatsanwalt und die faulen Kredite und die Drohungen Direktor Telkemeiers denken musste. Der Auftritt von Frau Stratmeier war dann der Tropfen, der das Fass zum Überlaufen brachte. Zum Explodieren, sollte man besser sagen.

Natürlich hätte mir, hätte uns allen, auffallen müssen, wie schlecht er aussah. Er sah so schlecht aus, dass sich Hellen hinterher Vorwürfe machte. Man hätte, sagte sie, ihn zum Arzt schicken sollen, statt ihm Schuldgefühle einzuimpfen. Hätte auch nichts genützt, habe ich erwidert. Er hat doch auf niemand gehört. Hat sich in jeder Hinsicht gehen lassen und nicht mal mehr rasiert, was, nebenbei bemerkt, überhaupt nicht zu ihm passte. Die vom lebenslangen Lächeln faltige Mundpartie, das markante Doppelkinn, die das Gesicht beherrschende Nase – alles Starke, und auch Schöne, war durch den gräulichen Stoppelbart verdorben. Ich erinnere mich genau, wie ich ihn das letzte Mal lebend gesehen habe. Er stand von seinem breiten Eichentisch auf, schlich mit hängenden Gliedern zum Sofa und setzte sich so bedächtig wie einer der vielen Bittsteller, die er früher hier empfangen hatte. Fand auch dort keine Ruhe, sondern ließ ein seltsames Keuchen ertönen. Die Augen traten unnatürlich hervor. – Also, wenn das keine Anzeichen sind.

Was für ein Unterschied zwischen Heinz' und Stegkempers Begräbnis! Bei Stegkemper hatte sich schon Tage vorher der halbe Kreis in die Kondolenzlisten eingetragen - oder jedenfalls die wichtigsten Leute. Die Beamtenschaft vollständig geschlossen. Ganz vorne immer unser OKD, der sich wie von selbst an die Spitze des Zuges gestellt und dem ganzen durch seine vornehme Art einen besonders würdevollen Anstrich verliehen hat. Er führte die Kondolenten, gewissermaßen, an, und hinter ihm reihte sich die erste, und dahinter die zweite Garnitur des neuen Kreises Minden-Lübbecke. Die Mindener Kreishalle war zum Bersten gefüllt. Es waren so viele Leute da, dass gar nicht alle Platz hatten, und sich eine Videoübertragung nach draußen und in die Schankräume geradezu aufdrängte. Als erster ist, glaube ich, Doktor Gutevogel auf die Idee mit der Videoübertragung gekommen. Er hat sie noch vor Beginn der eigentlichen Veranstaltung dem OKD von hinten ins Ohr geflüstert. Als Mann der Tat hat dieser sie sofort aufgegriffen, und ist dafür, und generell für seine vornehme Führungsrolle, vom Mindener Tageblatt, mit dessen Redakteuren er sich von Anfang an ausgezeichnet verstanden hat, anderntags hoch gelobt worden. Der Reden wollten kein Ende nehmen. Der Ministerpräsident kam, wenn auch abgehetzt, direkt von einem Treffen der nordrhein-westfälischen EU-Parlamentarier, und setzte sich rechts neben den OKD. Er sollte dann gleich die erste Rede halten. Aber kein Problem für einen Ministerpräsidenten. Rede in der Tasche, fertig vorbereitet zum Ablesen, mit allen wichtigen Stegkemper-Daten. Einer wie der Ministerpräsident hätte allerdings zu jedem beliebigen Thema eine halbstündige Stegreifrede halten können, die vielleicht sogar besser angekommen wäre, als der Blödsinn, den seine Referenten gelegentlich verzapften.

Es war schon vorgekommen, dass ihm, während er eine vorbereitete Rede ablas, plötzlich auffiel, was für ein Quatsch da stand und er kurzentschlossen das Papier beiseitelegte und eine seiner berüchtigten Stegreifreden hielt, die ihm beim Publikum immer viel Applaus einbrachte. Wenn auch nicht unbedingt in seiner Partei. Wenn in der Tagesschau mal wieder über eine Stegreifrede des Ministerpräsidenten berichtet wurde, rief ihn Punkt 20:15 Uhr der Parteivorsitzende an. Der Ministerpräsident war dann meist schlau genug, sich dumm zu stellen. Der Parteivorsitzende, und wohl auch das ganze Präsidium, hatten eine Heidenangst vor diesen Stegreifreden, weil der Ministerpräsident meist genau das Ohr des Volkes traf. Das Volk applaudierte, und das war, nach seiner Meinung, worauf es ankam. Bei Stegkempers Beerdigung hätte er nicht viel falsch machen können. Die Lübbecker und Mindener waren so mit sich selbst beschäftigt, dass sie auf die Rede des Ministerpräsidenten kaum achteten; und auch auf die des Regierungspräsidenten nicht. Beide vermieden in ihren Reden tunlichst das Thema Kreisreform. Das Thema war für sie, vom legislativen Standpunkt, erledigt. Den Rest mussten die Lübbecker und Mindener Lokalpolitiker unter sich ausmachen. Und da war im Moment wirklich ein großes Revirement im Gange. Man würde nicht glauben, was damals gewühlt wurde! Nach Stegkempers Abgang mussten sich ja alle umorientieren. Ganze Hierarchiebäume begannen zu wackeln. Und was unser OKD zu telefonieren hatte! Fast jeden Tag ist er in Minden gewesen, um, wie er sagte, das Erbe Stegkempers für eine ordnungsgemäße Übergabe vorzubereiten. Ihm, als erfahrenem Fachmann, ist dann die Führung des neuen Kreises kommissarisch anvertraut worden, und dann haben die Mindener sehr schnell festgestellt, dass sie keinen besseren finden konnten. Bei unserem OKD flutschte die Führung eigentlich viel besser als bei Stegkemper, der ja nur zufällig der Platzhirsch gewesen war. Vor umstürzenden Hierarchiebäumen brauchte unter der Führung unseres OKD, von ein oder zwei Ausnahmen einmal abgesehen, niemand Angst zu haben. Auch die Mindener SPD hat schnell erkannt, dass an unserem parteiübergreifenden OKD nicht vorbeizukommen ist. Selbst Papa hat der Mindener SPD nur Positives über Doktor Hochberg berichtet, und zwar aus tiefster innerer Überzeugung, und obwohl er wusste – und das will etwas heißen! – dass Holzbrink Hochberg ebenfalls unterstützt. Entsprechend durfte der OKD dann gleich nach dem Ministerpräsidenten seine Rede halten. Die Rede war nicht gerade das Gelbe vom Ei, muss man offen sagen. Unser OKD ist kein großer Redner. Seine Stärken liegen in der Verwaltungsorganisation und in der Bereitstellung einer funktionierenden Schnittstelle zur Politik. Um nicht 'Schmierstelle' zu sagen. Denn es handelt sich um einen neuralgischen Punkt, der immer gut geölt werden muss, nicht mit Geld, wohlgemerkt, sondern mit kompetenter Sozialkommunikation. Außerdem muss man ihm bei der Beurteilung seiner Rede zugutehalten, dass er zwar Wilfried und Doktor Gutevogel aber keinen professionellen Redenschreiber besaß und zu Stegkemper zuletzt nicht das beste Verhältnis pflegte. Von daher, Schwamm drüber. Um so mehr hat er sich nach der Veranstaltung ins Zeug gelegt, dass die Schnittstelle richtig zum Funktionieren kam, um endlich auch in Minden die Prozesse der höheren sozialen Kommunikation und des Qualitätsmanagements in Gang zu setzen.

Heinz' Begräbnis war dagegen ein richtiges Trauerspiel. Zu Heinz' Begräbnis ist keiner von denen gekommen, die in Lübbecke Rang und Namen haben. Nur die engsten Verwandten, und einige ehemalige Nachbarn aus dem Immengarten. Helmut zum Beispiel, der konnte sich das natürlich leisten. Helmut Dekemeier steht in dem Sinne nicht im öffentlichen Leben. Wenn sich die Öffentlichkeit überhaupt für ihn interessiert, dann doch eher in negativer Hinsicht. Helmut konnte durch seine Teilnahme an Heinz' Begräbnis nicht noch tiefer fallen, weil er in den Augen der tonangebenden Lübbecker Öffentlichkeit bereits am Boden angekommen war. Knoost und die anderen haben lange überlegt, ob sie hingehen, und ein Teil, wie die Gräzichs, sind tatsächlich gegangen. Und Hellen hat endlich erkannt, was der ganze Sozialschnickschnack, also die sogenannte Öffentlichkeit, ihr Tennisclub und ihre höheren Kreise, mit denen sie mich in Oxford immer genervt hat, wenn sie nicht gerade mit Gebären beschäftigt war, eigentlich bedeutet. Nämlich gar nichts. Wenn es darauf ankommt, muss man auf die alten Nachbarn aus dem Immengarten zurückgreifen. Das einzige Problem dabei: wer nicht im öffentlichen Leben steht, ist gemeinhin kein großer Redner, und nach dem Streuselkuchenessen und den Beileidsbezeugungen wollten sich die meisten stickum verdrücken, ohne dass über Heinz' doch auch vorhandene Erfolge irgendein Ton gesagt worden wäre. Den Ton hat dann Frau Stratmeier an- und vorgegeben. Sie hat sich das Ereignis nicht nehmen lassen. Nach langen schweren Jahren hatte sie am Ende über Heinz triumphiert. Hat ihre eigene, und einzige, Rede gehalten, die Hellen vergeblich zu verhindern versuchte. Holger, bitte, hat Hellen verzweifelt gerufen, aber der hat keinen Finger gerührt. Die Hühnchen, sage ich nur, die er mit seinem Vater noch zu rupfen hatte. Holger kam das gerade recht, denn ihm war, im Gegensatz zu Hellen, die gesellschaftliche Schmach ganz egal. Auf das Gesellschaftliche hat Holger immer wenig Wert gelegt. Lass die Alte doch reden, hat er zu Hellen gesagt, und Frau Stratmeier hat ordentlich vom Leder gezogen. Hat sich nicht zurückgehalten, die Frau. Sie und Herta sind früher als die größten

Keif-Liesen des Immengartens weithin bekannt gewesen, und diesem Ruf ist sie vollauf gerecht geworden. Um ihre Erbansprüche zu bekräftigen, habe sie den Enkel gleich mitgebracht, sagte sie schließlich etwas ruhiger. Der Kleine war, das muss man zugeben, Heinz wie aus dem Gesicht geschnitten. Und vollständig Lübbecker. Kein halber Engländer wie unsere, die sich für Seltsamkeiten wie Kricket und Bücherlesen begeistern, und auf Beerdigungen still und mit gesenkten Köpfen da sitzen. Sondern der kleine Mann ist da ganz selbstbewusst hereinmarschiert, und hat sich mit seiner Mutter vorne aufgestellt, als ob ihm die halbe Welt gehört. Das lässt hoffen, hat der alte Briegel, als ihm die Szene beschrieben wurde, zu Kütenbrink gesagt. Er, Kütenbrink, solle sich warm anziehen. Die neue Unternehmergeneration sitze schon in den Startlöchern.